The Research of Travel Poetry to the Capital of Shang in Yuan Dynasty

元代上京纪行诗研究

河北北方学院学术著作出版基金资助项目；
河北北方学院2013年创新人才培育基金项目资助成果（课题编号：CXRC1329）

刘宏英◎著

北 京

图书在版编目（CIP）数据

元代上京纪行诗研究/刘宏英著．
北京：中国经济出版社，2016.3（2023.8 重印）
ISBN 978－7－5136－4174－6

Ⅰ.①元… Ⅱ.①刘… Ⅲ.①古典诗歌—诗歌研究—中国—元代
Ⅳ.①I207.22

中国版本图书馆 CIP 数据核字（2016）第 028672 号

责任编辑　丁　楠
责任审读　贺　静
责任印制　马小宾
封面设计　久品轩

出版发行　中国经济出版社
印 刷 者　三河市同力彩印有限公司
经 销 者　各地新华书店
开　　本　710mm×1000mm　1/16
印　　张　14.5
字　　数　252 千字
版　　次　2016 年 3 月第 1 版
印　　次　2023 年 8 月第 3 次
定　　价　49.80 元
广告经营许可证　京西工商广字第 8179 号

中国经济出版社　**网址** www.economyph.com　**社址** 北京市东城区安定门外大街 58 号　**邮编** 100011
本版图书如存在印装质量问题，请与本社销售中心联系调换（联系电话：010－57512564）

前言 PREFACE

元代有两个都城，一个是大都，一个是上都。从元世祖忽必烈中统年间开始，直到元顺帝后期上都被红巾军烧毁为止，元代一直都实行“两都巡幸制”，即春季的时候，皇帝带领皇族和文武大臣，浩浩荡荡地前往草原城市上都“清暑”，到了秋季，又带领他们返回大都“驻冬”。每年一次，从未中断过。

在陪同皇帝巡幸的官员中，有相当一部分是文职官员。这些人在来往两都期间，一路走，一路写诗，创作了大量的诗歌，这些诗歌在元人的文献中被称为“上京纪行诗”。

在中国古代诗歌发展史上，上京纪行诗是元代诗歌特有的现象。从上京纪行诗的整个发展状况来看，以仁宗皇庆年间为界，元代上京纪行诗可以分为前、后两个时期，前期是形成和发展时期，后期是成熟和繁荣时期。从写作内容来看，大都到上都有四条道路，路中几乎各个驿站，都被途经这里的文人们集体描写着、歌咏着；塞外的罕见动植物，也是诗人们描写的主要内容。此外，天马和诈马宴、游皇城也是文人集体歌咏的对象。上京的文化活动很活跃，上京一些文人密集的馆阁，如翰林国史院和国子监，成为诗人们吟歌赋诗的重要场所，甚至在崇真观和华严寺里，文人和寺僧们联诗唱和也形成了风气。

元代许多诗人都把自己的上京纪行诗诗作结为集子刊行，这是上京纪行诗在元代富有影响的见证，也使得上京纪行诗流传更广，影响更大。比较有名的上京纪行诗诗集主要有柳贯的《上京纪行诗》、胡助的《上京纪行诗》、袁桷的《开平四集》、周伯琦的《扈从集》和杨允孚的《滦京杂咏》。总而言之，上京纪行诗是元代诗歌中不可忽视的一个部分，它极大地丰富了元代的诗坛，使元诗更加富于民族特点和时代意义。

目录 CONTENTS

绪　论

一、研究对象、范围和意义

元代有两个都城，一个是大都，一个是上都。从元世祖忽必烈中统年间开始，直到元顺帝后期上都被红巾军烧毁为止，元代一直都实行“两都巡幸制”。

两都巡幸中，每年阴历三四月间，皇帝都要带领诸王、嫔妃、公主、驸马和文武百官，到上都住半年，照常处理政事，叫作“清暑”，到九、十月间再回到大都。每年一次，从未中断过。两都巡幸的道路，据元人周伯琦说有四条路：“大抵两都相望，不满千里，往来者有四道焉：曰驿路，曰东路二，曰西路。东路二者，一由黑谷，一由古北口。”① 在从大都到上都的“四道”中，驿路是最重要的交通干线，元代一般人去上都大多是走这条路。而周伯琦所谓的黑谷东路，俗称“辇路”，是一条禁路，为皇帝赴上都的专用道路，在两都巡幸期间，只有皇族及其近侍和一些有特殊身份的官员才可以行走。元代皇帝每年巡幸上都，大多“东出西还”，即由东道辇路赴上都，然后从西道返回大都。

两都巡幸是元代政治生活中的大事，同时也给当时的文坛带来了相当大的影响。巡幸期间，皇帝在上都待半年左右，路途单程所用时间在 20 ~ 25 天，也就是说，皇帝的整个巡幸一般都需要六七个月，时间相当长。而巡幸的随同人员，除了后妃、太子和蒙古诸王，上至宰执大臣，下至百司庶府，都要根据自己的官职，分官扈从。在各级官吏，尤其是文职官吏中，相当一部分是诗文家。他们扈从皇帝北行，在亲身经历巡幸的整个过程中，目睹了巡幸规模之宏大，仪式之隆重，上都及沿途的山川风物之奇特迥异。所见所闻，使敏感的诗人们情思涌发，他们挥翰染墨，倾注自己独特的感受，而这正是上京纪行诗的一个重要来源。

本书研究的上京纪行诗主要包括两部分内容：一是歌咏上都城及其周围

① 《扈从集》前序，文渊阁《四库全书》本，第1214册，第543页。

地区山川景物、社会生活的诗作；一是描述从大都到上都沿途地理景观、风土人情的诗作。

研究上京纪行诗的意义主要有：

（一）具有重要的文献价值

元代上京纪行诗描写内容非常丰富，首先涉及两都巡幸的各个方面，如行期、路程、随行人员、巡幸仪式等，这些内容可以丰富、补充史书中关于两都巡幸的记载，真正起到“以诗证史”的作用。

补史之阙，以诗证史，这是上京纪行诗最重要的文献价值。元代上京纪行诗中，保存了大量的史料，这些史料往往不见于史书，或者虽见于史书但记载较简略，在这方面最突出的就是关于两都巡幸的史料。元代两都巡幸是中国历史上富有时代和民族特征的重大社会活动，其历时之长，规模之大，涉及人数之多，社会影响之广，真可谓是空前绝后。这样重大的社会活动，史书中有记载，但普遍记载不详，如元文宗至顺二年（1331）的两都巡幸，《元史》卷三十五中这样记载：“（五月）丙申，大驾幸上都。”① 记载得非常简略。而黄溍的上京纪行诗，记载要翔实得多。至顺二年，黄溍扈从大驾至上都，其间创作了一组组诗，命名为《上京道中杂诗》。该组诗用十二首诗歌记录了他沿途路过刘蕡祠堂、居庸关、榆林、枪杆岭、李老谷、赤城、龙门、独石、檐子洼和李陵台的情形，纪实性很强，可以裨补《元史》中记载的不足。

元顺帝至正十二年（1352）的两都巡幸，据《元史》卷四十二载：“是月（四月），大驾时巡上都。”② 而上京纪行诗，对两都巡幸的各个方面，都做了详细的描写，涉及两都巡幸的行期、路程、巡幸仪式、随行人员等。比较典型的是江西鄱阳人周伯琦的《扈从集》，用诗歌的形式把此次巡幸的整个过程完完整整、详详细细地描写了出来。③

其次，上京纪行诗中有大量诗篇描写上都及沿途的山川风物、习俗人情。两都巡幸四条道路中的各个驿站和纳钵，④ 在上京纪行诗中基本上都有描写。这些对研究我国古代北方民族的历史、地理、文化、宗教、风俗等，都具有

---

① 宋濂，《元史》，中华书局，1976 年第 1 版，1997 年 7 月第 6 次印刷，第 3 册，第 785 页。

② 宋濂，《元史》，中华书局，1976 年第 1 版，1997 年 7 月第 6 次印刷，第 3 册，第 899 页。

③ 详见第四章第三节。

④ “‘纳钵’是‘捺钵’的转译。‘捺钵’是契丹语的汉文音写，意为‘行营’、‘行帐’，指皇帝出行时居住的帐幕，即所谓皇帝的牙帐。”见于史卫民的《都市中的游牧民——元代城市生活长卷》，湖南人民出版社，2006 年第 2 版，第 215 页。

重要的参考价值。

龙门是从大都到上都路途中的一个重要驿站。关于龙门的地理环境，元代上京纪行诗中多有描写，如胡助的《龙门行》：“龙门山险马难越，龙门水深马难涉。矧当六月雷雨盛，洪流浩荡漂车辙。我行不敢过其下，引睇雄奇心悸慑。”① 再如周伯琦的《龙门》：“蹈险梦频悸，循夷气始愉。千岩奇互献，万壑势争趋。峭壁剑门壮，重梁星渚纡。凡鳞期变化，雷雨在斯须。”② 这两首诗具体而真实地描绘了龙门的山险、水深、雷雨多、路难行。

北方草原民族有自己独特的风俗习惯。许多元人的上京纪行诗，对此都有描述，比较典型的是后期诗人杨允孚的诗集《滦京杂咏》，该诗集介绍了塞外滦京的独特风俗以及元廷避暑行幸的典故史实。通过该诗集，留存了元代时期滦京及其周围地区的大量史料。

上京纪行诗还可以裨补我国的动植物学史。对上京及沿途动物、植物的描写，是上京纪行诗的又一重要内容，如杨允孚的《滦京杂咏》，用诗加注的方式，介绍了大量的北方物产，“紫菊花开香满衣，地椒生处乳羊肥。毡房纳石茶添火，有女褰裳拾粪归。（按，下面为注）紫菊花，惟滦京有之，名公多见题品；地椒草，牛羊食之，其肉香肥。”③ “海红不似花红好，杏子何如巴榄良。更说高丽生菜美，总输山后蘑菇香。（按，下面为注）海红、花红、巴榄仁，皆果名，高丽人以生菜裹饭食之。尖山产蘑菇。”④ 其中许多动植物，只生长在北方草原地带，极为珍贵。“金兰花叶绿如黛；紫菊花大如盂，色深紫，娇润可爱，俱产上都。”⑤ 还有一些动物，也是草原所特产的珍贵品种，如黄羊、白翎雀等，“北陲异品是黄羊”，自注曰：“黄羊，北方所产，御膳用。”⑥ 黄羊肉味精美，特产于朔方山野中；“白翎雀生于乌桓朔漠之地，雌雄和鸣，自得其乐，世皇因命伶人硕德闾制曲以名之。”⑦

上京纪行诗中关于古代北方草原地带所特有动植物的记载，可以充实、弥补动植物学的记载，在动植物学领域同样具有重要的借鉴参考价值。

---

① 胡助，《龙门行》，《纯白斋类稿》卷五，《丛书集成初编》本，第42页。
② 周伯琦，《龙门》，《扈从集》，《四库全书》本，第1214册，第543页。
③ 杨允孚，《滦京杂咏》，《丛书集成初编》本，第3180册，第8页。
④ 杨允孚，《滦京杂咏》，《丛书集成初编》本，第3180册，第9页。
⑤ 伍良臣，《上京》诗注，《永乐大典》卷七七〇二，中华书局精装本，第4册，第3579页。
⑥ 杨允孚，《滦京杂咏》，《丛书集成初编》本，第3180册，第4页。
⑦ 陶宗仪，《南村辍耕录》卷二十，中华书局，1959年第1版，1980年3月第2次印刷，第248页。

（二）在我国古代诗歌发展史上，上京纪行诗是元诗特有的现象，也是元诗研究的重要内容

在我国历史上，两都制并非元代所特有，但是在元代，两都巡幸却成为定制。元代两都巡幸的时间是最长的，规模是最大的，所涉及人数也是最多的。在文坛上，突出特点是众多的诗文作家扈从巡幸，流传下来大量的上京纪行诗，成为元诗中特有的“景观”。笔者对《元诗选》《元诗选癸集》《元诗选补遗》进行了文献检索，共检索到上京纪行诗诗人 50 人，诗作 489 首，其中《元诗选》初集共 20 人 384 首诗；《元诗选》二集共 7 人 42 首诗；《元诗选》三集共 7 人 20 首诗；《元诗选癸集》共 12 人 19 首诗；《元诗选补遗》共 4 人 24 首诗。当然，《元诗选》只是元诗的一个选本，并不是元诗的全部，也就是说，我们检索出来的上京纪行诗，并非全部，还有相当数量的上京纪行诗存在，如杨允孚的《滦京杂咏》共有 108 首诗，而《元诗选》只选了 100 首；袁桷的《开平四集》共有 228 首诗，而《元诗选》只选了 73 首；柳贯的《上京纪行诗》有 32 首诗，而《元诗选》只选了 12 首，等等。但《元诗选》却给出了一个上京纪行诗为人所知的基础数字，即流传下来的元代上京纪行诗至少有近 500 首，无论是诗人还是诗作，都有很大的增补余地。通过对部分诗人别集的梳理，以下诗人的诗作还有较大的增补余地，梳理结果列表如下：

诗人	《元诗选》收上京纪行诗的数目	别集收上京纪行诗的数目	《元诗选》外收上京纪行诗的数目	备注
陈旅		2		
傅若金		1		
郭翼			1	
胡助	11	50		
黄溍		18		
揭傒斯		3		
刘敏中		41		另有 5 首词
柳贯	12	32		不包括 10 首上京和诗《同杨仲礼和袁集贤上都诗》
迺贤	27	31		
欧阳玄		6		另有 4 首词
涂颖			7	

续表

诗人	《元诗选》收上京纪行诗的数目	别集收上京纪行诗的数目	《元诗选》外收上京纪行诗的数目	备注
王沂		19		
吴当		35		
伍良臣			1	
杨允孚	100	108		
袁桷	73	228		
张昱	46	110		
郑潜		10		
周伯琦	47	169		《近光集》135 首，《扈从集》34 首

通过对元人别集和《御选元诗》《皇元风雅》《元风雅》《草堂雅集》等元诗总集的检索，笔者目前共检索到有上京纪行诗作品的诗人 75 人，诗作 1528 首（详见附录二《元代上京纪行诗人及诗作表》）。

除数目多之外，元代上京纪行诗人的面也非常广。在元朝写作上京纪行诗的诗人中，除了汉人，还有数量相当的蒙古、色目和南人。廼贤（葛逻禄氏）、萨都剌（西域答失蛮氏）、马祖常（西域雍古族人）等知名色目作家的加盟，使上京纪行诗显得丰富而多彩。另外，许多世代居住在南方的作家，他们的足迹第一次踏上山高峰峻的北方。北方山川之胜、风土之异，使他们心中充满了新奇和诧异，在他们的笔下，上京纪行之作多了几分神秘和诡异。写过上京纪行诗的，还有许多宗教人士，如马臻、薛玄曦和张雨等。写作群体的广泛是元代上京纪行诗的特点，也使上京纪行诗别具风味。

（三）具有较强的人文应用前景

上京纪行诗主要描写了上都及沿途的山川风物、人情风俗等，涉及现在的北京市①、河北的张家口地区和内蒙古的锡林郭勒盟地区，这些地区现在都在大力宣传地方文化，宣传自己的特色产品和历史文化，同时也在积极发展旅游业。从这个角度来看，元代上京纪行诗的研究成果，既具有重要的理论意义，又可以为当地的地方经济打造文化背景，具有很强的人文应用前景。

① 主要是昌平县和延庆县。

二、上京纪行诗研究的历史和现状

参加两都巡幸、写作上京纪行诗是元代诗人政治和文化生活的重要内容。他们写作上京纪行诗的本意，主要有两个方面：一是立意要保存一代文献史料。元代的两都巡幸，历时之长，规模之大，是其他朝代所无法比肩的。参与两都巡幸，亲眼所见、亲耳所闻、亲身所历一切的一切，诗人都想把它们保存下来，“鄙近虽不足以上继风雅，然一代之典礼存焉。”① “若睹夫巨丽，虽不能形容其万一，而羁旅之思，鞍马之劳，山川之胜，风土之异，亦略见焉。”② 二是抒怀言情。“诗言志”，上京纪行诗同样也有它“言志”的功能。来自四面八方的文人都加入到了写作上京纪行诗的行列，他们抒发着自己不同的感受，发表着自己独特的看法，“窃为诗一二，以赋物写景，然抒吾怀之耿耿，而闵吾生之孑孑，情在其中矣。”③ “其关途览历之雄，宫籞物仪之盛，凡接之于前者，皆足以使人心洞神竦，而吾情之所触，或亦肆口成咏，第而录之，总三十二首。噫，置窭家之子于通都万货之区，珍怪溢目，收揽一二而遗其千百，虽欲多取悉致，力何可得哉。”④

元代文人也注意到了上京纪行诗的价值，他们从这两个方面对上京纪行诗进行评价。对杨允孚的《滦京百咏》，元人郭钰说：“茫茫天壤名长在，赖有滦京百咏诗。”⑤ 充分肯定了它的文献史料价值。揭傒斯对许有壬的上京纪行诗，曾这样评价：“而扈从上京，凡志有所不得施，言有所不得行，忧愁感愤，一寓之于酬倡。”⑥ 薛汉为朋友柳贯的《上京纪行诗》这样做跋：“旦夕南还，堕影万山，回视朝绅，浮沉异势，宁不重为耿耿？”⑦

明清时期，学者们虽然不大看好上京纪行诗，认为它的艺术价值不高，但却众口一词地肯定了它的史料价值，“江山人物之形状，殊产异俗之瑰怪，朝廷礼乐之伟丽，与凡奇节诡行之可警世厉俗者，尤喜以咏歌记之，使人诵之，虽不出井里，恍然不自知。其道齐鲁、历燕赵，以出于阴山之阴、蹛林

① 张昱《辇下曲》序，《张光弼诗集》卷三，《四部丛刊续编》本。

② 《上京纪行诗序》，胡助，《纯白斋类稿》卷二十，《丛书集成初编》本，第189页。

③ 《题北还诸诗卷后》，柳贯，《柳待制文集》卷十八，《四部丛刊初编》本。

④ 《上京纪行诗序》，柳贯，《柳待制文集》卷十六，《四部丛刊初编》本。

⑤ 《哀杨和吉》，郭钰，《静思集》卷九，《四库全书》本，第1219册，第237页。

⑥ 顾嗣立，《元诗选》初集·丙集，中华书局，1987年第1版，2002年11月第3次印刷，第790页。

⑦ 柳贯，《上京纪行诗》后附录永嘉薛汉的跋。

之北，身履而目击，真予所谓能言者乎”[①]。“凡山川道路之险夷，风云气候之变化，銮舆早晚之次舍，车服仪卫之严整，甲兵旗旄之雄壮，军旅号令之宣布，祃师振武之仪容，破敌纳降之威烈，随其所见，辄记而录之，且又时时作为歌诗，以述其所怀。虽音韵鄙陋，不足以拟诸古作，然因其言以即其事，亦足以见当时儒臣遭遇之盛者矣。”[②]“海内分裂而滦京不守，遂为煨烬。数十年来，元之故老殆尽，无有能道其事者。独予幸得亲至滦河之上，窃从畸人迁客谘访当日之遗事，犹获闻其一二。登高怀古，览故宫之消歇，睇河山之悠邈，以追忆一代之兴废，因以著之篇什，固有不胜其感叹者矣。因观先生所著而征以予之所见，敢略述其概以冠诸篇端，然则后之君子欲求有元两京之故实，与夫一代兴亡盛衰之故尚，于先生之言有征乎。”[③] 明代杨士奇的《东里续集》卷十九《杨和吉诗集附萧德舆故宫遗录》里提到杨允孚的《滦京百咏》时，也说：“皆胜国遗事，可以资览阅、备鉴戒。”[④]《四库全书》馆臣在为陈孚的《陈刚中诗集》作提要时，提到他的上京纪行诗，也要读者注意它的史料价值：“其上都纪行之作，与前二稿工力相敌，盖摹绘土风，最所留意矣。”[⑤] 同样，在为《可闲老人集》作提要时，说：“《辇下曲》、《宫中词》诸作，不独咏古之工，且足备史乘所未载。”[⑥] 指出上京纪行诗可以裨补史书记载的不足。吴师道在《题黄晋卿应奉上京纪行诗后》诗中，同样强调了上京纪行诗的这种纪实性：“居庸北上一千里，供奉南归十二诗。纪实全依太史法，怀亲仍写使臣悲。”[⑦]

20 世纪 80 年代以前，元诗研究不受重视。在中国诗歌史上，人们认为元诗不仅无法与唐诗相比肩，甚至不如宋诗和明清诗。在元代文学中，元曲的光环也掩盖了元诗。在这种心理背景下，元诗研究一直很“萧条”，基本上没有元诗研究的专门著作。直到 20 世纪 70 年代末，台湾才出现了包根弟的《元诗研究》。在这部元诗研究的专门著作中，第二章为《元诗之特

① 《滦京杂咏》罗大巳跋。

② 《滦京百咏集序》，明 · 金幼孜，《金文靖集》卷七，《四库全书》本，第 1240 页，第 721 页。

③ 《滦京百咏集序》，明 · 金幼孜，《金文靖集》卷七，《四库全书》本，第 1240 页，第 722 页。

④ 杨士奇，《东里续集》卷十九，《四库全书》本，第 1238 册，第 621 页。

⑤ 《四库全书总目》卷一六六《陈刚中诗集提要》，中华书局，1965 年 6 月第 1 版，1987 年 7 月第 4 次印刷，第 1434 页。

⑥ 《四库全书总目》卷一六八《可闲老人集提要》，中华书局，1965 年 6 月第 1 版，1987 年 7 月第 4 次印刷，第 1463 页。

⑦ 《题黄晋卿应奉上京纪行诗后》，吴师道，《礼部集》卷七，《四库全书》本，第 1212 册，第 68 页。

色》，其中第四个特色为“多塞外景色及风物之描写”。书中写道：“每当元帝北巡上都之时，大批文人学士皆扈从而往，是以沿途的塞外风光，上都的风土人情，遂尽入吟咏。如袁桷《清容居士集》中开平一至四集之诗、黄溍《金华黄先生集》‘上京道中杂诗’、柳贯《柳待制文集》‘上京纪行诗’、胡助《纯白斋类稿》‘上京纪行’、周伯琦《扈从诗》、杨允孚《滦京杂咏》皆属于此类诗篇。此外，如柯九思、马祖常、虞集、廼贤、张养浩、张昱、杨瑀、陈刚中等人皆有上京纪行之作。诸诗描写塞外风土景物，或自然真切，或气势雄伟，不但在诗坛上特立一格，更兼有文献史料上的价值。”①

20 世纪末到 21 世纪初，元诗研究逐渐引起学者们的关注，越来越多的学人开始改变对元诗的看法。在这样的大环境下，上京纪行诗作为元诗中一个重要的部分，也开始受到前所未有的关注。叶新民的《元上都研究》在《元人咏上都诗概述》中认为：“在元诗中，咏上都诗占有一定的比例。近年来，研究上都历史的论著大量引用咏上都诗作，它的史料价值越来越受到重视。但如何全面评价元人咏上都诗作，这些诗作的概貌，它的史料价值和艺术价值等问题，还没有专文进行讨论。笔者认为，咏上都诗独具特色，它不仅是研究上都历史的珍贵资料，同时对研究我国古代北方民族的历史、地理、政治、经济、文化、宗教、风俗等，也有重要的参考价值。”② 这部书还分前、后两期，对重要的上京纪行诗人及其纪行诗进行了简单的介绍。21 世纪初，杨镰先生出版了两部和元诗研究有关的专著，一部是《元诗史》，一部是《元代文学编年史》。在《元诗史》中，杨先生把上京纪行诗作为元诗“同题集咏”的一个部分，认为它之所以在元代备受关注，是因为“它的不同于唐宋等朝的异族文化因素”，并进而指出：“在元代，前往上京观礼、巡游，是‘北方士人’也是全国人士的一大兴奋点，因为可以前往上京时，南北诗人对于大都以北的蒙古草原感到神秘陌生已经有三四个世纪之久。从五代时期契丹兴起，那就是中原人士的秘境绝域。元代开国，前往上京的古道就往返着一批又一批的官员，一帮又一帮的商队，一群又一群的游客，人们兴奋、疲倦、好奇，他们一次次、一轮轮，将感受写在诗册上。根据元诗文献，当年

① 包根弟，《元诗研究》，台湾：幼狮文化事业公司，1978 年版，第 61 页。
② 《元上都研究》，内蒙古大学出版社，1998 年版，第 233 页。

到上都观礼，也是江南士人的心向往之的一件大事。”① 《元代文学编年史》则介绍、论述了一些有上京纪行诗集子的重要诗人及其上京纪行诗的集子，包括柳贯和他的《上京纪行诗》，胡助和他的《上京纪行诗》，黄溍和他的《上京道中杂诗》，廼贤和他的《上京纪行》，杨允孚和他的《滦京百咏》及许有壬的《上京十咏》等。杨先生从整个元诗发展的高度，对这些诗人及上京纪行诗作进行了评述，其中许多论点都属首次，例如：“胡助《上京纪行诗》50 首与黄溍《上京道中杂诗》12 首是中期上京纪行的典范之作。当时名流为胡助上京纪行之作题跋尽卷，使‘上京纪行诗’这一题目，重新成为翰苑文人的关注点。《纯白斋类稿》（卷二十）有《上京纪行诗序》，这是上京纪行之作成熟定型、并对社会产生比较广泛影响的标志。”② 21 世纪初，出现了专门论述上京纪行诗的论文，《民族文学研究》2005 年第 2 期发表了李军老师的《论元代的上京纪行诗》，该文从上京纪行诗的产生、上京纪行诗的内容及文献价值、上京纪行诗的审美特征三个方面展开论述，充分肯定了上京纪行诗的独特价值：“这些作品不仅因其可裨补史实而具有重要的文献价值，而且在艺术上风格鲜明，气象雄浑，充分显示出元诗特有的异质因素，是元诗研究中一个尚待开发的领域。”③

三、本书要解决的问题及研究重点

上京纪行诗是元诗研究的重要内容，但到目前为止，无论是从文献角度还是从文学角度，这方面的研究仍有许多领域尚待开发。本书拟在以下两个方面争取有所拓展：

一方面是对元代所有的上京纪行诗进行全面、细致地文献检索和整理。文献检索是研究的基础，也是本书研究的起点，所以本书首先尽可能全面地收集元代的上京纪行诗，以及所有参加两都巡幸并写作过上京纪行诗的文人。然后对诗人和诗作进行分类整理，其中组诗和结集的上京纪行诗及诗人是研究的重点，如柳贯、袁桷、胡助、黄溍、廼贤、周伯琦、杨允孚等。通过文献检索，对元代上京纪行诗有个全面的了解和认识。

另一方面通过上京纪行诗的研究，掌握它在两都文坛以及元代文坛的独

---

① 《元诗史》，人民文学出版社，2003 年版，第 645 页。

② 《元代文学编年史》，山西教育出版社，2005 年版，第 359 页。

③ 《论元代的上京纪行诗》，《民族文学研究》，2005 年第 2 期，第 97 页。

特地位，以期对元诗特质有更全面的认识。上京纪行诗是元诗中一个非常独特的部分，具有强烈的时代意义和民族特点。把握好了上京纪行诗，就可以更全面、更深刻地把握元诗的独特性。所以本书重点是把上京纪行诗置于时代大背景中，从元诗的整个高度来研究，争取做到既有具体的上京纪行诗研究，又能够把握上京纪行诗在元诗中独特的地位。

第一章　元代上京纪行诗形成论

第一节　元代的两都

元代的大都和上都并称为两都。

大都就是现在的北京，北京位于幽燕之地，自古以来就是防备北方塞外民族入侵的军事重镇，为中原王朝北方藩篱，又为经略东北与塞外的战略要地。要巩固中原王朝的统治，就必须占有幽燕地区，因而中原各王朝在北京，都驻有重兵把守，防备极严。燕山环抱幽州地区，山高险峻，凭借燕山天险，自西向东依次有五个重要关隘，即居庸关、古北口、松亭关、卢龙关和榆关。这些关隘都位于山口，狭窄难行，不易通过大量骑兵辎重，易守难攻，因而成为难以攻克的天然防线。936 年，时为后唐河东节度使的石敬瑭为了篡位称帝，不惜出卖国家民族的利益，遣使者到长城以外的契丹，以约割让幽云十六州给契丹，来换取契丹出兵灭后唐。契丹帮助石敬瑭灭了后唐，随即接管了幽云十六州，从此，契丹政权的政治、经济和文化都发生了很大变化。辽太宗会同元年（938），设立了三都，幽都府（今北京）为南京。

辽之后，北京又经历了金的统治，金海陵王完颜亮于天德三年（1151），决定迁都燕京，贞元元年（1153）正式迁都，改称中都。当时，金和南宋的界线为东起淮河，西到大散关。以淮河流域作为宋、金两国的分界线，可以看出金朝已经统治了北边半个中国。

1215 年，成吉思汗攻占了金中都，复称其为燕京。1260 年，忽必烈在开平即帝位。早在他即位之前，大臣霸都鲁就建议："幽燕之地，龙蟠虎踞，形势雄伟，南控江淮，北连朔漠。且天子必居中以受四方朝覲。大王果欲经营天下，驻跸之所，非燕不可。"① 忽必烈也意识到了都城的重要，于是，1264 年又改燕京为中都，并于 1267 年开始，在中都旧城的东北修建新城。1272

---

① 《元史》卷一一九《木华梨传附霸都鲁传》，中华书局，1976 年第 1 版，1997 年 7 月第 6 次印刷，第 10 册，第 2942 页。

年，改中都为大都，定为都城。1276 年，大都城建成。

上都与大都南北相望，是元朝的夏都。上都的北部，是连绵起伏的山脉，因其山蜿蜒起伏，像龙，所以叫龙冈山，也叫卧龙山。上都的南边有滦河流过，滦河上游，因形状像闪电，蒙古语叫闪电格勒。东、西两边及滦河之外，是广阔的草原，“四山拱卫，佳气葱郁”。[①] 元上都所在草原叫金莲川，历史上曾是东胡、匈奴、突厥、鲜卑、契丹、女真等古代游牧民族游牧和狩猎的地方，它在辽和金时期被称为“曷里浒东川”。1168 年，金世宗完颜雍夏季到这里狩猎，看到遍地盛开着金莲花，于是把它更名为“金莲川”。1211 年，成吉思汗率蒙古骑兵攻陷桓州城以后，金莲川就成为蒙古族汗国的领地。1251 年，蒙哥汗登基后，命他的二弟忽必烈到金莲川驻帐。在这里，忽必烈广招天下名士，组成了著名的“金莲川幕府”。幕府人士中有汉人儒士，也有佛教僧人和西域人，但以汉人居多。1256 年，忽必烈命他的幕府人物刘秉忠选址建城，刘秉忠选中了金莲川。1259 年城和郭建成，命名为“开平府”。1259 年 7 月，蒙哥在攻打钓鱼山时染病去世，忽必烈正攻打鄂州，得消息后急忙赶回，在燕京做了几个月的休整后，北上来到开平。1260 年 5 月，忽必烈在开平登上蒙古大汗的汗位，开平府随即成了“圣上龙飞之地”[②]，成为蒙古汗国新的首都。当时蒙哥的幼弟阿里不哥在哈拉和林驻扎，他也在那里登汗位，两个大汗爆发了南北战争，历时五年，以忽必烈全胜而告终。中统四年，在对阿里不哥战事胜券在握时，忽必烈下诏书把开平改名为上都。位于燕山脚下的大都，和位于滦水之边的草原新兴城市上都，因忽必烈而紧紧地联系在了一起，成了元代的两个首都，也成为全国最大的两座城市。两都当中，大都是正都，上都则是夏都、行都。元代从忽必烈开始正式实行两都巡幸制，即冬天在大都理政，夏天到上都驻夏清暑。此后，直到上都被烧毁之前，元代历届皇帝每年都“北巡”上都，形成了两都巡幸制度。

第二节　元代的两都巡幸制度

两都巡幸制度[③]确立后，皇帝一行每年都巡幸上都，这成为社会生活中的

① 王恽，《秋涧先生大全集》卷八十，《元人文集珍本丛刊》本，第 2 册，第 369 页。

② 王恽，《秋涧先生大全集》卷八十，《元人文集珍本丛刊》本，第 2 册，第 369 页。

③ 关于元代的两都巡幸制度，参考了陈高华先生的《元上都》（吉林教育出版社，1988 年第 1 版）和史卫民的《都市中的游牧民——元代城市生活长卷》（湖南人民出版社，2006 年第 2 版）。

一件大事。

巡幸的日期

元世祖忽必烈时期，前往上都多在2月动身，间或推迟到3月。由上都返回大都的时间，多在9月，有时提前到8月或推迟到10月。元成宗铁穆耳基本遵循世祖的巡幸时间，只有一次拖延到4月。元武宗海山的巡幸时间是在3~9月。以后的皇帝，习惯于草原生活，就把巡幸时间确定在3月到9月，如英宗硕德八剌和泰定帝也孙铁木儿；汉化程度较深，习惯于中原汉地生活、对草原寒冷气候不太适应的皇帝，都尽量缩短在上都的巡幸时间，往往在4月或5月从大都出发，8月就回到了大都，如仁宗爱育黎拔力八达、文宗图帖睦尔和顺帝妥欢帖睦尔。①

皇帝一行巡幸上都，路上所用时间单程为20~25天，有时26天，甚至是27天、28天。来回时间加起来，每年皇帝巡幸在路上的时间将近两个月。

巡幸的路程

据元人周伯琦记载，由大都前往上都，共有四条道路，即驿路、西路、黑谷东路和古北口东路。其中驿路是一般官员和商人等来往两都间的主要通道，全长800余里。② 设有11处驿站，从南到北依次为：昌平、榆林、洪赞、鵰窝、龙门、赤城、独石口、牛群头、明安、李陵台、桓州。③ 东路有两条道，一条为古北口东路，自大都东北行，出古北口，经宜兴州、东凉亭至上都，全长870余里，专供军队和监察官员行走，是一条“禁路”。另一条为黑谷东路，此道从大都西北行，出居庸关后继续北上，经过缙山（今北京市延庆县），至龙门与西路分开，转北行，出黑谷，翻山越岭，进入草原，在牛群头与驿路会合。此道为皇帝赴上都所走的专线，是一条“辇路”，全长750余里，设有18处“纳钵”：大口、黄堠店、皂角、龙虎台（即新店）、棒槌店、官山、车坊、黑谷、色泽岭、程子头、颉家营、沙岭、失八儿秃、郑谷店、泥河儿、双庙儿、六十里店、南坡店。西路从大都西北行，经宣德、宣平，出野狐岭，过抚州，转东北行至滦河上游。此道全长1095里，蒙古国时期，

① 《元上都》，吉林教育出版社，1988年版，第59页。

② 《经世大典·站赤》，《永乐大典》卷一九四二一，中华书局精装本，第8册，第7237页。

③ 驿路因为各驿站任务过于繁重，曾经又增加过几处驿站。

为驿路正路，设有多处驿站。中统三年驿路改线，这条道就变成了一条运输道路，驿站大量减少。但皇帝从上都回大都要经过此道，途中主要经过以下地点：南坡店、六十里店、双庙儿、泥河儿、郑谷店、盖里泊（又译为界里泊、盖利泊）、遮里哈剌、苦水河儿、回回柴、忽察秃、兴和路、野狐岭、得胜口、沙岭、宣德府、鸡鸣山、丰乐、阻车、统墓店、怀来县、妫河、龙虎台、皂角、黄堠店、大口。

主要扈从人员

皇帝每年都巡幸上都，出行时带着家族成员，还有朝廷的文武官员及军队，甚至带教师和学生，来这里教书育人。少时几千人，多时上万人，巡幸队伍中，皇帝坐“象辇”，其他人骑马。

后妃、太子和蒙古宗王，每年都要随从皇帝北上避暑。此外，朝廷各个重要部门的主要官员，也要分次扈从。首先，三个中央主要官府的主要官员，每年皆随行。总管全国政务的中书省，每年只留平章政事等数人居守大都，中书令等官员全部跟随皇帝北上巡幸。负责全国军政的枢密院，往往留守副使或佥院等院官，其他主要官员均随行。掌管监察的御史台，往往留中丞、侍御史数人在大都，其余人皆扈从北上。其次，大宗正府札鲁忽赤（断事官）、宣政使、大司农、宣徽使等也跟随皇帝北上办公。此外，集贤院、翰林国史院、蒙古国史院、太常礼仪院、典瑞院、太史院、太医院、将作院等机构的正职官员，也都随行北上。① 因为皇帝在上都需要“考德问业”，也由于贵族子弟在上都需要继续学习，所以负责文化教育的官员和名师硕儒也要跟从。“至正元年，皇帝肇开宣文阁，以稽古右文，乃设授经郎二员，以教世戚勋臣之子孙，……而考德问业者，皆入侍帷幄，出备警跸，以故大驾岁清暑上京，必从授经郎二员在扈从列。”② 后来甚至在上都特设国子监等教育机构。当时的宗教领袖也要随皇帝到上都，在那里举行各种宗教仪式。

迎送仪式

元代皇帝每年两都巡幸，来往都有固定的仪式。

前往上都的仪式大致是这样的：

---

① 《元上都》，吉林教育出版社，1988年版，第62页。

② 王沂，《授经署板屋记》，《伊滨集》卷十八，《四库全书》本，第1208册，第546页。

1. 起驾前做佛事

蒙古统治者对各种宗教和宗教中的派系，原则上都采取保护态度。但在各种宗教中，最受重视的是佛教，尤其是喇嘛教。巡幸这样的大事，每年都有佛教人士参与，在出行前，佛教领袖要做佛事。《析津志辑佚·岁纪》中详细记载了佛事的过程："是月（注：四月）八日，帝师剌麻堂下暨白塔、青塔、黑塔，两城僧寺俱为浴佛会，宫中佛殿亦严祀云。初一日，各衙门大小官员于中书省誓莅。二日，降御香入太庙。三日，省官与祭官入庙行祭祀礼、太常礼仪院司之。初四日，蒸饼行塞北岳菩萨盛会，用花兹大羊，无主庙，有案，轮流马会首。"①

2. 大宴百官

据陶宗仪的《南村辍耕录》卷一《万岁山》记载："万岁山在大内西北太液池之阳，金人名琼花岛。中统三年修缮之。其山皆以玲珑石叠垒，峰峦隐映，松桧隆郁，秀若天成。……山上有广寒殿七间。仁智殿在山半，为屋三间。山前白玉石桥，长二百尺，直仪天殿后。殿在太液池中之圆坻上，十一楹，正对万岁山。山之东为灵囿，奇兽珍禽在焉。车驾岁巡上都，先宴百官于此。"②

3. 吉日起驾

每年皇帝北巡前，都要预先择定吉日为起驾时间。《析津志辑佚·岁纪》中载："太史院涓吉日，大驾幸滦京，遵成宪也。"③

4. 大口导送

出大都后，皇帝经历的第一"纳钵"为大口。大口距健德门20里，皇帝一行春秋往还，百官都在这里迎送。《析津志辑佚·属县》中载："大口，大驾时巡，千官导送至此，其迎驾如之。"④ 关于大口导送，元人的诗歌中也有描述，张翥《大驾时巡千官导送至大口》诗云："万乘巡行远，三灵佑护多。

① 熊梦祥，《析津志辑佚》，北京古籍出版社，1983年第1版，2001年2月第2次印刷，第217页。

② 陶宗仪，《南村辍耕录》，中华书局，1959年第1版，1980年3月第2次印刷，第15~16页。

③ 熊梦祥，《析津志辑佚》，北京古籍出版社，1983年第1版，2001年2月第2次印刷，第217页。

④ 熊梦祥，《析津志辑佚》，北京古籍出版社，1983年第1版，2001年2月第2次印刷，第250页。

旌旄随大纛，鼓铎杂鸣驼。丽日浮黄伞，微风送玉珂。臣心如草色，不断到滦河。”①

5. 龙虎台奏行程记

龙虎台即新店（辛店）纳钵，为出京后第三纳钵。在昌平县西北，距居庸关25里，距京城仅百里。该地“高平宽敞，有踞虎蟠龙之势”②。由这里前行，就要进入山路。在这里，大臣向皇帝奏报巡幸的日程安排，“大臣奏罢行程记，万岁声传龙虎台”③。

6. 夜过居庸关

由南口过居庸关至北口，长40余里，都在山峡中穿行。《析津志辑佚·属县》记载：“居庸关，在西北四十里。……居庸在直都城之北，中断而为关，南北三十里，……每岁圣驾行幸上都，并由此途，率以夜度关，跸止行人。到笼烛夹驰道而趋，南龙虎台，北棒槌店，皆有次舍，国言谓之纳钵关。”④ 居庸关山道30里，皇帝带领的庞大队伍来回都在夜间点烛过关。每到这个时候，山道中便灯火通明，形成一条巨大的长龙，情景蔚为壮观。

7. 沙岭迎驾

沙岭位于今沽源县境丰元店附近，过了这里就进入草原地带。当巡幸队伍来到沙岭时，上都的官员赶到此地来迎接皇帝，在纳钵处举行宫廷小宴，为皇帝接风洗尘。周伯琦《沙岭二首》序言中载：“是日，上都守土官远迎至此，内廷小宴。”⑤

8. 抵达上都

上都是此行的终点站。杨允孚《滦京杂咏》中有诗曰：“又是宫车入御天，丽姝歌舞太平年。侍臣称贺天颜喜，寿酒诸王次第传。”诗后自注曰：“千官至御天门，俱下马徒行，独至尊骑马直入，前有教坊舞女引导，且歌且舞，舞出天下太平字样，至玉阶乃止，内门曰御天之门。”⑥ 可见，当皇帝队

① 张翥，《蜕庵集》卷二，《四库全书》本，第1215册，第25页。

② 熊梦祥，《析津志辑佚》，北京古籍出版社，1983年第1版，2001年2月第2次印刷，第261页。

③ 杨允孚，《滦京杂咏》，《丛书集成初编》本，第1页。

④ 熊梦祥，《析津志辑佚》，北京古籍出版社，1983年第1版，2001年2月第2次印刷，第251~252页。

⑤ 周伯琦，《扈从集》，《四库全书》本，第1214册，第544页。

⑥ 杨允孚，《滦京杂咏》，《丛书集成初编》本，第3页。

伍浩浩荡荡来到时，随行官员都在御天门前下马步行，只有皇帝可以骑马直入。前边还有教坊舞女引导，且歌且舞，舞出一个“天下太平”的字样，一直到玉阶停止。随即皇帝受百官诸王朝贺，接着举行盛大的酒宴，皇帝的路上巡幸至此画上一个圆满的句号。接下来，皇帝等随行人员便开始了为期半年左右的上都生活。

从上都返回大都，也有一套固定程序，主要有以下仪式：

1. 上都南返

从上都返回大都，也像从大都出发一样，先要选择良辰吉日。据杨允孚《滦京杂咏》载：“内宴重开马湩浇，严程有旨出丹霄。羽林卫士桓桓集，太仆龙车款款调。”诗后自注：“马湩，马奶子也。每年八月开马奶子宴，始奏起程，太仆寺，掌马者。”[①] 由此可知，从上都返回大都时，先要开马奶子宴，在宴会上发布启程圣旨。这时，羽林卫士整装待发，太仆寺掌马者也准备好返程交通工具待发。宴罢，皇帝一行便开始踏上返回大都的归程。

2. 南坡计归程

南坡是从上都返回的第一个纳钵，据上都 30 余里。上都留守官一直欢送皇帝一行至此。杨允孚《滦京杂咏》：“南坡暖翠按南屏，云散风轻弄午晴。寄语行人停去马，六龙飞上计归程。”[②] 在这里，随行大臣要奏明返途行程。

3. 大都官员迎驾

大都留守官员迎驾主要在三处：怀来、龙虎台和大口。皇帝一行到达怀来纳钵时，大都官员就开始迎接了。在这里，他们准备好牲酒、果核，迎候大驾，庆祝北还。巡幸队伍继续南还，依然夜过居庸关。到了龙虎台，大都城已近在眼前，都城宫苑历历在目。这时，千官，甚至是百姓等很多人欢呼腾踊，等候在这里。等到皇上、三宫、储君到了大口，“独守卫军指挥、留守怯薛、百辟于此拜驾，若翰苑泊僧道乡老，各从本教礼祝献，恭迎大驾入城”[③]。

4. 入大都城

皇帝在大口纳钵过夜，第二天清早与太子和正后由厚载门入宫城。其他

---

① 杨允孚，《滦京杂咏》，《丛书集成初编》本，第 7 页。

② 杨允孚，《滦京杂咏》，《丛书集成初编》本，第 7 页。

③ 熊梦祥，《析津志辑佚》，北京古籍出版社，1983 年第 1 版，2001 年 2 月第 2 次印刷，第 222 页。

皇后嫔妃等宫车次第入城，于凤池坊南，从西面入西宫。从早晨一直到晚上，车驾都在不停地入城。晚上还要点上大红灯笼，“是日，都城添大小衙门、官人、娘子以至于随从、诸色人等，数十万众。牛、马、驴、骡、驼、象等畜，又称可谓天朝之盛。上位下马后，茶饭次第，一如国制，三宫亦同，各有投下。宰相数日后，涓吉日入省视朝政，设大茶饭，然后铨选”①。

第三节　元代诗人赴上京的缘由与上京纪行诗的产生

元代诗人赴上京的缘由多种多样，主要有扈从、观光巡游和朝觐等。其中扈从朝廷到上都“办公”所占比例最大。几乎所有馆阁文人都有扈从的经历，绝大多数馆阁文人在扈从中都写有诗歌作品。纵观目前留存下来的上京纪行诗，其中绝大部分是馆阁文人的扈从之作。馆阁文臣的社会地位和文化水平都较高，是文坛的上流，也是文坛的主流，他们的诗歌代表了上京纪行诗的最高水平。

每年陪同皇室“清暑”上都，并在上都处理政务，是元代馆阁文人的职责。这在元人文献中多有记载，“今则两都巡幸，百司陪侍”②。“今国家混一海宇，定都于燕，而上京在北又数百里，銮舆岁往清暑，百司皆分曹从行”③。“世祖皇帝统一区夏，定都于燕，复采古者两京之制度，关而北即滦阳，为上都。每岁大驾巡幸，后宫诸闱、宗藩戚畹、宰执从僚、百司庶府皆扈从以行。”④ 两都之间，路途遥远，来往所耗时间很长，在上都大约半年的时间里，他们的工作相对轻闲，孤独寂寞是一种普遍的情愫，为了打发寂寞的时光，为了排遣心中的孤苦，他们或个人，或集体赋诗作文，吟诗、联诗、和诗成了最好的抚慰剂。在两都巡幸期间，扈从作诗一直是上京纪行诗的主流。

虞集、袁桷、许有壬、王士熙、马祖常、欧阳玄、吴师道、周伯琦等馆阁文臣，都曾经跟随皇室到上都处理政务。在众多的馆阁扈从文臣中，从虞

---

① 熊梦祥，《析津志辑佚》，北京古籍出版社，1983 年第 1 版，2001 年 2 月第 2 次印刷，第 222 ~223 页。

② 王士熙，《题上京纪行诗后》，《纯白斋类稿》附录，《丛书集成初编》本，第 212 页。

③ 《跋胡编修上京纪行诗后》，苏天爵著，陈高华等校点，《滋溪文稿》，中华书局，1997 年版，第 470 页。

④ 王祎，《上京大宴诗序》，《王忠文公文集》卷六，《北京图书馆古籍珍本丛刊》本，第 98 册，第 103 页。

集和袁桷最富代表性。虞集大德初年来到大都，不久登上大都路儒学教授的职位。从此，一直到他晚年告老还乡、离开朝廷为止，他几乎每年都要扈从皇帝巡幸上都。他的上京纪行诗，主要记载了他在泰定和至顺年间扈跸的经历。延祐和至治期间，袁桷作为翰林院官，也曾四次扈从上都，在上都翰林院供职、生活。袁桷是一位多产的上京纪行诗作家，他的《开平四集》，见证了延祐和至治年间上都翰林院的变化。《开平四集》从不同侧面描写和反映了上都及沿途的风貌，《开平第一集》写于延祐元年（1314），该年袁桷分院上都，他5月3日从大都出发，15日抵达上都。他用25首诗歌记载了他的上都之行，诗中主要描写了从大都到上都沿途中的山川景观。《开平第二集》主要描写上都城的自然环境和居民的生活环境及习俗。《开平第三集》作于至治元年（1321），这次他和王士熙等人同行扈跸上都，在上都生活了三个多月，其间袁桷作诗62首，主要写从大都到上都的驿站以及上都的风土人情。《开平第四集》作于至治二年（1322），该集通过100首诗歌，多角度地反映了上都的风貌。至治二年（1322）的上都之行，袁桷的感情发生了很大的变化。此前扈从上都，总有许多馆阁朋友随行，大家联诗唱和，颇为热闹，到了上都，他们还要和崇真宫的道士朋友们吟诗作赋。但是至治二年（1322），朝廷下旨免除道士扈从。平时热闹欢乐的上都崇真宫，变得冷清孤寂。在这种环境下，袁桷“悲愉感发，一寓于诗”，而“同院亦寡唱和”①。该集感情基调低沉苍凉，第一首为《端午日繇车中抵开平客中三度端阳怆然有怀》，诗曰：

居庸昔日逢端午，子规声声劝归去。旧岁滦阳万寿宫，九节菖蒲泛琼醑。今年车中饱掀簸，盲风北来雨如注。沙坡马鬣高下迎，土屋鱼鳞先后附。旧家松篁百寻碧，檐葡花前石榴树。停车俯首不得语，邻墙箫声杂驼鼓。劳生得意同蜗牛，奋臂却行等蝇虎。②

此诗感情低沉，借助子归、蜗牛等意象，通过今昔对比，突出了自己的孤凉悲戚。袁桷的《开平四集》，是了解延祐和至治年间上都翰林国史院变化的重要上京纪行诗。③

每年一次的两都巡幸，社会影响很大。对于无缘扈从的文人来说，前往

① 《开平第四集》序言，《清容居士集》卷十六，《四部丛刊初编》本。

② 《端午日繇车中抵开平客中三度端阳怆然有怀》，《清容居士集》卷十六，《四部丛刊初编》本。

③ 关于袁桷及《开平四集》，详见第四章第一节。

上都观光巡游是一件极富诱惑力的事情。元代后期，观光巡游的文人逐步增多，成为上都的一景。他们所作的上京纪行诗，与馆阁文人的作品风格不同。他们的上京纪行诗，少了些文气，多了些灵气，显得清新而有朝气。在观光巡游的文人中，以葛逻禄诗人迺贤最富特点。

迺贤（1309—1368），字易之，号河朔外史、紫云山人，葛逻禄氏。汉姓马，因以字行，又被称为马易之。由于葛逻禄译音有时作合鲁，所以又被称为合鲁易之，或者在字前被冠以族名，称为葛逻禄易之。迺贤的先祖为西域葛逻禄人，在蒙古建国之初，成吉思汗多次用兵西北，葛逻禄部族首领顺降蒙古，并与蒙古贵族结为姻亲。其后，蒙古军南下征金伐宋时，西北各族都派军队跟随出征。元朝统一中国后，来自西北各族的官兵，就散处于中原各地定居下来。在这样的民族大交流中，迺贤的先人在南阳定居了下来。后来，迺贤又随父兄迁居庆元路鄞县（今浙江宁波）。迺贤以诗闻名当世，“每出一篇，则士大夫辄传诵之”①。今存《金台集》二卷及北游笔记《河朔访古记》二卷。②

至正九年（1349），迺贤和友人从大都出发，赶往上都观光巡游，这是迺贤生活中的一件大事情。在上都，迺贤曾前往崇真宫。崇真宫虽然是一个道教场所，但是，这里在元代一直是文人聚会雅集的重要场所。虞集、袁桷、马祖常、揭傒斯、许有壬等文坛大家都曾在这里作文题诗。迺贤和友人们在这里，以联诗酬答为乐。他的上京纪行诗中，多次写到他在崇真宫和文友的活动，如《次上都崇真宫呈同游诸君子》：

鸡鸣涉滦水，惨淡望沙漠。穹庐在中野，草际大星落。风高马惊嘶，露下黑貂薄。晨霞发海峤，旭日照城郭。嵯峨五色云，下覆丹凤阁。琳宫多良彦，休驾得栖泊。清尊置美酒，展席共欢酌。弹琴发幽怀，击筑咏新作。生时属承平，幸此帝乡乐。愿言崇令德，相期保天爵。③

饮酒、联欢、弹琴、击筑、抒怀、咏诗，这就是他们初来上都时的主要生活。在这里，迺贤和道士们的关系也很好。他生病了，张德隆宗师给他送药，令他非常感动，他写《病中答张元杰宗师惠药》诗表达自己的感激：

---

① 贡师泰，《葛逻禄易之诗序》，迺贤，《金台集》序言，《诵芬室丛刊》本。
② 《元诗史》，人民文学出版社，2003年版，第160～161页。
③ 迺贤，《金台集》卷二，《诵芬室丛刊》本。

卧病临高馆，丹芝幸见分。铜瓶朝挹水，石鼎夜生云。坐久镫华落，秋清木叶闻。明朝得强健，长礼紫虚君。①

在廼贤的上京纪行诗中，除了写他在上京的生活，还抒发自己的所思所感，其中最突出的就是对家里亲友刻骨铭心的思念。他在《雨夜同天台道士郑蒙泉话旧并怀刘子彝》中云：

履雪台州老郑虔，相逢滦水话当年。草堂听雨秋将半，石鼎联诗夜不眠。遥忆东湖来梦里，起看北斗落窗前。刘郎独爱长生诀，日日天坛待鹤还。②

郑蒙泉即郑守仁。郑守仁，号蒙泉，天台黄岩人。同郑守仁在滦阳相逢，二人同来自江南，他乡逢故友，故而有说不完的话，整夜未眠，聊家乡的那些事，家乡的那些人，思乡之情溢于言表。在离开上京时，廼贤做了《还京道中》，云：

客游倦缁尘，梦寐想山水。停骖眺远岑，悠然心自喜。晨霞发暝林，夕溜洄清沚。出峡凉风驰，入谷寒云起。霜清卉木疏，日落峰峦紫。迢递越河关，参差望宫雉。家僮指归路，居人念游子。久嗟行路难，深乖摄生理。终期返南山，高揖谢城市。③

诗的开头两句，作者就明确说明自己一直“客游”，现在已经很疲惫了，“梦寐想山水”，暗含着连做梦都在想念着家乡。“悠然心自喜”，说明了自己对即将结束客游生活的欣喜。“出峡凉风驰”，一个“驰”字，写尽了思乡之情。

此次从大都出发，过居庸，涉滦河，一路上跋山涉水，在元代的第二都城上京生活了半年左右的时间，这是他一生中非常有意义的一段时光。江南先进文化的陶冶成就了廼贤的文学素养和诗人气质，而上都的生活则开阔了他的胸襟，增长了他的见识，触发了他的创作激情，为他提供了取之不尽的创作素材。他把由大都到上都，再返回大都沿途的所见所感所思，用31首诗记录了下来，总题为《上京纪行》，收录在他的诗集《金台集》卷二的开篇。廼贤的《上京纪行》组诗，第一首为《发大都》：

南阳有布衣，杖策游帝乡。忧时气激烈，抚事歌慨慷。天高多霜露，岁

---

① 廼贤，《金台集》卷二，《诵芬室丛刊》本。
② 廼贤，《金台集》卷二，《诵芬室丛刊》本。
③ 廼贤，《金台集》卷二，《诵芬室丛刊》本。

晏单衣裳。执手谢亲友，驱马出塞疆。云低长城下，木落古道傍。凭高眺飞鸿，离离尽南翔。顾我远游子，沈思郁中肠。更涉桑乾河，照影空彷徨。①

首篇即奠定了本组诗的总格调，即“忧时气激烈，抚事歌慨慷”。面对长空霜露、千里归鸿，诗人驱马奔向“天高多霜露”的塞外，内心的孤独彷徨之感不是一语所能道尽的。接着他开始吟颂沿途所见的历史、文化古迹，主要有刘蕡祠、龙虎台、居庸关、榆林、枪杆岭、李老谷、赤城、龙门、独石、李陵台等。迺贤在吟颂这些历史古迹时，全部采用五言古体的形式。贡师泰在评价迺贤五言诗时说：“大抵五言类谢朓、柳恽、江淹。”②

在上京观礼期间，迺贤还亲眼看见了草原风光，感受到了草原少数民族的生活。他有五首组诗名为《塞上曲》，写道：

秋高沙碛地椒稀，貂帽狐裘晚出围。射得白狼县马上，吹笳夜半月中归。

杂沓毡车百辆多，五更冲雪渡滦河。当辕老妪行程惯，倚岸敲冰饮橐驼。

双鬟小女玉娟娟，自卷毡帘出帐前。忽见一枝长十八，折来簪在帽檐边。(长十八，草花名)

马乳新挏玉满瓶，沙羊黄鼠割来腥。踏歌尽醉营盘晚，鞭鼓声中按海青。

乌桓城下雨初晴，紫菊金莲漫地生。最爱多情白翎雀，一双飞近马边鸣。③

与传统的边塞诗不同，这五首组诗不是描写战争和大漠孤烟、长河落日、冰雪狂风的雄奇景象，而是着力表现塞上风情，具有浓郁的生活气息。该组诗把北方特有的自然风光和游猎民族的生活习俗，非常自然地融合在了一起，展示了草原人民乐观豪放、热爱生活的民族性格，令人耳目一新。在格调上，与《敕勒歌》那样雄伟直质、语意浑然的诗歌不同，该组诗在质朴自然中带有清新隽永，透着活泼流丽。整组诗具有鲜明的民族风格与地方特色，颇为读者所喜爱。

因为有了迺贤和他的《上京纪行》诗，元代的上京纪行诗发展史上多了一个葛逻禄诗人，极大地丰富了元代的上京纪行诗。

在上京纪行诗的作者中，还有一部分是朝觐者，这主要是各类的宗教人

① 迺贤，《金台集》卷二，《诵芬室丛刊》本。

② 贡师泰，《葛逻禄易之诗序》，《金台集》，《诵芬室丛刊》本。

③ 迺贤，《金台集》卷二，《诵芬室丛刊》本。

士。每年在上都清暑，朝廷都要举办各种各样的宗教活动，这就需要宗教人士前往上都。据李存的《送龚太和随天师入朝序》载：“皇帝即位之明年，诏江南张天师入朝。……天师行，选其徒之才且艺者、贤有德者、壮可行者若干人从，而番易龚君太和与焉。吾闻天师每朝觐时，国有大祈禳，则命之天师帅其徒为坛而醮焉。”① 为了祈禳，元廷时常要诏令宗教人士来朝设坛祈祷。许多朝觐的宗教人士，也加入到了上京纪行诗创作的活动中。道教人士马臻、张雨、张嗣德、薛玄曦等，佛教人士梵琦等都在去上都朝觐的过程中写作了上京纪行诗。大德五年（1301），元成宗在上都召见正一派道教三十八代天师张與材，马臻陪同前往，其间作诗《大德辛丑五月十六日滦都棕殿朝见谨赋绝句三首》，诗曰：

黄道无尘帐殿深，集贤引见羽衣人。步虚奏彻天颜喜，万岁声浮玉座春。

殿中锡宴列诸王，羽褐分班近御床。特旨向前观妓乐，满身雨露湿天香。

清晓传宣入殿门，箫韶九奏进金樽。教坊齐扮群仙会，知是天师朝至尊。②

这三首七绝详细地描述了元成宗在上都接见天师张與材和随从马臻等的情形。在上都朝觐过程中，马臻对上都的风土人情印象颇为深刻，他的《开平即事》云：

土风浑似古，民物自熙熙。酿酒收驼乳，裁裘聚鼠皮。夏寒绵挟旧，路滑马行迟。家在千山外，思归未有期。③

此诗如一幅风俗画，给读者留下了深刻的印象。

仇远对马臻的诗歌评价为：“大抵以平夷恬澹为体，清新圆美为用。陶衷于空，合道于趣，浑然天成，不止于烟云、花草、鱼鸟而已。”④ 马臻的诗歌，视角独特，寓含玄义，为上京纪行诗注入了新的因素。

扈从、观光巡游和朝觐，是元代文人赴上京的最主要原因。文人的上京之行，直接导致了上京纪行诗的产生和发展繁荣。

---

① 李存，《送龚太和随天师入朝序》，《鄱阳仲公李先生文集》卷十七，《北京图书馆古籍珍本丛刊》本，第92册，第606页。

② 《霞外诗集》卷三，文渊阁《四库全书》本，第1204册，第88页。

③ 《霞外诗集》卷三，《四库全书》本，第1204册，第89页。

④ 《霞外诗集》仇远序，《四库全书》本，第1204册，第56页。

第二章　元代上京纪行诗发展论

第一节　上京纪行诗的酝酿及终结

严格意义上的上京纪行诗产生于元世祖创建两都、实行两都巡幸时期，但上京纪行诗的酝酿却经过了很长的时间，几乎与元代文学同时开始。

杨镰在《元代文学编年史》中把成吉思汗十五年庚辰（1220）定为元代文学的发端期。其时，成吉思汗远征西域，契丹贵裔耶律楚材随军出征，留守在中亚河中府（中亚撒马尔罕）。耶律楚材把河中府作为文学活动的阵地，创作了《西域河中十咏》等系列作品。杨镰把十首《西域河中十咏》作为元代文学的起点，从这个角度来看，元代文学开始于异域纪行诗。

出生于西域的耶律楚材的次子耶律铸，把他在西域、和林的所见所闻及生活情况也写成了纪行诗。耶律铸的笔触较早地伸展到了和林的周边，他的《金莲花甸》诗云："金莲花甸涌金河，流绕金沙漾锦波。何意盛时游宴地，抗戈来俯视龙涡。"诗后作者注曰："和林西百余里有金莲花甸，金河界其中，东汇为龙涡。阴崖千尺，松石骞迭，俯拥龙涡，环绕平野，是仆平时往来渔猎、游息之地也。"① 耶律铸长期生活在大漠地带，他的以塞外大漠为题材的诗歌，是上京纪行诗的"前奏"，如《发凉陉偏岭南过横山回寄淑仁》：

浮游汗漫和南陔，直指凉陉是九垓。偏岭最饶秋色处，横山不出冷云来。未须白雁传霜信，已早黄花带雪开。想得玉滦河北畔，有人独上李陵台。②

因为独特的大漠生活经历，耶律铸喜欢描写异域风光，记录塞外的行踪及生活。这些诗，犹如酿酒时的"酒麹"，推动加速了上京纪行诗的产生。

除耶律楚材父子之外，中原道教宗师丘处机也是纪行诗酝酿过程中不得不提的重要人物。元太祖十四年（1219）冬，成吉思汗遣侍臣至莱州（今山

---

① 诗和注均见于《双溪醉隐集》卷五，文渊阁《四库全书》本，第1199册，第448～449页。

② 《双溪醉隐集》卷三，文渊阁《四库全书》本，第1199册，第418页。

东掖县）传旨，敦请丘处机赴西域相见。次年正月，丘处机带领他的18位弟子，西行万里谒见成吉思汗。虽然此次行程的主要任务是宣讲道义，但是，师徒一行却做有纪行诗，记录了他们的西域之行。

元代统一以前，南北隔绝了有三四个世纪。居庸关之外，更是中原人士望尘莫及的神秘绝境。无法亲历塞外之地，故而中原人士的视野受到局限。在这种历史大背景之下，山西人张德辉却有幸北出居庸，将足迹留在了草原腹心地带。据张德辉在《岭北纪行》中记载，定宗贵由二年（1247）6月，他应忽必烈之召赴其衙帐，以备顾问。一路上，他发镇阳，过中山，出保塞，经良乡，度卢沟桥，到达了燕京。在燕京居住了几天之后，又继续北上，过新店驿，出北口，度居庸关，出南口，经榆林驿、雷家店，到怀来县，然后继续北上，出野狐岭、昌州，过鱼儿泊，历时一年，才到达和林汗廷。他"因纪行李之本末，以备忘之"[①]，写定《岭北纪行》。

《岭北纪行》见于王恽的《玉堂嘉话》卷八[②]，后人辑出单行，或题《边堠纪行》[③]；或题《塞北纪行》[④]。

《岭北纪行》开阔了人们的视野，也深刻地影响了元代的纪行类作品。

总而言之，蒙古前四汗时期是上京纪行诗的酝酿时期。耶律楚材父子的西域生活及其纪行之作、道教领袖丘处机师徒的西域之行及其纪行之作以及中原人士张德辉深入草原腹心地带的北方之旅之作，都推动和促进了纪行诗的产生。

纵观整个元代诗坛，纪行诗的种类多、数量多，除了写域内纪行诗之外，还有"日本纪行诗""安南纪行诗"等，他们都将视野和笔触伸展到了域外。

至元八年（1271），赵良弼以秘书监身份，代表元朝出使日本，在日本滞留一年，其间写有一卷日本纪行诗。虽然他的日本纪行诗没能流传下来，但"至元初期诗人与诗走出大陆，亲历异域，毕竟是文学史大事"[⑤]。

至元二十九年（1292），从南方北上入朝为官的台州人陈孚，又从北方南下，跟随梁曾出使安南。此行中，他用纪事体加注本事的写法，做了五言长诗《安南即事》。《安南即事》"等于是一部'安南纪行诗'，对于后人写异域

---

① 《岭北纪行》。

② 《秋涧先生大全集》卷一百。

③ 《说郛续》卷二十六；《古今游记丛钞》卷四十五。

④ 《渐学庐丛书》一集，《皇朝藩属舆地丛书》又缩印此本。

⑤ 杨镰，《元代文学编年史》，山西教育出版社，2005年版，第90页。

风光时用小注补充内容的做法有实际影响。”①

继陈孚之后，色目人聂古柏于至大四年（1311），以吏部侍郎的身份出使安南，并写有纪行诗。聂古柏，哈剌鲁氏，居庆元（今属浙江），泰定元年（1324）甲子科进士，仕履不详。《皇元风雅》前集卷二辑录了聂古柏的18首安南纪行诗，第一首为《题韩文公祠》，最后一首为《题参政高公荒政碑》。②

元代是一个统一的多民族国家，疆域空前广大，交通较为便利，和周边国家的交往也比较多，故而为时人的纪行之作提供了条件。但是，在众多的纪行之作中，上京纪行诗是最引人瞩目的一种，诗人多，诗作多，创作时间长，在社会上的影响也是其他纪行类作品所无法比肩的。

元代上京纪行诗从世祖中统年间开始产生，一直到上都被红巾军所烧毁终结，几乎与整个元代相始终，而且从仁宗开始，创作就一直兴盛。根据上京纪行诗的发展规律和特点，以仁宗皇庆、延祐为界，元代上京纪行诗可分为前、后两个时期。前期是产生和发展时期，后期是成熟和繁荣时期。具体情况见本章第二节和第三节。

顺帝晚期，农民起义此起彼伏，但顺帝仍然年年巡幸上都，避暑作乐，没有丝毫改变。直到至正十八年（1358）12月，红巾起义军的一支由关先生、破头潘、沙刘二等由大同直趋上都，上都陷落，宫阙尽毁。“因上都宫阙尽废，大驾不复时巡。”③ 期间，元顺帝多次想修复上都宫阙，恢复巡幸，但都遭到了大臣的反对。参议中书省事陈祖仁上疏道：“今四海未靖，疮痍未瘳，仓库告虚，财用将竭，乃欲驱疲民以供大役，废其耕耨，而荒其田亩，何异扼其吭而夺之食，以速其毙乎！”④ 顺帝最后一次巡幸上都，是至正二十八年（1368）闰七月二十八日，明军逼近大都，顺帝仓皇“北巡”，这在张佶的《北巡私记》里有详细的记载。《北巡私记》，张佶撰。作者元末供职于朝廷，跟随元顺帝一行仓皇北逃，并将此事美化为“北巡”，故将其书命名为《北巡私记》。全书记载自至正二十八年（1368）闰七月至三十年（1370）正月，共17个月之事，所记多为元顺帝仓促北逃以及最后死去的经过，其中对

---

① 杨镰，《元代文学编年史》，山西教育出版社，2005年版，第182页。

② 杨镰，《元代文学编年史》，山西教育出版社，2005年版，第250页。

③ 《元史》卷四十五《顺帝本纪》，中华书局，1976年第1版，1997年7月第6次印刷，第4册，第949页。

④ 《元史》卷一八六《陈祖仁传》，中华书局，1976年第1版，1997年7月第6次印刷，第14册，第4273页。

逃亡的路线、途中的狼狈情状等，均有生动的记载。[①] 关于这段史实，本书是现存的唯一汉文记载，且为作者所亲自经历，故有较珍贵的史料价值。至此，元代的上京巡幸彻底结束了。

上京纪行诗，顾名思义，离不开上京，离不开对上京的巡幸。元代的两京及两京巡幸是上京纪行诗产生的土壤，而上京纪行诗是两京巡幸在文坛上的反映。上京被毁，巡幸失去了目标，上京纪行诗的创作便终结，也就是说，至正十八年上京被毁，严格意义上的上京纪行诗就终结了。但是，在元代，从世祖时期开始，上京纪行诗创作了近百年，在文人心中，甚至在百姓的心目中，它已经"生根发芽"了。出于文学的惯性，心理的定式，在上京被毁之后，甚至在明初，文人们一直喜欢凭吊上京。上京纪行诗仍然在延续着，余响不绝。因为不能亲历上都，文人们就为上京风物画题诗，明人王偁《题画白翎雀》："塞花原草度交河，往日曾随凤辇过。一自翠华消息断，空将遗恨寄云和。"[②] 白翎雀是上都地区的特产，文人不仅喜欢赋诗吟咏，而且喜欢为它作画，王偁就是通过为画题诗表达了对"历史"的缅怀。明人邱浚《座中有搊筝者作白翎雀曲因话及元事口占此诗》："往事消沈汉道兴，毡车宵遁土城平。兴隆无复残笙谱，劈正谁知旧斧名。起辇谷前驼马迹，居庸关外子规声。不堪亡国音犹在，促数繁弦叫白翎。"[③] 诗歌中表达了诗人的凭吊之情。

元末上都被毁，巡幸停止，再加上战乱频繁，所以自此以后，文人们很少能亲历居庸关外，只能作诗来凭吊。但在明初，金幼孜却因为扈从明代皇帝出塞，再次亲历了塞外，并写有纪行诗。据他在《滦京百咏集序》中说："予尝扈从北征，出居庸，历燕然，道兴和，逾阴山，度碛卤大漠，以抵胪朐河。复缘流东行，经阔滦海子，过黑松林，观兵静虏镇。既又南行百折，入淙流峡，望应昌，而至滦河。又自滦河西行，过乌桓，经李陵台，趋独石，涉龙门，出李老谷，迤逦纡徐，度枪杆岭，遵怀来而归。往复七阅月，周回数万里。凡山川道路之险夷，风云气候之变化，銮舆早晚之次舍，车服仪卫之严整，甲兵旗旄之雄壮，军旅号令之宣布，祃师振武之仪容，破敌纳降之威烈，随其所见，辄记而录之。且又时时作为歌诗，以述其所怀。虽音韵鄙

① 见《北巡私记》，《云窗丛刻》本。

② 《虚舟集》卷五，《四库全书》本，第1237册，第71页。

③ 《重编琼台稿》卷五，《四库全书》本，第1248册，第84页。

陋，不足以拟诸古作，然因其言以即其事，亦足以见当时儒臣遭遇之盛者矣。”① 这是一次军事行动，和元代为了“清暑”的巡幸自然不同，但是，却让作为明人的金幼孜实实在在地体会了一把塞外“巡幸”的滋味，他的《北征录》就是此次行动的成果。

金幼孜，新淦人，建文元年（1399）举人，官至礼部尚书兼武英殿大学士。永乐八年（1410），成祖北征阿鲁台，十二年征瓦剌，金幼孜皆扈从出塞，《北征录》即撰成于行军途中。《北征录》，一卷，分为前、后两录，分别详记了两次北征期间成祖言行、行军作战情况，以及行军路程、山川胜迹、见闻趣事等，可为研究明与蒙元残部战争的参考。

除了《北征录》，金幼孜还作有纪行诗。因为是出征打仗，和元代避暑取乐的感觉自然不一样，金幼孜的塞外纪行诗在记事中多描写战士的生活，以及作战的情况，如下面两首诗：

闰四月九日随驾宿龙虎台

军都邑废已无城，龙虎台空尚有名。山绕平原烟树绿，天连碧海暮潮平。清宵宿卫闻笳响，拂曙趋朝听鼓声。传道乘舆催早发，中军先已抗前旌。②

九月十八日扈从车驾出居庸关外较猎

羽士如林亦壮哉，长风万里蹴飞埃。雕弓射雁云中落，锦臂鞲鹰马上来。绝壁重重围网近，高峰猎猎竖旗开。从臣载笔长杨里，谫薄惭无献赋才。③

总之，尽管元末明初塞外纪行诗不绝如缕，但是，真正的上京纪行诗已经终结，上京纪行诗的辉煌已经成为过去。

第二节 前期上京纪行诗

根据上京纪行诗的整个发展状况，元代上京纪行诗可以分为两个时期：一是前期，大致从元世祖中统元年（1260）开始，一直到元武宗至大四年（1311）；二是后期，大致从元仁宗皇庆元年（1312）开始，一直到元顺帝至正十八年（1358）上都被红巾军烧毁。前期为上京纪行诗的产生和发展时期；

---

① 《金文靖集》卷七，《四库全书》本，第1240册，第721页。

② 《金文靖集》卷四，《四库全书》本，第1240册，第650页。

③ 《金文靖集》卷四，《四库全书》本，第1240册，第629～630页。

后期为上京纪行诗的成熟和繁盛时期。[①]

前期是上京纪行诗的产生和发展时期。总的来看，此时期写作上京纪行诗还未形成风气，作家和作品数量都有限，还没有形成规模，也没有引起文坛的足够重视。就作家而言，写作上京纪行诗的诗人，大多数是宫廷大臣和政治家，且多为北方人（主要以两河、两山作家为主），如刘秉忠、王恽、胡袛遹、刘敏中等，他们在朝廷供职，有较多的机会陪同皇室来往于两都，故而具备了创作上京纪行诗的条件。刘秉忠等人的上京纪行诗，题材比较狭窄，内容多为描写上都及沿途的风光，以及自己的馆阁生活。在前期馆阁诗人中，刘敏中是现存上京纪行诗数目比较多的文人，他的诗歌，和其他馆阁文人相比，有了较大的突破，在内容上，他除了描写上京及沿途的风光、馆阁中的生活，还写他在上都的朋友以及他和朋友们的诗歌唱和。在体裁上，他有意识地写了很多组诗，这些组诗，拓宽了上京纪行诗的体裁。

至元十三年（1276），南宋宫廷投降，宋三宫被拘押北上大都。宫廷琴师汪元量随着三宫来到了大都，至元十九年（1282），汪元量随南宋少帝迁往上都，他用诗歌的形式，记录了此次的上都之行。他的诗歌，无论从内容上，还是风格上，相比前期的馆阁文臣，都有了明显的突破，这主要表现在诗歌所表达的感情上，从他留存下来的上京纪行诗来看，可以说，每一首都充满了血泪和哀愁，感情深沉，凄婉动人。除了汪元量，陈孚也给前期的上京纪行诗带来了突破，作为较早北上滦阳的南方人，陈孚的上京纪行诗，视角独特，注重细节描写，感情细腻，淳朴清新，为前期上京纪行诗注入了新鲜的内容。每年都有宗教人士参与两都巡幸，亲历上都的宗教人士，成为上京纪行诗发展史上的一个特殊群体，宗教人士的作品，内容丰富，意境深远，成为前期上京纪行诗的一个重要部分。

上京纪行诗还经历了一个萌芽的阶段。

在上京纪行诗正式产生之前，从蒙哥汗元年（1251）到蒙哥汗九年（1259），有十年左右的时间，是上京纪行诗的萌芽阶段。

蒙哥汗元年（1251），忽必烈受命总领漠南汉地军国庶事，承命后忽必烈

① 本书分期以上京纪行诗为标尺，不以诗人为准。故而会有这种情况：诗人属于前期，但他的上京纪行诗写于后期，这种情况以诗为准，暂把诗人也划为后期，如袁桷，因为其《开平四集》均作于延祐和至治年间［其中《开平第一集》作于延祐元年（1314），《开平第三集》作于至治元年（1321），《开平第四集》作于至治二年（1322）］所以按后期作家对待。还有一种情况，就是诗人的上京纪行诗无法确定年代，这种情况以诗人为准来分期。

驻扎于桓州和抚州之间的金莲川。在金莲川，他广招天下名士，建立了历史上有名的“金莲川幕府”。上京纪行诗就是首先在忽必烈的金莲川幕府人物中开始萌芽的，在这个过程中，郝经发挥了重要的作用。

郝经（1223—1275），字伯常，泽州陵川（今属山西）人。家世业儒，祖父郝天挺曾是元好问的老师。郝经少经兵乱，后徙居顺天（今河北保定）。家贫好学，于铁佛寺苦读五年。后馆于顺天守帅贾辅、张柔家，得博览二家藏书。元好问曾经勉励郝经，说他像他祖父一样，非常有才气，并和他讨论作诗作文的方法。蒙哥汗六年（1256），他受召北上，于沙陀拜见忽必烈，条上数十事，甚受器重，遂留王府。蒙哥汗九年（1259），大举伐宋，命忽必烈总统东师进攻鄂州，郝经跟从。蒙哥汗死后，他又多次上书建议忽必烈撤军北还，争取汗位。中统元年（1260），世祖即位，以郝经为翰林侍读学士，佩金虎符，充国信使，入宋通好。宋丞相贾似道惧怕自已私自与蒙古议和的事泄露，于是把郝经拘留在了真州（今江苏仪征），郝经多次致书南宋君臣，以完成使命，皆不报。至元十一年（1274）伯颜伐宋，郝经始得放还，被释后不久病逝，年五十三，谥文忠。《元史》卷一百五十七有传。郝经在真州被羁押了十五年，其间以著述为事，著作有《陵川文集》三十九卷，今存。

郝经的上京纪行诗，均作于世祖中统元年（1260）之前，即他出使南宋之前。其时，开平刚刚兴建成一座富丽堂皇的草原都城。郝经在第一时间详细地描写了这座皇城里雄伟壮观的宫殿楼阁，并借对新城的歌颂，讴歌了元廷披荆斩棘、开疆拓土的功勋：

开平新宫五十韵

日月旋天盖，星辰合斗枢。光腾掌内铁，气绕泽中蒲。金帛羞重赐，弓刀奋一呼。真人翔灞上，天马出余吾。尺棰初开辟，群雄竞走趋。无劳为更举，乘胜即长驱。蹴踏千年雪，骁腾万里驹。长城冲忽断，弱水饮先枯。肃杀威灵盛，驱除运会俱。华夷尘澒洞，天地血模糊。地尽诸蕃外，兵穷两海隅。九州皆瓦砾，万国一榛芜。谁与重休息，徒为妄骇吁。治平须化日，杀伐岂良图。圣子曾当璧，神孙会握符。铁山深蕴玉，瀚海特生珠。历数终当在，讴歌信不诬。欲成仁义俗，先定帝王都。畿甸临中国，河山拥奥区。燕云雄地势，辽碣壮天衢。峻岭蟠沙碛，重门限扼狐。侵淫冠带近，参错土风殊。翠拥和龙柳，黄飞盛乐榆。岐山鸣鸑鷟，冀野牧騊駼。风入松杉劲，霜涵水草腴。穹庐罢迁徙，区脱省勤劬。阶土遵尧典，卑宫协禹谟。既能避风雨，何用饰金朱。栋宇雄新造，城隍屹力扶。建瓴增壮观，定鼎见规模。五让登皇极，群生赐大酺。还闻却走马，即见弛威弧。简策询前代，弓旌聘老儒。恢弘回一气，徼幸绝多途。雷雨施庞泽，乾坤洗旧污。直为提赤子，遂使出洪炉。远檄收疲薾，穷边罢转输。江壖遗鄂岳，石窟弃巴渝。刀槊存残骨，膏粱换毒痡。却令逢有道，免使叫无辜。契阔还同室，鳏惸得字孤。八荒皆寿域，六合极欢娱。白叟休垂泣，苍生获再苏。只知期用夏，更拟论平吴。旭日冰天透，仁君雪国无。终能到周汉，亦足致唐虞。遇主得知己，逢时合舍躯。弭兵通信誓，奉诏敢踟蹰。顿觉心田豁，还将肝纸刳。行行重回首，瑞气满闉阇。①

开平城建于蒙哥汗六年（1256），用了三年的时间建成。在上京纪行诗中，郝经的这首长篇五言诗《开平新宫五十韵》是最早描写开平城及其宫殿的诗篇，可看作是开平建城的“奠基”诗作。在诗中，诗人表达了自己对刚刚落成的新首都的喜爱，他庆幸自己“遇主得知己，逢时合舍躯”，心里顿时感觉开朗豁达，于是决定用自己的笔记下这一历史的壮举。

郝经是新生的蒙古政权的积极拥护者。作为忽必烈的重要幕僚，郝经期待着国家的统一，也对忽必烈统一天下充满了雄心壮志，他的《居庸行》言：

惊风吹沙暮天黄，死焰燎日横天狼。巉巉铁穴六十里，塞口一喷来冰霜。导骑局脊衔尾前，毡车軥辘半侧箱。弹筝峡道水复冻，居庸关头是羊肠。横拉恒代西太行，倒卷渤海东扶桑。幽都却在南口南，截断北陆万古疆。当时金源帝中华，建瓴形势临八方。谁知末年乱纪纲，不使崇庆如明昌。阴山火起飞蛰龙，背负斗极开洪荒。直将尺棰定天下，匹马到处皆吾疆。百年一债老虎走，室怒市色还猖狂。遽令逆血洒玉殿，六宫饮泣无天王。清夷门折黑风吼，贼臣一夜掣锁降。北王淀里骨成山，官军城上不敢望。更献监牧四十万，举国南渡尤仓皇。中原无人不足取，高歌曳落归帝乡。但留一旅时往来，不过数岁终灭亡。潼关不守国无民，便作龟兹能久长。汴梁无用筑子城，试看昌州三道墙。②

来往于两都间的文人，常常把居庸关作为写作的诗料。想当年，无论是契丹的辽，还是女真的金，都曾经以摧枯拉朽之势占有了这“一夫当关，万

---

① 《郝文忠公陵川文集》卷十四，《北京图书馆古籍珍本丛刊》本，第91册，第594~595页。

② 《郝文忠公陵川文集》卷十，《北京图书馆古籍珍本丛刊》本，第91册，第561页。

夫莫开”的险要之地。真可谓是“当时金源帝中华，建瓴形势临八方”。可是，“谁知末年乱纪纲，不使崇庆如明昌。阴山火起飞蛰龙，背负斗极开洪荒”。由于“末年乱纪纲”，这些曾不可一世的民族都已经退出了历史的舞台。而今，引领历史潮流的是新兴的蒙古族，他们“直将尺棰定天下，匹马到处皆吾疆”。目前，只有逃避于江南一隅的南宋还在苟延残喘，郝经自信地说：“但留一旅时往来，不过数岁终灭亡。”他进而希望新兴的国家能够“潼关不守国无民，便作龟兹能久长。汴梁无用筑子城，试看昌州三道墙”。郝经的这首上京诗，就是通过对历史的回顾，对未来的展望，歌颂了新王朝的昌明强盛，同时也表达了自己的美好祝愿。这种感情，只有在和新王朝的创建同患难、共甘苦的北人当中，才会产生，并且这么刻骨铭心。

经过十年左右的酝酿，上京纪行诗开始产生和不断发展。供职于朝廷的北方政治家，构成了前期上京纪行诗的创作主体。下面以河北作家刘秉忠、河南作家王恽和山东作家刘敏中为样本，分析、探讨元代前期上京纪行诗的产生和发展轨迹。

元朝的开国元勋刘秉忠，在上京纪行诗的产生过程中发挥了举足轻重的作用。

刘秉忠（1216—1274），初名侃，字仲晦，自号藏春散人，邢州（今属河北）人。刘秉忠十三岁时入帅府为质子，十七岁为邢台节度使府令史。后为僧，法名子聪，自号藏春散人。蒙哥汗三年（1253），刘秉忠随忽必烈征云南、伐南宋，赞以天地好生、王者神武不杀，所至不妄戮一人。蒙哥汗六年（1256），筹建开平城。中统元年（1260），世祖正位后，刘秉忠受命制定各种制度。至元元年（1264），拜光禄大夫，为太保，参领中书省事，更名秉忠。至元四年（1267）又奉命建筑中都（后改大都）。至元十一年（1274）卒，享年五十九，谥文贞。成宗时，赠太师，改谥文正。刘秉忠精通天文、卜筮、算数等，《元史》卷一五七有传，著作有《藏春集》，现存诗六卷。

刘秉忠是忽必烈信任的幕府人物，也是营建上都和大都的主要筹划者，同时又是一位饱读诗书的诗文家。在早期追随元世祖忽必烈时期，他经常来往于两都之间，在元廷开始两都巡幸时，他也经常在扈从之列，他的部分存诗记载了来往于两都的经历和感想。

桓抚道中

老烟苍色北风寒，驿马趋程不敢闲。一寸丹心尘土里，两年尘迹抚桓间。

晓看太白配残月，暮送孤云还故山。要趁新春贺正去，蓬头能不愧朝班。①

过也乎岭

一夜阴云风鼓开，岭头凝望动吟怀。烟分雪阜相高下，日出毡车竞往来。天定更无人可胜，智衰还有力能排。中原保幛长安道，西北天高空九垓。②

清明后一日过怀来

居庸春色限燕台，山杏凝寒花未开。驿马萧萧云日晚，一川风雨过怀来。③

“老烟苍色北风寒，驿马趋程不敢闲”。“晓看太白配残月，暮送孤云还故山”。“驿马萧萧云日晚，一川风雨过怀来”。字里行间，都透露着来往于两都的艰辛。当然，刘秉忠作为政治家，尽管深受元世祖的信赖，但他却一直保持着高度的政治敏感，也有着身居高位，“高处不胜寒”的苦恼。他在自己的上京纪行诗中，也隐隐透露出这种官场感悟，他的《寓桓州》中说：

百年行止料皆难，今是昨非豹一斑。辜负夙心泉石畔，累垂短发缙绅间。梦回枕上闻归雁，雨霁城中见远山。三径就荒松菊在，人生底事不能闲。④

为政之难溢于言辞。刘秉忠现存的上京纪行诗均为七言诗，气势宏大，感情充沛，透着政治家的老练和成熟，如《过居庸关》：

车箱来往若流泉，绝壁巉岩倚翠烟。限破中州四十里，凿开大路几千年。函关不谓平如地，蜀道谁知险似天。万里挥鞭犹咫尺，谁能掌上保幽燕。⑤

刘秉忠既是政治家，又是文学家，他有深厚的文学功底，又亲历上京，常年来往于所谓的大漠之地，故而其上京纪行之作多融汇古今、抒发历史沧桑之感。

元初著名文士王恽也曾写作上京纪行诗，他对上京纪行诗的产生和发展也起到了重要的作用。

王恽（1227—1304），字仲谋，号秋涧，卫州汲县（今属河南）人。中统元年（1260），左丞姚枢宣抚东平，辟为详议官。时初建省部，即被选入京

① 《刘太傅藏春集》卷二，《元人文集珍本丛刊》本，第1册，第73页。
② 《刘太傅藏春集》卷二，《元人文集珍本丛刊》本，第1册，第73页。
③ 《刘太傅藏春集》卷四，《元人文集珍本丛刊》本，第1册，第86页。
④ 《刘太傅藏春集》卷三，《元人文集珍本丛刊》本，第1册，第76页。
⑤ 《刘太傅藏春集》卷二，《元人文集珍本丛刊》本，第1册，第73页。

师，擢为中书省详定官。二年春，转翰林修撰、同知制诰，兼国史院编修官。元世祖初期诏书辞令，多出其手，其间曾随中书省官赴开平会议，有《中堂事记》三卷，记载颇详。至元五年（1268），建御史台，首拜监察御史。上书列论一百五十余章，疏陈时政，弹劾奸邪，均直言无畏，《乌台笔补》多作于此时。至元九年，授承直郎、平阳路总管府判官。十四年，入为翰林待制。十八年，向皇太子真金进献《承华事略》二十篇，深受赞赏。十九年春，改山东东西道提刑按察副使，一年后因疾还。二十二年春，以左司郎中召，其时作《玉堂嘉话》八卷，记述见闻轶事、典制沿革等。二十六年，授少中大夫、福建闽海道提刑按察使。二十九年，召回京师，向世祖上万言论政事书，授翰林学士、嘉议大夫。元贞元年（1295），成宗即位，又进献《守成事鉴》二十五篇。大德元年（1297），进为中奉大夫。二年，求退未允。大德五年，再上章求退，得请归。八年六月，卒。追赠翰林学士承旨、资善大夫，追封太原郡公，谥文定。《元史》卷一六七有传。著作有《秋涧先生大全集》一百卷，今存。

王恽基本生活在蒙古政权逐渐统一全国并走向繁荣兴盛的阶段。作为世祖政权的核心人物之一，他较早地参与了元代早期的政治文化活动，多次陪同皇帝巡幸两都，在新建的上都宫殿里办公。这些典型的个人经历，成为他创作上京纪行诗的“生活体验”。在王恽的上京诗中，大部分记叙的是他在上都的生活和工作，以及他的所思所想，略举数诗如下：

夏日玉堂即事

悠悠时事百年心，岁月徒成昨与今。万一寸长能及物，不愁华发已盈簪。
失时已抱周人恨，济物长深永叔怀。铃索不鸣朝日静，坐看帘影转苔阶。
世愿登瀛不作卿，玉堂更比宪台清。只缘白兽樽中醴，当日元王为穆生。
阴阴槐幄幂闲庭，静似蓝田县事厅。细草近缘春雨过，映阶侵户一时青。
日长上直玉堂庐，思入闲云待卷舒。重为盛时难再遇，等闲羞老蠹书鱼。[1]

开平晚归[2]

龙首冈边野草深，秋风滦水动归心。百年蓬巷开圭窦，一日恩光照士林。
吟鬓有光浮镜玉，家书封喜认泥金。料应晓月帘栊底，乾鹊飞来报好音。[3]

---

① 《秋涧先生大全集》卷二十七，《元人文集珍本丛刊》本，第1册，第407页。
② 自注曰：“七月一日授翰职”。
③ 《秋涧先生大全集》卷十五，《元人文集珍本丛刊》本，第1册，第298页。

在前期的馆阁文人中，用组诗的形式来写作上京纪行的，寥寥无几。而王恽的《夏日玉堂即事》，突破性地用五首七言绝句记录了他在上京的生活，抒发了他的岁月之叹。《开平晚归》是他在七月一日刚刚被提拔为翰林院职官时所写，字里行间充满了升职时的喜悦。他渴望着天上的喜鹊能及时地把这一“好音”传回到家里，“料应晓月帘栊底，乾鹊飞来报好音”。

新兴草原都城开平，虽然外表看来雄伟富丽，豪华气派，但是许多办公条件还很不完善，官员的生活环境也不是很好。王恽在他的《开平夏日言怀》里描述他的办公、生活环境为：“土屋罂灯板榻虚，一瓶一钵似僧居。半编翰草从人读，两鬓霜华向晓梳。客子衾裯残梦短，暑天风物暮秋初。”[①] 生活条件的简陋，光阴岁月的流失，使他怀念起了家乡，“故园松菊荒多少，岂不怀归畏简书”。故园的松树、菊花之类，是不是因为自己离开得太久了，以致荒芜了呢？怀乡之情倾泻无余。

生活在元代前期的馆阁文臣刘敏中，是一个在上京纪行诗发展过程中值得一提的北方文人。

刘敏中（1243—1318），字端甫，号中庵，济南章丘（今属山东）人。刘敏中自幼卓异不凡，乡先生杜仁杰很喜欢他写的文章，极力称赞。至元十一年（1274），由中书掾擢兵部主事，拜监察御史。权臣桑哥秉政，刘敏中劾其奸邪，不报，遂辞职归乡。后起为御史台都事，出为燕南肃政廉访副使，入为国子司业，迁翰林直学士，兼国子祭酒。大德七年（1303），除东平路总管，擢陕西行台治书侍御史。九年，召为集贤学士，商议中书省事。武宗即位，被召至上京，庶政多所更定，授集贤学士、皇太子赞善，仍商议中书省事。不久，拜河南行省参知政事，改治书侍御史，出为淮西肃政廉访使，转山东宣慰使。遂召为翰林学士承旨，因为疾病还归乡里。延祐五年（1318）卒，享年七十六，谥文简。《元史》卷一七八有传。著作有《平宋录》三卷、《中庵集》二十五卷。

《元史》本传记载刘敏中有《中庵集》二十五卷，今有版本为二十五卷清抄本《中庵先生刘文简公文集》。据此版本可知，刘敏中有上京纪行诗 41 首，另外还有上京纪行词 5 首。在元代前期，他是写作上京纪行诗较多的作家。

刘敏中在朝廷供职期间，曾数次扈从上京之行。至元十三年，他首次奔

---

① 《秋涧先生大全集》卷十五，《元人文集珍本丛刊》本，第 1 册，第 297 页。

赴上都，行走在望云道中，他赋诗道：

初赴上都至赤城望云道中①

晓日曈昽过赤城②，风烟遥接望云亭③。好山解要新诗写，瘦马能摇宿酒醒。高下野桃红曼曼，萦回沙水碧泠泠。人家剩有升平象，满地牛羊草色青。④

诗人第一次途经赤城和云州，虽然是土生土长的北方人，但还是不禁为这里的风光所吸引。那满山遍野的野桃，鲜红欲燃；那一望无际的青草，嫩绿堪染；那小河弯弯的流水，清澈冰冷；更为壮观的是，在那风景独特的青山绿水当中，遍地是吃草的牛羊。这里到处是一片升平的景象，作者完全陶醉在了这“天苍苍，野茫茫，风吹草低见牛羊”的草原景象中。

刘敏中在大德四年的上都之行中，曾和郑潜庵同行，他作诗记录下了他们一起游合聚从的情况。

大德四年（1300）四月，刘敏中和郑潜庵一起赶赴上都，途中在独石驿休息。二人看见在独石驿的东边山脉中，有七个小山峰，森布离立，状若北斗。访询当地百姓，百姓告诉他们这叫“七星山”。他们觉得这七星山非常奇特，刘敏中颇有感慨，想到自己已经是第四次途经这里了，而现在才注意到这七星山，“岂以其尘容俗状，方役役于得失奔走之中，而不暇顾也。而此山超然物表，静阅万古，岂复有得失奔走之患乎？然则兹山之识汝也，顾已久矣，乃作诗，同潜庵一笑”⑤。于是诗人写道：

今来独石驿，始识七星山。隐隐魁杓见，离离雾霭间。乾坤通宝气，上下拥天关。无补山应笑，空然四往还。⑥

到了上都，他们同住在翰林院里，当时刘敏中已经将近花甲之年，身体不是很好。但朝廷有旨，集贤翰林不许请老补外，于是他们便日以吟诗酬答为乐。以翰林院里视草堂前面的鳌峰石为题，郑潜庵曾作诗吟咏，刘敏中次

---

① 文渊阁《四库全书》题目为《至元丙子初赴上都赤城至望云道中》。

② 自注曰“地名，有驿亭”。

③ 自注曰“地名，州事在焉，亦曰云州”。

④ 《中庵先生刘文简公文集》卷十八，《北京图书馆古籍珍本丛刊》本，第92册，第435页。

⑤ 《七星山》序言，《中庵先生刘文简公文集》卷十九，《北京图书馆古籍珍本丛刊》本，第92册，第440页。

⑥ 《七星山》，《中庵先生刘文简公文集》卷十九，《北京图书馆古籍珍本丛刊》本，第92册，第440页。

其韵，也做了十首诗。翰林院视草堂是他们生活和工作的地方，他们每天的生活就是“眼花书册倦，茗碗坐来添。人对鳌峰静，天临凤阙严”[①]。生活清净悠闲，面对着院里的鳌峰石，他们喜欢变换着角度、诗韵来反复吟咏这块大石，刘敏中在《用鳌峰韵自遣呈潜庵》（二首）中曰：

象戏四老人，偶堕只橘擘。顾瞻风雷发，已在飞龙脊。人生配三才，一气无二脉。胡为尘土中，屈曲蜗转壁。黄金积如阜，高人才一掷。不见柴桑翁，蜕心在彭泽。

哲人飞上天，日觉道术擘。尚哀逍遥叟，矫啸吮剑脊。我思天地心，不语存正脉。坚白既交战，户牖各穿壁。谛观鲁璠珍，竟作燕石掷。独留中天月，夜夜明九泽。[②]

在上都之行中，最令刘敏中欣慰的是他在这里结识了好多朋友，这些人对刘敏中关怀备至，令他体会到了异乡的温暖。在上都，刘敏中有个朋友叫韩从益[③]，他在滦水之上建了一座小楼，取名为“江山胜概”，楼下面是潺潺的泉水，取名为“无忧”。作为好朋友，刘敏中作《韩云卿新居》诗对朋友的乔迁新居表示祝贺，诗曰：

我爱西城韩御使，新居乐事总相宜。泉中就啜无忧水，楼上闲吟胜概诗。红烛琐窗秋晚后，苍山老树雨晴时。内来一念无人识，说与沙头白鸟知。[④]

新居落成，韩从益很高兴，请刘敏中等好朋友一起来赏月，于是大家纷纷作诗祝贺，刘敏中也作《和韩云卿江山胜概楼赏月》诗相和。

刘敏中在上都结交了好多当地的朋友。每次他来开平，邢伯宜、邢伯才兄弟都热情地接待他，使他心中充满了感激。但是，大德十一年（1307），他最后一次再来上都时，兄弟俩都已经亡故了，他们的侄子邢遵道拿着兄弟俩留下的家传给刘敏中看，睹物思人，刘敏中吟《题邢氏家传》诗抒发了自己的哀痛之情，诗为：

忆在友于堂，元方映季方。情随怀抱尽，德并姓名香。别去今有畿，重

① 《上都视草堂书事呈郑潜庵》，《中庵先生刘文简公文集》卷十七，《北京图书馆古籍珍本丛刊》本，第92册，第424页。

② 《中庵先生刘文简公文集》卷二十三，《北京图书馆古籍珍本丛刊》本，第92册，第500页。

③ 韩从益，字云卿。累官江浙行省参政，入为翰林侍讲，至治三年拜昭文馆大学士、商议中书省事。见《河南通志》卷五十八。

④ 《中庵先生刘文简公文集》卷二十，《北京图书馆古籍珍本丛刊》本，第92册，第463页。

来我独伤。呼门见孤侄，相对泪滂滂。[1]

刘敏中的上京纪行诗诞生在他的两都之行中，发展和成熟于他的两都之行中。可以这样说，在前期的上京纪行诗诗人中，刘敏中的诗作较能体现上京纪行诗的产生和发展过程。他在至元年间的上京纪行诗数量不多，且多为零散的诗篇。而大德年间所作诗篇，大多为组诗，数量也明显增多。组诗除了上面提到的《次韵郑潜庵应奉鳌峰石往还十首》，比较有名的还有《上都长春观和安御使于都事陈秋岩唱和之什》：

乘风真到海仙堂，醉袖犹残玉酝香。他日遇君君度我，只烹白石作蒸羊。
病怀寥落坐虚堂，销尽西窗午后香。苦雨禁人吾已厌，小见休学舞商羊。
读罢遗经月入堂，微言独觉静中香。季恒不识春秋笔，团物区区问土羊。
十年旅食市中堂，正味无分各异香。若见易牙君试问，肥豚何似食羸羊。
冰炭终难共一堂，熏犹毕竟不同香。此心得失分明在，爱礼如何复爱羊。
遭奥休言必自堂，岂知逐臭却闻香。寥寥月旦千年后，文质何人辩虎羊。
归去来兮旧草堂，安排扫地净烧香。自烹新鲤供慈母，不望高官吃烂羊。
李泌家书旧满堂，天随杞菊浼仍香。谋生却被陶朱笑，豕贵频年只贩羊。
玉川活计一苑堂，七碗茶浇两腋香。犹有赏音韩县尹，月中沽酒买肥羊。
丰年和气满村堂，社酒才过蜡酒香。须信安民要良吏，莫教猛虎卫群羊。[2]

有意识地写作上京纪行组诗，标志着上京纪行诗已经开始向着成熟迈进了关键的一步，而这一步，在元代前期上京纪行诗的北方诗人中，刘敏中是迈出步伐较大的一人。

总之，元代前期的上京纪行诗，从诗作来看，数量不是很多，多为不成系统的零星之作，大部分是诗人来往于两都时的即兴之作。从作者来看，他们大多是北方人，往往既是政治家，又是文学家。他们身处馆阁，往往有机会陪同皇帝两都巡幸，故而能够亲临大漠之地，亲见塞外风光，能够亲身体验扈从巡幸的甘苦，他们用自己的诗歌记录着这一历史的过程。因为是身居高位的馆阁文人，他们在文坛上的影响力和号召力都是在野文学家所无法比肩的。他们创作上京纪行诗的实践，对于上京纪行诗的传播及写作都有着极为深刻的影响。而真正给上京纪行诗带来创新性变化的是南方诗人的到来，

① 《中庵先生刘文简公文集》卷二十，《北京图书馆古籍珍本丛刊》本，第92册，第459页。
② 《中庵先生刘文简公文集》卷二十，《北京图书馆古籍珍本丛刊》本，第92册，第460页。

南方诗人北上，并创作上京纪行诗，是前期上京纪行诗飞速发展、并最终走向繁盛的重要力量。

汪元量是一位较早北上开平并留下上京纪行诗歌的南宋人。

汪元量（1240—1320），字大有，号水云，亦自号水云子、楚狂、江南倦客，钱塘人，南宋末宫廷琴师。至元十三年（1276），蒙古铁骑直捣杭州，由于国弱君幼，宋皇室不战而降。在元军的押解下，汪元量随三宫北徙大都。在大都，汪元量以琴艺受到元世祖忽必烈的赏识，但这并不能抚平汪元量内心的亡国之痛，他日思夜想希望回到江南。在大都逗留了十二年后，汪元量在元世祖忽必烈的许可下，以道士的身份南归。

汪元量著有《水云集》《湖山类稿》等，多有散佚。今人孔凡礼先生根据清人汪森辑本《湖山类稿》和鲍廷博刻本《湖山类稿》及《水云集》附录的可靠资料，博考《诗渊》《永乐大典》等有关诸书，共辑录汪元量诗计480首，词52首，并对其诗词作了大致的编年，命名为《增订湖山类稿》。迄今辑录汪元量诗词最为详备的就是孔凡礼先生的《增订湖山类稿》，本书所引用汪元量的诗歌，即以此为依据。汪元量的诗歌记载和反映了当时重大的历史事件和历史人物，被誉为“宋亡之诗史”[①]，具有裨补正史的史学价值。

至元十三年，即德祐二年（1276）一月十九日，元相伯颜带军逼近临安。谢太后见欲战不能，求和不成，只得派人赴伯颜处，送上传国玉玺和降表，表示投降。汪元量和三宫一样，作为战俘屈辱地被押往大都。初到大都，元世祖忽必烈对宋廷一行还是礼遇有加的，他命宰相出通州迎接，黄罗张幔，先宴三宫于会同馆，然后十次开大宴来款待他们，月支万石粮，日支羊肉六千斤，这在汪元量的诗集中都有记载。汪元量在《湖州歌九十八首》中有十首诗歌是专门记载元廷为宋三宫所举办的十次大宴：

皇帝初开第一筵，天颜问劳思绵绵。大元皇后同茶饭，宴罢归来月满天。
第二筵开入九重，君王把酒劝三宫。驼峰割罢行酥酪，又进雕盘嫩韭葱。
第三筵开在蓬莱，丞相行杯不放杯。割马烧羊熬解粥，三宫宴罢谢恩回。
第四排筵在广寒，葡萄酒酽色如丹。并刀细割天鸡肉，宴罢归来月满鞍。
第五华筵正大宫，辘轳引酒吸长虹。金盘堆起胡羊肉，乐指三千响碧空。
第六筵开在禁庭，蒸麋烧鹿荐杯行。三宫满饮天颜喜，月下笙歌入旧城。

① 李珏，《湖山类稿跋》，《增订湖山类稿》，中华书局，1984年版，第188页。

第七筵排极整齐，三宫游处软舆提。杏浆新沃烧熊肉，更进鹌鹑野雉鸡。
第八筵开在北亭，三宫丰燕已恩荣。诸行百戏都呈艺，乐局伶官叫点名。
第九筵开尽帝妃，三宫端坐受金卮。须臾殿上都酣醉，拍手高歌舞雁儿。
第十琼筵敞禁庭，两厢丞相把壶瓶。君王自劝三宫酒，更送天香近玉屏。①

从诗中可以看出，宋三宫刚到大都，元廷对他们恩遇有加，又是问寒问暖，又是用最丰盛的酒席招待他们。当然，元廷这样做，也是为了做给世人看：他们是优待俘虏的。更重要的是，他们要用这样的方式来庆祝他们灭宋的胜利。

至元十九年（1282），因河北有义军活动，扬言要劫狱救文天祥、抢回少帝。元世祖忽必烈对宋王室起了疑心，迁少帝至上都开平，汪元量以教师的身份随行。一路上，他们出居庸关，过李陵台，拜昭君墓，观雪天山，经历了许多艰难困苦，汪元量用诗歌的形式零星记载了此次上京之行。从目前留存的诗歌来看，汪元量的上京纪行诗并不多。根据诗题及诗歌内容判断，可以明确肯定是此次北上所写的诗歌有十三首，但其中五首写在前往天山路上及天山的活动。减去这五首，目前留存下来汪元量的上京纪行诗，可以确定的就只有八首了，这八首诗歌分别为：《出居庸关》《长城外》《寰州道中》《李陵台》《昭君墓》《开平雪霁》《开平》《草地寒甚毡帐中读杜诗》。这为数不多的八首上京纪行诗，成为了解宋三宫被迁往开平经历的珍贵资料。汪元量创作诗歌所遵循的原则是“走笔成诗聊纪实”（《凤州》），现实主义的创作原则使他的上京纪行诗成为记载历史事件的“诗史”。

汪元量此次陪同宋三宫上都之行，是作为俘虏被迫前往的。特殊的身份及被奴役的境遇，使他从一上路就充满了忧伤和哀愁，《出居庸关》中写道：

平生爱读书，反被读书误。今辰出长城，未知死何处。下马古战场，荆榛莽回互。群狐正从横，野枭号古树。黑云满天飞，白日翳复吐。移时风扬沙，人马俱失路。踌躇默吞声，聊歌《远游》赋。②

此次北上滦阳，生死未卜，前程堪忧，一切的一切，都要由大元皇帝的喜好来定。作者痛心地自嘲：“平生爱读书，反被读书误。”读了那么多书，也无法力挽狂澜，无法改变宋宫室被俘被拘押的命运，更无法改变宋朝灭亡

① 《增订湖山类稿》，中华书局，1984 年版，第 52～54 页。
② 《增订湖山类稿》，中华书局，1984 年版，第 81 页。

的命运。上京之行，注定是一次伴随着血泪的凄苦之行。在汪元量的上京纪行诗中，几乎首首都含着“泪”，首首都凝结着“愁”。“叹息此骷髅，夜夜泣秋月。”（《长城外》）“孤儿可怜人，哀哀泪流血。书生不忍啼，尸坐愁欲绝。”（《寰州道中》）“月落泪纵横，凄然肠断裂。”（《李陵台》）血泪哀愁是汪元量上京组图的主色调。他有时直抒胸臆，表达自己孤寂之旅的愁苦心理，有时，又借古人来抒发自己的哀愁。李陵、王昭君、苏武是他笔下抒怀的主人公。李陵兵败，被迫投降，滞留在胡地不能归汉；王昭君被迫作为和亲的牺牲品，远离家乡；苏武，也是被迫留在匈奴而不能归汉。这些历史人物，都有一个共同点，那就是：被迫羁留异国他乡、深怀故国。汪元量在他们身上看到了自己，在自己身上又感受到了他们的痛苦，惺惺相惜，借咏历史人物，汪元量抒发了自己的哀痛和愁苦。

读汪元量之诗，令人坠泪幽忧，肝肠寸断，正像元人赵文所言：“读汪水云诗而不堕泪者，殆不名人矣。”① 李珏在《湖山类稿跋》中云：“往时读《泣血录》，为之泪下。因叹德祐之事，意必有杭之文章钜公书于野史，后人见而悲之，未必不若余今日之读《泣血录》也。一日，吴友汪水云出示《类稿》，纪其亡国之戚，去国之苦，艰关愁叹之状，备见于诗，微而显，隐而彰，哀而不怨，欷歔而悲，甚于痛哭，岂《泣血录》所可并也？……水云之诗，亦宋亡之诗史也，其诗亦鼓吹草堂者也。其愁思抑郁，不可复伸，则又有甚于草堂者也。噫！水云留诗与后人哀耶？留诗与后人愁耶？可感也，重可感也。敬赋二十字，书缀卷尾云：‘天地事如许，英雄鬓已斑。泪添东海水，愁压北邙山。’”②

去国离乡，使汪元量强烈怀念着江南故乡；而作为俘虏被拘押北迁，又使他备感断肠泣血，幽忧沉痛。除了借古人来抒发沉痛，汪元量在上京纪行诗歌中，还注意对景物“精雕细刻”，借写景来抒怀。在汪元量的笔下，情因景生，景随情变，情和景达到了和谐的一致。汪元量生长在“杏花春雨”的江南，北上大都，所见之景物和江南已经是迥异。来到塞外之地，景物、气候更是与江南大相径庭。王国维在《人间词话》中说：“以我观物，故物皆著我之色彩。”在汪元量的上京纪行诗中，塑造的就是这种“有我之境”。因为心中悲戚，所以景物都染上了一层浓重的“哀愁”，“群狐正从横，野枭号古

① 《增订湖山类稿》，中华书局，1984 年版，第 187 页。

② 《增订湖山类稿》，中华书局，1984 年版，第 187 ~ 188 页。

树。黑云满天飞，白日翳复吐。”（《出居庸关》）“下马登斯台，台荒草如雪。妖氛蔼冥濛，六合何恍惚。”（《李陵台》）在汪元量等宋旧宫人的眼里，塞外之地，就是黑云满天飞，阴云压身湿，而这其实正是作者心境的展现，是景物皆“著我之色彩”。再看下面的《开平》诗：

冷霰撒行车，呻吟独搔首。须臾大如席，风卷半空走。母子鼻酸辛，依依自相守。书生倒行囊，沽来一尊酒。暂时借温和，耳热岂长久。万木舞阴风，言语冰在口。毡房耿无眠，兀兀听刁斗。①

从小生活在风和日丽、风景秀丽的江南水乡，而今却带着哀愁艰难地行走在铁马秋风的塞外，汪元量感到这“异域”之气候实在是恶劣至极。风大，天又冷。为了取暖，只好“书生倒行囊，沽来一尊酒”。而此时此刻，更令人肝肠寸断的是宋室的孤儿寡母，“母子鼻酸辛，依依自相守”。孤儿寡母相依相偎，战栗于寒风中。此情此景，读者不禁也肠断泣血了。

汪元量留存下来的上京纪行诗并不多，但却慷慨悲歌，风格迥异，其述亡国之戚、去国之苦、间关愁叹之状，读来令人泣涕增哀，是元代前期上京纪行诗的奇葩。

南宋的灭亡，是以汪元量为代表的宋人的不幸，但却是上京纪行诗发展史上的幸事。汪元量的上京纪行诗，从写作内容和诗人感情上都给诗坛带来了一股清新。

继南宋三宫之后，浙江人陈孚上《大一统赋》，不久入京，官翰林编修。新来的南人陈孚，随即成为上京纪行诗坛上一颗璀璨的新星。

陈孚（1259—1309），字刚中，号笏斋，台州临海（今属浙江）人。小时候清峻颖悟，长大后博学有节气。至元二十二年（1285），以布衣上《大一统赋》，江浙行省闻于朝，署上蔡书院山长。不久入京。至元二十九年（1292），吏部尚书梁曾再使安南，元世祖以陈孚为翰林国史院编修官、摄礼部郎中，为梁曾之副。使还，除翰林待制，兼国史院编修官。朝中大臣因为陈孚是南人，颇嫉忌他，于是出为建德路总管府治中，再迁衢州。秩满，特授奉直大夫、台州路总管府治中。至大二年（1309）卒。《元史》卷一九〇有传。著有《陈刚中诗集》三卷，包括《观光稿》《交州稿》《玉堂稿》各一卷。

陈孚是继汪元量之后，较早北上，并写有上京纪行诗的南方人。陈孚现

① 《增订湖山类稿》，中华书局，1984 年版，第 85 页。

存上京纪行诗27首，在前期的南人上京纪行诗作中，数量相对是比较多的。更为可贵是，他的这些上京纪行诗，无论是思想性，还是艺术性，都具有颇高的价值。

有元一代，南士文人备受压抑，总是被摒落在政治的外缘，所谓“自世祖以后，省台之职，南人斥不用”[①]。陈孚在元代前期来到排挤南人的朝廷，其政治环境可想而知。但是，难能可贵的是，陈孚在朝为官，表现得却很豁达，他的思想境界也很高，这在他的《出健德门赴上都分院》中有充分的展现：

北楼急鼓绝，南楼疏钟鸣。盥栉未及竟，驺官戒晨征。三年去乡井，已觉身飘零。今朝别此去，又有千里行。怀君岂不愿，王命各有程。小车如鸡栖，轧轧不得停。出门见居庸，万仞参天青。邻家三数妪，对我清泪倾。问我善饭否，虑我衣裘轻。大笑挥之去，我岂儿女情。[②]

健德门是陪同皇室前往上京的第一个驿站。北楼的一阵急鼓之后，诗人还没来得及梳洗完毕，就急匆匆地踏上了出发的行程。孤身飘零到大都，已经有三年的时间了，而今又要行程千里，前往离家更为遥远的上都，他的心里隐隐地有些难以割舍。但是他还是决定以大局为重，“怀君岂不愿，王命各有程”。小车一路上吱吱呀呀地前行着来到了居庸关。他的邻居舍不得他走，眼泪汪汪地问他是否习惯北方的饮食，所穿衣服是否能抵御北方的严寒。但是，诗人却大笑着和他们挥手告别，“大笑挥之去，我岂儿女情”，这一挥，挥出了南方男儿的豪气。

一路上，陈孚都在思念着故乡，他时时刻刻没有忘记自己是个南方人，“谁怜家万里，有客拥衾眠”[③]。“拂云堆上闲回首，无数征鸿带夕阳”[④]。“道傍谁欤三叹息，古袍古帽江南客”[⑤]。这些诗句，都寄托着他的故土之思。他魂里梦里都是故乡情，他的《赤城驿》诗中写道：“一溪流水绕千峰，宛与天

① 《贡师泰传》，《元史》卷一八七，中华书局，1976年第1版，1997年7月第6次印刷，第14册，第4295页。

② 《出健德门赴上都分院》，《陈刚中诗集》卷三，文渊阁《四库全书》本，第1202册，第655～656页。

③ 《观光楼》，《陈刚中诗集》卷三，文渊阁《四库全书》本，第1202册，第656页。

④ 《鹏窠道中》，《陈刚中诗集》卷三，文渊阁《四库全书》本，第1202册，第657页。

⑤ 《桑乾岭》，《陈刚中诗集》卷三，文渊阁《四库全书》本，第1202册，第657页。

台景物同。魂梦不知家万里，却疑只在赤城中。”① 赤城驿是去上京途中的一个驿站。陈孚是台州人，台州曾名赤城郡，因境内有天台赤城山而得名。诗人来到赤城驿，因其同名而萌生故园之思，深挚动人。但是，虽然思乡，他的心情却很开朗舒畅，他以南方人所独有的细腻，从一个南方人的视觉角度，仔细地观察着塞外的山山水水，抒发着自己踌躇满志的胸怀，其中描写最为细腻生动的是《怀来县》，诗云：

榆林青茫茫，寒烟三十里。忽闻鸡犬声，见此千家市。石桥百尺横，其下跨沩水。人言古沩州，残城无乃是。民家坐土床，嬉笑围老稚。粝饭侑山葱，劝客颜有喜。足迹半天下，爱此俗淳美。醉就软莎眠，梦游葛天氏。②

该诗时间、地点、人物、客宿的过程交代得清清楚楚，其中几个场面细节描写是诗的点睛之笔：“民家坐土床，嬉笑围老稚。粝饭侑山葱，劝客颜有喜。”一家人老老少少围坐在土炕上吃饭，小孩调皮捣蛋，老人说说笑笑。饭食不很好，是当地的特产山葱拌米饭，但主人很好客，热情地招呼客人，劝让客人多加餐。主人的热情，驱散了客人的疲劳和孤独，这是多么温馨的场面啊！多么淳朴好客的风俗啊！细腻生动的细节描写，使得整首诗歌具有很强的艺术感染力。

陈孚的上京纪行诗还很注意选择独具特色的意象，其《居庸关》诗云：“车棱棱，石角角。车声彭彭斗石角，马蹄蹴石石欲落。不知何年鬼斧凿，仅与青天通一握。上有藤束万仞之崖，下有泉喷千丈之壑。太行羊肠蜀剑阁，身热头痛悬度索。一夫当关万夫却，未必有此奇巉崿。吾皇神圣混地络，烽火不红停夜柝。但有地险今犹昨，我扶瘦筇息倦脚。欲叩往事云漠漠，平沙风起鸣冻雀。”③ 车子、石头、马儿、山崖、喷泉、火烛、风沙、冻雀、该诗就是通过这一系列的主体意象展现了北国的神采。

陈孚的上京纪行诗中，最为拿手的是七绝。他的上京纪行诗中，有10首为七绝。他的七绝短小精悍，意境浑融，典范之作如《明安驿道中》：

野鹊山头野草黄，野狐岭上月茫茫。五更但觉天风冷，帐顶青毡一寸霜。

貂鼠红袍金盘陀，仰天一箭双天鹅。雕弓放下笑归去，急鼓数声鸣骆驼。

---

① 《赤城驿》，《陈刚中诗集》卷三，文渊阁《四库全书》本，第1202册，第657页。

② 《怀来县》，《陈刚中诗集》卷三，文渊阁《四库全书》本，第1202册，第656页。

③ 《居庸关》，《陈刚中诗集》卷三，文渊阁《四库全书》本，第1202册，第656页。

黄沙浩浩万云飞，云际草深黄鼠肥。貂帽老翁骑铁马，胸前抱得黄羊归。
风吹滦水涌如淮，十万雕弓饮马来。长笑一声鞭影动，金鞍飞过李陵台。①

整组诗歌描写明安驿道中的气候、特产、狩猎等，有野鹊、野草、野狐，有黄鼠、黄羊，还有那戴着貂帽、骑着铁马、抱着猎物的老翁，富有诗情画意。该组诗看似随意挥洒，不事雕琢，其实作者的才情和创作技巧正是渗透在这自然天成、不留痕迹中。

与陈孚北上几乎同时的是程钜夫的南下访贤。至元二十三年（1286）三月，程钜夫下江南访贤。至元二十四年（1287），程钜夫携举荐者二十余人（均南方人）入京，其中有诗文集传世者主要有赵孟頫、张伯淳、何梦桂、方逢振、吴澄等等。程钜夫的这一举动最直接的结果就是大量的南人北上，而后，越来越多的南方士子前赴后继地开始了北上，这给大都和上都的文坛带来了新鲜和活跃。两都由全国的政治中心开始转变为政治和文化的中心。在这个过程中，越来越多的南土文士开始加入上京纪行诗的创作活动，他们独特的写作视角，细腻的写作手法，丰富了上京纪行诗，使得处于发展中的上京纪行诗越来越走向成熟和繁荣。

把上京纪行诗推向成熟的除了北上的南方士子，还有一个诗人群体，就是宗教人士。元代实行宗教信仰自由的政策，容许各种宗教的传播，并优待教士。在上都和大都，都建有宗教寺庙，而且每年要在两都举办盛大的宗教活动。因为要举办各种宗教活动，所以从元世祖忽必烈开始，元代诸帝巡幸上都时，都要带领宗教人士跟随。这些宗教人士，好多都能文善诗，具有很高的文学修养。在陪同皇帝巡幸中，他们除进行宗教活动之外，也常常写作上京纪行诗。尽管元代世祖统治前期，南人士子很少能够北上，但是南方的宗教人士，却由于特殊的身份，能够北上两都，亲自经历巡幸活动，并且较早地用他们的诗歌来纪行。在南方宗教人士中，陈义高是较早写作上京纪行诗的诗人。

陈义高（1255—1299），字宜父（义甫），号秋岩，闽（今福建）人。龙虎山玄教道士，至元二十五年（1288）提点洪州玉隆宫，后入晋王邸。大德三年（1299）卒，年四十五。有《秋岩诗集》二卷。元世祖至元年间，陈义高曾两次随驾北行上都。至元十七（1280）庚辰，他第二次随驾北行上都，

① 《明安驿道中》，《陈刚中诗集》卷三，文渊阁《四库全书》本，第1202册，第658页。

他作诗《庚辰春再随驾北行二首》云：

天地苍茫阔，其如旅况何。冰融河水浊，沙接塞云多。土穴居黄鼠，毡车驾白驼。栖栖无所乐，远近听朝歌。

四更催蓐食，结束闹比邻。人去留残迹，车行拥后尘。云开还有月，风冷不知春。幸得狐裘在，温存逆旅身。①

陈义高留存下来的上京纪行诗不多，但他是较早经历巡幸、并创作上京纪行诗的南方道士。

在前期的宗教人士中，写作上京纪行诗比较多、在上京纪行诗发展过程中作用比较大的是道教人士马臻。

马臻（1254—1316），字志道，别号虚中，钱塘人。少慕陶贞白之为人，着道士服，隐于西湖之滨。大德五年辛丑（1301），嗣天师张與材到大都行内醮。未几辞归，手画《桑乾》《龙门》二图传于世。尝从褚雪巘游，肆力吟咏。所著有《霞外诗集》十卷。

大德五年（1301）五月十六日，马臻作为南方道士，陪同天师张與材赴大都、上都，行内醮之事。在上都，他们朝见了成宗皇帝。马臻随即咏诗三首，名为《大德辛丑五月十六日滦都棕殿朝见谨赋绝句》，诗为：

黄道无尘帐殿深，集贤引见羽衣人。步虚奏彻天颜喜，万岁声浮玉座春。

殿中锡宴列诸王，羽褐分班近御床。特旨向前观妓乐，满身雨露湿天香。

清晓传宣入殿门，箫韶九奏进金樽。教坊齐扮群仙会，知是天师朝至尊。②

这三首七言绝句，写出了宗教人士朝见皇帝时的壮观场面，是了解元代宗教人士活动的重要资料。马臻的上京诗，喜欢描写元代的第二都城上都，他写上都的太阳、上都的夜晚，还有自己在上都的寓所，如他的《开平寓舍》：

雨阴六月摧骄阳，开平客舍白日长。官街污泥没马股，出门忽似河无梁。土风不解重鱼鸟，东邻西舍惟烹羊。山人肺腑蔬笋气，对此颇觉神不扬。昨日楼头望远色，海雾不动晨光凉。青山四面拱城阙，龙盘虎踞争翱翔。乃见宸京势宏大，囊括造化吞洪荒。惟甘槁木卧林壑，岂意野服朝明光。太平天子崇道德，绘丽琳宇开清扬。列仙缥缈环佩下，五里十里闻天香。惟皇上帝

① 《秋岩诗集》卷下，文渊阁《四库全书》本，第1202册，第682～683页。

② 《霞外诗集》卷三，文渊阁《四库全书》本，第1204册，第88页。

降百祥，煌煌大业垂无疆。山人歌诗忽起舞，山川草木腾文章。山川悠悠望不极，白云飞去之何方。故乡亲舍白云下，怅望山川空断肠。何当振翮附黄鹄，万里天风吹渺茫。①

读马臻的上京纪行诗，会发现总有一种玄理渗透在其间。有时，这种玄理通过景物描写渗透出来，如“凉风吹秋来，万叶谢深碧。悠悠念远道，坐见山月出”②。有时，作者又直接点出诗理，如“吾宗贵清静，教在不言中”③。“岂无亲与朋，晤叹天一方。物色可怜人，悠扬动微芳。题诗道远意，此意何能忘。”④ 尽管诗歌贵含蓄，忌说教，但是，马臻还是用他自己的实践丰富了上京纪行诗。在上京纪行诗中寓玄理，是道士诗歌的一个特点，这个特点在马臻的诗里比较明显。

在从上京返回的路上，马臻画了两幅画，一幅是《桑乾》，另一幅是《龙门》，并且作题画诗歌咏这两个地方：

题画龙门山桑乾岭图

昔我经龙门，晨发桑乾岭。回盘郁青冥，驱车尽绝顶。驿骑倦行役，苦觉道路永。引领望吴楚，日入众山暝。归来惬棲迟，山水融心境。寸毫写万里，历历事可省。理也存自然，畴能搜溟涬。⑤

上京纪行诗伴随着两都巡幸而产生，并随着两都巡幸而发展。前期的上京纪行诗，以北方馆阁文人为主。至元年间，南宋宫人的被俘北上，陈孚的北上，程钜夫所访的南方“贤人”的北上以及具有特殊身份的南方宗教人士的北上，使得上京纪行诗在题材和体裁方面都出现了开创性的发展。南人北上，南北文风开始融合，就是在这个过程中，元代的上京纪行诗逐步走向成熟和繁荣，到仁宗皇庆、延祐年间，上京纪行诗已完全进入了兴盛时期。

第三节　后期上京纪行诗

后期上京纪行诗开始于元仁宗皇庆元年（1312），结束于元顺帝至正十八

① 《霞外诗集》卷三，文渊阁《四库全书》本，第1204册，第88页。
② 《滦都旅夜》，《霞外诗集》卷三，文渊阁《四库全书》本，第1204册，第89页。
③ 《和滦都秋日诗韵》，《霞外诗集》卷八，文渊阁《四库全书》本，第1204册，第139页。
④ 《渡滦河》，《霞外诗集》卷四，文渊阁《四库全书》本，第1204册，第92页。
⑤ 《霞外诗集》卷七，文渊阁《四库全书》本，第1204册，第129～130页。

年（1358），此阶段是上京纪行诗的成熟和繁盛时期。

仁宗皇庆、延祐年间，大都文坛史无前例地活跃，人才济济，精英荟萃。为了扩大招纳人才的渠道，延祐年间开科取士。科举取士在元代尽管次数不多，录取人数也有限，但是却极大地调动了文士们的积极性，使文人们多了一个尽显才能、进入文坛主流的机会。大都文坛的活跃，极大地影响了上京纪行诗的创作和流传，掀起了创作上京纪行诗的第一个高潮。此后，上京纪行诗诗坛人丁兴旺，人气旺盛，诗歌的创作一直高潮不断，上京纪行诗进入了成熟和繁盛期。

后期上京纪行诗诗坛繁荣的标志之一，就是上京纪行诗诗人大量地涌现，比较有名的有：张养浩、虞集、马祖常、王士熙、欧阳玄、宋本、宋褧、许有壬、袁桷、黄溍、胡助、柳贯、陈旅、贡师泰、廼贤、周伯琦、杨允孚等等。后期上京纪行诗诗人仍然以馆阁诗人为主，和前期不同的是，这些馆阁诗人笔下的上京纪行诗，无论是内容，还是形式，都有了实质性的突破。在内容上，他们开始有意识地为描写对象分类，塞外的山川风光，他们分为上都和上都沿途两部分来歌咏，如胡助的《滦阳杂咏》十首，王沂的《上京》十首，都集中歌咏上都的景色。而黄溍的《上京道中杂诗》十二首、周伯琦的《九月一日还自上京途中纪事》十首则主要描写从大都到上都沿途的风光。除了山川道里、气候景象，上京地区特有的物产也作为专题出现在了诗人们的笔下，如许有壬的《上京十咏》，就是咏歌上都的十种特产。描写内容的多样化，极大地丰富了后期上京纪行诗。从目前流传下来的上京纪行诗来看，有三分之二都是后期所作，描写的对象遍及上都及沿途的各个方面：驿站、景色、气候、风俗、特产、民居、百姓及宫廷、馆阁、宫寺活动等。

除内容的丰富外，后期上京纪行诗的体裁也更加多样化，最典型的就是出现了大量的上京纪行组诗。在前期，只有刘敏中等个别诗人，曾尝试性地用组诗的形式写作上京纪行诗，而后期，创作上京纪行组诗成为诗坛的一种风气，萨都剌的《上京即事》、袁桷的《上京杂咏》、宋本的《上京杂诗》、柳贯的《滦水秋风词》和《后滦水秋风词》、欧阳玄的《试院偶题赠巽斋》以及郑潜的《上京行幸词》都是组诗当中的杰作，组诗创作在后期形成了规模。

后期上京纪行诗中较独特的是竹枝词体的上京纪行诗，王士熙首先把通俗易懂的竹枝词体引入了上京纪行诗的创作，马祖常、许有壬、袁桷、胡奎和吴当等纷纷仿效创作。竹枝词体上京纪行诗，使得上京纪行诗更容易被读者所接受和喜爱，因而也使上京纪行诗更容易流传，它促使后期上京纪行诗诗坛更加繁荣。

后期，扈从上京并写作上京纪行诗是馆阁文臣们的一种“时髦”，大多数馆阁之臣都有上京纪行之作。

虞集（1272—1348），是宋丞相虞允文五世孙，字伯生，号邵庵，又号道园。祖籍四川仁寿，生于湖南衡州，侨居江西临川崇仁。虞集三岁即知读书，九岁就外傅，已尽诵诸经，通其大义。出则以契家子从吴澄游，授受具有源委。元成宗大德初，虞集始至京师，六年授大都路儒学教授，十一年擢国子助教。元仁宗延祐元年（1314），任太常博士，四年迁集贤修撰，五年除翰林待制兼国史院编修官。泰定四年（1327）拜翰林直学士、知制诰、同修国史，兼经筵官。元文宗至顺元年（1330），拜奎章阁侍书学士，诏修《经世大典》，为总裁官。元统元年（1333），谢病南归，二年，有旨诏还朝，因病不能行。至正八年（1348）五月卒，年七十七。赠江西行省参知政事，仁寿郡公，谥文靖。《元史》卷一八一有传。虞集是元代文坛巨擘，与杨载、范梈、揭傒斯并称为“元诗四大家”，与揭傒斯、柳贯、黄溍号为“儒林四杰”。留存诗文有《道园学古录》五十卷，《道园类稿》五十卷，《道园遗稿》六卷。

关于虞集扈从上京的时间，从他的诗文和其他元人的文献中可以考证出一些，如下：虞集有诗为《至治壬戌八月十五日榆林对月》，榆林是上京途中的一个驿站，此诗的最后两句为“驿人告晨征，曈曈晓光发”，这说明是他在上京途中经过榆林驿时所作。诗题“至治壬戌”是元英宗至治二年，即1322年，此诗表明他曾在至治二年扈从北行上京。另据马祖常《至治癸亥八月望同袁伯长虞伯生过枪杆岭马上联句》诗记录，在至治癸亥，他曾和袁桷、虞集扈从上京，途经枪杆岭，三人停马联诗。至治癸亥为英宗至治三年（1323），该年虞集和马祖常、袁桷同行在两京途中。虞集还有一首上京诗为《泰定甲子上京有感次韵马伯庸待制》，泰定甲子即为泰定帝泰定元年，也就是1324年，该诗其中两句为“寂寞就书阁，老大长郎署”，这两句和诗题明确表明他曾于该年在上京分值。程端学的《上都国子监题名记》云：“泰定二年四月十一日，将仕郎、国子助教程端学，以诸生随驾至上都，学录王琰、伴读张汝遴、裴士、完颜恪、杨钜在行。十九日开学，七月二十六日南还。余之来也，见学舍新美，而器物有未备者，言诸御史台中书工部留守司，得木及工，为墙以限内外，为门以谨出入，为栈阁以御湿，为座榻以即安。复言诸集贤院、中书省，中书刑部得官奴以充守者。其未备者，则待后人……

此行也，治书侍御史蔡公逢原厉意学校，故克有济，国子司业虞公伯生仍以进讲经筵同寓斯堂。将行，改除秘书少监云。七月既望记。”① 这说明，泰定二年（1325），虞集扈从上京进讲经筵，并和将仕郎国子助教程端学、学录王琰、伴读张汝遴等一同住在国子监。

此外，从至顺元年（1330）到至顺三年（1332），虞集也一直扈从上都。

据胡助的《上京纪行诗序》载，至顺元年（1330）夏，胡助扈从到上京，“是时，学士虞先生乘传赴召。先生至于堂上，留数十日，日侍诲言，先生属以目疾惮书，凡有所作，往往口占，而助辄从傍执笔书焉。助或一诗成，必正于先生，而先生亦为之忻然。其所以启迪者多矣，兹非幸欤”②。由此可知，虞集曾在至顺元年分署上京，并且当时眼疾已经很严重，所作只能“口占”，需他人帮助执笔。

据虞集在《倪文光墓碑》中言：“至顺二年，予扈从上都。”很明显，至顺二年（1331），虞集仍然扈从上都。

另据虞集《跋蒋山寺碑并诗》云：“至顺初，集奉诏撰蒋山寺碑，且命之书。文成进入御前，颇有更定。本遂留中，集盖不知未外付也。三年夏，扈从上都，上问久不立碑之故。始知其文犹留阁下，亟取以授尚书王公。……明年，集以老病去国，不及书。”③ 可见，至顺三年（1332），虞集仍然扈从皇上到了上京。次年，他即告别大都，离开朝廷回到了南方老家。

虞集从大德初期来到大都，一直到元统元年告老归乡，在京师生活了三十多年，曾供职于翰林国史院、集贤院和国子监。泰定帝和文宗时期，他多次扈跸上京，其间作有上京纪行诗。从目前搜集的他的纪行诗来看，数量在后期上京纪行诗中，不是最多。但是，虞集创作上京纪行诗，对于当时的文人具有较大的影响力和号召力。作为文坛前辈、领袖人物，他还经常为他人的上京纪行诗题跋作记，以表关注。黄溍有一组十二首《上京道中杂诗》，虞集为该组诗的题跋是：“少陵入蜀路岖崎，故有凄凉五字诗。供奉翰林随翠辇，应知同调不同辞。”④

---

① 程端学，《上都国子监题名记》，《积斋集》卷四，《四库全书》本，第1212册，第348页。

② 胡助，《纯白斋类稿》卷二十，《丛书集成初编》本，第188～189页。

③ 虞集，《跋蒋山寺碑并诗》，见于《石渠宝笈》三编“延春阁藏”卷四十一，《故宫珍本丛刊》系列之一，海南出版社，2001年1月第1版，第7册，第133页。

④ 《题黄晋卿上京道中纪行诗后》，《道园遗稿》卷五，《北京图书馆古籍珍本丛刊》本，第94册，第63页。

虞集是扈跸上京次数较多的南人，而扈从上京次数较多的色目人是马祖常。马祖常（1279—1338），字伯庸，其祖先为西域雍古部人，基督教世家。延祐进士，授翰林应奉，擢监察御史。元英宗至治年间，除翰林待制。泰定元年（1324），历迁典宝少监，翰林直学士，礼部尚书。至顺元年（1330），参议中书省事，拜治书侍御史。元顺帝即位，拜御史中丞。卒，谥文贞。《元史》卷一四三有传。有诗文集《石田先生文集》十五卷传世。

元代有不少少数民族作家，他们有深厚的汉文化修养，精通汉族语言，创作诗文，工丽精深。其成就卓越，往往和同时代的汉族作家并驾齐驱。在这些少数民族作家中，马祖常很有代表性，在元朝当代，时人对其人其作的评价就非常高。马祖常诗文皆长，诗歌尤为可传。

作为元代后期的馆阁文人，马祖常多次分值上京，其间写有上京纪行诗，他的上京纪行诗真实地描写了上京独具特色的风光以及他在上京的工作和生活。其中有一组七绝，名为《丁卯上京》，写道：

山雨晴时已是秋，苑中行殿日华浮。长杨十万旌旗宿，不使飞霜入画楼。
离宫秋草仗频移，天子长杨羽猎时。白雁水寒霜露满，骑奴犹唱蹋歌词。
海国名鹰岂鹘胎，渥洼天马是龙媒。明时不惜黄金赐，只欲番王万里来。
持橐词垣已赐金，对衣侍拜更恩深。何如坐索长安米，只有诗歌满翰林。①

这组组诗作于泰定帝四年丁卯（1327），描写了皇帝幸游上京时豪华威严的场面，以及出行打猎的壮观情景，末两句写自己供职翰苑持橐吟诗的生活。

马祖常是色目人，在元代社会地位很高，他又通过科举步入了上流社会，出入于馆阁，交往于名流，他的上京纪行诗中时常为元朝大唱赞歌，其《驾发上京》云：

苍龙对阙夹天阍，秋驾凌晨出国门。十里貔貅骑騕袅，一双日月绣旗旛。讲搜猎较黄羊圈，赐宴恩沾白兽尊。赫奕汉家人物盛，马卿有赋在文园。②

该诗的最后两句点题，借司马相如和汉室的典故，讴歌了元室对文人的浩浩皇恩。

作为馆阁文臣，马祖常在上京之行中，喜欢和馆阁同僚吟诗联句唱和。至治三年癸亥（1323）八月十五，他和袁桷、虞集一同行走在两都途中，路

① 《石田先生文集》卷四，《元人文集珍本丛刊》本，第6册，第575～576页。
② 《石田先生文集》卷三，《元人文集珍本丛刊》本，第6册，第565页。

过枪杆岭，他们停了下来，持笔联诗，其中马祖常作诗名为《至治癸亥八月望同袁伯长虞伯生过枪杆岭马上联句》。马祖常和馆阁文人王士熙的关系也很密切，他的上京纪行诗有不少是写给王士熙的，其中还有一组诗，是和王士熙竹枝词的和诗，名为《和王左司竹枝词》，内容为：

翠华宴镐承恩多，羽林似飞尽沙陀。从臣乞赐官法酒，千石银瓮来滦河。
绿绣檐额翠流苏，属櫜舍人金仆姑。宫中云门教坊奏，歌遍竹枝并鹧鸪。
玉绳双阙回苍龙，御沟石甃金水春。螭坳词臣紫櫜在，千年河清今日逢。
竹枝宛转贯珠匀，袜罗凌波那有尘。书生好酒恨不醉，丞相莫惜车马茵。
日边宝书开紫泥，内臣珠帽辇步齐。君王视朝天未旦，铜龙漏转鸡人啼。
金炉宝熏留篆云，花间百舌鸣早春。五方戏马赛争道，传声催赐十流银。
红蓝染裙似榴花，盘蔬饤饾芍药芽。太官汤羊厌肥腻，玉瓯初进江南茶。
天孙支机织流黄，杂花浮檐宫昼长。忽见琅玕种石上，却忆羊车来尚方。
太微前陈中天居，万年树影高扶疏。汉家诸臣经术士，殿中劝讲三王书。
流杯池边是镐宫，金舆翠幰逗微风。妫川玉液清如水，湛露承恩乐大同。[①]

色目人写作上京纪行诗，除了马祖常，还有萨都剌等人。萨都剌为元代诗词大家，著作有《雁门集》传世。萨都剌最著名的上京诗是《上京即事》组诗[②]，为十首七言绝句。马祖常和萨都剌的上京纪行诗作，堪为优秀的色目人之作。色目人集体写作上京纪行诗，丰富了后期上京纪行诗，也成为其繁荣兴盛的一个标志。

后期诗坛，馆阁诗人一直是上京纪行诗的创作主体，许有壬、欧阳玄、黄溍、柳贯、胡助、宋本、宋褧兄弟、揭傒斯、陈旅、吴师道、王士熙、贡师泰、吴当、危素、周伯琦等等、数不胜数。馆阁诗人在社会和诗坛上的地位都很高，他们的创作，在社会影响面颇宽，推动了上京纪行诗在社会上的广泛流传。

后期上京纪行诗成熟的另一个标志是，从形式上来看，上京纪行诗众体兼备，各具所长。古体诗、近体诗异彩纷呈。五律、七律、五绝、七绝、歌行体等都达到了上京纪行诗的成熟时期，而最吸引读者眼球的是上京组诗的大量出现并普及。

① 《石田先生文集》卷五，《元人文集珍本丛刊》本，第6册，第586~587页。

② 此诗名根据《四库全书》本。《元诗选》分为两组，一组为《上京即事五首》，另一组为《上京杂咏五首》。除个别字外，内容基本相同。

组诗作为一种独特的诗歌表现形式，以其内容的包容性、结构的系统性及抒情的独特性，深受历代文人喜爱。组诗的形式多种多样，其中以连章、联句、同题共作最为突出。无论是叙事、写景，还是抒情，组诗都能起到单体诗歌无法起到的作用。

元代上京组诗的种类很多。从形式上看，有五古组诗，有七古组诗；有五七言绝句组诗，也有五七言律诗组诗。从内容上看，有咏物组诗，有咏景组诗，有咏史怀古组诗，也有记事述行组诗，当然更多的组诗是歌咏景物和记事抒怀兼而有之。

在上京纪行组诗中，最有名的咏物诗是许有壬的《上京十咏》。许有壬（1287—1364），字可用，汤阴（今属河南）人。元顺帝元统二年（1334），许有壬作为馆阁之臣分台上都，喝马酒觉得很甜美爽口，于是作了《马酒》诗。后至元三年（1337）夏，他再一次分省上都，闲暇之余，细数上都的土产风物，选出九样赋诗吟咏。这九种特产和元统二年所写的《马酒》合在一起，命名为《上京十咏》。这组五言律诗以物类名称作为诗题，一诗咏一物，共赋咏了上京地区最富地域风情的十种特产：马酒、秋羊、黄羊、黄鼠、粆麫（糁面）、芦菔、白菜、沙菌、地椒、韭花。

上京及周边地区的景象强烈吸引着南来北往的各类过客，他们来到上都后，喜欢描写这里的异域景色。咏景的上京诗很多，宗教人士张嗣德的《滦京八景》堪为代表。张嗣德，号太乙子，张與材次子。至正中袭掌教事，为四十代天师。授太乙明教，广玄体道大真人，主领三山符箓。张嗣德的《滦京八景》由八首七言律诗组成，以景致名称作为诗题，一诗咏一景，共咏八景如下：凤阁朝阳，龙冈晴雪，敕勒西风，乌桓夕照，滦江晓月，松林夜雨，天山秋猕，陵台晚眺。作者选取的这些景致极具异域情调，如下面几首：

龙冈晴雪

阴山积雪亘春秋，霁景玲珑灿十州。玉展画屏当黼扆，翠凝香雾绕龙楼。吟怀暖动鼠须笔，酒力寒轻狐白裘。清暑年年动游幸，冰壶六月坐垂旒。

敕勒西风

敕勒连营意气豪，西风沙漠静惊涛。皂鵰背影翻金镝，赤骥腾空顿紫条。入夜胡歌谐筚篥，蚤时新酒压葡萄。旃庐处处人长乐，万里云屯雪自高。

乌桓夕照

乌桓列部拱提封，落照千山返映红。远树参差连塞北，断霞明灭际辽东。

牛羊下夕群屯雾，鹰隼横秋势掠风。亦有隐沦怀济世，何时归猎载非熊。

滦江晓月

滦江晓月漾玻璃，皓景沉沉碧海西。监牧平沙时洗马，趣朝青琐政闻鸡。钟声破雾腾珠刹，桥影垂虹枕玉溪。夙德祠臣劳扈从，恩承紫诰又春泥。[1]

朝阳、晴雪、西风、夕照、晓月、夜雨，这些本来都是大自然常见的景致，但是，在塞外草原，这些景致却焕发出诱人的光彩。“阴山积雪亘春秋，霁景玲珑灿十洲”。“滦江晓月漾玻璃，皓景沉沉碧海西”。作者在景物的描写中，注意到了景色中动物的活动，“牛羊下夕群屯雾，鹰隼横秋势掠风”。因为有动物和人的活动，景物富有了生机和灵气。

用组诗纪行，黄溍的《上京道中杂诗》十二首堪为佳作。黄溍于至顺二年辛未（1331）扈从大驾至开平，该组诗用十二首诗歌记录了上京道中的活动。这是十二首七言古诗，第一首为《发大都》，最后一首为《上都分院》，记录了他沿途路过刘蕡祠堂、居庸关、榆林、枪杆岭、李老谷、赤城、龙门、独石、檐子洼和李陵台的情形，纪实性很强，如《赤城》：“鸡鸣秣吾马，晚饭山中行。何以慰旅怀，赤城有嘉名。滩长石齿齿，树细风泠泠。时见岩壁间，粲若丹砂明。温泉发其阳，撝诃勤百灵。前峰指金阁，真境标殊庭。白道人迹稀，青崖云气生。信美无少留，缅焉起深情。”[2] 吴师道对黄溍的这组诗歌的评价是：“居庸北上一千里，供奉南归十二诗，纪实全依太史法，怀亲仍写使臣悲。”[3]

上都，又名上京、滦阳、滦京、开平。元代上京纪行诗中，有许多组诗冠以上京、上京即事、上京杂咏等，如宋本的《上京杂诗》（十七首），王沂的《上京》（十首），叶衡的《上京杂咏》（十首），马祖常的《丁卯上京》（四首），萨都剌《上京即事》（十首），郑潜的《上京行幸词》（六首）等等，不胜枚举。这些组诗从各个方面，记叙了上京地区的生活，全景式地展现了上京地区独特的风光，在内容上具有很大的包容量，如宋本的《上京杂诗》：

西关轮舆多似雨，东关账房乱如云。复仁门边人寂寂，太平楼上客纷纷。

塞垣蔬茹黑谷茶，芸桑叶子芍药芽。谁与南人话樱笋，北人曾住浙江涯。

---

① 《皇元风雅》后集卷三，《四部丛刊初编》本。

② 黄溍，《赤城》，《文献集》卷一，《四库全书》本，第1209册，第231页。

③ 《题黄晋卿应奉上京纪行诗后》，《礼部集》卷七，《四库全书》本，第1212册，第68页。

穹庐画毡饶周遭，五月燕语天窗高。草尽泉枯营帐去，来年何处定新巢。
卧龙冈外有人家，不识江南早稻花。种出碛中新粟卖，晨炊顿顿饭连沙。
平原细草绿迢迢，十脚穹庐二丈高。羊角风来忽掀去，干霄至上似盘鹏。
衣巾流湿着重重，浑似江干梅雨中。却忆钱塘池馆晓，沉香新火小熏笼。
太平生齿日丰隆，赭尽朝河百里松。红染墙屏朝日丽，黑侵衣桁灶烟浓。
少年跌宕学豪英，以赀为郎随驾行。醉倒花楼歌扇底，土钩阑外夜吹笙。
雨声才断日光出，黑淖如糜拨不开。羸马巡檐行堪踔，柴车击毂断东街。
騊駼蹴蹋駃騠腾，宝校叶韉簇雉翎。燕散彤宫皆贵近，碎声如雨窣金铃
柱头方版赤砂符，植立高城雨挟虚。善咒浮图惊霹雳，阿香不解竺干书。
韩妈使酒忽生嗔，打杀随龙小幸臣。诏狱奏成呼五伯，欢声如海颂名君。
腊冻御泉地喷起，土膏春动消成洼。千条万条壁縺拆，十家九家屋山斜。
破除离索酒千钟，到处追欢似梦中。尽日笙歌毡巷北，初更灯火铁楼东。
御华园路接紫场，草地谁分绕账房。细筋入脑野鹘俊，旋毛在睫官马良。
鹰房脱奏駕鹅过，清晓銮车出禁廷。三百海青千骑马，一时随扈向凉陉。
金脊殿洒马乳酒，铁幡竿送羊头神。千两宫车尽南转，归期迎笑问良辰。①

上京城的建筑布局，百姓聚落情况、生活习俗、劳动情况，上京的气候、特产，甚至戏曲的演出情况，宫廷的宴乐、巡猎、祭祀等，都包含在了组诗当中。这十七首七绝，从各个侧面、各个角度，多方位、多角度地全面展现了上都的风光和生活，典型地体现了上京纪行组诗的容量之大。诗歌由于受到字数、句数、格律、押韵等限制，在内容的容量上往往受到了很大的限制，但是，上京纪行组诗却在一定程度上突破了这个限制，加大了诗歌的容量，丰富了诗歌的内容。元代后期上京组诗的急剧增加，是上京纪行诗在后期成熟的重要标志。

在上京纪行组诗中，有一种非常独特的情况，就是组诗中的“竹枝词”体绝句。竹枝词，乐府《近代曲》之一，本为巴渝（今四川东部）一带地方特色鲜明、乡土气息浓郁、情韵悠长的民歌，唐代诗人刘禹锡据以改作新词，歌咏三峡风光和男女恋情，盛行于世。后人所作也多咏当地风土或儿女柔情，其形式为七言绝句，语言通俗，即景抒情，形象鲜明，音调轻快。

在元代后期，把竹枝词引入上京纪行诗的是东平人王士熙。王士熙家族

① 《永乐大典》卷七七〇二，中华书局精装本，第4册，第3578页。

文化修养很高，他的父亲是号为“三王”[①] 之一的王构，曾任翰林学士。作为王构长子的王士熙，是至治、泰定年间最活跃的馆阁文臣，他创造性地把竹枝词和柳枝词运用到了上京纪行诗中，《竹枝词十首》《上都柳枝词七首》《上京次李学士韵四首》是这方面的力作，他的《上都柳枝词七首》为：

> 曾见上都杨柳枝，龙江女儿好腰肢。西锦缠头急催酒，舞到秋来人去时。
> 惹雪和烟复带霜，小东门外万条长。君王夜过五花殿，曾与龙驹系紫缰。
> 来时垂叶嫩青青，归去西风又飘零。愿得侬身长似柳，年年天上作飞星。
> 侬在南都见柳花，花红柳绿有人家。如今四月犹飞絮，沙碛萧萧映草芽。
> 雪色骅骝窈窕骑，宫罗窄袖袂能垂。驻向山前折杨柳，戏捻柔条作笛吹。
> 偏岭前头树树逢，轻于苍桧短于松。急风卷絮悲游子，永日留阴送去侬。
> 合门岭上雪凄凄，小树云深望欲迷。何日汶阳寻故里，绿阴阴里听莺啼。[②]

他的上京竹枝词语言通俗，感情细腻，音调轻快，容易为读者所接受和喜爱，所以流传很广。杨镰在《元诗史》中这样评价王士熙的上京竹枝词：“上京的异域风光在王士熙的笔下，就像一滴水珠原本无奇，置于阳光之下，却焕发出夺目光芒。”[③] 王士熙的“竹枝体”上京纪行诗，在文人中间也引起了很大的反响，他们纷纷或相和，或仿效，一时形成了风气。许有壬的《竹枝十首和继学韵》，马祖常的《和王左司竹枝词》，胡奎的《次韵王继学滦河竹枝词》都是这方面的佳作。据吴当言，王士熙曾把自己所作的《柳枝词十首》书写在馆阁的墙壁之上，至正十三年（1353），左司诸公扈跸滦阳，大家争先恐后“追次其韵”，吴当也作了十首《王继学赋柳枝词十首书于省壁至正十有三年扈跸滦阳左司诸公同追次其韵》，为：

> 滦阳杨柳长新枝，无奈春寒力不支。燕子归来风渐软，却似宫腰学舞时。
> 晓来岚气不成霜，云染烟笼万缕长。醉归谁敢争驰道，尽与君王控马缰。
> 树绕离宫草共青，树底旌旗朝露零。宫娥起伺羊车过，林梢斜月照华星。
> 宫柳添来几百株，谁复天边种白榆。马上贵人通国字，时折新条作笔书。
> 神京高寒春力微，晴絮飞时花尚稀。忽忆钱塘斜日岸，箫鼓画船扶醉归。
> 陇头春深未识花，酒帘动处是谁家。郎来莫折门前柳，昨夜东风初长芽。

---

① 王构、王旭、王磐并称为“三王”。

② 《元诗选》二集·戊集，中华书局，1987 年第 1 版，2002 年 11 月第 3 次印刷，第 554 ~ 555 页。

③ 《元诗史》，人民文学出版社，2003 年版，第 295 页。

新赐金鞍选日骑，玉钗斜插两鬟垂。长条拂着珍珠帽，只许东风细细吹。
江头樵牧昔年逢，结茅临竹更依松。柳条系得渔船住，长日醉眠谁问侬。
绿阴芳草思凄凄，六宫传蜡暖烟迷。沙堤不种隋家树，谁忆曲中乌夜啼。
貂帽驼裘休叹侬，从官车骑莫从容。柳花飞尽雪花起，才见西风又似冬。①

意犹未尽，吴当又模仿着写了《竹枝词和歌韵自扈跸上都自沙岭至滦京所作》。

竹枝体上京组诗短小精悍，通俗易懂，更易于普及和推广。此外，这种文体的普及，也丰富了上京纪行组诗的形式，它是后期上京纪行诗成熟和繁荣的又一个重要标志。

前期上京纪行诗，多为零星的、不成系统的上京纪行诗。如果说前期作者写作上京纪行诗是兴致所致的话，那么后期作者则开始自觉地、目的更加明确地写作上京纪行诗，使上京纪行诗成系统化，创作上京纪行诗由自发进入自觉的状态，标志就是给上京纪行诗结集。柳贯和胡助都有《上京纪行诗序》，他们都创作了《上京纪行诗》诗集，柳贯的《上京纪行诗》集共由32首诗歌组成，并流传了下来。胡助在序中说他有50首上京纪行诗，共一卷，但他的《上京纪行诗》集作为单行本没有流传下来。顺帝时期，周伯琦和杨允孚也曾前往上京，创作了上京纪行诗，并结成诗集。周伯琦的名为《扈从集》，杨允孚在明初追忆自己在上都的所见所闻，著为《滦京杂咏》。关于上京纪行诗集的情况，本书最后一章专章论述，此不赘述。

① 《学言稿》卷六，《四库全书》本，第1217册，第305~306页。

第三章　元代上京纪行诗题材论

第一节　上京纪行诗中的驿站与风物

一、上京纪行诗中的驿站

元代的交通实行“站赤”制度，所谓站赤，是蒙古语“驿传”的译音。站赤制度，是一种系统而严密的驿传制度。元代的站赤规模比前代更大，组织更严密，每个驿站都有专人管理行人的食宿，供给行人交通工具，使臣必须持有铺马圣旨等专门的证明，才能在站上住宿，并使用交通工具。元代以大都为中心，形成了四通八达的交通网。

在全国所有的交通路线中，从大都到上都的道路为“天下之总”，具有枢纽和核心的地位。据元末人周伯琦说，从大都到上都的道路有四条，即驿路、辇路、西道和东道。周伯琦所谓的西道，就是忽必烈即位以前的驿路，途经宣德、野狐岭至开平。当年，道士丘处机谒见成吉思汗走的就是这条道。丘处机带领着他的随从，从山东莱州出发，首先来到燕京，然后又从燕京出居庸关，经宣德、宣平，北度野狐岭、抚州，经呼伦湖到达哈剌和林，取道乌里亚苏台、高昌、和州等地，于1222年4月到达成吉思汗的驻地大雪山。[①]

而周伯琦所谓的驿路，就是忽必烈时期的望云路。世祖中统元年（1260）五月，忽必烈下诏立望云驿，据《元史》卷四载：“立望云驿，非军事毋得辄入。”[②] 又载：“（中统三年四月）壬子，敕非军情毋行望云驿。”[③] 由此可知，忽必烈最初设置望云驿是为了传递军情急速公事。为了便于传输，忽必烈在望云驿路上设立站点，据《经世大典·站赤一》载：“奉圣旨，于望云立一

---

① 李志常，《长春真人西游记》，《王国维遗书》第13册，上海古籍书店，1983年版。

② 《元史》卷四《世祖本纪》，中华书局，1976年第1版，1997年7月第6次印刷，第1册，第66页。

③ 《元史》卷五《世祖本纪》，中华书局，1976年第1版，1997年7月第6次印刷，第1册，第84页。

站，又于榆林望云之间酌中处立一站。”[①] 在榆林和望云中处增加了哪一个驿站呢？《元史》卷五载：“（中统三年秋七月，）立枪杆岭驿，以便转输。”[②] 枪杆岭位于榆林和望云驿的“中处”，所以立的这一站极有可能就是枪杆岭驿。中统四年（1263）四月二十八日，因中书省奏，通往开平的驿路断绝，阻碍了行程往来，忽必烈遂命令霍木海带领官员前去整顿。在整顿过程中，又设置了鵰窝、土木（统墓）、北口、南口等站，将望云道正式定为驿路，从此，望云道的职能也由传输军情变为普通官员过往的驿路，而本来是驿路的“西道”，则变为以运输货物为主的专道，西道上的驿站也大为减少。

望云驿路上的各个驿站，在元朝发展过程中，时有增减，先是枪杆岭、土木等站相继罢去。而至顺年间，因为永明寺和过街塔的建成，过往行人都开始在寺中住宿，于是北口和南口驿站取消。当然，也有因各种原因增加驿站的情况，据《经世大典·站赤一》载：“至元二十九年（1292）六月十九日，中书省咨，通政院呈：赤城站，南至刁窝（鵰窝），北至独石，各九十里。中间山路狭窄，河水数多，比之其余站赤生受，逼临站户逃窜，倒断站赤。”[③] 请求增加一站，忽必烈批准建龙门站。又据《经世大典·站赤一》记载，至元二十九年（1292）闰六月二十日，一些官员上奏：“云州至独石，其间里站远的上头，冬间站哏生受有，中间里添一站。”[④] 至于加了哪一站，不得而知。比较稳定的是下面的 11 个驿站：昌平、榆林、洪赞、鵰窝、龙门、赤城、独石口、牛群头、明安驿、李陵台、桓州。

由于皇帝的两都巡幸，每年春、秋两季，驿路、辇路和西道的各个驿站和纳钵都会进入客流高峰期，迎来送往着潮水般的四方来客。在四条道路中，元人赋咏最多的是驿路的各个驿站，下面是元人赋咏较多的驿路上的一些主要驿站。

昌平驿

“由都城北抵上京，其驿十有二。而昌平之为县，当其第一驿。”[⑤] 可见，

---

① 《永乐大典》卷一九四一六《站赤一》，中华书局精装本，第 8 册，第 7193 页。

② 《元史》卷五《世祖本纪》，中华书局，1976 年第 1 版，1997 年 7 月第 6 次印刷，第 1 册，第 86 页。

③ 《永乐大典》卷一九四一六《站赤一》，中华书局精装本，第 8 册，第 7259 页。

④ 《永乐大典》卷一九四一六《站赤一》，中华书局精装本，第 8 册，第 7259 页。

⑤ 《昌平县石桥记》，黄溍，《文献集》卷七，《四库全书》本，第 1209 册，第 416 页。

在元代，昌平具有重要的交通地位。首先，它是从大都到上都的第一个驿站。其次，在从大都赴上都的四条道路中，除了专用禁路古北口东路，其他三条道路，都必须途经昌平，也就是说，无论是皇帝所带领的高级官吏及随从，还是一般官员甚或平民布衣，要前往上都，都必须经过昌平。正因为这些，负责治理昌平驿的官吏在治理昌平时，都非常用心。“县尹毕侯以为，昌平今畿县，大驾时巡，次舍在焉。凡侍从之臣、宿卫之士，与夫外颁教令、内奉职贡、使客传遽之往来，率由乎是。为长吏者，曷敢弗谨。”① 诚然，途经昌平的皇帝及一些朝廷重臣，对这里的治理满意与否，印象好坏，成为地方官员政绩评定的一个“潜标准”，甚至在某种程度上还会影响到地方官员官位的升降。正因为这样，昌平的地方官员都竭尽全力地把本地的驿站建设好，让皇帝和大臣们住得舒服些、满意些。从另一方面来看，昌平重要的交通地位，也增加了当地百姓，尤其是负责给路人提供交通工具的养马户们的负担。《元史》卷二十七《英宗本纪》载：“丙申以昌平、滦阳十二驿供亿繁重，给钞三十万贯赈之。”② 可见，昌平驿站所承担的驿传任务是很繁重的。与史书记载可以互相佐证的是马祖常的一首题为《六月七日至昌平赋养马户》的诗：

马足与石斗，石齿啮马足。足跛背生疮，突兀瘦见骨。官家日有事，陆续使者出。使者贵臣子，骑驰日逐毂。驿吏报马毙，鞭挞寡妇哭。寡妇养马户，前年夫死役。占籍广川郡，有田种菽粟。翁姑昔时在，城邑复有屋。连岁水兼旱，洊饥罹不淑。夫死翁姑亡，田屋尽质鬻。寡妇自养马，远适鵰窝谷。绩纺无麻丝，头葆胫肤黑。塞下藜苋小，空釜煮水泣。驿吏鞭买马，磨笄向山石。安得天雨金，马壮口有食。③

这首诗简直就是元代版的《石壕吏》。因为“官家日有事，陆续使者出。使者贵臣子，骑驰日逐毂”，所以带给昌平养马的寡妇沉重的赋役。她同为养马的丈夫和公婆相继在重压下去世，只有她还依然在支撑着繁重的徭役。这首诗带有普遍性，反映了元代所有生活在重压之下的养马站户的生活。下面是元代官书《经世大典》中的一段资料：“（按：延祐二年）三月二十四日，通政院准木怜阿失不剌察罕、忽鲁浑察罕、憨赤海三站言，从壬子年至今天

① 《昌平县石桥记》，黄溍，《文献集》卷七，《四库全书》本，第1209册，第416页。

② 《元史》卷二十七《英宗本纪》，中华书局，1976年第1版，1997年7月第6次印刷，第3册，第604页。

③ 《石田先生文集》，卷一，《元人文集珍本丛刊》本，第6册，第533页。

旱，刍草不生。去年递运军器，虽曾给散钞物，皆以销用。自冬徂春，连值大雪，黑风飘散积草，铺马缺食倒毙，所存不过二三十匹，以供走递，大率羸瘠，亦将死损。驰驿者既已失误递运，又且住滞，站户及妻子往往饥饿丧亡，乞救济事。"① 这段资料是马祖常诗文的很好注脚。马户生活苦是一个全国性的普遍现象，除了气候恶劣导致铺马死亡，从而马户生活艰难之外，更为普遍的是人为的原因。下面是《经世大典》中的又一则资料："（延祐二年）九月大都路良乡驿言：自闰正月二十五日，涿州驿送到晋王位下来使锁秃等四人，又西番大师加瓦藏卜等七人到驿，各索走擁马匹，提领百户皆被鞭棰，越次选取擁马供给。二月一日，复有西番僧短木、察罕不花、八哈失等二十一人，起正马三十二匹，回马十匹，需求走擁马匹，棰挞站赤，恃威选马，无所控诉，窃照本驿置于辇毂之下。南北卫要，供给浩繁，似此被害，何以堪命，乞禁治事。"② 诸王、公主、驸马、使者及"西番僧"，利用自己特殊的地位"恃威选马""棰挞站赤"，从而也使本来就任务繁重的马户更加苦不堪言。

昌平作为驿路、辇路和西道的必经之地，养马站户任务的繁重可想而知。此外，每年春天，皇室一行途经这里，留守大都的文武官员要来这里送行。而每逢秋季皇帝一行从上都回来，大都留守的官员还要来这里迎候，举行盛大的欢迎仪式，所以和其他驿站相比，昌平的驿站任务会更加繁重。

为了更好地给皇室一行北巡提供方便，元廷也采取了一些措施。"昌平在今为赤县，当行幸警跸之道。皇庆二年冬十月己卯诏徙治县西南五里辛店，以便吏民之供顿。"③ 辛店即新店，因为该地高平宽敞，有龙盘虎踞之势，故名龙虎台。把昌平县治迁徙到新店后，昌平官府对新店进行了一系列的修建整治，延祐元年九月落成建好。"凡长吏之治、胥史之署、宾燕之次、储庋之藏、庖饪之舍，靡不周备"，"又夹道列植榆柳，北至关南，达于都门，绵亘九十余里。……天子以为能。三年夏四月，特赐衣一袭，进阶承务郎"④，可见，皇帝对新店的治理很满意。新店治理好以后，就成为皇帝住宿玩乐的纳钵。迺贤《龙虎台》自注曰："大驾巡幸往返皆驻跸台上。"⑤ 而杨允孚的

① 《永乐大典》卷一九四二一《站赤六》，中华书局精装本，第 8 册，第 7233 页。
② 《永乐大典》卷一九四二一《站赤六》，中华书局精装本，第 8 册，第 7235 页。
③ 《昌平县新治记》，程钜夫，《雪楼集》卷九，《四库全书》本，第 1202 册，第 109 页。
④ 《昌平县新治记》，程钜夫，《雪楼集》卷九，《四库全书》本，第 1202 册，第 109 页。
⑤ 迺贤，《金台集》卷二，《诵芬室丛刊》本。

《滦京杂咏》中这样描述："纳宝盘营象辇来，画帘毡暖九重开。大臣奏罢行程记，万岁声传龙虎台。"[①] 从诗的描述来看，皇帝巡幸队伍从大都前往上都时，要在龙虎台举行隆重的仪式，大臣们在这里要奏"行程记"。秋天皇帝从上都回来时，文武百官要准备好瓜果美味，早早地到龙虎台迎接。关于这些史实，元人诗词中有大量的描述，"玉华行殿拂明开，北狩南巡此往回。"[②]"三秋迎驾走居庸，一道青山返照红。新店到都才九十，坐车乘马两龙东。"[③]"都人长此迎青跸，湛露光中白雁前。"[④]"前行节驼鼓，执御各在手。侍臣仰天威，长跪四方奏。"[⑤]"年年举盛典，宫中奏云门。"[⑥]

居庸关驿

从大都前往上都，共有四条道。除古北口东路之外，其他三条道都必须经过居庸关。居庸关峻峭的山势和众多的古迹，给元代文人留下了深刻的印象，从而留下了大量歌咏居庸关及其附近名胜的诗篇。

在所有的上京纪行诗中，元人吟咏最多的上京途中驿站就是居庸关。居庸关是一道门，在地理位置上，它是从中原通往漠北草原最重要的大门，而在元人心目中，它又是一道打开心灵视野的大门。

"居庸关，世传始皇北筑时，居庸徙于此，故名。两山巉绝，中若铁峡，控扼南北，实为古今巨防。"[⑦]"居庸关，东连卢龙、碣石，西属太行、常山，实天下之险。"[⑧] 天下有九塞，居庸居其一。居庸关在军事史上具有举足轻重的地位，这里悬崖绝壁，一夫当关，万夫莫攻。对中原汉地来说，这里是天然的军事保护屏障。在历史上，居庸关一直是中原防御北方民族入侵的天然屏障。"中原能守，（按：居庸关）则为阳国北门，中原失守，则为阴国南门。

---

① 杨允孚，《滦京杂咏》，《丛书集成初编》本，第3180册，第1页。

② 《龙虎堂》，王恽，《秋涧先生大全集》卷三十二，《元人文集珍本丛刊》本，第1册，第465页。

③ 《观光》，王恽，《秋涧先生大全集》卷三十二，《元人文集珍本丛刊》本，第1册，第465页。

④ 胡助，《龙虎台》，《纯白斋类稿》卷八，《丛书集成初编》本，第73页。

⑤ 袁桷，《龙虎台》，《清容居士集》卷十五，《四部丛刊初编》本。

⑥ 周伯琦，《龙虎台》，《扈从集》，文渊阁《四库全书》本，第1214册，第549页。

⑦ 《钦定日下旧闻考》卷一百五十四，北京古籍出版社，1981年版，第8册，第2471页。

⑧ 《钦定日下旧闻考》卷一百五十四，北京古籍出版社，1981年版，第8册，第2472页。

故自汉唐辽金以来，尝宿重兵，以谨管钥。”[①] 936 年，石敬瑭为了篡位称帝，遣使者到长城以外的契丹，以约割让幽云十六州给契丹，以换取契丹出兵灭后唐。契丹帮助石敬瑭称帝后，自然就长驱直入，越过了居庸关。从此居庸关就成了“阴国南门”，为北方民族所把持。“盖其地，……西北有居庸关，中国恃此以为界限。自十六州既割之后，山险皆为敌有。而河北尽在平地，无险可以拒守矣。”[②]

从石敬瑭割让幽云十六州，一直到元代一统天下，居庸关及关外之地，在中原汉人的眼里和心里，就一直是秘域绝境。元代统一天下后，中原人士终于可以跟随皇帝进行两都巡幸，从而可以越过居庸关，领略居庸关的雄奇了，也可以观赏关外的奇异了。那里的山，那里的水，那里的气候，那里的人，那里的风俗……在他们的心中已经神秘了三四个世纪，神秘了一代又一代。而今，踏上这片神秘的“异域土地”，他们怎么能不好奇，怎么能不歌咏呢？“居庸关中四十里，回冈复岭度萦纡。道傍石刻无人识，尽是前朝蒙古书。”[③] 可见，直到明朝，元人颂吟居庸关诗作之多都令人慨叹。

居庸关的地理位置重要，作为驿站，在两都巡幸期间，这里一直是车水马龙，人流不息。“车箱来往若流泉，绝壁巉岩倚翠烟。限破中州四十里，凿开大路几千年。”[④] 元代行人过居庸关，需从南口过居庸关至北口，走四十多里，中间要穿越弹琴峡、八达岭，一路都是在山峡中行走。元人描写居庸关，喜欢抚今怀古，颂咏这里的山川风物。

柳贯的《度居庸关》是描写居庸关的杰作，诗中言：“居庸朔方塞，始入两崖张。行行转石角，细路萦涧冈。层崿倒天影，半林漏晨光。崎嶬里四十，所历万羊肠。千辕络前后，两轨通中央。谷开稍夷旷，在险获康庄。”[⑤] 居庸关在诗人的眼里是惊险的，然而又是可爱的、新奇的，“我来山水窟，爱此不能忘。”[⑥] 从前只能在文献里看到的居庸关，现在真真切切地呈现在了诗人的面前。兴奋之余，他也对大元一统天下，给世人观光漠北提供了一个如此好

---

① 郝经，《居庸关铭》，《郝文忠公陵川文集》卷二十一，《北京图书馆古籍珍本丛刊》本，第 91 册，第 670 页。

② 厉鹗，《辽史拾遗》卷十三《上京道》，《四库全书》本，第 289 册，第 937 页。

③ 杨士奇，《东里诗集》卷三《扈从巡边至宣府往还杂诗》，《四库全书》本，第 1238 册，第 362 页。

④ 刘秉忠，《过居庸关》，《刘太傅藏春集》卷二，《元人文集珍本丛刊》本，第 1 册，第 73 页。

⑤ 柳贯，《度居庸关》，《柳待制文集》卷二，《四部丛刊初编》本。

⑥ 柳贯，《度居庸关》，《柳待制文集》卷二，《四部丛刊初编》本。

的平台而心存感激，所以他由衷地感慨："属兹景运开，六服联绥荒。"[①] 只有在国家统一的元代，生逢盛世，诗人们才有这样的机遇。

居庸关中有弹琴峡，道路旁边是仙人枕。从南口过居庸关到北口，大约四十里，完全是穿行在山峡中。山路崎岖，涧里是潺潺的流水。这里的山涧因为特殊的地势，水声高高低低，嘈嘈切切，错落有致，犹如弹奏的琴声，故名弹琴峡。居庸三塔也是这里的名胜，迺贤在为其诗《居庸关》做的注释中说："关北五里，今敕建永明宝相寺宫殿，甚壮丽，三塔跨于通衢，车骑皆过其下。"[②] 元顺帝至正二年至五年（1342—1345），在居庸关建"过街三塔"，塔下设门以通往来，门洞壁面刻有梵文、藏文、八思巴文、畏兀儿文、西夏文、汉文六种文字的经文咒语，塔门及刻文今存。《析津志》中详细地记载了过街塔的建造原因和建造过程，原文如下：

> 关旧无塔，玄都百里，南则都城，北则过上京，止此一道。昔金人以此为界，自我朝始于南北作二大红门，今上以至正二年，始命大丞相阿鲁图、左丞相别儿怯不花等创建焉。其为壮丽雄伟，为当代之冠，有敕命学士欧阳制碑铭。皇畿南北为两红门，设扃钥、置斥候。每岁之夏，车驾消暑滦京，出入必由于是。今上皇帝继统以来，频岁行幸，率遵祖武。一日，揽辔度关，仰思祖宗勘定之劳，俯思山川拱抱之状，圣衷惕然，默有所祷，期以他日即南关红门之内，因山之麓，伐石甃基，累甓跨道，为西域浮图，下通人行，皈依佛乘，普受法施。……塔形穹隆，自外望之，揄相奕奕。人由其中，仰见图覆，广壮高盖，轮蹄可方。中藏内典宝诠，用集百虚以召诸福。既而缘崖结构，作三世佛殿，前门翚飞，旁舍棋布，赐其额曰大宝相永明寺。[③]

又据《析津志》记载："（至正六年）三月二十日，中书左丞相别儿怯不花、平章政事纳璘，教化参知政事朵儿典班等，请敕翰林学士承旨欧阳玄为文，江浙行省平章政事达世帖木儿书丹，翰林学士承旨张超岩[④]篆额，勒之坚石，对扬鸿厘。上允所请。"[⑤] 危素《大元故翰林学士承旨光禄大夫知制诰兼

---

① 柳贯，《度居庸关》，《柳待制文集》卷二，《四部丛刊初编》本。

② 迺贤，《金台集》卷二，《诵芬室丛刊》本。

③ 《析津志辑佚·属县》，北京古籍出版社，1983 年第 1 版，2001 年 2 月第 2 次印刷，第 252 ~ 253 页。

④ 疑为"张起岩"之误。

⑤ 《析津志辑佚·属县》，北京古籍出版社，1983 年第 1 版，2001 年 2 月第 2 次印刷，第253 页。

修国史圭斋先生欧阳公行状》载：“居庸过街塔成，（按：欧阳玄）奉敕撰碑，赐白金三十两。”① 过街三塔建好后，曾命欧阳玄撰碑，并“勒之坚石”。在永明寺和过街塔建成之前，皇上的巡幸队伍途经居庸关，有时在关南的龙虎台宿顿，有时在关北的棒槌店驻跸。等到有了永明寺，车驾往还便常常驻跸在寺里，寺里专门设有御榻。

居庸关的佛塔给行人的印象很深，元人途经这里，往往会赋诗吟咏，如“佛庐架岩上，疏泉汇清池。”② “居庸夹山僧屋多，凿石化作金弥陀。”③ “峭崖屏列翠，急涧玉鸣环。佛阁腾云雾，人家结市阛。”④ “农场纳稼收成早，僧舍悬崖构缔牢。”⑤

榆林驿

出居庸关，西北行大约六十里，即为榆林堡。元代榆林驿就设置在榆林堡。榆林堡今名仍为榆林堡，地处康庄附近。《汉书》中所谓的“榆溪旧塞”，即为榆林驿。在汉代，这里到处都是榆树，故名榆林。但是到了元代，榆林已经是空有其名了，代替榆树的是随处可见的柳树，有大量的元人诗歌为证：“青山环合势雄抱，不见旧时榆树林。”⑥ “昔人多种榆，今人惟种柳。坚脆虽不同，气尽同一朽。”⑦ “两行官柳夹长堤，缕缕青丝拂面齐。”⑧ 大片的柳林里出没着各种野生动物，有野兔、野狼、黄鼠，甚至还有大量的珍奇动物黄羊、青兕，因而元廷在榆林附近设置了一处御苑，专门供皇室狩猎使用，“榆林御苑柳丝丝，昨夜宫车又黑围”⑨，榆林不仅是驿站，还肩负着保证皇族狩猎的任务。

榆林驿北边大山环抱，但此地却相对平坦开阔，“出关喜平旷，前林树扶

---

① 危素，《大元故翰林学士承旨光禄大夫知制诰兼修国史圭斋先生欧阳公行状》，《全元文》，第48册，第404页。

② 胡助，《居庸关》，《纯白斋类稿》卷二，《丛书集成初编》本，第14页。

③ 袁桷，《次韵继学途中竹枝词·居庸夹山僧屋多》，《清容居士集》卷十五，《四部丛刊初编》本。

④ 周伯琦，《九月一日还自上京途中纪事十首·北口七十二》，《近光集》卷一，《四库全书》本，第1214册，第515页。

⑤ 周伯琦，《还途居庸关中即事》，《近光集》卷二，《四库全书》本，第1214册，第523页。

⑥ 胡助，《榆林》，《纯白斋类稿》卷十四，《丛书集成初编》本，第126页。

⑦ 周伯琦，《榆林驿》，《扈从集》，《四库全书》本，第1214册，第548页。

⑧ 贡师泰，《榆林道中》，《贡礼部玩斋集》卷四，明天顺七年沈性刻嘉靖十四年徐万璧重修本。

⑨ 杨允孚，《滦京杂咏》，《丛书集成初编》本，第1页。

疏。微茫候烟火，参差见廛庐”[①]。榆林固定居住人口不是很多，所以给人的感觉有些孤凉，“榆林青茫茫，寒烟三十里”[②]。榆林人口虽不多，但作为驿站，问题却比较多，最典型的就是这里富户欺压贫户的问题，有钱的站户营私舞弊，不仅很少履行、甚或不履行站户义务，而且还经常欺压穷苦的站户，甚至还典卖穷苦站户的子女。在榆林，穷苦站户逃亡的现象很严重，政府只好从其他驿站抽调站户来补充。《永乐大典·站赤五》：“又中书省据兵部呈，高州民匠总管所，于至大三年（1310）正月十八日，佥人户吕忠充榆林马站户，抵替贫难赵松户役。佥华秀充失八儿秃牛站户，补代逃亡冯进当站。其吕忠累词诉于本所，及省院官谓忠元系叚千户所管边民，与元佥失八儿秃牛站户刘敬、冯进同籍，二人逃亡。复本管官司，已令忠兑纳，大德十一年，至大元年，站需钱物，即合以忠抵补冯进户役，理所当然。若华秀者，乃民匠总管所户计。榆林站贫难户赵松，元从本所佥定。其华秀人丁物力，又在忠上，以之抵补马户赵松，于事公当。今乃更互佥拨不便，事经高唐州体勘，得华秀比元佥供报丁产时余地一顷七十二亩，牛四只，羊五口，多于吕忠物力，已取各人承伏。华秀入榆林，吕忠复于失八儿秃，如此定拟改正，申奉通政院。”[③] 这是《永乐大典》辑佚《经世大典》的一则资料，记载的这个案件非常典型地显示了榆林贫困站户的处境，站户吕忠宁愿到失八儿秃，也不愿到榆林，中书省亲自插手该案件，最后才使问题暂时平息。可见，在当时，榆林站户问题是很严重的。这个问题也令朝廷头疼，贡师泰的门人朱鐩曾在《纪年录》里讲述了贡师泰任兵部侍郎时，治理榆林站的事件：“十三年改兵部侍郎，差次口北十三站。其地多豪贵，往往挟势抑贫民。公至之日，务平马政。权要谤议腾沸，执政欲左迁其官，公处之泰然，作《榆林有感》诗，以道其志。而驿户送拜遮道，执政察知之。”[④] 贡师泰（1298—1362），字泰甫，号玩斋，宁国路宣城县（今属安徽）人。至正十三年他顶着权豪势要诽谤威胁、朝廷要员要“左迁”他的巨大压力，务平马政，成功治理了榆林等十三站的积存问题。为此，他作了《榆林有感》诗以明志：

老夫白发已如许，山后驰驱动数年。正为贫民均马政，何嫌富户倍车钱。

---

① 廼贤，《榆林》，《金台集》卷二，《诵芬室丛刊》本。

② 陈孚，《怀来县》，《陈刚中诗集》卷三，《四库全书》本，第1202册，第656页。

③ 《永乐大典》卷一九四二〇《站赤五》，中华书局精装本，第8册，第7225～7226页。

④ 《贡礼部玩斋集·纪年录》，明天顺七年沈性刻嘉靖十四年徐万璧重修本。

人生要在心无愧，物论难齐理自然。欲尽微忠报明主，简书深夜手重编。[1]

怀来驿

怀来驿在今天怀来县东，该驿站在修官厅水库时淹没，故今不存。在元代的驿道上，怀来是过居庸关之后第一个比较大的驿站，它是一座有悠久历史的名城。它虽然是一个小县，但在唐代就已经设置，并且成为从中原进入草原漠南和漠北地区的重要门户。从它设置那天起，历代统治者就把这里作为重要的军事重地。每当中原政权和北方民族作战时，这里都会成为双方争夺的战场，“想当用武时，满野控弓矢”[2]。元统一天下后，这里没有了鼓角争鸣，也没有了刀光剑影，留在行人眼里的是沙草风烟美，城中鸡鸣狗叫，颇有市镇生活气息。

怀来是个有山有水的地方，元人的诗文中歌咏这里山水的为数不少，“怀来虽小县，肇置自李唐。泉甘沙井冽，桥古川流长。重冈相抱环，远山势低昂”[3]。怀来的妫河闻名遐迩，“妫河，延庆州南半里，怀来县南一里。自延庆发源西流，历延庆州、怀来县境，又西南流五十五里，入桑乾河。本古清夷水，今讹曰妫河也”[4]。妫河像一条白练，给过往的行人留下了深刻的印象，“至怀来县。县，唐所置也，山水环抱流注，市有长桥，水名妫川”[5]。

为了通行方便，妫河上架着宽宽的石桥，“县之东有桥，中横木，而上下皆石”[6]，又据《畿辅通志》卷四十二载：“三桥，在怀来县南妫河上。”[7] 可以推测，陈孚所言的那个“百尺横”的“石桥”，应该就是这个“三桥”。妫河边有唐朝留下来的石碑，这块石碑完好无损，碑文基本上也可以辨认。美中不足的是，唐朝妫川刘太守的名字剥落，难以辨认。诗人迺贤做《读唐妫川刘太守遗爱碣》描写了这块唐碑：

秣马怀来县，摩挲古碣阴。龟趺苔色暗，篆画雨痕深。治迹推天宝，家

---

① 《贡礼部玩斋集》卷四，明天顺七年沈性刻嘉靖十四年徐万璧重修本。

② 胡助，《怀来道中》，《纯白斋类稿》卷二，《丛书集成初编》本，第 14 页。

③ 周伯琦，《怀来县》，《扈从集》，《四库全书》本，第 1214 册，第 548 页。

④ 《畿辅通志》卷二十四，《四库全书》本，第 504 册，第 527 页。

⑤ 周伯琦，《扈从集》后序，《四库全书》本，第 1214 册，第 546 页。

⑥ 张德辉，《岭北纪行》，《全元文》，第 22 册，第 290 页。

⑦ 《畿辅通志》卷四十二，《四库全书》本，第 504 册，第 947 页。

声纪卯金。最怜名漫漶，独立久沉吟。[1]

怀来的水非常适合酿酒，王恽的《秋涧先生大全集》卷八十记载："是夜宿怀来县，南距北口五十三里，县东南里许有酿泉，井水作淡鹅黄色，其曰玉液，即此出也，官为置务岁供御醪焉。"[2] 又《畿辅通志》卷五十四载："团焦亭，在怀来县狼山井上。元巡游驻跸，以地高难汲。至正初，出官帑，穿井二百尺，得泉甘冽。覆以团焦亭，为费巨万。元范文记。今井湮亭废。"[3] 确实，怀来的水质很好，井水和泉水呈淡鹅黄色，喝起来又甜又清冽，被时人誉为"玉液"。用这种泉水酿出来的酒，口感好，而且去病养身，因而成为宫廷专供。途经怀来的客人，也必定到这里的酒馆品尝当地的特产玉液酒，这刺激了怀来酒业的发达，大大小小的酒馆应运而生。怀来的酒馆多，服务态度也好。当年郝经途经这里，就对这里的酒馆产生了很好的印象。他在诗歌中写道，有一次他到怀来一酒馆品酒，刚到酒馆门口，热情的酒馆女孩早已满面笑容地恭候在了门口。北方女孩和南方女孩不同，虽然没有南方女孩水灵，但却明眸皓齿，眉清目秀，再加上刻意化了淡妆，因而朴素中透出豪爽清秀之美。他们热情地帮助客人在门前把马系好，然后捧出玉液酒招呼客人品尝。为了给客人助兴，酒馆还特意安排了歌女伴奏，琴声悠扬，歌声嘹亮，客人品着美酒，听着悦耳的音乐，不久就陶醉了。[4]

怀来不仅酒好，百姓也好。这里的百姓刚正爽直，这里的文士淳朴厚道。《怀来旧志》载："自沮阳来者，皆言怀人性刚直；自缙山来者，皆言怀士风从厚。"[5] 这在上京纪行诗中也不乏例子，下面是诗人陈孚的《怀来县》诗：

榆林青茫茫，寒烟三十里。忽闻鸡犬声，见此千家市。石桥百尺横，其下跨沩水。人言古沩州，残城无乃是。民家坐土床，嬉笑围老稚。粝饭侑山葱，劝客颜有喜。足迹半天下，爱此俗淳美。醉就软莎眠，梦游葛天氏。[6]

诗中的画面是一幅典型的"和谐社会图"。这是一户几代同堂的农户，老

---

① 迺贤，《金台集》卷二，《诵芬室丛刊》本。此诗后作者自注曰："碑文皆完，惟刘公之名剥落不可读。"

② 王恽，《秋涧先生大全集》卷八十，《元人文集珍本丛刊》，第 2 册，第 368 页。

③ 《畿辅通志》卷五十四，《四库全书》·本，第 505 册，第 263 页。

④ 郝经，《怀来醉歌》，《郝文忠公陵川文集》卷十，《北京图书馆古籍珍本丛刊》本，第 91 册，第 562 页。

⑤ 《畿辅通志》卷五十五，《四库全书》本，第 505 册，第 286 页。

⑥ 《陈刚中诗集》卷三，《四库全书》本，第 1202 册，第 656 页。

人小孩一起围坐在土炕上吃饭，饭是糙米饭，拌着山葱，一家人又说又笑，充满了天伦之乐。看到有客人来，主人赶快招呼客人一起用餐，脸上的笑容充满了真诚，所以陈孚感慨地说："足迹半天下，爱此俗淳美。"至元二十九年（1292），礼部尚书梁曾出使安南，陈孚受元世祖之托，以翰林国史院编修官的身份，作为梁曾的副使，陪同出使安南。陈孚的见识不可谓不广，可足迹遍天下的他，却为怀来淳朴的民风所折服。

怀来是驿路上的一个重要驿站，也是西道上的一个关键驿站。皇帝从上都返回大都时，一般走西道，但也要途经怀来。在怀来南二里的地方，设有供皇帝一行顿宿的纳钵。当皇帝南返到这里时，"凡官署留京师者，皆盛具牲酒果核于此，候迎大驾，仍张大宴，庆北还也"①。

鵰窝（也作鵰窠）驿、龙门驿

鵰窝驿、龙门驿大致平行，在东、西一条线上。鵰窝在西，龙门在东，其间相距约四十五里。元人北行，大多经由龙门驿，从上都南返则走鵰窝的为多。②

鵰窝今名鵰鹗，是赤城县的一个乡。在鵰窝西约一里处，有鵰窝岩。据当地人说，鵰窝岩上有个鵰窝，曾住着一大一小两个老鵰。后来，两个老鵰飞走了，分别落到了两个地方，大的落脚的地方就是大鵰鹗，小的落脚的地方就是小鵰鹗，所以现在有两个鵰鹗，元代的驿站鵰窝就是今天的大鵰鹗。龙门和雕窝在元代都是比较繁忙的驿站，"（中统十六年六月）九日，中书平章政事合伯、参政耿仁、参议秃烈羊阿等奏：臣等与兀良哈解阿合马等议，木八剌沙所言达达四站事。榆林站元佥一千二百七十户。洪赞、雕窝、独石等三站，每站止佥八百户。今自西川、拓跋、河西等处来使皆由此三站，若比榆林站户之上，又增八十户，每站一千三百五十户。三站总计五千四百户，方为得宜"③。从这段文字来看，鵰窝每年不仅要供应随从皇帝两都巡幸的客人，还要满足从西川、拓跋、河西的来使，工作量很大。无怪乎这些官吏要上奏皇帝，增加这里的站户。

在去上京的路上，有两个地方都叫龙门。一个位于辇路上，即今龙门所，

---

① 周伯琦，《扈从集》后序，《四库全书》本，第1214册，第546页。

② 《元上都》，吉林教育出版社，1998年版，第35页。

③ 《永乐大典》卷一九四一七，中华书局精装本，第8册，第7201页。

是赤城县龙门所镇镇治，另一个就是驿路上的龙门驿，今名龙关，是赤城县龙关镇镇治。龙门驿所在龙门镇，于至元二十八年（1291）升成望云县，隶属于云州。

《明一统志》卷五载："龙门山，……两山对峙，高数百尺，望之若门。塞外诸水出其下，故又名龙门峡。"① 龙门两岸山势陡峭，高耸入云，山峡中水流湍急，给过往行人留下了深刻的影响。元人的诗篇中，赋咏龙门独特的山势和水势的篇章比比皆是，以下是一些比较有代表性的诗篇：

忽忽驲骑困黄尘，忽见云埋北岭昏。略刻未移三十里，一鞭风雨过龙门。②

万壑奔流一峡开，君王岁岁御龙来。人间尘土常相隔，天上星辰到此回。草木四时承午日，风云半夜束春雷。自惭曾奏长门赋，跋马彷徨念暴鳃。③

两山屹立地望尊，天作上京之南门。雷雨低垂银汉近，蛟龙出没碧涛翻，曾厓云合泉声冷，阴壑冰森昼影昏，自是职方形势大，祝融太白播篱藩。④

龙门山高，龙门水险。龙门两岸悬崖绝壁，这样鬼斧神工的大手笔，元人想象一定是神禹用斧头雕琢而成，"龙门两岸倚霄汉，禹凿神功壮九围"⑤。山清水秀固然可赞，但像龙门这样山险水急的地方，自然也会激发时人无限的遐想，元人甚至认为龙门是上天赐给上都的南大门，"两山屹立地望尊，天作上京之南门"⑥。龙门在风和日丽的晴天，给人的感觉是一种壮观的美，"而余方从跸上京，出居庸关，过龙门峡，徘徊绝壁之下。乱石林立，波漱其罅，风水吞吐，其音澎湃，犹韶濩间作。德符能援琴写之，将见风云为之变化，涛澜为之汹涌，鱼龙为之悲啸"⑦，但是山风山雨总是不期而至，而且会带来意想不到的尴尬。据迺贤回忆，元统年间，知枢密院事都剌帖木儿带领家小过龙门，正好看到山顶上有两只羊在斗，全家人立刻都被两只羊激烈的角斗所吸引。突然间，大雨不期而至，地面上顿时水流成河，泥泞不堪。他们的车轴被折断，姬妾掉入泥水中，狼狈不堪。一家人的好心情顿时荡然无

① 《明一统志》卷五，《四库全书》本，第472册，第151页。
② 柳贯，《过龙门》，《上京纪行诗》，1930年4月北平故宫博物院图书馆影印本。
③ 马祖常，《龙门》，《石田先生文集》卷三，《元人文集珍本丛刊》本，第6册，第564页。
④ 周伯琦，《龙门》，《近光集》卷一，《四库全书》本，第1214册，第509页。
⑤ 胡助，《龙门》，《纯白斋类稿》卷八，《丛书集成初编》本，第72页。
⑥ 周伯琦，《龙门》，《近光集》卷一，《四库全书》本，第1214册，第509页。
⑦ 《送徐德符序》，王沂，《伊滨集》卷十四，《四库全书》本，第1208册，第510页。

存，迺贤以这件事为题材作了《龙门》诗：

峥嵘龙门峡，旷古称险绝。疏凿非禹功，开辟自天设。联冈疑路断，峭壁忽中裂。云蒸雨气暝，石触水声咽。羸骖涉沟涧，执辔屡愁蹶。忆昔两羝羊，忿斗蛟龙穴。暴雨忽倾注，淫潦怒奔决。人马多漂流，车轴尽摧折。我行愁阴霾，惨惨情不悦。日落樵唱来，三叹肠内热。[①]

在雷雨中，平时壮观的龙门会变得反复无常，令人战栗。这在元诗中也不乏赋咏，代表性的诗篇有：

龙门山险马难越，龙门水深马难涉。矧当六月雷雨盛，洪流浩荡漂车辙。我行不敢过其下，引睇雄奇心悸慑。归途却喜秋泥干，飒飒山风吹帽寒。溪流曲折清可鉴，万丈苍崖立马看。[②]

竦身望龙门，缓辔行兀兀。溪回愁屡渡，雨横惊暴溢。两崖俨相向，百水怒争出。人言马上郎，快意每多失。自非渥洼种，不得矜捷疾。飘飘虮虱臣，凛凛鼋鼍窟。皇灵重复冒，利涉用终吉。回睨向所经，千嶂隐朝日。青林外盘纡，黄流中荡潏。后来未渠央，君子宜战栗。[③]

元人北行，过了龙门，就是赤城站了。

赤城驿

元代的赤城驿现在仍然叫赤城，是张家口赤城县的县城。赤城驿是驿道中段的一个较大的驿站。赤城驿的东边，是绵延起伏的山峦，名为赤城山。这些山脉因富含铁和丹砂，故呈红色。每天早晨，当太阳从东方冉冉升起时，山和城邑就会逐渐变亮变红。沐浴在晨光中的城邑因红色山石的映衬，最后完全变为红色，故名霞城，又叫赤城。赤城的这一壮观景色为途经这里的文人所津津乐道，“山石似丹垩，赤城因得名”[④]，“时见岩壁间，粲若丹砂明”[⑤]，赤城为山城，海拔高，故而气候寒冷，山风猛烈。甚至在炎热的夏季，这里有时也会出现因为寒冷而令行人夜晚难以入眠的情景，“步步高无下，炎

① 迺贤，《金台集》卷二，《诵芬室丛刊》本。
② 胡助，《龙门行》，《纯白斋类稿》卷五，《丛书集成初编》本，第42页。
③ 柳贯，《龙门》，《上京纪行诗》，1930年4月北平故宫博物院图书馆影印本。
④ 胡助，《赤城》，《纯白斋类稿》卷二，《丛书集成初编》本，第15页。
⑤ 黄溍，《赤城》，《文献集》卷一，《四库全书》本，第1209册，第231页。

威觉渐微”，“只愁清不寐，无梦到罗帏”[①]。最令行人记忆犹新的是这里的风雨。这里的雨，来得快，去得也快，而且雨势很猛，诗人们都在诗里突出了这一点。胡助在《赤城》诗里描写了一场雨的全过程：“触热此经过，忽看风雨生。平原走潢潦，河流浩新声。斯须即开霁，灿烂云霞横。”[②] 这是一场典型的“赤城雨”，来得很突然，而且地面上很快就到处流淌着雨水，浩浩汤汤，声音很大，犹如泄了的山洪。但很快，就雨过天晴了，一道灿烂的云霞横挂天际，空气顿时变得清新而湿润。雨后，因为路况不是很好，所以出行就变得很艰难，“赤城夜来雨，新涨没马膝”[③]，这“没马膝”的积雨往往会阻断出行之路，给行人带来不便，“雷起龙门山，雨洒赤城观。萧骚山木高，浩荡尘路断”[④]。从另一角度来看，这雨也激发了诗人们的诗性，如虞集的《次韵吴成季宗师赤城阻雨》。

赤城因特殊的地形地势，比较适合喜凉的动物和植物生长。这里的动植物种类繁多，“土异产灵瑞，永宜奉天明”[⑤]，这里有许多其他地方所没有的叫不上名字的珍奇动植物，即使是各地常见的植物，在这里也是别有特色。紧靠北边的城墙，是一片郁郁葱葱的松树林。“感彼山上松，黑铁留槎牙。形色有正性，染人徒增夸。至今温泉下，金鼎烹灵芽。”[⑥] 这里的松树很特别，虽然都是松树，但却形态各异、颜色深浅不一，成为城中一景。

在元代上京纪行诗中，诗人们还不时地吟咏赤城的温泉。“温泉发其阳，撝诃勤百灵。”[⑦] 温泉当地人也称汤泉。据《畿辅通志》卷二十四记载：“汤泉河，在赤城县西，源出西山，东流至城西南。合水泉河又东，合东河。其水泉河，源出赤城县西北二堡子，南流而入汤泉。”[⑧] 用温泉水洗浴，可以治疗风湿和各种皮肤病，所以温泉成为赤城的又一胜地。《经世大典》曾载：“（按：武宗至大四年六月）是月，赤城驿言，瑞云寺有西温汤。凡遇诸王后妃公主驸马西僧朝省内外出使人员到驿，枉道澡浴，多支分例，损毙铺马。

① 许有壬，《都城大热午日至赤城夜寒不能寐》，《至正集》卷十三，《元人文集珍本丛刊》本，第7册，第83页。

② 胡助，《赤城》，《纯白斋类稿》卷二，《丛书集成初编》本，第15页。

③ 王沂，《发赤城》，《伊滨集》卷二，《四库全书》本，第1208册，第407页。

④ 虞集，《赤城馆》，《道园学古录》卷一，《四部丛刊初编》本。

⑤ 胡助，《赤城》，《纯白斋类稿》卷二，《丛书集成初编》本，第15页。

⑥ 袁桷，《赤城》，《清容居士集》卷十五，《四部丛刊初编》本。

⑦ 黄溍，《赤城》，《文献集》卷一，《四库全书》本，第1209册，第231页。

⑧ 《畿辅通志》卷二十四，《四库全书》本，第504册，第526页。

虽经禁约，终无畏惮，合无奏定罪名。"[①] 诸王、后妃、公主、驸马、西僧、使官到了赤城，宁愿绕道，也要到温泉沐浴，甚至对朝廷的禁令，他们都无所顾忌，可见温泉之水对达官贵人强烈的吸引力。温泉的诱惑力加大了赤城驿站的驿传任务，据《经世大典》载："延祐五年，中书省奏：兵部俺根底与文书，诸处来往使臣并僧人，骑着铺马不问勾当紧慢，打着重驼驰走马，又推称失了别里哥么道，添要分例，选拣撺行马疋。又到赤城站住几日不起，骑铺马、吃首思，往汤头澡浴，百姓家瑞安下。硬要长行马疋草料，好生骚扰。奉圣旨节该，今后不拣谁骑铺马的人每，只与经过首思铺马者，汤头澡浴去的人每，小铺马首休也休与者，既是骑铺马呵，长行草料休与者。"[②] 来往使臣和僧人，为了"添要分例"，也为了到温泉洗澡娱乐，往往在赤城驿站"住几日不起"，还强行骑好马，吃首思，真是"好生骚扰"。

赤城民风淳朴，官吏厚道朴实，不浮不躁；百姓爽快刚直，热情好客，很少有偷盗之事。《赤城县志》云："士厚重朴鲁，无浇漓之习；民性刚直、强悍，逼于饥寒，盗窃亦不概见。"[③] 在元人的上京纪行诗中，描写这里民风民情的诗篇也很常见："鱼龙喜新波，燕雀集虚幔。开户微风兴，倚杖众云散。"[④] "高下野桃红曼曼，萦回沙水碧泠泠。人家剩有升平象，满地牛羊草色青。"[⑤] "牛羊尽归栅，微镫掩松关。野老颇留客，及此农事闲。倾筐出山果，浊酒聊慰颜。"[⑥] 这一幅幅画面，宁静、安谧、平和，充满了和谐，以至于黄溍欣慰地说："何以慰旅怀，赤城有嘉名。"[⑦]

赤城西北不远处，是著名的道教圣地金阁山。金阁山是元代道教大师洞明真人祁志诚修炼之地。祁志诚，字信甫，山西阳翟人，是丘处机的弟子。当年，中原道教宗师丘处机，应成吉思汗之邀，一路北上，历时三年，终于抵达成吉思汗的行营，为成吉思汗讲授长生之术和治国之道。这次西域之行，陪伴丘处机的有他的十八位弟子，其中之一就是祁志诚。海迷失后二年庚戌（1250），祁志诚来到云州定居。有一天，闲暇之余，他"杖履入西山，寻幽

---

① 《永乐大典》卷一九四二〇《站赤五》，中华书局精装本，第8册，第7225页。

② 《永乐大典》卷一九四二五《站（驿站一）》，中华书局精装本，第8册，第7289页。

③ 《畿辅通志》卷五十五，《四库全书》本，第505册，第286页。

④ 虞集，《赤城馆》，《道园学古录》卷一，《四部丛刊初编》本。

⑤ 刘敏中，《至元丙子初赴上都赤城至望云道中》，《中庵先生刘文简公文集》卷十八，《北京图书馆古籍珍本丛刊》本，第435页。

⑥ 迺贤，《赤城》，《金台集》卷二，《诵芬室丛刊》本。

⑦ 《赤城》，黄溍，《文献集》卷一，《四库全书》本，第1209册，第231页。

择胜。至刘家谷，见其峰峦秀峙，清泉茂树，意甚爱之。土人谓其地昔金阁仙人隐所，乃诛茅卜筑，名其山曰金阁，谷曰游仙，观曰云溪，寻徙居其中”①。从此，金阁仙山成了祁志诚修炼居住的地方。笔者曾亲历金阁山，只见山峰重重叠叠，高耸秀美。山峰中云雾缭绕，密布着原始树木和野草、野花，散发着扑鼻的奇香。在陡缓不一的山坡上，建有高高低低的道观庙宇，有崇真观，有灵真观……还有利用自然形成的山洞所设的长春洞，简直是鬼斧神工。长春洞前是有名的游仙峪，旁边有一条山泉缓缓流过，真是人间仙境。距离灵真观不到一里的地方，有一座坟墓，是祁真人的墓地，墓前有一牌坊，上面有一行大字“祁真人蝉脱处”，旁边是一块大型墓碑，上面有翰林学士太中大夫知制诰同修国史李谦撰、昭文馆大学士荣禄大夫平章军国事行御使中丞领侍仪司事不忽木书、荣禄大夫平章政事御使中丞领侍仪司事崔彧篆额的碑文。祁真人之墓及墓碑今存。

纵观整个元代，在两都巡幸中，金阁山始终是政客文人途经赤城时慕名拜望的胜地，此山因祁志诚而闻名，《元史》卷二百二《释老列传》记载了祁志诚辅助丞相安童的一个重要事件：“处机之四傅有曰祁志诚者，居云州金阁山，道誉甚著。丞相安童过而问之，志诚告以修身治世之要。安童感其言，故其相世祖也，以清静忠厚为主。及罢还第，退然若无与于世者，人以为有得于志诚之言。其后安童复被召入相，辞，不可，遂往决于志诚。志诚曰：‘昔与子同列者何人？今同列者何人？’安童悟，入见世祖，辞曰：‘臣昔为宰相，年尚少，幸不失陛下事者，丞佐皆臣所师友。今事臣者，皆进与臣俱，则臣之为政能有加于前乎！’世祖曰：‘谁为卿言是？’对曰：‘祁真人。’世祖叹异者久之。”② 为此，至元七年（1270），安童还特意请求朝廷，把祁志诚所居的金阁山云溪观，赐名“崇真”。从此，金阁山更是名声大振。至元三十年（1293）十一月二十八，七十五岁的祁志诚怡然而逝。他去世后，被追谥为存神应化洞明真人。他所居住的金阁仙山，依然是行人心中向往的胜地。他们登临这里，就是想亲眼看看洞明真人修炼的仙境。道教在蒙元时期盛极一时。蒙哥汗八年（1258）夏，忽必烈召开了一场佛道辩论会，辩论以道教彻底失败而告终，道教受到致命打击。尽管这样，在时人的心目中，道教依然占有

---

① 李谦，《祁真人道行碑》，《全元文》，第9册，第108页。

② 《元史》卷二百二，中华书局，1976年第1版，1997年7月第6次印刷，第15册，第4525～4526页。

无法代替的崇高地位。文人们一批一批地、一次一次地光临金阁山，拜谒洞明真人，就是这种心理的行动体现。金阁山植被茂盛，密布着各种奇花异草，散发的香气随风能飘散到几十里之外。“风度三山杳，香闻数里赊。”[①] “日落长歌下山去，西风十里异香浮。”[②] 这种香气具体是从哪里散发出来的？是一种植物的味道，还是几种植物的混合味道？元人不得而知，于是就设想“却袖余熏散人世，九天清露海尘飘。”[③] 认为这是王母娘娘瑶池里仙人们的袖香散落到了人间。

云州驿

从赤城驿北行三十里处，就是驿道上另一个大的驿站——云州驿。云州驿现在仍然称为云州，是赤城县的一个镇。云州驿在元代属于上都路。云州城方圆三里多，有两个城门。“毡房联涧曲，土屋覆山椒”[④]。“夜雪青毡帐，秋烟白土房。”[⑤] 到了云州，北方草原民族的居住标志毡帐开始进入行人的视野，并且成为行人选择的投宿目标。“夜宿营毡帐，晨炊顿土房”。“云州今又过，明日到滦阳。”[⑥] 大量毡帐的出现，使得路人感觉目的地草原都城上都就近在眼前了。天寒地冻是云州气候的一个重要特点，冬天时，这里吐出口水都会立刻结成冰。即使在夏天，也是凉爽如秋，甚至还会下雪。王士熙的《竹枝词·山前马陈烂如云》：“山前马陈烂如云，九夏如秋不是春。昨夜玄冥剪飞雪，云州山里尽堆银。”[⑦] 就是关于这方面的描写。云州驿因四面环山，山势高耸入云，山雪很难融化。一些山脉常年积雪，好像是披上了一层银纱。

据《畿辅通志》卷二十四记载：“独石水在开平卫南，源出东山；红山水在开平卫东，源出红石山，俱经云州堡，入龙门川。”[⑧] 又据《畿辅通志》卷二十记载：“东山，赤城县北独石城东三十里。”[⑨] “红石山，龙门县东五里，

---

① 宋褧，《祁真人所居云州金阁山有异香》，《燕石集》卷五，《北京图书馆古籍珍本丛刊》本，第92册，第149页。

② 廼贤，《归途过金阁山怀虞侍讲》，《金台集》卷二，《诵芬室丛刊》本。

③ 虞集，《云州道中数闻异香》，《道园学古录》卷三，《四部丛刊初编》本。

④ 袁桷，《云州》，《清容居士集》卷十五，《四部丛刊初编》本。

⑤ 陈孚，《云州》，《陈刚中诗集》卷三，《四库全书》本，第1202册，第657页。

⑥ 胡助，《云州》，《纯白斋类稿》卷七，《丛书集成初编》本，第64页。

⑦ 《元诗选》二集·戊集，中华书局，1987年第1版，2002年11月第3次印刷，第554页。

⑧ 《畿辅通志》卷二十四，《四库全书》本，第504册，第526页。

⑨ 《畿辅通志》卷二十，《四库全书》本，第504册，第398页。

上产红石，可供玩好。”① 现在的赤城县有三条水系：红河、白河和黑河。源出东山的独石水就是白河水，源出红石山的红山水就是红河水。这两条水系都途经云州堡，这一方面有利于当地的农业生产，但另一方面，遇到大雨，容易诱发山洪，山洪伴着河水，经常带来水患，这在文献中不乏记载，王恽在《中堂事记》中记述了他途经这里的一段惊险旅程："明日甲寅，宿云州张继先家。廿五日乙卯，自望云沿龙门河南行，入寒山峪，遇大雨，憩寒山递铺。午霁，渡泥涧，人马缒而下，挽而上，登靖边北岭，有虎突起涧，东啸而去，人马为辟易。”② 在极度泥泞中人马挣扎，再遇到山涧中突然出现的老虎，更令人不寒而栗。《元史》卷一百三十八《脱脱列传》中记载：“（至正三年）皇太子爱猷识理达腊尝保育于脱脱家，每有疾饮药，必尝之而进。帝尝驻跸云州，遇烈风暴雨，山水大至，车马人畜皆漂溺，脱脱抱皇太子单骑登山，乃免。”③ 这也是一次令人恐怖的逃难经历。因为云州经常遇雨暴发山洪，给人们的财产带来损失，甚至危及生命，因而这个地方一度被认为“有怪物”。《元史》卷二〇二《释老列传》记载：“八思巴时，又有国师胆巴者，一名功嘉葛剌思，西番突甘斯旦麻人。幼从西天竺古达麻失利传习梵秘，得其法要。……成宗北巡，命胆巴以象舆前导。过云州，语诸弟子曰：‘此地有灵怪，恐惊乘舆，当密持神咒以厌之。’未几，风雨大至，众咸震惧，惟幄殿无虞，复赐碧钿杯一。”④ 原来，胆巴所谓的“灵怪”，就是“风雨大至”，众人感到恐惧，就是因为大风大雨会诱发灾难性的洪水暴发。

尽管有山洪的威胁，但云州一直是路人必经之地。每年到了两都巡幸期间，这里都是一派车水马龙的景象，“云州州在万山间，万骑年年来往喧”⑤。“辎车毳帐纷簇簇，平原入夜凉风生。”⑥ 他们都知道，过了云州，目的地就越来越近了。

---

① 《畿辅通志》卷二十，《四库全书》本，第504册，第399页。

② 《秋涧先生大全集》卷八十二，《元人文集珍本丛刊》本，第2册，第390页。

③ 《元史》卷一百三十八，中华书局，1976年第1版，1997年7月第6次印刷，第11册，第3344页。

④ 《元史》卷二〇二，中华书局，1976年第1版，1997年7月第6次印刷，第15册，第4519页。

⑤ 周伯琦，《题云州老人刘寿云诗卷》，《近光集》卷二，《四库全书》本，第1214册，第530页。

⑥ 李裕，《云州行》，《元诗选》三集，中华书局，1987年第1版，2002年11月第3次印刷，第251页。

独石口驿

独石口驿今名独石口，是赤城县独石口镇的镇治。元人刘敏中在《独石》诗中自注曰："去望云东北七十里，而近有驿曰独石，驿之东不里许，道傍有石，如石而孤，盖驿以是名也。"[①] 可见，独石口驿是因这块石头而得名。这是一块什么样的石头呢？笔者曾实地考察，在距独石口城约一里的地方，在空旷的平地上，孤零零地耸立着一块巨大无比的石头。这块完整的石头足有好几间屋子大，更为奇怪的是，在没有土壤的石缝中，竟然郁郁葱葱地长了许多绿色植物，包括数株粗大的树木。在这个完整孤立的石头上，人为地凿了些台阶，顺着台阶向上，可以到达石头的顶端。石顶上有一处殿宇，中间立一石碑。经过好几百年的岁月，独石虽然留下了风吹雨打的点点斑痕，但依然巍然耸立。独石，说它是一块石头，其实更像是一座山丘。这么大一块完整的石头是从哪里来的呢？元人做了好多联想，"坚顽未必中韫玉，夜疑伏虎空飞镞。安得炼之补天漏，徒使千秋擎佛屋"[②]。"岿巍块若周王鼓，嵬礧踞如李广虎。或脱娲皇补天手，或惊神禹疏凿斧。"[③] "磅礴太素初，星陨遗其形。"[④] 他们推测，这是周王鼓呢，还是李广射的那只虎呢，抑或是当年女娲氏补天遗落下来的石头呢？面对这块足以使大禹那把神斧黯然失色的大石头，元人诗兴大发。每年扈从巡幸，他们都要从这里经过，他们的眼睛注视着这石头，他们的心里惦记着这石头，他们的谈话也围绕着这大石头。独石口驿给人留下的印象，完全被这个千古绝无仅有的独石所淹没了。六七百年后，当我们再来到这块独石面前，我们依然为它的独特奇异而惊叹不已。独石不在山脚下，距离它最近的山也有数里远，它不会是从山上滚落下来的，而且如此庞大的石头也不会滚落得如此远。从四围看，这块石头深嵌在土壤里，像是陷进地面，不像是从地下突出来的，独石极有可能是天上的陨石。看来，元人所谓的女娲补天石是有科学道理的，这块石头不仅是陨石，而且里面肯定富含各种植物生长的营养成分，它上面郁郁葱葱生长

① 刘敏中，《独石》诗注，《中庵先生刘文简公文集》卷十八，《北京图书馆古籍珍本丛刊》本，第435页。

② 胡助，《独石》，《纯白斋类稿》卷五，《丛书集成初编》本，第41页。

③ 刘敏中，《独石》，《中庵先生刘文简公文集》卷十八，《北京图书馆古籍珍本丛刊》本，第435页。

④ 袁桷，《独石》，《清容居士集》卷十五，《四部丛刊初编》本。

的各类植物可以充分说明这一点。历经几百年的独石，正静静地等待着科学家的考察。

独石口是驿路上一个比较繁忙的驿站，据文献记载，来自西川、拓跋、河西等处的来使都要经过这里。[①] 因而官员们要求增加这里的站户，以便减轻独石驿站户们的负担。除了增加站户，一些大臣还建议元廷用增加独石临近驿站的办法，来减轻独石的运输负担。[②]

过了独石口向北，是毡帽山，这里是元朝埋葬后妃太子的地方。再往北走，就进入了草原的腹心地带。

牛群头驿（失八儿秃）

牛群头驿，即失八儿秃纳钵，失八儿秃，在蒙古语中的意思是“有泥淖”，周伯琦《扈从集》前序中有关于失八儿秃的记载：“过此（按：沙岭）则朔漠，平川如掌，天气陡凉，风物大不同矣。……其地多泥淖，以国语名。又名牛群头，其地有驿，有邮亭，有巡检司，阛阓甚盛，居者三千余家。驿路至此相合而北，皆刍牧之地，无树木，遍生地椒、野茴香、葱、韭，芳气袭人，草多异，花五色，有名金莲者，绝似荷花而黄。”[③] 周伯琦于至正十二年（1352）四月，由翰林直学士、兵部侍郎升为监察御史，并于当年扈从元顺帝北上前往夏都上京，他把自己此行的所到、所见、所感，都记录了下来。可以说，关于失八儿秃的记载是他亲眼所见，是真实可靠的，由这段资料可以真实地复原牛群头的元代面貌。

牛群头驿在今天河北省沽源县南，位于坝上草原地带，地势高，但比较平坦，与驿路中、南段的驿站相比，天气更凉。这里的动植物也与别处大不相同，树木稀少，到处是绿草、地椒、野茴香、野葱、野韭菜、荞麦花、蘑菇、蔓草……更为壮观的是，在这里，随处可见金黄色的金莲花。

牛群头驿是驿路和辇路的交会点。每年两都巡幸中，经过并在这里住宿的客人比较多，因而它成为北段的一个比较大的驿站，固定居住人口也较多，据周伯琦说有三千多家。周伯琦的《牛群头》真实地描绘了这里的盛况：“岭西通驿传，山尽见邮亭。万灶闾阎聚，千辕骠骑营。市桥风策策，野堠雾冥

---

① 见《永乐大典》卷一九四一七《站赤二》，中华书局精装本，第8册，第7201页。

② 见《永乐大典》卷一九四二三《站赤八》，中华书局精装本，第8册，第7259页。

③ 周伯琦，《扈从集》前序，《四库全书》本，第1214册，第542页。

冥。雄略卑秦陇，孤兵笑广青。”① 此外，此地除了作为驿站为行人提供方便，还设置了邮亭、巡检司，邮亭可以提供通信的方便，而巡检司的设置也是有来由的。据廼贤为其诗《檐子洼》作的注释说，因为这一带盗贼很多，为了保障这里的安全，在山顶上特意设置了巡检司。

李陵台驿

王恽《秋涧先生大全集》卷八十载：“二十四日乙酉，次桓州故城，西南四十里有李陵故台，……敕建祠宇，故址尚在。”② 又《秋涧先生大全集》卷七十三载：“中统辛酉春，予扈跸北上，次桓之北山，或曰此李陵台也。”③ 元人诗歌中写道：“李陵台西车簇簇，行人夜向滦河宿。”④ “路出桓州山缦回，仆夫指是李陵台。”⑤ “李陵台北连天草，直到开平县里青。”⑥ 根据的这些记载，李陵台在滦水之畔、桓州之地。它的遗址在今正蓝旗西南的黑城子，据元人杨允孚说，这里距离上京一百余里。李陵台驿是两都间一个规模较大的驿站，来往行人必在此处过夜。

李陵台之所以得名，是源于汉代大将李陵。李陵，西汉名将李广之孙。武帝时，李陵奉命出击匈奴。在浚稽山，李陵与匈奴兵相遇，其时，李陵兵卒五千人，而匈奴骑兵三万。开始，李陵军队作战非常勇敢，杀敌数千人。单于大惊，增兵八万攻打李陵军。大战数日后，李陵军弹尽粮绝，又没有援兵，被迫退兵山谷。单于军从山上坠石，矢如雨下，李陵士卒死伤很多，最后被迫投降匈奴，李陵台即为李陵投降后所筑。李陵台在元代是文人墨客喜欢吟咏的一处历史古迹，北上途经这里的诗人，留下了大量的诗篇，他们抚今追昔，抒发着各自不同的情怀。李陵和李陵台的故事，在不同诗人的眼里和心里，也呈现出不同的情致。下面是汪元量的一首诗，题名为《李陵台》，诗云：

伊昔李少卿，筑台望汉月。月落泪纵横，凄然肠断裂。当时不爱死，心

---

① 《牛群头》，周伯琦，《扈从集》，《四库全书》本，第1214册，第544页。

② 《秋涧先生大全集》卷八十，《元人文集珍本丛刊》本，第2册，第369页。

③ 《秋涧先生大全集》卷七十三，《元人文集珍本丛刊》本，第2册，第299页。

④ 马祖常，《车簇簇行》，《石田先生文集》卷五，《元人文集珍本丛刊》本，第6册，第588页。

⑤ 张翥，《过李陵台》，《蜕庵集》卷五，《四库全书》本，第1215册，第75页。

⑥ 杨允孚，《滦京杂咏·白白毡房撒万星》，《丛书集成初编》本，第9页。

怀归汉阙。岂谓壮士身，中道有摧折。我行到寰州，悠然见突兀。下马登斯台，台荒草如雪。妖氛蔼冥濛，六合何恍惚。伤彼古豪雄，清泪泫不歇。吟君五言诗，朔风共呜咽。①

汪元量本为南宋宫廷琴师，宋亡后，随三宫北上入京，他在大都、漠北等地被羁押了十二年之久。至元二十五年（1288），已经出家为道士的汪元量终于得到元世祖的特许南归。在漠北生活的这段经历，对于亡国囚徒汪元量来说，是肝肠寸断的。这段时期他的作品多慷慨悲歌，有故宫离黍之感，这首《李陵台》诗，正是他这种风格的体现。作者在淡烟、衰草、黄沙的李陵台下，借李陵和李陵台的典故，抒发了自己被羁押北上的肝肠寸断的痛楚。李陵投降实属无奈，大有北上也是被逼无奈的感受。李陵投降后，“凄然肠断裂”。大有北上后，“清泪泫不歇”。伤心人怀伤心人，在李陵台，汪元量找到了心痛的节点。

在元人歌咏李陵台的诗作中，有些则是借李陵台表达了对元代统一天下的赞同和歌颂，下面是马祖常的《北歌行》，诗云：

君不见李陵台，白龙堆，自古战士不敢来。黄云千里雁影暗，北风裂旗马首回。汉家卫霍今何用，见说军还如裹痛。不思百口仰食恩，岂念一身推毂送。如今天子皇威远，大积金山烽燧鲜。却将此地建陪京，滦山回环抱山转。万井喧阗车戛轮，翠华岁岁修时巡。亲王觐圭荆玉尽，侍臣朝绂蠙珠新。高昌勾丽子入学，交趾蛮官贡麟角。斗米三钱金如土，国人讴歌将军乐。将军乐，四海清，吾皇省方岂田猎，观风察俗知太平。②

诗人借李陵台，抒发了自己对国家昌盛的欣喜。李陵台，这个曾经是战火弥漫的地方，曾经是汉族与少数民族对抗的地方，现在已远离战火，民族团结，安乐和谐。大一统的元代，国泰民安，才会有“斗米三钱金如土，国人讴歌将军乐”的天下太平、百姓富足同乐的盛景。

马祖常曾参加延祐首科取士，仕途一直很顺，而且他又生活在太平盛世，是元代统一和平的受益者，故而他的诗和汪元量不同，面对李陵台，他会今昔对比，更加热爱和珍惜当前的盛世。

总之，元人眼中的李陵台，不仅仅是上京途中的一个驿站，更是他们怀

① 《增订湖山类稿》，中华书局，1984 年版，第 83 页。

② 《石田先生文集》卷五，《元人文集珍本丛刊》本，第 6 册，第 587 页。

古感今的对象。李陵台为滦京八景之一，张嗣德有《滦京八景》诗，其中《陵台晚眺》全诗如下：

李陵行处莽平原，秖见荒台思怆然。野日断鸿空送晚，塞云归鹤不知年。千重牙帐开周后，万里长城启汉前。雅调虿传来魏阙，赓歌尚拟颂尧天。①

作者伤古感今，给人一种沉重的历史沧桑感。

桓州驿

桓州驿距上都六十里，故又名六十里店。桓州有旧桓州和新桓州，旧桓州建于金世宗大定年间（1161—1189），当时金朝大臣移剌子敬请求将西北路招讨司北迁至界壕附近，以保护皇帝的安全，于是，便在金莲川上建起桓州城，并成为西北路招讨司的治所。金朝在边疆三十八州派兵驻守，桓州即为其中一座较为重要的边城。桓州城旧址即正蓝旗南面黑城子种畜场金界壕南的旧太平镇古城，称旧桓州。② 新桓州建于金代中期，城址即今正蓝旗上都河镇北一公里处的四郎城，城址至今保存完整，城门、台基清晰可辨。③ 元代的桓州驿应为金代的新桓州。

元人前往上京，到了桓州驿，上京便近在眼前了。“晨兴过桓州，旭日生苍凉。举头见觚棱，金碧何巍煌。洪河贯其前，青山环四傍。暮投玉堂署，鳌峰屹中央。”④ 黄溍的这首诗表明，在桓州，已经可以望见上都高高低低的宫阙，从桓州到上都，一日之内便可到达。

元代的驿路，以偏岭为界，岭南至大都各站由汉人充站户，岭北至上都各站以蒙古人应役。桓州地处岭北，靠近上都，元人到达这里，所见的完全是异域景象，所接触的驿站服务人员也大多是当地的蒙古人，所以元代歌咏桓州的很多诗都集中描写这里的异域风情：“阴云惨淡满天秋，马上龙钟拥毳裘。渐近滦京凉又别，斜风细雨过桓州。”⑤ “雨后桓州道，清无一点尘。半天云叶薄，五月草芽新。白雀能知晓，黄羊不畏人。悬鞍有马湩，香泻草囊

① 《皇元风雅》后集卷三，《四部丛刊初编》本。

② 特木尔，《金代旧桓州城址考》，《内蒙古文物考古》1999 年 2 期，第 50 页。

③ 内蒙古草原地带文物干部考古培训班《正蓝旗四郎城调查简报》，《内蒙古文物考古》1999 年 2 期，第 32 页。

④ 黄溍，《上都分院》，《文献集》卷一，《四库全书》本，第 1209 册，第 232 页。

⑤ 胡助，《过桓州》，《纯白斋类稿》卷十四，《丛书集成初编》本，第 126 页。

春。"[①] "绣箔红飘辇路云，竹棂清度属车尘。天窗下泻风如水，月榻前留草作茵。仙府琼浆蒭醠，太官珍脯擘麒麟。醉归趺马桓州道，谁信绳枢槁项人。"[②]

元人周伯琦的诗歌《桓州》自注曰："桓州，古乌丸地也。"[③] 金朝，桓州及其附近地区，是金廷重要的牧马地和狩猎地。到了元代，这里气候凉爽，水草丰美，禽鸟众多，依然成为元人放牧和狩猎的理想场所。元人写这里狩猎的诗篇为数不少，比较有代表性的如陈孚的《桓州》和柳贯的《还次桓州》，诗文如下：

跃马长城外，方知眼界宽。晴天雷雨急，暑夜雪霜寒。铁骑秋呼鹘，金盘晓荐獾。柳营弓剑满，容我一儒冠。[④]

塞雨初干草未霜，穹庐秋色满沙场。割鲜俎上荐黄鼠，献获鞍间悬白狼。别部乌桓知几族，他山稽落是何方。长云西北天如水，想见旌旗瀚海光。[⑤]

更有甚者，这里的野生动物会意想不到地突然出现在居人身边，据王恽的《秋涧先生大全集》卷八十记载："二十七日戊子，次新桓州，西南十里外，南北界濠尚宛然也。距旧桓州三十里，申刻歘有兔自北来，入王相帐中，获焉。公曰：'兔阴类，性狡，一举而得，吾事其有解矣。'"[⑥] 异鸟群集，畜牧蕃息，使这里成为绝好的打猎场地，也为元人赋诗咏物提供了绝好的素材。

过了桓州，元人北行的目的地——上京便近在咫尺了。

二、上京纪行诗中的风物

咏物诗，是元代诗歌的一个重要类别。在元人的上京纪行诗中，有大量的咏物诗。上京及沿途的各种风物，都成为诗人们笔下集体歌咏的对象。

危素《危太朴集》卷八《赠潘子华序》云："开平昔在绝塞之外，其动植之物，若金莲、紫菊、地椒、白翎爵、阿蓝之属，皆居庸以南所未尝

① 许有壬，《雨后桓州道中》，《至正集》卷十三，《元人文集珍本丛刊》本，第7册，第83页。

② 许有壬，《六十里店饮脱别歹大夫帐》，《至正集》卷十六，《元人文集珍本丛刊》本，第7册，第99页。

③ 《扈从集》，《四库全书》本，第1214册，第544页。

④ 《陈刚中诗集》卷三，《四库全书》本，第1202册，第658～659页。

⑤ 《柳待制文集》卷五，《四部丛刊初编》本。

⑥ 《秋涧先生大全集》卷八十，《元人文集珍本丛刊》本，第2册，第369页。

有。"[1] 幽燕塞外，物产丰富，颇具地域特点。植物类主要有：金莲，紫菊，芍药，地椒，野韭，长十八，蒲茸，蔷薇，蒺藜，苁蓉，荞麦，胡榛，蕨菜，野茴香，茼蒿，回回葱，沙葱，山葱，解葱，黄连芽，壮菜，戏马菜，白菜，苜蓿，蔓菁，芦菔，莜麦，沙菌，榆树，柳树等等。动物类主要有：海东青，白翎雀，天鹅，白雀，老鹰，乌鸦，黄羊，黄鼠，青鼠，貂鼠，高陀鼠，白银鼠，火鼠，白狼，子规，鹧鸪，青兕，麋鹿，野兔，白貉，獐子，野狐，野猪，獐麅，角端，角鸡，章鸡，石鸡，野鸡，安达海，白鱼等等。这些动植物，绝大多数都是只有居庸关以北才有的珍贵物品，如金莲，紫菊，海青，白翎雀。其中有不少动植物是非常罕见的，如银鼠，据《析津志》介绍："和林朔北者为精，产山石罅中。初生赤毛青，经雪则白。愈经年深而雪者愈奇，辽东嵬骨多之。有野人于海上山薮中捕设以易中国之物，彼此俱不相见，此风俗也。此鼠大小长短不等，腹下微黄。贡赋者，以供御帷幄、帐幔、衣、被之。每岁程工于南城貂鼠局，诸鼠惟银鼠为上，尾后尖上黑。"[2] 而有些动植物又特别奇特，如安达海，"即野骆驼也。似驴而差小也。项下垂瘿毛，朔北野马川甚广。其性深喜妇便溺，见则忘躯而吸饮之，盖其地艰于水故也。因其喜饮水，故以诱其来而陷穽填获焉。即自禁中有之。"[3] 还有些物产，天生就是居人喜好的食物，如回回葱，"荨麻林最多，其状如扁蒜，层叠若水精葱，甚雅，味如葱等。淹藏生食俱佳。"[4] 蕨菜，"甘则味愈佳"[5]。

上京及沿途丰富而奇特的物产，为诗人的咏物诗提供了绝好的素材。在扈从元廷两都巡幸的文人中，有许多是汉人，还有不少是南方人。只有在元代，他们的足迹才能踏上这片神秘的异域，才能欣赏这些琼花琪树、神鸟异兽，他们感谢时代给他们提供了一个这样的平台，也喜欢集体歌咏这些神奇的物产，正如元末诗人危素所言："当封疆阻越，非将与使弗至其地，至亦不

---

① 《危太朴集》卷八，《元人文集珍本丛刊》本，第 7 册，第 451 页。

② 熊梦祥，《析津志辑佚・物产》，北京古籍出版社，1983 年第 1 版，2001 年 2 月第 2 次印刷，第 233 页。

③ 熊梦祥，《析津志辑佚・物产》，北京古籍出版社，1983 年第 1 版，2001 年 2 月第 2 次印刷，第 232 ~ 233 页。

④ 熊梦祥，《析津志辑佚・物产》，北京古籍出版社，1983 年第 1 版，2001 年 2 月第 2 次印刷，第 232 ~ 233 页。

⑤ 熊梦祥，《析津志辑佚・物产》，北京古籍出版社，1983 年第 1 版，2001 年 2 月第 2 次印刷，第 226 页。

暇求其物产而玩之矣。我国家受命自天，乃即龙冈之阳、滦水之澨以建都邑，且将百年，车驾岁一巡幸，于是四方万国，罔不奔走听命。虽曲艺之长，亦求自见于世，而咸集辇下，……谓九州所产，昔之人择其可观者，莫不托诸豪素，而是名家矣。顾幸生于混一之时，而获见走飞草木之异品，遂写而传之。"① 诗人集体性地写咏物诗，集体性描写上京及沿途风物，是元代上京纪行诗的一个重要特点。终于能够踏上幽燕塞外的元代诗人，倾注了他们极大的热情，欣赏着、描写着、赞美着这片热土上的物产。

（一）上京纪行诗中的植物

金莲花

上都及周围地区，名花异草很多。在众多的花卉中，最多、最美、最具地域特色的是金莲花。金莲花是上都地区所特产的一种野花，它的茎杆有一尺多高，花朵如山杏般大小，呈金黄色，因状若莲花，故称金莲。《广群芳谱》曰："出山西五台山，塞外尤多。花色金黄，七瓣两层，花心亦黄色，碎蕊平正有尖，小长狭，黄瓣环绕其心。一茎数朵，若莲而小。六月盛开，一望遍地，金色烂然。至秋，花干而不落，结子如粟米而黑。其叶绿色，瘦尖而长，或五尖，或七尖。"② 这段资料对金莲花做了比较详细的描述，包括它的产地、颜色、花形、开花期等等。金莲系多年草本植物，冬天经北方草原零下三四十摄氏度的严寒，春夏又受草原上阳光雨露的滋润，集天地之灵气，采日精月华，馥郁多姿。它性寒，味甘略苦，具有祛热清火、降血解毒、芳香健胃之功效。

这种只在北方草原地带生长的野花，在元代，无论是皇室，还是普通官吏，都对它很重视。据《析津志》载："车驾自四月内幸上都，太史奏某日立秋，乃摘红叶。涓日张燕，侍臣进红叶。秋日，三宫、太子、诸王共庆此会，上亦簪秋叶于帽。张乐大燕，名压节序。若紫菊开及金莲开，皆设燕。盖宫中内外宫府饮宴，必有名目，不妄为张燕也。"③ 这一方面说明宫廷宴赏之多，另一方面也说明宫廷对金莲和紫菊的器重。在皇宫中得到偏爱的金莲，也引

---

① 《赠潘子华序》，《危太朴集》卷八，《元人文集珍本丛刊》本，第7册，第451页。

② 《钦定热河志》卷九十四《物产三》，《四库全书》本，第496册，第465页。

③ 《析津志辑佚·风俗》，北京古籍出版社，1983年第1版，2001年2月第2次印刷，第204页。

起了元代文人墨客的极大兴趣，“潘侯妙笔留神都，金莲紫菊谁家无。”① “李陵台下驻分台，红药金莲遍地开。”② “蛟龙变化深莫测，金莲满川净如拭。”③这些资料证明，上都地区有大量的金莲花。元人扈从上京，生活在金莲花的海洋中，他们随时随地都能看到金黄色的金莲花。元人对金莲花有着特殊的感情，这种特殊的感情，有着深层次的历史文化背景。元人的这种“金莲花情结”，来源于金莲川及金莲川幕府。

金莲川，位于滦河上游，原名曷里浒东川，是一片广阔的草原。“金莲川在重山之北，地积阴冷，五谷不殖，郡县难建，盖自古极遍荒弃之壤也。气候殊异，中夏降霜，一日之间寒暑交至。”④ 非常适合避暑。金代实行四时捺钵制度，金世宗就经常在夏季时到金莲川避暑游猎，秋季返回中都（今北京）。金莲川川中长满金莲花，金莲花花色金黄，七个花瓣环绕花心，似莲花而比莲花小。六月盛开，遍地金黄，远望像一片金色的海洋。金世宗大定八年（1168），到这里游玩的金世宗，以“莲者连也，取其金枝玉叶相连之义”，将曷里浒东川雅称为金莲川。1206 年，在斡难河源的忽里台大会上，统一了漠北蒙古高原各部的乞颜部首领铁木真被推举为蒙古大汗，号成吉思汗，建立了大蒙古国。1211 年，成吉思汗率军进攻金朝，首先占领了滦河上游的桓州及以西的昌州和抚州。在随后与金朝的战争期间，成吉思汗经常到这一地区避暑。1251 年，蒙哥即汗位，命令其弟忽必烈总领漠南汉地军国庶事。忽必烈承命后由漠北南下，驻帐于金莲川。金莲川北靠群山，南临滦河（又称闪电河），水草丰美，气候宜人。“龙冈蟠其阴，滦江经其阳。四山拱卫，佳气葱郁”⑤，又因为此地“北控沙漠，南屏燕蓟，山川雄固，回环千里”⑥，是沟通漠北与中原、西域与辽东的交通要道，所以忽必烈在金莲川驻帐后，开始把这里作为根据地，征召天下名士，建立了蒙元史上有名的“金莲川幕府”。从此，金莲川就成为忽必烈运筹帷幄、号令天下的地方，也成为元世祖忽必烈发迹起事的“龙飞”之地。

---

① 吴当，《潘子华画上京花鸟》，《学言稿》卷三，《四库全书》本，第 1217 册，第 279 页。

② 许有壬，《李陵台谒左大夫》，《至正集》卷二十四，《元人文集珍本丛刊》本，第 7 册，第 137 页。

③ 周伯琦，《赋得滦河送苏伯修参政赴任湖广》，《近光集》卷二，《四库全书》本，第 1214 册，第 520 页。

④ 《金史》卷九十六《梁襄传》，中华书局，1975 年版，第 2133 页。

⑤ 王恽，《秋涧先生大全集》卷八十，《元人文集珍本丛刊》本，第 2 册，第 369 页。

⑥ 《读史方舆纪要》卷十八，中华书局，1955 年 7 月第 1 版，第 1 册，第 802 页。

忽必烈的金莲川幕府中，主要幕府人士有汉人儒士，也有佛教僧人和西域人，但以汉人居多，比较重要的有刘秉忠、窦默、姚枢等人。这些通过各种途径聚集在忽必烈周围的人，既有满腹经纶的学者，如赵复、许衡、杨惟中等，也有精通治道的谋士，如刘秉忠、窦默、姚枢等。有的人是名望很高的宗教人士，如吐蕃佛教萨斯迦派教主八思巴，有的人是战功卓著的勇士，如畏兀儿人廉希宪、阿里海牙等。金莲川幕府，俨然是一个文武兼备的政治集团。忽必烈听从幕府人物的建议，对中原地区（当时的邢州、河南、关中等地）采用历代王朝沿袭下来的政治经济制度进行管理，即所谓“汉法”，取得了较好的效果。①

忽必烈能统一天下，建立大一统的元代，从一定程度上来看，离不开金莲川幕府。故而元世祖忽必烈在完成全国的统一后，没有忘记金莲川，也没有忘记金莲川幕府。他兴建了两都，确立了两都巡幸制度。每年都要带领文武大臣到上京驻扎，每年都要扈跸金莲川。以后元代的皇帝都沿袭了这一做法。“蛟龙变化深莫测，金莲满川净如拭。銮舆岁岁两度临，雨露同流草蕃殖。”② 自开自落的金莲花，和滦河水、龙冈山一样，静静地护卫着都城上京，迎接着每年光临的巡幸队伍，“年年迎送翠华行，看照耀、恩光满路”③。

在元代士人的心目中，金莲花是上都地区最常见、最普通，但却最具特色、最有影响力的野花，所以元人喜爱它，吟诗作赋歌颂它。

紫菊

紫菊，元人文章中也称墨菊。

元人杨允孚《滦京杂咏·紫菊花开香满衣》自注曰：“紫菊花，惟滦京有之，名公多见题品。”④ 元人伍良臣的《上京》自注曰：“紫菊花，大如盂，色深紫，娇润可爱，俱产上都。”⑤ 在上都及周边地区，最常见、最具有草原风情的野花，除了金莲，就是紫菊。紫菊是滦京特产，文献中这样记载：“马兰头，本草名，马兰，……北人见其花呼为紫菊，以其花似菊而紫也。苗高

---

① 《元上都》，吉林教育出版社，1988 年版，第 21 页。

② 周伯琦，《赋得滦河送苏伯修参政赴任湖广》，《近光集》卷二，《四库全书》本，第 1214 册，第 520 页。

③ 刘敏中，《上都金莲》，《中庵先生刘文简公文集》，《北京图书馆古籍珍本丛刊》本，第 92 册，第 520 页。

④ 杨允孚，《滦京杂咏》，《丛书集成初编》本，第 8 页。

⑤ 伍良臣，《上京》诗注，《永乐大典》卷七七〇二，中华书局精装本，第 4 册，第 3579 页。

一二尺，茎亦紫色。叶似薄荷，叶边皆锯齿，又似地爪儿。叶微大，味辛，性平，无毒。"[①] 又"紫菊，……菊花如紫茸，丛茁，细碎，微有菊香，或云即泽兰也。以其与菊同时，又常及重九，故附于菊。"[②] 由文献记载可知，紫菊花的颜色为紫色，故名。其杆茎一二尺，也为紫色。紫菊花有香气，有良好的消炎解毒功能，能治疗各种炎症，被誉为中"草药中的抗菌素"。

"晚节孤高也自奇，此情惟有墨卿知。"[③] 在元代文士心目中，紫菊花也像黄菊一样，是花中之"高洁者"。但和其他朝代不同的是，在元代两都巡幸的文士当中，除了象征高洁孤傲，更重要的是，紫菊还寄托了他们思乡的情愫。《析津志辑佚》中有这样两段资料："八月，滦京太师涓日吉，于中秋前后洒马奶子。此节宫廷胜赏，有国制。是时紫菊金莲盛开，则内家行在，具有思归之意。"[④] 又"然入八月，则琼楼玉宇，高处不胜寒矣。多人南归之心，早已合矣。至是时，上位、宫中诸太宰，皆簪紫菊、金莲于帽，又一年矣。而其下百辟、执事、驾前乐工、伎女，思归尤为浩切矣。上都有老画师潘子华，年逾七十，画紫菊、金莲、野草、闲花，官员往往构之。"[⑤] 八、九月，寒冷的上京地区诸花开始陆陆续续地凋谢，甚至连最常见的金莲，也"顿稀"，唯有千姿百态的紫菊花傲霜竞放，深受人们喜爱，大家对紫菊情有独钟，更多地是紫菊寄托了他们的思乡之情。一年一度的两都巡幸，扈从文人离开大都来上都，他们远离了妻子、儿女，远离了亲人，远离了朋友和家乡，孤身陪同皇室来上都工作和生活，孤独、思念亲人是大家的一种普遍的感情。终于，天凉了，紫菊花开了，过了重阳节，他们就可以回家了。面对着娇艳的紫菊，归心似箭的他们怎么能不激动呢？思念着亲人和朋友，想给他们带些富有上京特色的礼物，于是，大家纷纷到老画师潘子华那里购买紫菊图，送给远在大都或家乡的亲人朋友们。潘子华是钱塘人，善画花鸟，自成一家。他的父亲因为善于绘画写真，三次被召入上京宫廷，子华也随父亲来到上京。皇帝看到潘子华的画后，极为欣赏，并赐酒嘉奖他。自此，潘画师在上京名声大噪，好多高官文士都纷纷向他索取作品，以此炫耀。每年秋

---

① 明·朱橚，《救荒本草》卷一，《四库全书》本，第730册，第638页。

② 宋·范成大，《范村菊谱》，《四库全书》本，第845册，第40页。

③ 胡奎，《题墨菊》，《斗南老人集》卷五，《四库全书》本，第1233册，第542页。

④ 《析津志辑佚·风俗》，北京古籍出版社，1983年第1版，2001年2月第2次印刷，第205页。

⑤ 《析津志辑佚·岁纪》，北京古籍出版社，1983年第1版，2001年2月第2次印刷，第221～222页。

天，潘画师的紫菊图都是最受欢迎的，大家都把他的紫菊图作为上京特产，或索取，或购买，以便作为礼物送给思念着的家乡亲人。

以下是元代文士的一些言及紫菊的诗篇，从当中，我们也可以领略到他们借菊思家之情感。“上京七月燕雏飞，紫菊花开露入衣。雨霁关河秋意满，南都应望翠华归。”① “野疃有情开紫菊，禁园无数列黄榆。轮蹄迫塞通衢隘，明日扬鞭出坦途。”②

紫菊和金莲，在上京是入画师笔下花鸟图最多的两种野花，尤其是紫菊，曾有许多画师都把它作为绘画的素材。最有名的除老画工潘子华之外，还有著名文人赵孟頫。赵孟頫（1254—1233），字子昂，号松雪道人，湖州（今属浙江）人。赵孟頫是元代画坛的一代宗师，山水，竹石，人马，花鸟，他无所不能。“子昂作画，初不经意，对客取纸墨，游戏点染，欲树即树，欲石即石。”③ 他在当时画坛地位最高，对后代绘画有很大影响。赵孟頫有一幅《滦京紫菊花图》，在当时非常有名，好多文人墨客都曾为这幅画题跋，如虞集题诗为《子昂墨菊》，潘迪题诗为《题赵松雪墨菊》，虞集的《子昂墨菊》曰：

落木疏篱事事幽，流传摹刻使人愁。满城风雨归来晚，真见吴兴一段秋。④

从虞集的题画诗里，我们可以领略到赵頫画的惟妙惟肖。可惜，这幅画现在已经亡佚，后人无法欣赏了。

元代题墨菊图的诗有很多，如《题阎仲彬墨菊》（陈镒）、《赤盏为肃慎贵族于今为清门希曾其字者读书为诗善鼓琴且工墨菊有新意为予作四幅留其二征诗为赋此云》（张以宁）、《题徐雪州墨菊》（贝琼）。从这些题画诗可知，除了潘子华和赵孟頫曾作紫菊图，还有很多人喜爱画紫菊，描画紫菊在当时已经形成一种风气。

芍药

芍药是中国的传统名花，也是中国栽培历史最悠久的花卉之一。每年冬

---

① 马祖常，《闲题·上京七月燕雏飞》，《石田先生文集》卷四，《元人文集珍本丛刊》本，第6册，第581页。

② 宋褧，《喜归大都》，《燕石集》卷七，《北京图书馆古籍珍本丛刊》本，第92册，第171页。

③ 戴表元，《题画》，《剡源戴先生文集》卷十八，《四部丛刊初编》本。

④ 虞集，《道园遗稿》卷五，《北京图书馆古籍珍本丛刊》本，第94册，第66页。

春之交，过了寒食节和清明节，芍药便争先恐后地相继发芽、开花。芍药花丛生，花瓣似牡丹而狭长，茎杆高一二尺。芍药的品种很多，但最常见、最多的是红芍药和白芍药。四、五月间，芍药大量开花，微风拂来，芳香袭人。在百花中，人们喜欢把芍药和牡丹相提并论，认为百花中牡丹为第一，芍药为第二，牡丹为“花王”，芍药为“花相”。芍药本来产自南方，以扬州为天下冠绝，但在元代，被大量地移植到北方滦河之都。由于上都地区特殊的气候和地理位置，芍药长势甚至超过南方，“内园芍药弥望，亭亭直上数尺许，花大如斗，扬州芍药称第一，终不及上京也”①，这是杨允孚《滦京杂咏》中的自注，他还为上京芍药赋诗，诗文如下：

东风亦肯到天涯，燕子飞来相国家。若较内园红芍药，洛阳输却牡丹花。

时雨初肥芍药苗，脆甘味压酒肠消。扬州帘卷东风里，曾惜名花第一娇。②

上京芍药在宫廷里随处可见，红禧殿、水晶殿、西内……到处可以见到郁郁葱葱的芍药。上都地区的芍药可以食用，据《松漠纪闻》卷二记载：“女真多白芍药花，皆野生，绝无红者，好事之家采其芽为菜，以面煎之。凡待宾，斋素则用，其味脆美，可以久留，无生姜。至燕，方有之，每两价至千二百，金人珍甚，不肯妄设，遇大宾至，缕切数丝，置楪中，以为异品，不以杂之饮食中也。”③ 经过女真“好事之家”的改造，在辽金时期，芍药成了珍贵的待客佳肴，能吃到这种“异品”的客人，想来规格是很高的。在元代，芍药依然被人食用，有元人诗句为证：“红蓝染裙似榴花，盘蔬饤饾芍药芽。太官汤羊厌肥腻，玉瓯初进江南茶。”④ “囊中粟卷茯蓉叶，盘里蔬堆芍药芽。”⑤ “塞垣蔬茹黑谷茶，芸桑叶子芍药芽。”⑥ 元人的这些诗句说明，在元代，食用芍药已经是很普遍的现象了。杨允孚的《滦京杂咏》自注曰：“草地芍药，初生软美，居人多采食之。”⑦ 上京草地上的芍药又甜又脆，吃了可以

---

① 杨允孚，《滦京杂咏》，《丛书集成初编》本，第9页。

② 杨允孚，《滦京杂咏》，《丛书集成初编》本，第9页。

③ 宋·洪皓撰，《松漠纪闻》卷二，《四库全书》本，第407册，第706页。

④ 马祖常，《和王左司竹枝词》，《石田先生文集》卷五，《元人文集珍本丛刊》本，第6册，第587页。

⑤ 陈孚，《夜宿滦河嘴儿》，《陈刚中诗集》卷三，《四库全书》本，第1202册，第658页。

⑥ 宋本，《上京杂咏》，《永乐大典》卷七七〇二，中华书局精装本，第4册，第3578页。

⑦ 杨允孚，《滦京杂咏》，《丛书集成初编》本，第9页。

消食解酒，清脑怡神，所以住在上京的人都采着吃。

除了食用，芍药还可以入药。更为奇特的是，在元代，一位叫邢遵道的药医研制开发出了一种叫作“琼芽”的芍药茶。这种“琼芽”是由初生的芍药幼芽制成，清香爽口，养血通气。至治年间，宫廷得知后，这道特殊的茶便作为御品供宫廷食用。关于邢遵道的这种“琼芽”芍药茶，官吏黄溍、王沂和陈旅都在自己的文中做过描述，黄溍赋诗如下：

滦阳邢君隐于药市制芍药芽代茗饮号曰琼芽 先朝尝以进御云

君家药笼有新储，苦口时供茗饮须。一味醍醐充佐使，从今合唤酪为奴。

芳苗簇簇遍山阿，珠蕾金芽未足多。千载茶经有遗恨，吴侬元不过滦河。

春风北苑斗时新，万里函封效贡珍。羡尔托根天尺五，不劳飞骑走红尘。[①]

王沂也作有《芍药茶》，全诗如下：

瀛洲忆昔较群材，一饮云腴睡眼开，陆羽似闻茶具在，谪仙空载酒船回。

滦水琼芽取次春，仙翁落杵玉为尘，一杯解得相如渴，点笔凌云赋大人。

扬州四月春如海，彩笔曾题第一花，夜直承明清似水，铜瓶催火试新芽。[②]

王沂为诗作注曰：“余往年试上京乡贡士于集贤署，邢君遵道携茶，号滦水琼芽。今俯仰七年，而遵道捐馆久矣。其子克世其业，携茶过寓舍，为赋小诗三首，山阳闻笛之感同一慨然也。”“滦水琼芽”成了一代又一代人珍爱的饮品，而茶的发明者却永逝矣。由茶思人，作者感慨无限。

此外，陈旅还专门作有一首《琼芽赋》，详细地介绍了这道茶的研制过程，文如下：

栾阳之野多芍药，人掇其芽以为蔬茹。雄武邢遵道始治之以代茗饮，清腴甘芳，能辅气导血，非茗饮所能及也。至治中，有旨命如法以进，天子饮而嘉之，于是乎有“琼芽”之名。夫芍药之为物，以花艳取重于流俗。至用为药饵、为烹濡之滋，皆不足以尽芍药之妙。自著《本草》以来，至今世始得因遵道以所蕴者见知天子，何其遇之晚也！余惟物之不遇于世者多矣，固有一无所遇而竟已者，而不欲以他伎自衒，至晚始一遇者，亦可悲也。余年

① 黄溍，《文献集》卷二，《四库全书》本，第1209册，第277页。

② 《伊滨集》卷十一，《四库全书》本，第1208册，第476页。

四十又一，始为国子助教。天历二年夏扈从至上京，因过邢生，饮琼芽，而生征余赋。其辞曰：

医神皋之沵迤兮，余尝策马而孤征。朱光熇阴雨复旸兮，琼芽怒抽，寖满乎郊垧。彼妇子之踵踵兮，持顷筐以取盈。盖淹之以为菹兮，复芼之以为羹。友野茹以杂进兮，至溷辱于腐腥。既不得吐曾华以当春兮，又不为雅剂以上下乎参苓。懿邢生之嗜奇兮，嗣与世而相违。户腰艾其总总兮，则纫兰而佩之。闵灵苗之纯美兮，曾不得邑其所施。乃登广原，涉芳滏，披翳卉，撷珍裁。盛以文竹之筥，屑以绿石之硙，瀹之以槛泉，燥之以夫遂。广延绀霜逊其色，丹丘宝露愧其液。诸柘色且甘，斯埒也；留夷轩于芬，斯夺也。乃若溽溜既收，凉吹初作。鸾旗罢猎，张宴广漠。舞鱼龙于钧天，厌牛羊于珠泽。亟命进乎琼芽，俾得联于玉食。当是时也，金沙紫笋，龙安骑火，乳窟仙掌，蒙顶麦颗，皆于邑以无色，甘退列于下佐。夫何一幽人兮，擎孤芳以徘徊。抚年岁之既晏兮，恐繁霜其崔嵬。念宠荣之所在兮，竟膏车以先驰。或以近而易与兮，或以远而不见推。或握瑜以来毁兮，或群荐而非环。以媚世者之诚可耻兮，则宁抱吾素而委蛇。①

普通的老百姓，也纷纷仿效“滦水琼芽”，用芍药的幼芽自制“芍药茶”。袁桷有诗如下：“山后天寒不识花，家家高晒芍药芽。南客初来未谙俗，下马入门犹索茶。”② 从诗中可以看出，在塞北，家家户户采芍药芽，制成茶饮用，南方新来的人不知芍药芽的这一功用，所以才会“下马入门犹索茶”。

元代分为蒙古、色目、汉人和南人四个族群，其中南人指南宋旧境居民，包括江浙、江西、湖广三省及河南行省南部，与广义之江南相当。南人在元朝四个法定族群中身份最为低下。在上京的南人心目中，芍药还有着与众不同的精神含义。欲了解这种文化含义，需要先说明南人在元代的状况。忽必烈灭南宋后，为了加强统治，使元代长治久安，在文化上采取了一系列的措施，其中一个很重要的措施就是委派程钜夫到江南访贤。程钜夫（1249—1318），名文海，字钜夫，号雪楼先生，建昌人（今属江西）。为了避元武宗讳，故以字行。至元十九年（1282），程钜夫受元廷指派，到江南访贤，荐用名士二十余人，包括赵孟頫、余恁、万一鹗、张伯淳、曾晞颜、孔洙、曾冲子、凌时中、包铸等。元朝的访贤，鼓励了江南士人北上出仕，但是，元代

① 陈旅，《琼芽赋》，《全元文》第37册，第219～220页。

② 《次韵继学途中竹枝词》第六首，袁桷，《清容居士集》卷十五，《四部丛刊初编》本。

整体的政治环境对南人是不利的。首先元廷对南人十分猜忌，还不是很信任。另外，北人（包括蒙古、色目及华北之汉人）对南人也很歧视，多方排挤。当年选用程钜夫到江南访贤，就有台臣提出："钜夫南人，且年少。"[①] 表示反对，当时世祖大怒，曰："汝未用南人，何以知南人不可用！自今省部台院，必参用南人。"[②] 可见，宫廷里大臣对南人还是存在着很深的偏见。虽然世祖极力地任用南人，但也无法改变群臣心目中歧视南人的政治环境。在这种环境中，北上供职的南人就受到许多无形的限制。受到排挤的南人，潜意识里总是有种"局外人"的感觉。在上都，看到本来是南方的芍药，他们感到亲切、熟悉，所以江南士人观赏酣吟芍药的特别多，他们喜欢把芍药入诗入画。赵孟頫有一幅著名的画，画的就是"罗司徒家双头牡丹并蒂芍药"，程钜夫曾为此画题诗，名为《题赵子昂画罗司徒家双头牡丹并蒂芍药》。在南人的诗中，在赞美芍药的同时，也总是隐隐约约地透着一种非土族的感觉，下面是虞集的一首诗：

白芍药

金鼎和芳柔，滦京已麦秋。当阶千本玉，看不到扬州。[③]

那芳香的白芍药，从春天发芽到秋天麦收，在滦京已经生长了两三个季节，可它们还在恋着扬州，这不正是以虞集为代表的南人们的心声吗？来往于两都，在宫廷中身居高位，可是，他们在潜意识中一直没有把自己当作这里真正的主人。

地椒

"千蹄天马跃，一寸地椒香。"[④] "菌出沙中美，椒升地上香。"[⑤] "六月椒香驼贡乳，九秋雷隐菌收钉。"[⑥] 许多元人的诗中，都记载了一种叫地椒的植

---

① 《元史》卷一七二《程钜夫传》，中华书局，1976 年第 1 版，1997 年 7 月第 6 次印刷，第 13 册，第 4016 页。

② 《元史》卷一七二《程钜夫传》，中华书局，1976 年第 1 版，1997 年 7 月第 6 次印刷，第 13 册，第 4016 页。

③ 《道园遗稿》卷四，《北京图书馆古籍珍本丛刊》本，第 94 册，第 56 页。

④ 陈孚，《云州》，《陈刚中诗集》卷三，《四库全书》本，第 1202 册，第 657 页。

⑤ 周伯琦，《上京杂诗十首·卑湿如吴楚》，《扈从集》，《四库全书》本，第 1214 册，第 510 页。

⑥ 马祖常，《上京翰苑书怀·沙草山低叫白翎》，《石田先生文集》卷三，《元人文集珍本丛刊》本，第 6 册，第 555 页。

物，这种植物特别香。那么，地椒到底是一种什么样的东西？主要生长在哪里呢？

“开平昔在绝塞之外，其动植之物，若金莲、紫菊、地椒、白翎爵、阿蓝之属，皆居庸以南所未尝有”①，“地椒，朔北、上京、西京等处皆有之”②，资料说明，地椒是居庸关以北的一种植物。

地椒大多生长在荒野中的阴湿处，它覆地蔓生，茎叶很细，呈条状，花作小朵，色紫白，结子很多，宿根丛生。地椒气味辛香，具有消炎止痛的功效，可以治疗疔疮肿毒。地椒的籽实还可以做粮食和衣柜的防蛀用品，茎叶可以用来编制草具，又好闻又防虫。但是，地椒最主要的功用是它可以作为草原兽类的食料。在草原地带，不管是马、牛、羊，还是鼠、兔，都特别喜欢吃地椒，而且常吃地椒的动物，肉肥味美，堪为佳品。杨允孚的《滦京杂咏》中有一首诗云：

紫菊花开香满衣，地椒生处乳羊肥。毡房纳石茶添火，有女褰裳拾粪归。③

作者自注：“地椒草，牛羊食之，其肉香肥。”元代的“国族”是蒙古族，蒙古族是一个草原民族，马、牛、羊和草原是生存的根本。地椒、野韭之类是动物爱吃的植物，自然受到关注。上京的元代文人因而对地椒的描写也比较多，胡助《云州》中云：“牧羊沙草软，秣马地椒香。”④ 柳贯《漫题斋壁》云：“牧马新来秣地椒，街头掮酒玉倾瓢。”⑤ 王士熙《竹枝词·山上去采芍药花》中云：“山上去采芍药花，山前来寻地椒芽。”⑥ 王逢《览周左丞伯温壬辰岁拜御史扈从集感旧伤今敬题五十韵》云：“珍味高陀鼠，丹馨散地椒。”⑦ 叶衡《上京杂咏·王孙打围秋草黄》云：“猎罢两狼悬臂去，马蹄风卷地椒香。”⑧ 凡是地椒茂盛的地方，马、牛、羊就又肥又壮，所以元人很喜欢地椒的实用。许有壬的《上京十咏》咏了上京的十种特产，其中一首

① 危素，《赠潘子华序》，《危太朴集》卷八，《元人文集珍本丛刊》本，第7册，第451页。
② 《析津志辑佚·物产》，北京古籍出版社，1983年第1版，2001年2月第2次印刷，第226页。
③ 杨允孚，《滦京杂咏》，《丛书集成初编》本，第8页。
④ 胡助，《纯白斋类稿》卷七，《丛书集成初编》本，第64页。
⑤ 柳贯，《柳待制文集》卷五，《四部丛刊初编》本。
⑥ 张豫章等编，《御选元诗》卷五，《四库全书》本，第1439册，第531页。
⑦ 王逢，《梧溪集》卷四，《北京图书馆古籍珍本丛刊》本，第95册，第509页。
⑧ 钱熙彦编次，《元诗选补遗》，中华书局，2002年版，第38页。

《地椒》诗如下：

冻雨催花紫，轻风散埜香。刺沙尖叶细，敷地乱条长。楚客收成裹，奚童撷满筐。行厨供草具，调鼎尔非良。[①]

这首专门觞咏地椒的诗，描写了地椒的形状、长势、香气等等。地椒是动物的主要食料，百姓则喜欢用它来编制器具，而非食用。人们喜欢吃的，是地椒所喂养出来的禽兽。“饱食翻疑得诗瘦，不如顿顿地椒羊”[②]，能顿顿吃到地椒喂养出来的牛羊，元人认为是一种口福，南方人士周伯琦甚至夸张地说：“忘归江汉客，直欲比家乡。”[③]

野韭

野韭又名山韭，似家韭但是比家韭硬、长。野韭在形状和特性上都和家韭非常相似，但是它的根是白色的，韭叶如灯芯苗，因为山中往往比较多，所以又名山韭。《救荒本草》卷八《菜部》载：“野韭，生荒野中。形状如韭苗，叶极细弱，叶圆比柴韭，又细小，叶中撺葶。开小粉紫花，似韭花状，苗叶味辛，救饥采苗叶煠熟，油盐调食，生腌食亦可。”[④] 幽燕塞外，冰天雪地，在缺乏粮食的时候，野韭往往被采来食用。野韭的生命力非常旺盛，容易种植，容易成活，对生长时间和环境不很苛求，故而塞北地区随处可见，并不稀罕。周伯琦《扈从集》前序曰：“驿路至此相合而北，皆刍牧之地，无树木，遍生地椒、野茴香、葱、韭，芳气袭人。”[⑤] 这种在草原地带遍地生长的植物，其实更适合动物食用。因为野韭味辛，所以元代的人们更喜欢用它做调味品，尤其是煮羊肉时，放些野韭花，香味四溢，令人垂涎，以下是许有壬的两首诗：

韭花

西风吹野韭，花发满沙陀。气校荤蔬媚，功于肉食多。浓香跨姜桂，余味及瓜茄。我欲收其实，归山种涧阿。[⑥]

---

① 许有壬，《至正集》卷十三，《元人文集珍本丛刊》本，第7册，第84页。

② 张雨，《揭学士过武康山中十日薛外史江东未至二首》第2首，《句曲外史集》补遗卷上，《四库全书》本，第1216册，第404页。

③ 周伯琦，《上京杂诗》其一，《近光集》卷一，《四库全书》本，第1214册，第510页。

④ 《救荒本草》卷八，《四库全书》本，第730册，第853页。

⑤ 《扈从集》，《四库全书》本，第1214册，第542页。

⑥ 《至正集》卷十三，《元人文集珍本丛刊》本，第7册，第84页。

和谢敬德学士入关至上都杂诗（之一）

雁落长空迹篆沙，鸣嘺惊起一行斜。小车细马醉时路，丰草甘泉到处家。已解皮囊倾马湩，更揞银铫试龙茶。玉脂响泣炰羊熟，鼻观风香野韭花。①

其中第一首《韭花》是许有壬《上京十咏》中的一首，作者主要突出了韭花在肉食中的调味作用。元代皇室是蒙古族，蒙古族饮食以羊肉和马乳、羊乳为主，汉族士子随从皇室到上京，在饮食上也会受到蒙古族饮食习惯的影响，但汉人，包括早已习惯了汉族生活的一些少数民族人士，多多少少还是有些吃不习惯。“马乳新挏玉满瓶，沙羊黄鼠割来腥。”② 到了上京，既然在饮食上必须入乡随俗，那么大家总是希望在烹调时可以加些容易去除动物腥味的调料，使烹调出来的动物肉更加鲜美。野韭花正满足了大家的这种要求，用它做肉食调料，浓香超过了姜、桂等其他常用调味品，所以许有壬会说：“我欲收其实，归山种涧阿。”③

除了可以调味，野韭还具有药用价值，见于以下两则文献资料，一是《证类本草》卷六，曰：“山韭亦如韭，生山间，主毛发。”④ 二是《本草纲目》卷二十六，曰：“山韭，宜肾，主大小便数。”⑤

（二）上京纪行诗中的动物

白翎雀

白翎雀，青黄色，翎白。《口北三厅志》卷五《风俗物产》条记其形状曰：“形似鹌鹑，长身短足，善学百鸟之音，性驯可畜。”⑥ 又卷十四《艺文》载：“白翎雀，塞上鸟，如鹡鸰而小，翅有白翎，因名白翎雀。雌雄相呼声可听，京师园冶闺阁中多畜之。”⑦ 关于白翎雀的产地，元人诗文中有不少说明。王逢《梧溪集》卷三《奉陪神保大王宴朱将军第闻弹白翎雀引》序言中言：“白翎雀，燕漠间鸟也。”⑧ 又杨允孚《滦京杂咏·鸳鸯坡上是行宫》自注曰：

---

① 《至正集》卷十八，《元人文集珍本丛刊》本，第7册，第111页。

② 廼贤，《塞上曲》，《金台集》卷二，《诵芬室丛刊》本。

③ 《韭花》，《至正集》卷十三，《元人文集珍本丛刊》本，第7册，第84页。

④ 宋·唐慎微撰，《证类本草》卷六，《四库全书》本，第740册，第284页。

⑤ 明·李时珍撰，《本草纲目》卷二十六，《四库全书》本，第773册，第513页。

⑥ 清·黄可润纂修，《口北三厅志》卷五，清乾隆二十三年刻本。

⑦ 清·黄可润纂修，《口北三厅志》卷十四，清乾隆二十三年刻本。

⑧ 王逢，《奉陪神保大王宴朱将军第闻弹白翎雀引》，《梧溪集》卷三，《四库全书》本，第1218册，第650页。

"白翎，草地所产。"[①] 白翎雀与鸿雁等候鸟不同，它是北方塞上的一种留鸟，《格致镜原》卷七十八曰："朔漠之地无他禽，惟鸿雁与白翎雀。鸿雁畏寒，秋南春北。白翎雀虽严冬冱寒，亦不易处。"[②] 傅乐淑作按语曰："汉人以松竹梅为岁寒三友，蒙古人以白翎雀为其岁寒之友。"[③] 白翎雀虽严冬冱寒也不易处的留鸟特性，为元人所称道。《元史》卷一《太祖本纪》中载：

帝欲为长子求赤求婚于汪罕女抄儿伯姬，汪罕之孙秃撒合亦欲尚帝女火阿真伯姬，俱不谐。自是颇有违言。初，帝与汪罕合军攻乃蛮，约明日战。扎木合言于汪罕曰："我与君是白翎雀，他人是鸿雁耳。白翎雀寒暑常在北方，鸿雁遇寒则南飞就暖耳。"意谓帝心不可保也。汪罕闻之疑，遂移部众于别所。[④]

札木合用白翎雀自喻，说明自己心坚而他人心不可保。确实，北方八月即飞雪，草枯雪深，生活维艰。然而白翎雀在烈风、飞沙、深雪这样恶劣的环境中，依然双飞双宿，雌雄和鸣相逐，至死不离故土的精神，实在令人敬佩。

元人很喜欢白翎雀，也喜欢歌咏它，廼贤《塞上曲·乌桓城下雨初晴》："最爱多情白翎雀，一双飞近马边鸣。"[⑤] 王士熙《上京次李学士韵四首》："双双紫燕自寻垒，小小白翎能念诗。"[⑥] 此外，专门以白翎雀作为主要歌咏对象的诗篇也有很多，主要有：《白翎雀》（萨都剌）、《白翎雀歌》（虞集）、《题李安中白翎雀》（揭傒斯）。

白翎雀生于乌桓之地，雌雄合鸣，世祖时期，被制成教坊大曲传唱。陶宗仪《南村辍耕录》载："白翎雀者，国朝教坊大曲也。始甚雍容和缓，终则急躁繁促，殊无有余不尽之意。……后见陈云峤先生云：白翎雀生于乌桓朔漠之地，雌雄和鸣，自得其乐，世皇因命伶人硕德闾制曲以名之。曲成，上曰：'何其未有怨怒哀嫠之音乎?'时谱已传矣，故至今卒莫能改。"[⑦] "陈云

① 杨允孚，《滦京杂咏》，《丛书集成初编》本，第3页。
② 清·陈元龙撰，《格致镜原》卷七十八，《四库全书》本，第1032册，第469页。
③ 傅乐淑，《元宫词百章笺注》，书目文献出版社，1995年版，第57~58页。
④ 《元史》卷一，中华书局，1976年第1版，1997年7月第6次印刷，第1册，第9页。
⑤ 廼贤，《金台集》卷二，《诵芬室丛刊》本。
⑥ 张豫章等编，《御选元诗》卷七十一，《四库全书》本，第1441册，第597页。
⑦ 陶宗仪，《南村辍耕录》，中华书局，1959年第1版，1980年3月第2次印刷，第248页。

峤者，泗州陈平章之孙也。倜傥不羁，人称为陈颠”[①]，据他说《白翎雀》制成后，世祖认为缺少“怨怒哀嫠之音”，但根据现存元人留下来的诗文资料，《白翎雀》乐是极哀怨的，下面是元人张宪的《白翎雀》诗，曰：

真人一统开正朔，马上鞮鞍手亲作。教坊国手硕德闾，传得开基太平乐。檀槽钿钢凤凰齶，十四银环挂冰索。摩诃不作兜勒声，听奏筵前白翎雀。霜𪈵𪈵，风㲉㲉，白草黄云日色薄。玲珑碎玉九天来，乱散冰花洒毡幕。玉翎争胜起盘礴，左旋右折入寥廓。崒嵂孤高绕羊角，啾啁百鸟纷参错。须臾力倦忽下跃，万点寒星坠丛薄。霍然一声震龙拨，一十四弦音一抹。驾鹅飞起暮云平，鸷鸟东来海天阔。黄羊之尾文豹胎，玉液淋漓万寿杯。九龙殿高紫帐暖，踏歌声里欢如雷。白翎雀，乐极哀。节妇死，忠臣摧。八十一年生草莱，鼎湖龙去何时回。[②]

这里表现出琵琶、筝等丝竹细弦演奏时的情状，檀槽钿钢、环挂冰索、玲珑碎玉、乱散冰花、玉翎争胜、左旋右折、崒嵂孤高、百鸟纷错、力倦下跃、万点寒星、弦音一抹、驾鹅飞起、鸷鸟东来等描绘，使弦音乐声状貌以及所模拟的多种物象跃然于听座之前。乐调开始比较舒缓，后来变得急促紧张，是《南村辍耕录》中记载的“始甚雍容和缓，终则急躁繁促，殊无有余不尽之意”的最好注脚。根据“霍然一声震龙拨，一十四弦音一抹”，“白翎雀，乐极哀。节妇死，忠臣摧”等诗句，可约略知道白翎雀是由琴和琵琶合奏的，曲调极其哀婉。至于世祖为什么要命人把此曲谱制成哀婉之音，据杨维桢《白翎鹊辞》引言，有一故事：“世皇畋于柳林，闻妇人哭甚哀，明日，白翎鹊飞集斡（按：下遗一“耳”字）朵上，其声类哭妇，上感之，因令侍臣制《白翎雀辞》。”[③]

至于白翎雀曲之作者，根据元人资料，目前得知有两种说法，大多数认为是元代伶人硕德闾，如上面所引的《南村辍耕录》资料。另外元人张昱尚有一说，认为是河西伶人火倪赤，这种说法见于张昱的《白翎雀歌》，全诗如下：

乌桓城下白翎雀，雄鸣雌随求饮啄。有时扶起天上飞，告诉生来毛羽弱。

---

① 明·彭大翼，《山堂肆考》卷一百四十三《泗州寺僧》，《四库全书》本，第976册，第741页。

② 张宪，《玉笥集》卷三，《四库全书》本，第1217册，第405～406页。

③ 《元诗选》初集·辛集，中华书局，1987年第1版，2002年11月第3次印刷，第1990页。

西河伶人火倪赤，能以丝声代禽臆。象牙指拨十三弦，宛转繁音哀且急。女真处子舞进觞，团衫革带分两傍。玉纤罗袖柘枝体，要与雀声相颉颃。朝弹暮弹白翎雀，贵人听之以为乐。变化春光指顾间，万蕊千花动弦索。只今萧条河水边，宫庭毁尽沙依然。伤哉不闻白翎雀，但见落日生寒烟。[①]

《白翎雀》是元朝有名的教坊大曲，元代王公贵族在宴饮时，时常用这种曲子助兴。据王逢《梧溪集》卷三《奉陪神保大王宴朱将军第闻弹白翎雀引》引言："白翎雀，燕漠间鸟也。初世皇命伶官石德闾制《白翎雀》曲，及进曰：'何其未有孤嫠怨悲之音？'石德闾未之改而已传焉。戊戌冬，淮藩朱将军宴大王于私第，逢忝座末，时夜，雹霰交下，众宾相次执盏，起为王寿。逢亦起，王命左右鼓是曲，且语制曲之始，俾歌咏之。逢谓缵事本实，左氏所先，故铺陈兴龙大略，而不暇他及也。"[②] 在座的客人对这种曲子都很感兴趣，听得非常专心，可见这是一种很受欢迎的教坊名曲。

吟诗歌咏这种大曲，是元代文人的一种雅好。比较有名的主要有：张昱的《白翎雀歌》，王沂的《白翎雀》和《白翎雀词》，张宪的《白翎雀》，吴莱的《客夜闻琵琶弹白翎鹊》，李孝光的《白翎雀》。因为有了这种大曲的流传，白翎雀这种飞禽也闻名大江南北，好多南方人，欣赏着这种曲子，却不能亲眼看见白翎雀，感觉颇为遗憾。于是有些文人就把白翎雀入画，以饱眼福，元人史杠有《白翎雀图》。另外，题《白翎雀图》的诗也不少，如王祎《白翎雀图》诗，曹文晦《题白翎雀手卷二首》诗，其中王祎《白翎雀图》题诗如下：

白翎雀，雪作翎，群呼旅食啁哳鸣。何人翻作弦上声，传与江南士女听。南人听声未识形，画师更与图丹青。图丹青，一何似，知尔之生何处是。秋高口子草如云，风劲脑儿沙似水。[③]

随着《白翎雀图》的传播，白翎雀更加为时人所熟悉，传诵也更广。

海东青

海东青，元人文献中也称为海青。它是"鹘之至俊者"，是北方飞禽中最

---

① 张昱，《白翎雀歌》，《张光弼诗集》卷二，《四部丛刊续编》本。

② 王逢，《奉陪神保大王宴朱将军第闻弹白翎雀引》，《梧溪集》卷三，《四库全书》本，第1218册，第650页。

③ 王祎，《白翎雀图》，《王忠文公文集》卷三，《北京图书馆古籍珍本丛刊》本，第98册，第59页。

凶猛的一种名禽。海东青身躯短小，非常俊健，飞得极高，善于擒捉鹅鹜，尤其善于捕捉天鹅。它产于女真，是女真族一种珍贵的飞禽，其中爪子白色的海东青更为稀少珍贵。关于海东青，《析津志》中有一段珍贵的史料：

海东青，辽东海外隔数海而至，常以八月十五渡海而来者甚众。古人云：疾如鹞子过新罗是也。努而干田地，是其渡海之第一程也。至则人收之，已不能飞动也。盖其来饥渴困乏，羽翮不胜其任也。自此然后始及东国。有制，犯远流者至此地而能获海青者，即动公文传驲而归，其罪赎矣。尝诹昔宝赤云，海青之外一翅，七日或八九日始得至努儿干，其气力不资或饥而眼乱者多溺死。凡能逮此地者，无不健奋。故其于羽猎之时，独能破駕鹅之长阵，绝雁鹜之孤骞，奔众马之木鱼，流九霄之毛血。云间献奏，臂上功勋，此则海青之功也。论其贵重，常以玉山为之立。欲其爪冷，庶几无病，冬月则以金绣拟香墩与之立，夜则少令其睡。其替毛观其粪条，揣其肥瘠，进食而加减之。二替者则又有其说也。按食之际加药食次第焉。其首笼帽，多奇巧金绣，以小红缨、马尾为束紧之制。爪脚上有金环束之，系以软红皮系之，弗以红条，皆革也。若欲纵放，则解而纵之。横飞而直上，可薄云霄。昔宝赤者，国言养鹰之蒙古名，亦一怯薛请受而出身之捷径也。夫事鹰鹞之谨细养护过于子之养父母也。于是松云子为之歌曰：饥饱有则，调摄有时，有添心补心泻心之法，有布轴毛轴药轴之施。飞则击鼓敲鱼以助其力，收其俯摹解渴以慰其饥。一出二出为止，一替二替三替为奇。海青则立乎饥玉山，鸦鹘则立乎绣皮，撇条验其肥瘠，补翅助其奋飞。海青亦有数种，玉嘴玉爪为稀。黄鹰仍有几般，黄眼黑眼为异。养喂之效，备见于斯，松云是说可采。乃亦想其庶几援翅者，以其翅别取翅接而补之。①

这段资料比较详备地介绍了海东青的产地、功用、名贵特征、饲养等等。海东青来自女真，叶子奇的《草木子》卷四载："海东青，鹘之至俊者也。出于女真，在辽国已极重之，因是起变而契丹以亡。其物善擒天鹅，飞放时，旋风羊角而上，直入云际。能得头鹅者，元朝官里赏钞五十锭。"② 资料中提到的因为索要海东青而契丹灭亡，《东都事略》和《契丹国志》中都有相关记载，可以进行补充说明。《东都事略》载："女真有俊禽，曰海东青，次曰

① 熊梦祥，《析津志辑佚》，北京古籍出版社，1983 年第 1 版，2001 年 2 月第 2 次印刷，第 234 ~235 页。

② 叶子奇，《草木子》，中华书局，1959 年 5 月第 1 版，1983 年 4 月第 2 次印刷，第 85 页。

玉爪骏，俊异绝伦，一飞千里，非鹰鹯鵰鹗之比。延禧纵驰失道，荒于畋猎，喜此二禽善捕天鹅，命女真国人过海，诣深山穷谷，搜取以献，国人厌苦，遂叛。”①《契丹国志》载：“女真服属大辽二百余年，世袭节度使兄弟相传，周而复始。至天祚朝，赏刑僭滥，禽色俱荒。女真东北与五国为邻，五国之东接大海，出名鹰，自海东来者，谓之海东青。小而俊健，能擒鹅鹜，爪白者尤异。辽人酷爱，岁岁求之女真。女真至五国战斗而后得之，女真不胜其扰。及天祚嗣位，责贡尤苛，又天使所至，百般需索于部落，稍不奉命，则召酋长加杖，甚者诛之。诸部怨叛，潜结阿固达，至是，举兵谋叛。”② 在辽金时期，海东青是女真和契丹酷爱的一种猛禽。到了元代，元人依然非常崇拜、珍视它，把它看成是不易得的“神物”。元廷也用它来论功行赏，袁易的《白海青》序言曰：“尚方有赐江浙省臣白海青者，杭州人士美以歌诗，征余同赋。”③ 可见，得到海青的赏赐，也是受赏者的一种美誉。辽、金、元三代之所以都特别偏爱海东青，是因为它稀有，不易得。另外，北方的这些民族都是狩猎民族，海青在狩猎时具有重要的作用，它可以帮助捕猎者获得天鹅等飞鸟。天鹅是元代宫廷中御厨八珍之一，极为元代皇帝所珍视，所以在元代，赏赐大臣海青，是一种极大的恩赐。海青是如何捕获天鹅的呢？徐昌祚《燕山丛录》曰：“辽时每季春必来弋猎，打鼓惊天鹅飞起，纵海东青擒之，得一头鹅，左右皆呼万岁。海东青大仅如鹊，既纵，直上青冥，几不可见。俟天鹅至半空，欻自上而下以爪攫其首，天鹅惊鸣，相持殒地。”④ 又据明人李日华撰《六研斋笔记》卷四载：“海青俯视天鹅直下，爪其眼，洒血而坠。”⑤ 海青捕获天鹅的快捷利落，深受元人推崇。所以出猎时喜欢带着海青随行。宋本《上京杂诗》中有一诗：“鹰房脱奏駕鹅过，清晓銮车出禁廷。三百海青千骑马，一时随扈向凉陉。”⑥ 这是写元廷到凉陉出猎，诗人等大臣扈从时所见的情景。浩浩荡荡的队伍中，有“三百海青”随行，当然，三百极言其多，并非实数。海青的任务就是帮助捕获天上的天鹅。捕获到的天鹅，有时还有意想不到的收获。厉鹗《辽史拾遗》卷十一：“又有天鹅，能食蚌，

① 厉鹗，《辽史拾遗》卷十一，《四库全书》本，第289册，第901页。

② 厉鹗，《辽史拾遗》卷十一，《四库全书》本，第289册，第901页。

③ 《御选元诗》卷四十四，《四库全书》本，第1441册，第30页。

④ 《钦定日下旧闻考》卷一百一十，北京古籍出版社，1981年版，第6册，第1837页。

⑤ 《六研斋笔记》卷四，《四库全书》本，第867册，第551页。

⑥ 《永乐大典》，中华书局精装本，第4册，第7702卷，第3579页。

则珠藏其嗉。又有俊鹘，号海东青者，能击天鹅，人既以俊鹘而得天鹅，则于其嗉得珠焉。”① 天鹅喜欢食蚌，而蚌中常有珍珠，所以得到天鹅，有时可以在天鹅的嗉子中和腹中意外地得到珍珠。元人方回以这个为本事，作了《北珠怨》，诗如下：

北方有奇蚌，产珠红晶荧。天鹅腹中物，万仞翔冥冥。此贪孰能致，俊鹰海东青。钩戟为爪喙，利刀以为翎。采之肃慎氏，扶桑隔沧溟。无厌耶律家，苛取不暂停。中夏得此珠，艳饰生芳馨。辽人贸此珠，易宝衔（字缺）軿。东夷此为恨，耻罍嗟罄瓶。渡兵鸭绿水，犁扫黄龙庭。夹山一以灭，河朔无锁扃。幽燕及淮江，赤地战血腥。徒以一珠故，百亿殃生灵。两国失宗社，万乘栖囚囹。旅獒戒异物，圣人存为经。徒以一珠故，天地生虫螟。此事有本原，罐郎柄熙宁。力行商君法，诡勒燕然铭。延致众奸鬼，坏败先朝廷。焉得致渠魁，轘裂具五刑。钟山有遗瘗，漾之江中泠。我作北珠怨，哀歌谁忍听。②

元廷重视海青，特设专人喂养，这在元人的文献中不乏记载，陶宗仪的《南村辍耕录》卷一《昔宝赤》条：“昔宝赤，鹰房之执役者，每岁以所养海青获头鹅者，赏黄金一锭。头鹅，天鹅也。以首得之，又重过三十余斤，且以进御膳，故曰头。”③ 杨瑀的《山居新语》卷二：“皇朝昔宝赤（即养鹰人也），每岁以初按海青获头鹅者（即天鹅也），赏黄金一定。”④ 在打猎时，如果丢失了海青，也要受到处罚。元人苏天爵的《元朝名臣事略》卷八《内翰窦文正公》载：“会猎者失一海东青鹘，上盛怒。一侍臣从旁曰：‘是人去岁失一鹘，今又失一鹘，宜加罪。’”⑤ 可见，丢失了海东青，皇帝会大怒，有些侍臣也会拿此说事。当然，由于窦默劝诫皇上要施行“宽民”政策，所以丢失了海东青的猎人才被免一罚。从此事中，进一步说明元廷对海青的重视。此外，在元初文献中，经常会看到海青圆牌。圆牌是元代由朝廷铸作和颁发的一种“通行证”，海青牌是上面铸有海青的圆牌。在“通行证”上铸海青，说明元廷对海东青的重视，也说明在一定程度上，元廷已经把海东青官方

① 《辽史拾遗》卷十一，《四库全书》本，第289册，第902页。
② 《桐江续集》卷九，《四库全书》本，第1193册，第323页。
③ 《南村辍耕录》卷一，中华书局，1959年第1版，1980年3月第2次印刷，第19页。
④ 《山居新语》卷二，中华书局，2006年版，第216页。
⑤ 《元朝名臣事略》卷八，中华书局，1996年版，第153页。

化了。

海青是一种凶猛的飞禽，但它和任何动物一样，都有自身的弱点，都有天敌。白珽《续演雅十诗》的第一首诗为：

海青羽中虎，燕燕能制之。小隙乘大舟，关尹不吾欺。[①]

作者自注曰："海青，俊禽也，而群燕缘扑之即坠。物受于所制者，无小大也。"

元代，海东青也被谱制成了曲子，供人填词演唱。杨允孚《滦京杂咏》中有一诗为："为爱琵琶调有情，月高未放酒杯停。新腔翻得凉州曲，弹出天鹅避海青。"作者自注曰："海青拏天鹅，新声也。"[②]

天鹅

天鹅，元人文献中也称为駕鹅。

天鹅颈瘦身重肥，夜宿官荡群成围。芦根啑啑水蒲滑，翅足蹩曳难轻飞。参差旋地数百尺，宛转培风借双翮。翻身入云高帖天，下陋蓬蒿去无迹。五坊手擎海东青，侧眼光透瑶台层。解条脱帽穷碧落，以掌疾掴东西倾。离披交旋百寻衮，苍鹰助击随势远。初如风轮舞长竿，末若银球下平坂。蓬头喘息来献官，天颜一笑催传餐。不如家鸡栅中生死守，免使羽林春秋水边走。[③]

这是元人袁桷的一首诗，名为《天鹅曲》。此诗描写了天鹅的体态、生活环境等，详细地描写了猎人放纵海青捕获天鹅的过程，"蓬头喘息来献官，天颜一笑催传餐"，被捕获到的天鹅很快就献给了官府，最后成为皇家餐桌上的一道美味，所以作者颇有感触地说，天鹅虽然位尊名贵，但结局无非是成为别人桌上的一道美味，不如家鸡在栅栏中生生死死。当然，作者是借诗抒怀，但通过此诗，我们可以了解天鹅及天鹅在元代的处境。

据《析津志》说，天鹅："大者三五十斤，小者廿余斤，俗称金冠玉体乾皂靴是也。"[④] 真可谓是"天鹅颈瘦身重肥"[⑤]。在张昱的《辇下曲》中，有这

① 《元诗选》二集·甲集，中华书局，1987 年版第 1 版，2002 年 11 月第 3 次印刷，第 56 页。
② 《滦京杂咏》，《丛书集成初编》本，第 8 页。
③ 《清容居士集》卷十六，《四部丛刊初编》本。
④ 《析津志辑佚·物产》，北京古籍出版社，1983 年第 1 版，2001 年 2 月第 2 次印刷，第236 页。
⑤ 袁桷，《天鹅曲》，《清容居士集》卷十六，《四部丛刊初编》本。

样两句诗："鴐鹅风起白毰毸，秋夏根随驾往回。"[①] 说明天鹅是一种候鸟。从"夜宿官荡群成围"可以获悉天鹅喜欢群居。因为天鹅群居的特性，所以猎人擒捕时，或者扑打天鹅栖居的芦苇荡，或者使劲击鼓，等天鹅受了惊，纷纷从水荡中飞起，猎人便放纵海东青来捕捉天鹅，上面所引袁桷的《天鹅曲》，就描写了这个过程。此外，脱脱主编的《辽史》第四十卷中也详细记载了这个过程："辽每季春，弋猎于延芳淀，居民成邑，就城故漷阴镇，后改为县。在县东南九十里延芳淀，方数百里，春时鹅鹜所聚，夏秋多菱芡。国主春猎，卫士皆衣墨绿，各持连锤、鹰食、刺鹅锥，列水次，相去五七步。上风击鼓，惊鹅稍离水面，国主亲放海东青鹘擒之，鹅坠，恐鹘力不胜，在列者以佩锥刺鹅，急取其脑饲鹘，得头鹅者，例赏银绢。"[②] 关于捕鹅过程，《析津志》中也有相关资料介绍："每岁，大兴县管南柳林中飞放之所。彼中县官每岁差役乡民，广于湖中多种茨菰，以诱之来游食。其湖面甚宽，所种延蔓，天鹅来千万为群。俟大驾飞放海青、鸦鹘，所获甚厚。乃大张筵会以为庆也，必数宿而返。"[③] 天鹅最大的天敌是海东青，辽、金、元都喜欢利用海青来捕获天鹅。从上面资料可以看出，捕获天鹅的场面是很壮观的，捕获到天鹅，尤其是稀少而珍贵的头鹅，往往会得到重赏，《草木子》卷一："能得头鹅者，元朝官里赏钞五十锭。"[④] 可能因为朔方之地禽类甚少，故蒙古人以天鹅为珍贵动物。元人喜欢擒捉天鹅，主要是把它作为禽类食物中之珍馐。元帝室也以天鹅为玉食之一，在元代，有"御品八珍"，为醍醐、麈沆、野驼蹄、鹿唇、驼乳糜、天鹅炙、紫玉浆、玄玉浆。其中天鹅炙，即以天鹅为原料制作。

除了食用，有时从捕获到的天鹅嗉子或腹腔里，还可以意外地收获到珍珠，因为天鹅吃河蚌，河蚌蕴珠，所以宝珠就随着河蚌到了天鹅腹中。

天鹅还是元朝的一种祭品。《析津志》："太庙荐新。春行享礼，曰祀。四孟以大祭，雅乐先进，国朝乐后进，如在朝礼。每月一荐新；以家国礼。喝盏乐，作粉羹馒头、割肉散饭，荐时果、韭疏、天鹅、䴔䴖。"[⑤] 又《元史》

① 《张光弼诗集》卷三，《四部丛刊续编》本。

② 《辽史》卷四十，中华书局，1974年版，第496页。

③ 《析津志辑佚·物产》，北京古籍出版社，1983年第1版，2001年2月第2次印刷，第236页。

④ 《草木子》卷四，中华书局，1959年5月第1版，1983年4月第2次印刷，第85页。

⑤ 《析津志辑佚·岁纪》，北京古籍出版社，1983年第1版，2001年2月第2次印刷，第213页。

卷七十四《祭祀志》：太庙常馔有“雁、天鹅，仲春用之”。[①] 天鹅既为尚食及太庙常馔之一，故民间捕鴐鹅有禁。《元史》卷二十八《英宗本纪》：“（按：至治二年）辛未，禁捕天鹅，违者籍其家。”[②] 又《元史》卷二十二《武宗本纪》：“（按：至大元年）禁江西、湖广、汴梁私捕鴐鹅。”[③] 可见，元廷曾三令五申地禁止捕猎天鹅，从这里也可以看出，元代捕猎天鹅的风气很盛。昔宝赤是元代养鹰和海东青的人，而昔宝赤所捕之鴐鹅，须驿致京师，供宫廷使用。可见，元廷禁止民间捕鹅，其实质还是为了保障宫廷使用，为了满足统治者的贪婪需要。

海青捉天鹅，是一首器乐曲，反映了我国北方少数民族的狩猎生活。它的曲调流畅，内容丰富，结构复杂，具有很高的艺术性。

黄羊

“天苍苍，野茫茫，风吹草低见牛羊”，这是最具代表性的草原景象。在茫茫草原中，最多、最常见的动物就是马、牛、羊。有元一代，来草原上度夏的文人，笔下少不了司空见惯的羊儿。“人家剩有升平象，满地牛羊草色青。”[④] “禾黍被行路，牛羊散郊坰。”[⑤] “野中何所有，深草卧羊马。”[⑥] 苍天、黄云、平沙、细草，还有那散落在四处悠闲地吃着草儿的牛羊，构成了一幅优美静谧的草原风光图。一直生活在汉地的士人，置身于草原的异域中，自然少不了浓墨重彩地渲染一番草原独特的风光。草原，离不开羊，草原马背上的民族，更离不开羊。草原上羊的种类很多，元代文人最喜欢歌咏的是黄羊。

据《析津志》介绍：“黄羊，朔方山野中广有之。毛黄红色，疏而长。小耳，两角亦尖小，成数群，常百数。上位驾回，围猎以奉上膳。其肉味精美，人多不敢食。”[⑦] 黄羊以野生山中为主，人们喜欢捕猎黄羊，因为黄羊的肉肥美，厚而不膻，味甚美，因而黄羊成为元人餐桌上的玉食，有诗为证：“瓥盏

---

① 《元史》卷七十四，中华书局，1976 年第 1 版，1997 年 7 月第 6 次印刷，第 6 册，第 1845 页。

② 《元史》卷二十八，中华书局，1976 年第 1 版，1997 年 7 月第 6 次印刷，第 3 册，第 620 页。

③ 《元史》卷二十二，中华书局，1976 年第 1 版，1997 年 7 月第 6 次印刷，第 2 册，第 505 页。

④ 刘敏中，《初赴上都赤城至望云道中》，《中庵先生刘文简公文集》卷十八，《北京图书馆古籍珍本丛刊》本，第 92 册，第 435 页。

⑤ 黄溍，《榆林》，《文献集》卷一，《四库全书》本，第 1209 册，第 231 页。

⑥ 陈孚，《金莲川》，《陈刚中诗集》卷三，《四库全书》本，第 1202 册，第 658 页。

⑦ 《析津志辑佚》，北京古籍出版社，1983 年第 1 版，2001 年 2 月第 2 次印刷，第 233 页。

泛酥皆墨湩，瘿盘分炙是黄羊。”[①] 黄羊是草原上的珍品，杨允孚有诗曰：

> 嘉鱼贡自黑龙江，西域蒲萄酒更良，南土至奇夸凤髓，北陲异品是黄羊。[②]

诗后作者自注曰：“黄羊，北方所产，御膳用。”东方的嘉鱼，西方的葡萄酒，南边的凤髓茶以及北边的黄羊，被元人认为是东、西、南、北最有特色的名贵特产。其中，北方所产的黄羊，是北方草原的典型代表。元宫廷御膳分由大、小厨房烹调。其中小厨房主要烹调“八珍”，大厨房则主烹调羊肉、黄羊肉和黄鼠肉等。黄羊是元廷宴会的主食之一，当年，南宋太皇太后和小皇帝被押送到北方后，忽必烈曾先后举行十次宴会表示欢迎，实际上是庆祝胜利。陪同南宋皇室北上的宫廷琴师汪元量用诗歌记下了宴会的情况，其中有黄羊为御膳的记载。

后至元年间，许有壬在上京作《上京十咏》诗，记载歌咏了上京地区的十种特产，其中详细地介绍了黄羊，诗如下：

> 黄羊
>
> 草美秋先腯，沙平夜不藏。解絛文豹健，脔炙宰夫忙。有肉须供世，无魂亦似麞。少年非好杀，假尔试穿杨。[③]

该诗末尾两句言，少年射杀黄羊是为了练习射箭技术，此话不无道理，因为黄羊是羊类中最善于驰跑的一种，“生而善驰，射不容羿”[④]，捕猎时，若技法一般，很难捕捉到。

一般来说，不习惯羊肉的汉族人士，都吃不习惯羊肉的膻味。但黄羊的膻味不大，甚至黄羊汤都不膻。因而与别的类型的羊相比，黄羊更受到汉人的欢迎，这可能就是来上京的汉族士人喜欢享用并歌咏黄羊的一个原因吧。

黄羊一则用来食用，二则用来祭祀。用黄羊祭祀，并非从元代开始。《后汉书》卷三十二《阴识列传》载：“宣帝时，阴子方者，至孝有仁恩，腊日晨炊而灶神形见。子方再拜受庆。家有黄羊，因以祀之。自是以后，暴至巨

---

① 许有壬，《李陵台谒左大夫·马驰如蚁散平冈》，《至正集》卷二十四，《元人文集珍本丛刊》本，第7册，第137页。

② 《滦京杂咏》，《丛书集成初编》本，第4页。

③ 《至正集》卷十三，《元人文集珍本丛刊》本，第7册，第84页。

④ 虞集，《黄羊尾毛笔赞》，《全元文》，第27册，第136页。

富，田有七百余顷，舆马仆隶，比于邦君。……故后常以腊日祀灶而荐黄羊焉。"[①] 这就是后来有名的"黄羊祭灶"的说法。相关记载很多，晋·干宝《搜神记》卷四："汉宣帝时，南阳阴子方者，性至孝积，恩好施喜。祀灶腊日，晨炊而灶神形见，子方再拜受庆，家有黄羊，因以祀之。自是以后，暴至巨富，田七百余顷，舆马仆隶比于邦君。子方尝言：'我子孙必将强大至识。'三世而遂繁昌家，凡四侯牧守数十，故后子孙尝以腊日祀灶而荐黄羊焉。"[②] 自汉朝始，黄羊祭灶便流行起来了。在元代，不仅官方用黄羊祭祀，民间也喜欢用黄羊祭灶。元人戴表元《竹溪道院真武祠记》："阴子方腊日晨炊而灶神见，祀之黄羊，子孙因世腊祀黄羊。史册皆夸称之，以为隐逸之遇，慈孝之感。今竹溪之祠，尊于黄石而备于腊，祯祥福泽，又复相类。谓之气盛而鬼神辅，道胜而助之者多，岂非然耶？山川风物，古今人情，不相远。"[③]

黄羊还有一个很特殊的用途，就是它的尾毫可以用来制作毛笔，虞集《黄羊尾毛笔赞》云：

西北之境有黄羊焉，玉食之珍品也。西夏之人，有取其尾之毫以为笔者，岁久亡其法。张掖刘公伯温，尝命笔工之精技，作而用之，果称佳妙。其修史着廷，盖尝用之。中朝文学之士，咸为之赋。[④]

文中"刘伯温"即沙剌班。沙剌班，张掖人，累官翰林学士承旨，拜中书平章政事。[⑤] 可见，西夏创造的黄羊毛笔，经张掖人沙剌班的重新研发，在元代更加"作而用之，果称佳妙"[⑥]。甚至朝廷在修史时，使用的都是这种笔。此笔好用耐用，即使日书万言，也不会损坏。更为奇特的是，用黄羊笔书写文章，容易发挥文思，所以黄羊笔成为宫廷里文人办公的高档文具，深受欢迎。元代文人对这种笔很感兴趣，纷纷作诗赋来赞颂。虞集是元代文化界的名人，位高名显，他为黄羊尾毛笔作赞曰：

古史操聿，图画文字。属毫就濡，转便分隶。爰历凡将，奇觚快意。名书之家，世姿精技。毛翰须鬣，随取铦利。观象兑泽，角趾其类。非麢非麇，

① 《后汉书》卷三十二，中华书局，1965年第1版，1973年8月第2次印刷，第4册，第1133页。
② 晋·干宝，《搜神记》卷四，《四库全书》本，第1042册，第388页。
③ 戴表元著，李军等点校，《戴表元集》卷四，吉林文史出版社，2008年版，第63页。
④ 虞集，《黄羊尾毛笔赞》序言，《全元文》，第27册，第135页。
⑤ 柯劭忞撰，《新元史》卷一百三十六，中国书店出版，1988年第1版，第582页。
⑥ 虞集，《黄羊尾毛笔赞》，《全元文》，第27册，第135页。

黄以为异。饮雪于池，茹丰于汜。兽人效鲜，鼎食之贵。生而善驰，射不容羿。趋风不回，毋践后寋。冰霜劲强，末颖全锐。治择约束，工叹未试。筠管犀弢，绝妙当世。维时天禄，校书更岁。日书万言，其用不匮。圣明几暇，书法游艺。缫藉以进，发挥文思。云汉昭回，海岳衣被。吁嗟丰美，日荐厚味。俎几之余，近以微弃。矧是草野，谁录其细。纪功旗常，载事纂记。增光日星，摹写天地。一寸之弱，莫究其至。况乎俊髦，济济可致。立贤无方，君子之志。[①]

黄鼠

白翎雀、海东青和天鹅都是飞禽，而黄羊和黄鼠都是走兽。北方所产的鼠类很多，仅《析津志·物产》“鼠狼之品”中就有银鼠、青鼠、青貂鼠、山鼠、赤鼠、花鼠等等，这些都是幽燕地区的珍贵鼠类。然而，在元代的诗文中，文人们歌咏最多的是黄鼠。黄鼠，又名土拨鼠，足短善走，极肥，穴居。据说这种鼠最大的一个特性就是每逢来到鼠洞外，都会迎着阳光，把两只前足交拱，好像人们作揖的样子。如果看到人来，就会迅速地窜入洞穴。刘绩《霏雪录》谓：“黄鼠穴处各有配匹。人掘其穴，见其中作小土窖，若床榻之状，则牝牡所居处也。秋时蓄黍菽及草木之实以御冬。天气晴和时，出坐穴口，见人则拱前腋，如揖状，即窜入穴。惟畏地猴，形小，纵入其穴，则喙曳而出之。味极肥美，元时曾为玉食之献。置官守其处，人不得擅取也。”[②] 这是黄鼠生来具有的一种特异性。元人贡师泰的《归隐庵记》中有一段相关的记载：

云间处士吴崇谦，世居支县之芦城，由芦城徙郡城之南，久，君怫然不乐者，更徙三泾之口，自号小村，且二十年矣。一日，由泾北二里许，顾瞻草树丛茂，旁多闲田，将复迁焉，道见黄鼠，人立而拱。明日出，如之，明日，又如之。处士曰：“是若迎我者，岂偶然哉？吾其终隐于此矣！”屋后益树花果，阻以重溪。溪之外数十步，有沙阜穹窿，若曝龟。然大竹多至万竿，森立如绿玉。处士每过，辄尽日乃去，闲见雉雊竹间相向而驯。未几，双兔踊跃伏于前，因慨然曰：“始定宅而鼠拱我，今雉兔复见，天其告我矣乎？夫

---

① 虞集，《黄羊尾毛笔赞》，《全元文》，第27册，第135～136页。

② 《山西通志》卷四十七《物产》，《四库全书》本，第543册，第536～537页。

雉死不变，士节之征也；兔穴而藏，菟裘之兆也。”遂筑屋四楹。扁曰“归隐”。①

这段记载很有趣，看来元人是很迷信黄鼠作揖的。

黄鼠是北方地区的一种珍贵鼠类，杨允孚《滦京杂咏》自注曰：“黄鼠，滦京奇品。”并作两首和黄鼠有关之诗：

怪得家僮笑语回，门前惊见事奇哉。老翁携鼠街头卖，碧眼黄髯骑象来。②

霜寒塞月青山瘦，草实平坡黄鼠肥。欲问前朝开宴处，白头宫使往还稀。③

作为“滦京奇品”的黄鼠，是市场上的一种稀有之物，骑象而来的“碧眼黄髯”，应该是滦京地区的西方人，看来黄鼠也深受国外人士的喜爱。在元人之诗中，许有壬的《上京十咏》有一首诗专门赋咏黄鼠，诗曰：

北产推珍味，南来怯陋容。瓠肥宜不武，人拱若为恭。发掘怜禽狝，招徕或水攻。君毋急盘馔，幸自不穿墉。④

此诗详细地介绍了黄鼠的产地、特性、捕获等等，是元代写黄鼠最详细、最全面的一首诗。黄鼠的肉极肥美，在元代被作为玉食，是御供品。为了捕捉到黄鼠，时人颇费苦心。《御定渊鉴类函》卷四百三十二载：“黄鼠，状类大鼠。黄色而足短，善走，极肥，穴居，有土窖，如床榻之状者，则牝牡所居之处。秋时畜豆粟草木之实以御冬。各为小窖，别而贮之，村民以水灌穴而捕之，味极肥美，如豚子而脆，皮可为裘领。辽金元时以羊乳饲之，以供上膳，以为珍馔，千里赠遗，最畏鼠狼，能入穴衔出也。……宣大间产黄鼠，土人珍之。凡捕之者，必畜松尾鼠数只，名夜猴儿，能嗅黄鼠穴，知其有无，有则入，啮其鼻而出。”⑤其中提到的夜猴，据明人陈耀文撰的《天中记》卷五十四载：“夜猴，宣大间产。黄鼠，土人珍之。凡捕之者，必畜松尾鼠数只，名夜猴儿，能嗅黄鼠穴，知其有无，有则入，啮其鼻而出。”⑥除了用夜

---

① 《贡礼部玩斋集》拾遗，明天顺七年沈性刻嘉靖十四年徐万璧重修本。

② 《滦京杂咏》，《丛书集成初编》本，第9页。

③ 《滦京杂咏》，《丛书集成初编》本，第10页。

④ 《黄鼠》，《至正集》卷十三，《元人文集珍本丛刊》本，第7册，第84页。

⑤ 《御定渊鉴类函》卷四百三十二，《四库全书》本，第993册，第495页。

⑥ 《天中记》卷五十四，《四库全书》本，第967册，第611页。

猴捕获黄鼠，村民们有时还用水灌的方式捕之。

捕捉到的黄鼠，主要是食用。黄鼠肉适合烧烤，虽然很肥，但不油腻，味道极香极鲜。以下一些诗句，都描写了黄鼠适宜烧烤，味道肥美，“满斟白湩烧黄鼠，仰看青天射黑鹏”。[①]“黄鼠登盘脂似蜡，白鱼落刃鲙如丝。”[②]“对朋角饮自相招，黄鼠生烧入地椒。”[③]

因为黄鼠是元代的珍馐玉食，但其量又不是很多，所以元代曾派专人守候在黄鼠洞口，禁止私人擅自捕捉。黄鼠浑身是宝，它的肉可食，皮可以做皮帽、皮衣，是非常珍贵高档的贵族用品。此外，用黄鼠的毛毫，还可以制笔，也很名贵。由刘永之的《陈君心吾以黄鼠笔见贻此笔唯京师多用之江南罕得也赋此赠之》可知，黄鼠笔多在京师使用，江南很罕见，是稀有的珍品。另外，据明李时珍《本草纲目》卷四中载：“黄鼠，解毒止痛，煎油入黄丹黄蜡熬膏。”[④] 可知，黄鼠还可以药用。

第二节 上京纪行诗中的天马、诈马宴与游皇城

一、上京纪行诗中的天马

蒙古族是一个马背上的民族，马是他们与生俱来、不可须臾相离的伙伴。蒙古人喜欢马，重视马，也离不开马，而马之精品、极品为天马。据《史记》裴骃集解注引《汉书音义》云：“大宛国有高山，其上有马，不可得，因取五色母马置其下，与交，生驹汗血，因号曰天马子。”[⑤] 可见，天马并非随处可见，据说只有在极其遥远的大宛之国，才有数量不多的天马。汉代时，武帝为了得到天马，曾派贰师将军李广利出兵大宛，李将军班师回朝时，取大宛“善马数十匹，中马以下牡牝三千余匹”而归。[⑥] 这是一种极为罕见的汗血马，极为神骏、强壮，武帝遂把天马的美名给了大宛汗血马。

---

① 《塞下曲·帐压寒云雪未消》，刘仁本，《羽庭集》卷四，《四库全书》本，第1216册，第70页。

② 《陪黄晋卿提举杨震卿山长宴张贞居外史竹轩》，陈镒，《午溪集》卷六，《四库全书》本，第1215册，第391页。

③ 《辇下曲·对朋角饮自相招》，张昱，《张光弼诗集》卷三，《四部丛刊续编》本。

④ 《本草纲目》卷四，《四库全书》本，第772册，第512页。

⑤ 《大宛列传》，《史记》卷一百二十三，中华书局，1982年11月第2版，第3160页。

⑥ 《大宛列传》，《史记》卷一百二十三，中华书局，1982年11月第2版，第3177页。

马本来是一种交通工具，是一种战略物资，但在元代，马却成为画家的画料，文人的写作素材，尤其是天马，成为众多文学家集体歌咏的对象。元代前期之人，未曾亲眼看见大宛之汗血马，所以对天马的吟咏均凭想象而为。但是，前代画师留有天马图，当朝画家也有大量的天马绘画。这些天马图，给没有亲眼见过天马的文人作者插上了想象的翅膀，他们可以欣赏这些天马图，可以根据想象为天马图题诗、作序跋。比较有代表性的如程钜夫所撰的《赵际可天马图》：

天马出西极，神龙不能追。目为紫电光，喷作风雷飞。天马不常有，画中或见之。见之梦寐不可得，得之不用终何为。穆王无复瑶池宴，汉武秦皇不相见。何当真马生渥洼，来与天子驾鼓车。①

歌咏天马，一直是元代文坛的一种风气。延祐年间，复行科举。湖广乡试的试题为《天马赋》，欧阳玄、陈泰、李朝瑞等均从此次考试中脱颖而出，他们撰写的《天马赋》均被收录到《青云梯》，成为后辈考生学习的范文。其中陈泰的《天马赋》堪称名篇，作者开头极力渲染天马的出身名贵、体健神异，然而就是这样一匹神马，在人间却受到许多不公正的待遇。作者在文中以马喻人，表达了对人间伯乐的渴望，文中天马的形象栩栩如生。关于这篇文章，考试官的批语是："气骨苍古，音节悠然。天门洞开，天马可以自见矣。"② 评价比较中肯。这篇文章风格"清婉有致"③，读后令人荡气回肠，不愧为元赋佳作。《天马赋》使陈泰一举成名，但他中进士后，仕途不是很顺，为此，刘诜撰《天马歌赠炎陵陈所安》以赠。

陈泰的经历，也许正应了唐代文豪韩愈所说的那句话："千里马常有，而伯乐不常有。"不过，天马也并非常有。从元初开始，文人画师们就对天马情有独钟，或歌咏，或描画天马，但是，谁都没有见到过真正的天马。直到顺帝时，真正的天马才出现在了时人的面前，其时，距离元代立国已经是八十余年了。

后至元二年（1336），元顺帝派遣拂朗人安德烈等出使欧洲，致书罗马教皇。拂朗是元人对欧洲人的称呼，又译为佛郎、拂林等。至正二年（1342）

---

① 《雪楼集》卷二十九，《四库全书》本，第1202册，第431页。

② 《元诗选》初集·己集，中华书局，1987年第1版，2002年11月第3次印刷，第1635页。

③ 顾嗣立评语，《元诗选》初集·己集，中华书局，1987年第1版，2002年11月第3次印刷，第1635页。

七月，罗马教皇使者马黎诺里率领团队抵达上都，谒见元顺帝，进献了一匹骏马。这匹骏马长一丈一尺三寸，高六尺四寸，昂高八尺三寸，色漆黑，仅二后蹄纯白，曲项昂首，神俊超逸，被誉为“天马”。元顺帝非常高兴，命画工周朗作《天马图》，文臣揭傒斯作《天马赞》，在廷文人多应制写诗作序，拂朗国进天马成为轰动一时的大事。①

元人诗文中对此多有描写，据元末官吏周伯琦言：“至正二年（1342）岁壬午七月十有八日，西域佛郎国遣使献马一匹，高八尺三寸，修如其数而加半。色漆黑，后二蹄白，曲项昂首，神俊超越，视他西域马可称者，皆在髃下，金辔重勒驭者，其国人黄须碧眼，服二色窄衣，言语不可通，以意谕之，凡七渡海洋，始达中国。是日，天朗气清，相臣奏进，上御慈仁殿临观称叹，遂命育于天闲，饲以肉粟、酒湩，仍敕翰林学士承旨臣巎巎命工画者图之，而直学士臣揭傒斯赞之。盖自有国以来，未尝见也，殆古所谓天马者邪。”②

这段序言非常详细地介绍了拂朗国天马的体貌、神态、进献时的情况等，同时也介绍了献马使者的相貌、衣着、言语。拂朗进献天马是当时朝廷里的一件大事，其时元廷正在清暑上京，顺帝特别喜欢此马，“临观称叹”，“遂命育于天闲，饲以肉粟、酒湩”。因为语言不通，王袆代写了《代佛郎国进天马表》，表曰：

乾龙在御，適观至治之期；天马来廷，谨效遐方之贡。敢惮舟车之重译，恭伸臣妾之微诚。中谢。窃以荣水负图，曾见羲皇之世；渥洼毓秀，载闻汉帝之时。必有圣明，庶膺嘉贶。矧值重熙之运，宜昭上瑞之符。伏念臣化外穷邦，海滨僻壤。种分夷裔，遁居西域之西；心慕华风，引领北辰之北。岂登天之无路？每就日以瞻辉。幸此名驹，可充方物。虽匪望云之质，亦称绝地之姿。历无草之流沙，驱驰万里；备六飞之法驾，警跸九重。前銮旗而后属车，观玉台而游阊阖。傥沐至尊之宠驭，实增小节之荣光。辄遣陪臣，冒干典属。此盖伏遇恩加九有，道合三无。舞干羽于两阶，诞敷文德；执玉帛者万国，共为帝臣。异区并献于白狼，休应尝符于朱凤。周邦来贺，尽归覆焘之中；岐道有夷，孰在要荒之后。臣礼惭输贡，意切戴盆。大一统于舆图，

① 见于《中国大百科全书·中国历史·元史》，中国大百科全书出版社，1985 年 4 月第 1 版，第 64 ~65 页。

② 周伯琦，《天马行应制作》序言，《近光集》卷二，《四库全书》本，第 1214 册，第 520 ~521 页。

永囿无为之化；协六律于乐府，宁闻太乙之歌。①

拂朗国进献的天马轰动了朝野。早在汉代，战马就是非常重要的战略物资，尤其是在与匈奴等草原民族作战时，骑兵的强弱成为战争胜负的决定性因素，所以，汉代非常重视马的优劣，并视天马为天降祥瑞、国泰民安的象征。元代是草原民族蒙古族所建立的统一王朝，马是蒙古这个草原民族的魂。自然，西域所进贡来的神异之天马，就成为从朝廷到百姓所关注的对象。应国人的爱好，元代文人开始大量地为天马题诗作赋，一时间，天马轰动了文坛。

揭傒斯是顺帝第一个御点为天马作赞的大臣。他在序中说："皇帝御极之十年七月十八日，拂朗国献天马，身长丈一尺三寸有奇，高六尺四寸有奇，昂高八尺有二寸。二十一日，敕臣周朗貌以为图。二十三日，诏臣揭傒斯为之赞。"他的赞曰：

惟乾秉灵，惟房降精。有产西极，神骏难名。彼不敢有，重译来庭。东踰月窟，梁雍是经。朝饮大河，河伯屏营。莫秣大华，神灵下迎。四践寒暑，爰至上京。皇帝临轩，使拜迎称。臣拂郎国，邈限西溟。蒙化效贡，愿归圣明。皇帝谦让，嘉尔远诚。摩于赤墀，顾瞻莫矜。既称其德，亦貌其形。高尺者六，修倍犹赢。色应玄武，足蹑长庚。回眸电激，顿辔风生。卓荦权奇，虎视龙腾。按图考式，曾未足并。周骋八骏，徐偃构兵。汉驾鼓车，炎刘中兴。维帝神圣，载籍有征。光武是师，穆满是惩。登崇俊良，共基太平。一进一退，为国重轻。先人后物，万国咸宁。②

平生第一次目睹这么神异的天马，揭傒斯感慨万千："蒙化效贡，愿归圣明。皇帝谦让，嘉尔远诚。"拂朗国主动来献天马，这是大元皇帝仁圣远服万国的结果啊。揭傒斯的《天马赞》，绝不仅仅是歌功颂德，其实也是作者发自肺腑之言。有元一代的文人，虽然因为科举时断时续，失去了许多入仕的机会，而且在朝廷所制定的四个种族制度下，汉族文人，尤其是南人，也备受压抑。但是，元代结束了中国历史上几百年的分裂和动乱，国泰民安，文人不再颠沛流离。更为难能可贵的是，元代没有文字狱，文化环境相对宽松。③

---

① 《王忠文公文集》卷十二，《北京图书馆古籍珍本丛刊》本，第98册，第223页。

② 序和赞均见于《文安集》卷十四，《四库全书》本，第1208册，第294页。

③ 关于元代没有文字狱的情况，杨镰在《元诗史》第9～14页有详细的论述。

文人基本上可以做到“言为心声”。揭傒斯的赞，应该是肺腑之言，他作为元代的文人，亲眼看到拂朗国使臣不远万里，带着珍贵的天马来进献，这说明，元代作为世界上一个版图颇大的国家，它的实力正在被万国所认可。

继揭傒斯之后，越来越多的馆阁文臣开始应制咏天马。几乎所有当年在上都的馆阁文臣都有咏天马之作。在他们的作品中，由爱天马、崇天马直到将其神化，几乎都包含了和揭傒斯同样的赞美大一统的情愫。许有壬的《应制天马歌》和周伯琦的《天马行应制作》都有这种情结，后者诗曰：

飞龙在天今十祀，重译来庭无远迩。川珍岳贡皆贞符，神驹跃出西洼水。佛郎蕞尔不敢留，使行四载数万里。乘舆清暑滦河宫，宰臣奏进阊阖里。昂昂八尺阜且伟，首扬渴乌竹批耳。双蹄县雪墨渍毛，疏鬃拥雾风生尾。朱英翠组金盘陀，方瞳夹镜神光紫。耸身直欲凌云霄，盘辟丹墀却闲頠。黄须圉人服庞诡，鞚控如萦相诺唯。群臣俯伏呼万岁，初秋晓霁风日美。九重洞启临轩观，衮衣晃耀天颜喜。画师写仿妙夺神，拜进御床深称旨。牵来相向宛转同，一入天闲谁敢齿。我朝幅员古无比，朔方铁骑纷如蚁。山无氛祲海无波，有国百年今见此。昆仑八骏游心侈，茂陵大宛黩兵纪。圣皇不却亦不求，垂拱无为靖边鄙。远人慕化致壤奠。地角已如天尺只，神州苜蓿西风肥。收敛骄雄听驱使，属车岁岁幸两京。八銮承御壮瞻视，驺虞麟趾并乐歌。越雉旅獒尽风靡，乃知感召由真龙。房星孕秀非偶尔，黄金不用筑高台。髦俊闻风一时起，愿见斯世皞皞如，羲皇按图画卦复兹始。①

周伯琦在《扈从集》后序中所言更为直白，他说：“昔司马迁游齐、鲁、吴、越、梁、楚之间，周遍山川，遂奋发于文章，焜耀后世。今予所历，又在上谷、渔阳、重关大漠之北千余里，皆古时骑置之所不至，辙迹之罕及者。非我元统一之大，治平之久，则吾党逢掖章甫之流，安得传轺建节、拥侍乘舆、优游上下于其间哉！”② 在这里，他和司马迁相比，司马迁游历不可谓不广，但都无法和自己相比，自己能够陪同皇室远游大漠之北，这是国家统一、太平盛世的结果啊！

国家强大则国人自豪，元代的文人就是借天马来赞美自己国家的强大，借天马来抒发一种国人对国家强大、远服四方之众的欣慰。“岂须征讨费兵

---

① 周伯琦，《天马行应制作》，《近光集》卷二，《四库全书》本，第1214册，第521页。

② 周伯琦，《扈从集》，《四库全书》本，第1214册，第546～547页。

革，文怀远人尽臣服”[1]，在这个问题上，元代文人喜欢和汉代比较。试想，当年汉武帝派使臣用珠宝去换天马，结果使臣被杀。为了得到天马，他只好派大将李广利用武力征服，才得来数匹宝马。而元代没有动一兵一卒，拂朗国竟主动派人带着天马历经四年，行程万里来进献。元廷不求不却，天马却自至，原因何在？欧阳玄《天马颂》的序言中道出了根由：“臣惟汉武帝发兵二十万，仅得大宛马数匹。今不烦一兵而天马至，皆皇上文治之化所及。”[2]文治之化，这就是他们的答案。武帝得天马靠的是武力，元廷得天马则靠的是大一统，靠的是“慕化”。非武而得物，元人怎么能不感慨呢？

西域拂朗国进献天马，成为元廷至正年间的大事。而元代文人集体歌咏天马，又成为至正年间文坛的一件大事。咏天马的文人很多，他们的诗、赋、文章数不胜数，这些作品极大地丰富了元后期文坛。天马及其赋咏作品，为元后期文坛增加了无限的生气。

二、上京纪行诗中的诈马宴

诈马宴[3]亦称质孙宴，是元代最为隆重的皇家宴享盛会，是融宴饮、歌舞、游戏和竞技于一体的娱乐活动。据元末明初文人王祎在《上京大宴诗序》中说：“至正九年夏五月，天子时巡上京，乃六月二十有八日，大宴失剌斡尔朵，越三日而竣事，遵彝典也。”[4] 这说明，在上京举行的诈马宴，不是临时的，而是“彝典”，是国家的一种定制。

作为国家定制的宫廷大宴诈马宴，是按照严格的程序进行的，其举办时间、地点、场所、服饰、过程等均有具体规定和一定程序。元代许多高级官吏都参加过诈马宴，他们亲眼看见了宴会的盛大，于是用诗文的形式记载了这些历史的场面。通过他们的诗文，再佐以史书和笔记，元代诈马宴的过程就非常清晰地展现在了后人的眼前。

诈马宴并非从元代开始，但在元代达到了鼎盛，那么，元代为什么要举行诈马宴呢？元代文人柯九思曾有一首宫词为：“万里名王尽入朝，法宫置酒

---

① 陆仁，《天马歌》，《元诗选》三集，中华书局，1987 年第 1 版，2002 年 11 月第 3 次印刷，第 643 页。

② 欧阳玄，《天马颂》序言，《圭斋文集》卷一，《四部丛刊初编》本。

③ 关于元代的诈马宴，韩儒林《元代诈马宴新探》、纳古单夫《蒙古诈马宴之新释》、李军师《“诈马”考》、邢洁晨《古代蒙古族诈马宴研究》等文章都曾做过探讨。

④ 《王忠文公文集》卷六，《北京图书馆古籍珍本丛刊》本，第 98 册，第 103 页。

奏箫韶。千官一色真珠袄，宝带攒装稳称腰。”诗后注曰：“凡诸侯王及外番来朝，必锡宴以见之。国语谓之质孙宴，质孙，汉言一色，言其衣服皆一色也。”[①] 质孙宴即诈马宴。看来，朝廷在诸侯王来朝时举行诈马宴，是为了迎接四方侯王。除了这个原因，举办诈马宴还有一个更重要的原因，王袆《上京大宴诗序》说：“所以昭等威、均福庆，合君臣之欢，通上下之情者也。”又说：“足以验今日太平极治之象，而人才之众，悉能鸣国家之盛，以协治世之音。祖宗作人之效，亦于斯见矣。”[②] 贡师泰《上都诈马大燕》：“清凉上国胜瑶池，四海梯航燕一时。岂谓朝廷夸盛大，要同民物乐雍熙。当筵受几存周礼，拔剑论功识汉仪。此日从官多献赋，何人为诵武公诗。”[③] 可见，皇室举行这样大规模的皇家宴会，更主要的是要“君民同乐”，从官们写诗献赋，主要是要通过诗文传达一种治世之音。

诈马宴举办的时间、地点绝大多数较为固定。时间主要集中在阴历六月，正值漠南水草丰美、羊马肥壮、气候宜人的黄金季节举行。具体时间要选择一个良辰吉日，“国家之制，乘舆北幸上京，岁以六月吉日，命宿卫大臣及近侍，……盛饰名马，清晨自城外，各持彩仗，列队驰入禁中。”[④] 上都诈马宴多在失剌斡耳朵举行。失剌斡耳朵设在上都南坡或西郊，又有棕毛殿、水晶殿之称。这在元人的诗文中都有记载，如贡师泰有诗句云：“平沙班诈马，别殿燕棕毛。”[⑤] 廼贤有诗句云：“孔雀御屏金纂纂，棕榈别殿日熙熙。”[⑥] 为了保证宴会期间天气风和日丽，元廷还要命僧人坐坛作法，宋褧有诗为证：“宝马珠衣乐事深，只宜晴景不宜阴。西僧解禁连朝雨，清晓传宣趣赐金。”[⑦]

诈马宴是盛装的宴会，对预宴者服饰有严格要求，参加宴会的除皇室成员外，百官必须是五品以上的高级官吏。入宴之前，他们必须要认真地装饰自己，还要装饰自己的马。“故凡预宴者必同冠服，异鞍马，穷极华丽，振耀仪采而后就列，世因称曰奓马宴，又曰只孙宴。奓马者，俗言其马饰之矜衒

---

① 诗和注均见于顾瑛辑，杨镰等整理的《草堂雅集》上册，中华书局，2008 年第 1 版，第 2 页。

② 《王忠文公集》卷六，《北京图书馆古籍珍本丛刊》本，第 98 册，第 103 页。

③ 《贡礼部玩斋集》卷四，明天顺七年沈性刻嘉靖十四年徐万璧重修本。

④ 周伯琦，《诈马行》序，《近光集》卷一，《四库全书》本，第 1214 册，第 510 页。

⑤ 《上京大宴和樊时中侍御》，《贡礼部玩斋集》卷五，明天顺七年沈性刻嘉靖十四年徐万璧重修本。

⑥ 《失剌斡耳朵观诈马宴奉次贡泰甫授经先生韵》第五首，《金台集》卷二，《诵芬室丛刊》本。

⑦ 宋褧，《诈马宴》，《燕石集》卷九，《北京图书馆古籍珍本丛刊》本，第 92 册，第 193 页。

也。只孙者，译言其服色之齐一也。于戏，盛哉!”① 郑泳在《诈马赋》中也说：“百官五品之上，赐只孙之衣，皆乘诈马入宴，富盛之极，为数万亿，林林戢戢，若山拥而云集。”② 从元人的记载中可知，预宴的大臣必须要穿皇帝所赐给的质孙衣。质孙，又写作“只孙”，《元史》卷七十八记载：“质孙，汉言一色服也，内廷大宴则服之。冬夏之服不同，然无定制。凡勋戚大臣近侍，赐则服之。下至于乐工卫士，皆有其服。精粗之制，上下之别，虽不同，总谓之质孙云。”③ 皇帝、贵族、大臣的质孙服都有很多套，宴会期间，质孙服每日都要更换一种颜色。预宴者除了要盛装自己，还要盛装自己的马。参加宴会的马都是选出来的好马、名马，这些马被打扮得异常华丽漂亮，“矧诈马之聚此兮，易葱芊之绮丽；额镜贴而曜明兮，尾银铺而插雉。雉丛身而骤袅兮，铃和鸾而合清徽；镫锁铁而金嵌兮，鞍砌玉而珠比。”④ 他们的额头贴着金光闪闪的东西，脖子上挂着叮咚作响的鸾铃，尾巴上插着野鸡的雉羽，犹如孔雀开屏般绚烂。此外，马镫被嵌上金片，马鞍也用珠玉装饰，而缰绳、革套也缀上宝物。盛装的官员和马匹，有色有光有声，在视觉和听觉上都给文人留下了极为深刻的印象。亲历过诈马宴的文人杨允孚在他的《滦京杂咏》中作诗曰：

千官万骑到山椒，个个金鞍雉尾高。下马一齐催入宴，玉阑干外换官袍。⑤

他又用注补充解释说：“每年六月三日诈马筵席，所以喻其盛事也，千官以雉尾饰马入宴。”迺贤在诗歌里也描绘到：“珊瑚小带佩豪曹，压辔铃铛雉尾高。”⑥ 多次经历诈马宴的官吏袁桷描绘得更为详细：“彩丝络头百宝装，猩血入缨火齐光。钖铃交驱八风转，东西夹翼双龙冈。伏日翠裘不知重，珠帽齐肩颤金凤。”⑦ 另外周伯琦的诗歌也对入宴官吏和马有细致的描写：“华鞍缕玉连钱骢，彩晕簇辔朱英重。钩膺障颇鞶镜丛，星铃彩校声珑珑。高官

---

① 王祎，《王忠文公文集》卷六，《北京图书馆古籍珍本丛刊》本，第98册，第103页。

② 郑泳，《诈马赋》，《全元文》第57册，第869页。

③ 《元史》卷七十八，中华书局，1976年第1版，1997年7月第6次印刷，第7册，第1938页。

④ 郑泳，《诈马赋》，《全元文》第57册，第870页。

⑤ 杨允孚，《滦京杂咏》，《丛书集成初编》本，第4页。

⑥ 迺贤，《失剌斡耳朵观诈马宴奉次贡泰甫授经先生韵》第二首，《金台集》卷二，《诵芬室丛刊》本。

⑦ 袁桷，《装马曲》，《清容居士集》卷十五，《四部丛刊初编》本。

艳服皆王公，良辰盛会如云从。明珠络翠光茏葱，文缯缕金纡晴虹。犀毗万宝腰鞓红，扬镳迅策无留踪。"① 这些官吏都是亲自经历过诈马之宴的，他们的描绘，为我们生动地展示了宴会之前官员盛装的场面。

盛装的赴宴队伍按照先后顺序依次入宫。据贡师泰《上都诈马大燕》（之一）说："行迎御辇争先避，立近天墀不敢嘶。十二街头人聚看，传言丞相过沙堤。"② 此诗句说明：首先入宴的是皇帝的御辇，百官让道，然后是丞相一行，接下来才是其他官员，看来入宴的前后顺序是按照官级的高低。迺贤的《失剌斡耳朵观诈马宴奉次贡泰甫授经先生韵》第一首也云："诏下天门御墨题，龙冈开宴百官齐。路通禁籞联文石，幔隔香尘镇水犀。象辇时从黄道出，龙驹牵向赤墀嘶。绣衣珠帽佳公子，千骑扬镳过柳堤。"③

入宫时，必须按照规定的颜色穿上质孙服、把坐骑打扮得漂漂亮亮。此外，还要手持节仗，张昱有诗为证：

只孙官样青红锦，裹肚圆文宝相珠。羽仗执金班控鹤，千人鱼贯振嵩呼。④

入宫后，大家按规定就座。所有的人都按照各自的品级，坐在自己应该坐的规定席位上。宴会开始的第一项是宣读祖训。当一切就绪，有大臣传下皇帝旨意，开始宣读祖训，杨允孚在《滦京杂咏》中有诗言：

锦衣行处狻猊习，诈马筵开虎豹良，特敕云和罢弦管，君王有意听尧纲。⑤

他同时自注云："诈马筵开，盛陈奇兽，宴享既具，必一二大臣称青吉斯，皇帝礼撒，于是而后礼，有文饮，有节矣。云和署隶仪凤司，掌天下乐工。"这里是说，大汗下达圣旨，鼓乐暂停，君臣聆听"尧纲"。"尧纲"即为大札撒，意为"大法令"，是成吉思汗时依照蒙古习惯法颁布的法律和成吉思汗的"训言"，后来被蒙古人奉为祖宗大法。"凡大宴，世臣掌金匮之书者，

---

① 周伯琦，《诈马行》，《近光集》卷一，《四库全书》本，第1214册，第510页。

② 贡师泰，《上都诈马大燕》，《贡礼部玩斋集》卷四，明天顺七年沈性刻嘉靖十四年徐万璧重修本。

③ 迺贤，《金台集》卷二，《诵芬室丛刊》本。

④ 张昱，《辇下曲》，《张光弼诗集》卷三，《四部丛刊续编》本。

⑤ 杨允孚，《滦京杂咏》，《丛书集成初编》本，第4页。

必陈祖宗大扎撒以为训”①，于是掌管金匮之书的世臣当众宣读成吉思汗法典，主要内容是：宗藩、勋贵要同心同德拥戴大汗，发扬列祖列宗的功德，永保祖宗基业；恪守君臣、尊卑、长幼之序；举止言谈，礼貌文雅，宴饮娱乐要适度有节，不可放纵沉溺。② 届时，“须臾玉卮黄帕覆，宝训传宣争俯首”③，全场肃然起敬，争相俯首聆听训诲。大宴前朗诵大札撒，是要告诫人们不要忘了祖先创业的艰难，正如元人张昱所言：

至元典礼当朝会，宗戚前将祖训开。圣子神孙千万世，俾知文业此中来。④

宣读完祖训，大宴正式开始。诈马宴上的食物颇具草原民族风味，羊肉是诈马宴上的主要食品，“大官用羊二千噭”⑤，一次宴会竟可用羊几千只。宴会上要大吃，也要大喝，宴会上的主要饮料有马潼、法酒和葡萄酒三种。马潼，又称马奶，是蒙古人传统的、也是诈马宴中需要量最大的饮料。另外，宴会上还有驼乳等其他辅助饮料。元人在集体歌咏诈马宴时，往往会给这些酒水一些“特写镜头”：“马湩浮犀碗，驼峰落宝刀。暖茵攒芍药，凉瓮酌葡萄。”⑥ “宫女侍筵歌芍药，内官当殿出蒲萄。”⑦ “酮官庭前列千斛，万瓮蒲萄凝紫玉。驼峰熊掌翠釜珍，碧实冰盘行陆续。”⑧

诈马宴，是草原上欢乐的盛会。每次举行宴会，教坊美女必定花冠锦绣，以备供奉。为了给宴会助兴，要进行歌舞百戏表演。“急管催瑶席，繁弦压紫槽”⑨，歌舞表演要欢快，同时还要带有吉祥祝愿的含义，杨允孚在《滦京杂咏》诗中云：

---

① 柯九思，《宫词一十五首》，顾瑛辑，杨镰等整理《草堂雅集》上册，中华书局，2008 年版，第 2 页。

② 邢洁晨，《古代蒙古族诈马宴研究》，《内蒙古师范大学学报》1994 年第 1 期，第 65 页。

③ 袁桷，《装马曲》，《清容居士集》卷十五，《四部丛刊初编》本。

④ 张昱，《辇下曲》，《张光弼诗集》卷三，《四部丛刊续编》本。

⑤ 周伯琦，《诈马行》序言，《近光集》卷一，《四库全书》本，第 1214 册，第 510 页。

⑥ 贡师泰，《上京大宴和樊时中侍御》，《贡礼部玩斋集》卷五，明天顺七年沈性刻嘉靖十四年徐万璧重修本。

⑦ 廼贤，《失剌斡耳朵观诈马宴奉次贡泰甫授经先生韵》第二首，《金台集》卷二，《诵芬室丛刊》本。

⑧ 袁桷，《装马曲》，《清容居士集》卷十五，《四部丛刊初编》本。

⑨ 贡师泰，《上京大宴和樊时中侍御》，《贡礼部玩斋集》卷五，明天顺七年沈性刻嘉靖十四年徐万璧重修本。

仪凤伶官乐既成，仙风吹送下蓬瀛。花冠簇簇停歌舞，独喜箫韶奏太平。[①]

宴会上的音乐舞蹈表演把整个宴会推向了高潮。“一曲霓裳才舞罢，天香浮动翠云袍”[②]，“九州水陆千官供，曼延角抵呈巧雄。紫衣妙舞腰细蜂，钧天合奏春融融。狮狞虎啸跳豹熊，山呼鳌抃万姓同。曲阑红药翻帘栊，柳枝飞荡摇苍松。”[③] 整个皇宫变成了沸腾的海洋，热闹而快乐。

俗话说：“天下没有不散的宴席”。袁桷在《装马曲》中言：“龙媒嘶风日将暮，宛转琵琶前起舞。鸣鞭静跸宫门闭，长跪齐声呼万岁。”[④] 日暮时分，宴会接近尾声。众官要长跪齐声高呼“万岁”，欢送皇帝一行首先离席。“宴罢天阶呼秉烛，千官争送翠华归。”[⑤] 皇帝一行离开后，大家再依次退席，“马蹄哄散万花中”[⑥]。诈马宴在一片狼藉中结束了，留下的是“向晚大安高阁上，红竿雉帚扫珍珠”[⑦]。

三、上京纪行诗中的游皇城

元廷每年二月在大都、六月在上都举行盛大的迎佛仪式和游行，称之为“游皇城”。游皇城的活动开始于元世祖时期，世祖采纳帝师八思巴的建议，“每岁二月十五日，于大明殿启建白伞盖佛事，用诸色仪仗社直，迎引伞盖，周游皇城内外”[⑧]。关于元代统治者举办游皇城活动的原因，元世祖曾说：“与众生祓除不祥，导迎福祉。”[⑨] 至正十四年（1354）丁丑，顺帝也对大臣脱脱说：“朕尝作朵思哥儿好事，迎白伞盖游皇城，实为天下生灵之故。”[⑩]

---

① 杨允孚，《滦京杂咏》，《丛书集成初编》本，第4页。

② 廼贤，《失剌斡耳朵观诈马宴奉次贡泰甫授经先生韵》第二首，《金台集》卷二，《诵芬室丛刊》本。

③ 周伯琦，《诈马行》，《近光集》卷一，《四库全书》本，第1214册，第511页。

④ 袁桷，《清容居士集》卷十五，《四部丛刊初编》本。

⑤ 廼贤，《失剌斡耳朵观诈马宴奉次贡泰甫授经先生韵》第四首，《金台集》卷二，《诵芬室丛刊》本。

⑥ 张昱，《辇下曲》，《张光弼诗集》卷三，《四部丛刊续编》本。

⑦ 张昱，《辇下曲》，《张光弼诗集》卷三，《四部丛刊续编》本。

⑧ 《元史》卷七十七《祭祀》，中华书局，1976年第1版，1997年第6次印刷，第6册，第1926页。

⑨ 《元史》卷七十七《祭祀》，中华书局，1976年第1版，1997年第6次印刷，第6册，第1926页。

⑩ 《元史》卷四十三《顺帝本纪》，中华书局，1976年第1版，1997年第6次印刷，第3册，第913页。

游皇城规模浩大，盛况空前，提前要做精心的准备，《元史》卷七十七《祭祀》载："岁正月十五日，宣政院同中书省奏，请先期中书奉旨移文枢密院，八卫拨伞鼓手一百二十人，殿后军甲马五百人，抬舁监坛汉关羽神轿军及杂用五百人。宣政院所辖官寺三百六十所，掌供应佛像、坛面、幢幡、宝盖、车鼓、头旗三百六十坛，每坛擎执抬舁二十六人，钹鼓僧一十二人。大都路掌供各色金门大社一百二十队，教坊司云和署掌大乐鼓、板杖鼓、筚篥、龙笛、琵琶、筝、纂七色，凡四百人。兴和署掌妓女杂扮队戏一百五十人，祥和署掌杂把戏男女一百五十人，仪凤司掌汉人、回回、河西三色细乐，每色各三队，凡三百二十四人。凡执役者，皆官给铠甲袍服器仗，俱以鲜丽整齐为尚，珠玉金绣，装束奇巧，首尾排列三十余里。都城士女，闾阎聚观。礼部官点视诸色队仗，刑部官巡绰喧闹，枢密院官分守城门，而中书省官一员总督视之。先二日，于西镇国寺迎太子游四门，舁高塑像，具仪仗入城。十四日，帝师率梵僧五百人，于大明殿内建佛事。"①

游皇城的过程，《元史》卷七十七《祭祀》载："至十五日，恭请伞盖于御座，奉置宝舆，诸仪卫队仗列于殿前，诸色社直暨诸坛面列于崇天门外，迎引出宫。至庆寿寺，具素食，食罢起行，从西宫门外垣海子南岸，入厚载红门，由东华门过延春门而西。帝及后妃公主，于玉德殿门外，搭金脊五殿彩楼而观览焉。及诸队仗社直送金伞还宫，复恭置御榻上。帝师僧众作佛事，至十六日罢散。"②

这虽然介绍的是大都的游皇城，但也可以从中了解到上都的游皇城情景，"夏六月中，上京亦如之"③。

从文献记载可知，正式起驾游城之前，宣政院、中书省、枢密院及宣政院所辖官寺三百六十所、教坊司、云和署、兴和署、祥和署、仪凤司等早就开始了准备工作，可见，朝廷对这项活动是非常重视的。

六月中旬，帝师等在上都作佛事，同样要举行盛大的游皇城活动。游皇城是上都地区独特而隆重的大型活动，有着特定的时间和特定的规模，情景

---

① 《元史》卷七十七《祭祀》，中华书局，1976 年第 1 版，1997 年第 6 次印刷，第 6 册，第 1926～1927 页。

② 《元史》卷七十七《祭祀》，中华书局，1976 年第 1 版，1997 年 7 月第 6 次印刷，第 6 册，第 1927 页。

③ 《元史》卷七十七《祭祀》，中华书局，1976 年第 1 版，1997 年 7 月第 6 次印刷，第 6 册，第 1927 页。

颇为壮观。每年六月十五日，帝师率领由僧人和倡优百戏组成的游行队伍，在上都浩浩荡荡地游皇城。其间，元朝的皇帝、后妃、公主、贵臣和近侍，都穿着华丽的衣服，坐在彩楼上观看。“禁卒、外卫、中宫、贵人、大家设幕以观。”① 城中的老百姓，也要出门观看助兴。亲眼看到游皇城活动的文人们，也在诗歌当中详细地描写了活动的盛况，袁桷的《皇城曲》云：

堂堂瞿昙生王宫，幼年夙悟它心通。梵书未睹口已诵，底用城阙穷西东。净居老人幻境异，故作恐怖生愁容。世间刁妄了莫喻，要以神化开盲聋。岁时相仍作游事，皇城集队喧憧憧。吹螺击鼓杂部伎，千优百戏群追从。宝车瑰奇耀晴日，舞马装辔摇玲珑。红衣飘裾火山耸，白伞撑空云叶丛。王官跪酒头叩地，朱轮独坐颜酡烘。蚩氓聚观汗挥雨，士女簇坐唇摇风。人生有身要有患，百岁会尽颜谁童。西方之国道里通，至今生老病死与世同。②

张昱的《辇下曲》中也有两首诗歌描绘游皇城的情景，诗曰：

华缨孔帽诸番队，前导伶官戏竹高。白伞威甤避驼道，帝师辇下进葡萄。

炉香夹道涌祥风，梵辇游城女乐从。望拜彩楼呼万岁，柘黄袍在半天中。③

游皇城的活动，也给曾到过上都的杨允孚留下了深刻的印象。他在《滦京杂咏》中说：“每年六月望日，帝师以百戏入内，从西华门入，然后登城设宴，谓之游皇城是也。”并进而作诗曰：

百戏游城又及时，西方佛子阅宏规。彩云隐隐旌旗过，翠阁深深玉笛吹。④

如此宏大的规模、浩大的声势，在人力、物力、财力等方面消耗相当严重。尽管元顺帝说：“凡所用物，官自给之，毋扰于民。”⑤ 但是“国家一日之费巨万，而民间之费称之”⑥。这么大的消费，负担最终还得转嫁到老百姓身上，所以，游皇城给元廷和民众都带来了沉重的负担。此外，游皇城本来

---

① 虞集，《赵思恭神道碑》，《道园学古录》卷四十二，《四部丛刊初编》本。

② 袁桷，《皇城曲》，《清容居士集》卷十六，《四部丛刊初编》本。

③ 张昱，《辇下曲》，《张光弼诗集》卷三，《四部丛刊续编》本。

④ 杨允孚，《滦京杂咏》，《丛书集成初编》本，第 8 页。

⑤ 《元史》卷四十三《顺帝本纪》，中华书局，1976 年第 1 版，1997 年 7 月第 6 次印刷，第 3 册，第 913 页。

⑥ 虞集，《赵思恭神道碑》，《道园学古录》卷四十二，《四部丛刊初编》本。

是宫廷的一项“为民祈福”活动，但是，豪门显贵们却借此机会极力地竞富摆阔，“凡宝玩珍奇，稀罕蕃国之物，与夫百禽异兽诸杂办，献赏贡奇互相夸耀，于以见京师极天下之壮丽……凡两京权势之家，所蓄宝玩尽以角富”①。统治者的初衷是通过游皇城活动为民祈祷福祉，但实际上却增加了老百姓的负担，富人们也借游皇城活动尽显豪奢。

袁桷在诗歌中感慨道：“人生有身要有患，百岁会尽颜谁童。西方之国道里通，至今生老病死与世同。”对游皇城提出了委婉的批评。

第三节 上京纪行诗中的馆阁与宫寺

一、上京纪行诗中的馆阁

（一）上京纪行诗中的玉堂

元代文人笔下的玉堂，即翰林国史院。翰林院在唐代形成，在宋代定型。到了元代，元世祖于中统二年辛酉（1261 年 5 月）立翰林院。至元元年（1264 年 9 月 1 日），又设立翰林国史院，将前代属于翰林院系统内的国史院正式与翰林院合并，称翰林兼国史院，同时设立了蒙古翰林院及其所属的蒙古国子监。至元二十年，又曾一度把职掌提调学校、征求隐逸、召集贤良的集贤院与翰林兼国史院合并称翰林国史集贤院。元朝翰林国史院设承旨、学士、侍读学士、侍讲学士、直学士等官员，还设待制、修撰、应奉、翰林文字、编修、检阅、典籍、经历、都事等中级官员，设椽史、译史、通事、知印、蒙古书写、书写、接手书写、典吏、典书等办事员。院官中，地位最高者为翰林学士承旨，以下依次为翰林学士、翰林侍读学士、翰林侍讲学士和翰林直学士。属官包括翰林待制、翰林修撰、应奉翰林文字、翰林国史院编修官等等。最初，几乎所有的国家文化事业都由翰林国史院主管。不久，从中独立出去了蒙古翰林院、集贤院等一批机构，翰林国史院的主要职掌只剩下“纂修国史、典制诰、备顾问”② 三项，终元之世不改。③

---

① 《析津志辑佚·岁纪》，北京古籍出版社，1983 年第 1 版，2001 年 2 月第 2 次印刷，第215 页。

② 《元史》卷八，中华书局，1976 年第 1 版，1997 年 7 月第 6 次印刷，第 1 册，第 165 页。

③ 关于元代翰林国史院的演变，参考了张帆的《元代翰林国史院与汉族儒士》、王一鹏的《翰林院演变初探》、萨兆沩的《元翰林国史院述要》部分内容。

玉堂是上层文人雅士聚集之地，在这里，集中了全元几乎所有的诗文大家：赵孟頫、程钜夫、欧阳玄、马祖常、黄溍、揭傒斯、吴澄、袁桷、邓文原、范梈、柳贯、陈旅、贡师泰、张起岩、李好文、王沂、宋褧、余阙、张翥、危素等等。众多诗词魁首在翰苑供职期间，留下了大量华采篇章，其中有大量诗篇描写了玉堂及他们供职玉堂的情思意兴。最难能可贵的是，在玉堂里，馆阁文臣们翰墨往复，更相酬唱，成为元代文坛的佳话。

元代因为实行两都巡幸制，故而除了在大都设立翰林国史院，在上都也设立了分院。每年两都巡幸期间，翰林诸僚佐除少数留守大都外，其余人员全部陪同皇帝到上都供职。翰林国史院的官吏，“宜选通经史、能文辞者”①，可见这些馆阁文臣大多是饱读经书的鸿儒硕士。在上都翰林分院，除了工作，翰林馆臣们也喜欢集体鉴画题诗，挥翰品文。在翰林国史院中，一幅画，一首诗，甚至花开花谢，官员来来往往，都会成为翰苑文人的赋咏内容。官吏程端甫在迎娶元好问长女时，元好问把一诗遗墨赠送给他。程端甫的父亲程御使（应为金遗老程震，字威卿，东胜人）在临终时，把家藏的一诗遗墨也留给了他。元好问和程震均为金末有名望的遗老，尤其是元好问，即使在元代，也是地位显赫的文坛巨擘。后来，这两幅诗的遗墨就保存在程端甫之子程子充少监家里，成为家藏珍品。这两首诗，在翰苑，是文人们题咏的对象，几乎所有的翰院馆臣都曾作过题咏，元人陆文圭的题诗为：

教子惟欲谄，嫁女惟欲官。床屏触头乃翁怒，文书衔袖媒姥谩。痴人一笑可绝倒，古训相传良独难。大夫有愧程监察，上谷敢望元遗山。易箦微言尚典刑，出门别语重丁宁。子无橐装与宝剑，女无绣褥与金屏。各赠骊珠五十六，藏在肺腑为深铭。梓乔俯仰俱莫及，冰玉清润尤相形。水衡使者直而温，遗山宅相监察孙。禔身务学承先志，范世传家示格言。正大去今八十年，流风遗俗犹有存。谁能题诗墓柏下，使两仙翁起九原。②

在上都翰林院里，有两幅非常有名的壁图，一幅为《寒江钓雪》，另一幅为《秋谷耕云》，这两幅图画均为著名画家赵孟頫所绘，两幅图是翰苑馆臣题咏的对象，他们为画题诗，作序，咏赞。袁桷、马祖常、萨都剌等都曾为此画题诗，袁桷《次韵玉堂画壁》为《秋谷耕云》题诗曰：

---

① 《元史》卷八十三，中华书局，1976年第1版，1997年7月第6次印刷，第7册，第2064页。

② 《墙东类稿》卷十六，《四库全书》本，第1194册，第754～755页。

至人悟穷达，敛迹寓垄亩。良苗贵深扶，撅土戒蒿莠。霭霭新阳浮，高下接紫宙。跨犊东南行，问事一俯首。新雨泻沟塍，交流媚川后。辍耕非素心，帝命资左右。相彼前山云，倏速复还岫。卷舒乐槃涧，署壁写其旧。清秋映空谷，风雨百神守。夙昔经济姿，志不在杯酒。要使风俗淳，斯民乐仁寿。

为《寒江钓雪》题诗曰：

明月入水底，摩荡空江雪。昂昂垂纶翁，在雪不在月。悟彼玄化理，不寐坐明发。我舟非无桨，我车讵无軏。迂儒守绳枢，世胄贯华阀。愿以千尺竿，裁为济川筏。①

马祖常也作《上都翰林院两壁图》，曰：

欲卖韩家旧石淙，钓鱼竿底是寒江。淮南十月蒹葭岸，曾见冰花到小窗。②

突兀秋云不可耕，槎牙老树半枯荣。上京玉署清凉镜，闲伴鳌峰作弟兄。③

这些朝廷重臣对两幅画题诗作序，其实质是表达一种儒家的至忠至孝。“秋谷耕云者，相国李韩公也；秋江钓月者，处士黄清夫也。韩公为天子之宰，有大勋劳忠于君者也；清夫山林之士，以耕钓养母为悦孝于亲者也。昔者见知于相国，长揖而去，不以功名富贵介心。相国既赠以诗，且欲友之，而不可得，其志节之高，可见矣。然则相国之于处士，其贵贱虽不同，而忠孝之道一也。”④ 翰林僚佐把这种表达忠孝的画作为“院画”绘在翰林院，并品评题诗来大肆地宣扬，这正是文化界为配合元廷所歌颂的大元太平盛世所鸣奏的赞歌。

“趋跄旅群彦，官烛分余光。琴册森在侧，谈笑来清觞。列坐无所为，陈诗咏黄唐。”⑤ 在上都翰林分院，儒士们在一起谈笑清觞，赋诗作画，填词唱曲，团聚，送别，都要作诗抒情，甚至花开花谢，也要集体赋咏。

---

① 上面袁桷的两首诗均出自《清容居士集》卷十五，《四部丛刊初编》本。
② 《石田先生文集》卷四，《元人文集珍本丛刊》本，第6册，第572页。
③ 《石田先生文集》卷四，《元人文集珍本丛刊》本，第6册，第573页。
④ 胡助，《题黄清夫耕云钓月图》，《纯白斋类稿》卷十九，《丛书集成初编》本，第176页。
⑤ 黄溍，《上都分院》，《文献集》卷一，《四库全书》本，第1209册，第232页。

在上都翰林国史院里，馆臣题咏最多的是鳌峰和视草堂。视草堂是翰林国史院中文人办公的地方。“玉堂视草屋三间，尽日鳌峰相对闲”①，“比至上都，官署寓于视草堂之西偏，文翰闲暇，吟哦亦不废”②，在视草堂，翰苑文臣们奉命撰修辽、金、宋史和元典章实录，选拔推荐人才，兴国学，开科考取士。“扈从多余暇，优游视草堂。特书兼左右，染翰侍明光。”③“上京两月得从容，视草堂前华影重。黄阁宣麻书数纸，大官尚酝日千锺。题名已愧联群玉，善颂惟知儗华封。王事期程行有日，从今夜夜梦鳌峰。”④视草堂是翰苑文人的主要办公地点，整日在这里活动，群臣们对视草堂有了深厚的感情。在上京纪行诗中，集体赋咏视草堂的诗篇也很多，袁桷《视草堂四咏》可为代表，诗如下：

视草堂前月，凄清十倍秋。银河斜处响，玉斧暗中修。隐约娑罗见，微茫顾兔流。霓裳端可补，顾入广寒游。

视草堂前雪，飞花具四时。老疑潘鬓重，舞觉沈腰羸。妙合丝纶巧，功调鼎鼐奇。虚皇瞻咫尺，顾赋玉京诗。

视草堂前雨，飞空万象新。随龙下膏泽，涤颖布阳春。脉霂能生物，沾濡不受尘。巫山空有赋，难作楚王臣。

视草堂前日，传宣趣制词。稿裁初刻上，朝罢八砖移。乌御行黄道，龙光映玉墀。熏风生殿阁，小立独多时。⑤

视草堂连同堂前之月、之雪、之雨、之日，在诗人的笔下，都变得那么亲切而富有诗意。

在上京翰苑一起共事的有汉人儒士，也有蒙古族儒士，还有其他少数民族儒士。馆臣们经常在一起赋诗作画，填词唱曲，敞襟怀，诉衷情，缔结了超越民族界限的友谊。“想见玉堂多盛集，宿酲睡起日三竿”⑥，从诗中可以看出，每年上都清暑时，玉署想必是非常热闹的。但是，当官员们从上京返回大都后，或者逢遇同事朋友们生老病死，视草堂就会变得特别孤独凄凉。

---

① 胡助，《滦阳杂咏十首》，《纯白斋类稿》卷十四，《丛书集成初编》本，第127页。

② 胡助，《上京纪行诗序》，《纯白斋类稿》卷二十，《丛书集成初编》本，第188页。

③ 周伯琦，《上京杂诗十首》，《近光集》卷一，《四库全书》本，第1214册，第510页。

④ 周伯琦，《越五日别翰林诸友》，《近光集》卷一，《四库全书》本，第1214册，第511页。

⑤ 《清容居士集》卷十六，《四部丛刊初编》本。

⑥ 胡助，《和袁伯长韵送继学伯庸赴上都四首》，《纯白斋类稿》卷十一，《丛书集成初编》本，第98页。

袁桷曾与潘昂霄学士同在翰林集贤供职，朝夕相处，论宏词源委，后俱罢去。新政肇更，两人皆得以复入翰林。后来袁桷复到上都供职，而潘昂霄返回大都，不到一月潘昂霄下世。袁桷再过视草堂，想到自己曾和潘昂霄一同在这里共事，谈文论道，后来二人又都经历了罢职、复职，现在和潘昂霄却阴阳相隔。睹物思人，袁桷颇有感触，作《潘景梁学士同在集贤朝夕与余论宏词源委后俱罢去新政肇更皆得复入旧岁同会上都景梁还都不一月下世仆忝入翰林过视草堂有感》诗如下：

銮坡清切平生志，粉省乌台谢不能。夜剔兰灯书叶乱，冻呵铁砚墨花凝。蚁穿九曲谁传授，蜩化枯枝果变腾。欲说玄机吾岂敢，碧天云黯唤难应。①

平素热闹而人气很旺的翰林院视草堂，一旦人去屋空而恢复平静，更容易使人感觉孤寂，虞集《八月八日有感题视草堂壁》云：

载笔趋芸阁，探囊索缊袍。坐销秋日净，心折夜风高。识字头先白，谋生计转劳。文园多病渴，常想赐蒲萄。②

虞集在大德年间北上，由汉族世侯董氏家族推举步入朝廷，逐步成为文坛的魁首。作为皇帝身边的近臣，多年来，他来往于两都之间，给皇帝讲解经文，出谋划策。在文学方面，他荐举人才，擢拔新秀。作为馆阁文臣，他和同事以诗歌唱和，和睦相处，关系融洽。在朝廷蹀躞了大半生，人生百年，弹指一挥间。如今，两鬓斑白，在冷清的视草堂，面壁回顾自己的人生，心中无限沧桑。

到了元后期，视草堂年久失修，逐渐倒塌毁坏，再加上许多重臣已经人老多病，故而玉堂人气明显不如以前，袁桷《视草堂岁久倾圮述怀二首》云：

视草堂前草木青，微臣三入鬓星星。坏墙雨透蜗生角，旧灶泥深菌露钉。深恐雨钟催晓箭，独听寒殿响风铃。堂堂诸老冰澌尽，病叟应归种茯苓。

昔时寿俊佩蹁跹，人物于今似眇然。倚马谁怜才独步，屠龙端信技无全。颁冰伏日金奁重，赐果熏风绮席鲜。可是虚皇疏顾问，玉堂旧事少人传。③

昔日“寿俊佩蹁跹”的视草堂，“人物于今似眇然”，如今雨透墙坏，蜗生墙角，旧灶泥深，菌露钉生，就像一个历经沧桑的老游宦，俨然一副晚暮

---

① 袁桷，《清容居士集》卷十六，《四部丛刊初编》本。
② 虞集，《道园学古录》卷二，《四部丛刊初编》本。
③ 袁桷，《清容居士集》卷十六，《四部丛刊初编》本。

景象。玉堂，这个元代最高一级文人办公生活的场所，也许在预示着元朝的末日已经为时不远了。

视草堂前的石阶旁有石峰，名曰鳌峰。“鳌峰者，国史院庭中石名也。伯宁御史为仆言，自其先公时，与诸老名胜赋诗者，盖数百篇。”① “翰苑视草堂前阶有石，号鳌峰。”② 鳌峰石位于上都翰林国史庭院中，其独特的形状及在翰苑中特殊的地理位置，吸引了翰苑馆臣的目光，成为大家闲暇之余集体赋咏的对象。元代诗文中，有大量鳌峰石的记载和赞咏，如刘敏中的《次韵郑潜庵应奉鳌峰石往还》，为：

兹峰亦何为，独立才一擘。昂藏华岳顶，硉矹太行脊。辨理天垂文，拊润地通脉。我醉依汝吟，如得万丈壁。缅怀荆山璞，终作瓦砾掷。玉堂岂不佳，一粲为汝泽。

龙门控独石，隐若臂连擘。群山绕长蛇，欲动胁与脊。奇特兹龟冠，艮骨擢坤脉。追琢璆琳姿，照耀科斗壁。君词高可愕，我笔惭屡掷。文采正似君，相对资丽泽。③

馆阁文臣们以鳌峰为韵，互相唱和，活跃了翰林院的文化氛围。上京翰苑的文臣们，背井离乡孤身独居上京，生活清闲孤独。每天出入院庭，最常看到的就是这块鳌峰石。鳌峰石寄托了久经宦海浮沉的文职官吏们太多的感情。虞集曾以鳌峰石为题，自问自答，描写了自己作为一个南人，为仕途北上大都、上都，在元廷官场上坎坎坷坷的经历，诗如下：

戏作试问堂前石五首

试问堂前石，来今几十年。衰颜空雨雪，幽致自风烟。微醉寒堪倚，孤吟静更眠。旧湖春水长，谁系钓鱼船。

为问堂前石，何年别大湖。春风神不王，夜月影长孤。不中明堂柱，空遗艮岳图。颇思嘉种木，岁挽与相扶。

为问堂前石，何无藤蔓缠。金莲疑可致，紫菊若为妍。旧梦遗波浪，闲情阅岁年。只缘相识久，亲为濯清泉。

---

① 虞集，《道园学古录》卷三，《四部丛刊初编》本。

② 刘敏中，《次韵郑潜庵应奉鳌峰石往还十首》，《中庵先生刘文简公文集》卷二十三，《北京图书馆古籍珍本丛刊》本，第92册，第500页。

③ 刘敏中，《中庵先生刘文简公文集》卷二十三，《北京图书馆古籍珍本丛刊》本，第92册，第500页。

碣石久沦海，女娲曾补天。乾坤遗蕞尔，雾雨护苍然。淬剑龙随化，弯弓虎自全。昔贤多赋此，谁赋最流传。

为问堂前石，屡逢堂上人。远来嗟最久，独立与谁邻。运载劳车马，摩挲识凤麟。銮车书吉日，追琢到嶙峋。

代石答五首

幸自邻顽鄙，毋烦问岁年。当寒金作砺，向暖玉生烟。眉黛无归意，毛群有叱眠。凉州三百斛，亦未酹觥船。

昔观一柱观，还度几重湖。雪尽身还瘦，云生势不孤。研穿邺台瓦，赋就草堂图。芝阁玄云在，危踪敢藉扶。

牛角何堪砺，蜗涎谩自缠。沈冥辟邪古，羞涩望夫妍。神物须清鉴，灵根属小年。金舆曾共侍，千载忆甘泉。

转徙宁论地，存留亦信天。露盘危欲折，劫火不同然。雒下残经断，岐阳数鼓全。向无文字托，寂寞竟谁传。

去岁留诗别，嗟哉白发人。冠依子夏制，居切左丘邻。执钥充振鹭，修辞缀获麟。终须愁坎壈，勿用诮嶙峋。①

本组五言律诗以石喻人，寄托了一个南人远离故土坎坷的仕途人生。

总之，在玉堂，汉人儒士、蒙古族儒士和其他少数民族儒士相互往来，经常在一起作画鉴画，题诗和诗，填词唱曲，交流感情，敞诉情怀。这些馆阁文臣的文化活动，在促进各民族文士之间的团结和友谊方面，发挥着重要的作用。

回顾元朝，翰林兼国史院是翰林院作为内廷机构的一个最辉煌的时期，上都分院当中的诗文活动，构成了元代诗坛的一个重要特点。

（二）上京纪行诗中的国子监

国子监是中国古代的教育管理机构和最高学府，也称国学或国子学。在隋、唐、宋、金等朝代，国子监是中央一级的教育行政部门。至元代，则开始向学校性质转化。元代的国子监有三所，即蒙古国子监、国子监和回回国子监。在元代国子监里，有国子监职官，也有国子监生。国子监职官包括了两类人，一类是国子监监官，一类是国子学学官；国子监监官主要行使行政管理之责，国子学学官则主要行使教学之责。国子监的最高首长是国子祭酒，

① 《道园学古录》卷二，《四部丛刊初编》本。

在监读书的生徒被称为监生、太学生或国子生，监生均为“近侍国人子弟、公卿大夫士之子、俊秀之士”①。

元代国子监的职官设置，《元史》中是这样介绍的：“国子监。至元初，以许衡为集贤馆大学士、国子祭酒，教国子与蒙古大姓四怯薛人员。选七品以上朝官子孙为国子生，随朝三品以上官得举凡民之俊秀者入学，为陪堂生伴读。至元二十四年，始置监祭酒一员，从三品，司业二员，正五品，掌学之教令，皆德尊望重者为之。监丞一员，正六品，专领监务。典簿一员，令史二人，译史、知印、典吏各一人。国子学，秩正七品。置博士二员，掌教授生徒、考较儒人著述、教官所业文字。助教四员，分教各斋生员。大德八年，为分职上都，增置助教二员、学正二员、学录二员，督习课业。典给一员，掌生员膳食。至元二十四年，定置生员额二百人、伴读二十人。至大四年，生员三百人。延祐二年，增置生员一百人、伴读二十人。”②

由于国子监是朝廷培养国家栋梁之材的地方，因而朝廷与社会对国子监职官的资格特别重视。“文翰师儒难同常调，……国子学宜选年高德劭、能文辞者，须求资格相应之人，不得预保布衣之士。若果才德素着，必合不次超擢者，别行具闻。”③ “胄监位尊而秩厚，非鸿德骏望莫能居之。”④ “年高德劭”“能文辞”“位尊秩厚”“鸿德骏望”成为国子监职官的选录标准。

元代因为实行两都巡幸制，每年春季，皇帝带领文武百官及贵胄子弟清暑上都，为了解决贵胄子弟的读书问题，除了在大都设立国子监，在上都也成立了国子监分院。上都分教制产生于成宗大德八年（1304）。《元史》卷二一《成宗本纪》说：“（大德八年四月，）分教国子生于上都。”⑤ 国子监上都分学和尚野有很大关系，《元史》卷一六四《尚野列传》说：“（尚野）大德六年，迁国子助教。诸生入宿卫者，岁从幸上都，承相哈剌哈孙始命尚野分学于上都，以教诸生，仍铸印给之，上都分学自野始。”⑥ 由此可知，尚野应

① 虞集，《国子监学题名序》，《全元文》第26册，第146～147页。

② 《元史》卷八十七《百官志三》，中华书局，1976年第1版，1997年7月第6次印刷，第7册，第2192～2193页。

③ 《元史》卷八十三《选举志三》，中华书局，1976年第1版，1997年7月第6次印刷，第7册，第2064页。

④ 黄溍，《送郑生序》，《文献集》卷五，《四库全书》本，第1209册，第372页。

⑤ 《元史》卷二一《成宗本纪》，中华书局，1976年第1版，1997年7月第6次印刷，第2册，第459页。

⑥ 《元史》卷一六四《尚野列传》，中华书局，1976年第1版，1997年7月第6次印刷，第13册，第3861页。

是上都分学的首任国子助教。关于上都分学的位置，危素《上都分学书目序》说："学馆即孔子庙西北为之，远绝尘嚣，人事稀简。"① 上都国学之地点设置在上都孔子庙旁，借助孔子庙建筑加以扩充。上都国子监以儒家学说为教学核心，所学内容主要是儒家的四书五经。据虞集说："世祖皇帝至元二十四年，置国子监学，以孔子之道，教近侍国人子弟、公卿大夫士之子、俊秀之士。其书《易》《诗》《春秋》《礼记》《论语》《大学》《孟子》，其说则周、程、张、朱氏之传也。"②

上都分学成立后，每年都有监官和监学及监生前往上都工作和学习。但是，刚刚成立的国子监上都分学，新学伊始，百废待兴，尤其是教学设施，亟待完善。"余之来也，见学舍新美，而器物有未备者，言诸御史台中书工部留守司，得木及工，为墙以限内外；为门以谨出入；为栈阁以御湿；为座榻以即安。复言诸集贤院、中书省，中书刑部得官奴以充守者。其未备者，则待后之人，因登诸生而告之曰：'君子之居也。'一日必葺，有司之事，不敢不勉学者，欲德之，有诸躬也。非可取具一时，如此役者，然犹经营攻治之久，而后有成况学乎？观此亦可知所警矣。"③ 看来，刚刚成立的上都分学教学条件是比较艰苦的。为了办好国子监，职官们付出了很多劳动，"助教颛于教事，非休假不出户，可以稽经诹史，探索精微之蕴。百司扈从者求如分学之安适，亦云鲜矣"④。大家尽职尽责，克服重重困难来办学。藏书量是衡量一所学校办学规模和实力的一个硬性标准，上都分学的书籍很少，为此，很多官员千方百计地来增加书籍。据危素的《上都分学书目序》载："至正十三年，助教庐陵毛君文在实在行中，乃节缩餐钱之羡，购书一千二百六十三卷，为三百五十册，置于分学。盖上都书最难致，昔贺泾阳王为留守，尝遣教授董君买书吴中，藏于学宫，刻书目于石。凡文臣之嗜学者往往假读之，比还，必归诸典守者。先是，分学亦假其书，或他司已假，则不可得，有志于竞辰者甚为之惜。顾分学买书自毛君始，继至者将岁岁而增益之，当至于不可胜算。诸生学古以入官，治心修身，一征诸方册，毛君之功，夫岂少哉！祭酒鲁郡王公移牒开平府，俾以其书与儒学旧书并藏。"⑤ 经过众人的努力，上都

① 危素，《上都分学书目序》，《全元文》第48册，第238页。
② 虞集，《国子监学题名序》，《全元文》第26册，第146～147页。
③ 程端学，《上都国子监题名记》，《积斋集》卷四，《四库全书》本，第1212册，第348页。
④ 危素，《上都分学书目序》，《全元文》第48册，第238页。
⑤ 危素，《上都分学书目序》，《全元文》第48册，第238～239页。

分学的书籍年年在增加，这就为师生们读书学习提供了良好的条件。危素作为国子助教，欣慰地写了《上都分学书目序》以记录这一功泽当代和后世的壮举。在危素分教上京时，廼贤作了一首诗《送危助教分监上京》，当中说："振铎趋雍宫，胄子夙尊畏。"① 的确，众监官为上都分监所作的努力，得到了大家一致的肯定。官吏柳贯也自豪地说："古来玄朔地，雅颂亦铿轰。丰芑德甚广，韦编义尤精。前修有轨辙，后生多俊英。抑将授何业，可使器早成。宁无子衿刺，仅免吏牍婴。高居谢暑浊，广矣羲皇情。"②

国子监除了日常的教学，还承担了部分科举考试的任务。元代科举考试时断时续，但在科考期间，承担了考试任务的上都国子监，总会出现一番热闹而忙碌的景象。元末官吏周伯琦在《是年复科举取士制承中书檄以八月十九日至上京即国子监为试院考试乡贡进士纪事》诗中曾详细地描述了国子监科举考试的情景：

副楮行鸦蚁，缄名画鸟虫。厉防周四署，涂抹眩双瞳。理到无优劣，修词有拙工。神明终日鉴，造化四时公。雠校稽鱼豕，诠题辨鶡鸿。固知骰系博，敢以瞶为聪。天净文星丽，寒收士气丛。台莱浮渭洛，杞梓出恒嵩。偕计先章甫，前驱轶小戎。有人争睹凤，何处兆飞熊。合志官联乐，连床语笑同。兽炉围炭炽，鱼烛缀花红。雕豆羞肴炙，金卮奉酪酮。环庐帷毳罽，侍史服貂貉。扃鐍处朝暮，阍兵慎始终。更移壶滴沥，衙报鼓笼铜。事忆欧苏远，词怀贾董雄。驿程心历历，雅奏日沨沨。③

此诗记载了至正年间上都国子监里的一次考试，选录的是乡贡进士。这是一次高规格的选拔人才的考试，聚集了全国各地有才能的士子。他们各尽其能，极力展现自己的才智，所以周伯琦感慨地说："圣统乾坤久，人文日月崇。滦河天上出，银汉定相通。"科举考试是封建社会选录人才的主要手段，元代的科举考试中所选拔出来的人才，有不少曾在国子监就读。元人张昱有诗曾言："胄监诸生盛国容，大官羊膳两厨供。六经尽是君臣事，卿相才多在辟雍。"④ 国子监为国家培养了大量的人才，他们出则为将，入则为相，为元

---

① 廼贤，《金台集》卷一，《诵芬室丛刊》本。

② 柳贯，《五月八日至上都国子监作》，《上京纪行诗》，1930 年 4 月北平故宫博物院图书馆影印本。

③ 周伯琦，《近光集》卷一，《四库全书》本，第 1214 册，第 514～515 页。

④ 张昱，《辇下曲》，《张光弼诗集》卷三，《四部丛刊续编》本。

代的稳定和繁荣做出了巨大的贡献。

国子监学兼具培养国家高级人才和繁荣文艺学术的双重任务。在上都国子监里，监官们在管理教学之余，也时常挥翰染墨，相互作诗唱和。国子监中的诗文活动，丰富了上都的文化生活。虞集在国子监的经历颇为丰富，他先后历助教、博士、司业，然后两为祭酒。在国子监供职中，他曾多次到上都国子监分教。在这里，他和同僚们赋诗作文，敞襟怀，吐真言。他在上都国子监壁上写了一首诗，表明心迹，诗曰：

神京极高寒，幽居了晨夜。雷风无时发，零雨每飘洒。炎光不到地，萧爽度长夏。大化漠无宰，岂必事陶冶。杨雄不晓事，守道栖栖者。玄经百无征，白发谩盈把。①

上京位于高寒之地，其地寒冷，气候反复无常。作为一个从小生长在南方的“南人”，年轻时为了事业而来到这遥远的大漠之地。岁月如梭，不知不觉，现在自己已经变成了满头白发的老人，他的《次韵国子监同官》云：

坐隐乌皮髀肉消，诸生应笑懒边韶。阶前老马随秋草，袖里遗编俟早朝。乞米西邻晨有粥，留家南国暑无绡。经明亦是归耕好，清梦无时万里桥。

学官南直禁垣阴，假寓唯愁两壁沉。一曲镜湖遗老事，三年经幄小臣心。银河回夜天逾近，草径迎秋露转深。珍重乡人居巷北，时能来往和鸣琴。②

诗中抒发的感情更加直白。他向同事吐言：自己为了理想和仕途而背井离乡，忍受了多少孤独和寂寞。如今，自己年岁大了，发懒了，不想再在宦海里打拼了，而是向往着归耕乡里，隐居田园了。虞集于元统元年（1333年）谢病南归，看来此时他隐退归田的想法已经很强烈了。虞集的这种想法很有代表性，许多长期艰难地蹀躞在宦海里的官吏，都和虞集有共同的心声。

分教上都，天气严寒，路途遥远，远离亲人，工作忙碌，宦海浮沉，使得诗人有一种“断肠人在天涯”的凄苦感。在上都国子监，众多久经艰难的僚吏们敞开了彼此的心怀，通过诗文唱和的形式，交流感情，畅所欲言。国子监人员成分复杂，职官们有北人，有南人；有专职的，有兼职的；有汉族的，也有少数民族的。他们在上都分监的文学活动，增进了彼此的感情，也促进了各民族之间的文化交流。

---

① 《书上京国子监壁》，《道园学古录》卷一，《四部丛刊初编》本。

② 《道园学古录》卷三，《四部丛刊初编》本。

二、上京纪行诗中的宫寺

（一）上京纪行诗中的崇真宫

崇真宫即崇真万寿宫。崇真宫是元世祖敕建的，据《元史》卷二〇二《释老列传》载，元世祖时期，昭睿顺圣皇后大病甚危，正一教第三十六代天师张宗演的徒弟张留孙祈祷为皇后治病，不久皇后梦见有朱衣长髯者，由引导着朱辇白兽的甲士随从，行在草间。皇后醒来后觉得很怪异，问张留孙，留孙说，甲士导辇兽，是他所佩法箓中的将吏；朱衣长髯之人，是汉代的张天师；行在草间，预示着皇后之病将在春天康复。后拿来张天师画像给皇后看，果真是梦中所见之人。皇后病好之后，非常高兴，即命张留孙为天师，[①]加号上卿，命尚方铸宝剑以赐。并且在大都和上都这两个都城分别建崇真宫，作为道士活动的场所。[②] 有元一代，由朝廷主办的大型斋醮活动，不是在长春宫举行，就是在崇真宫举行，或同时在两座宫观中举行，可见，崇真宫是元代道士活动的重要场所。

上都崇真宫是上都地区最重要的一座道观，这里有长年留驻的道士。元代文人经常来崇真宫居住或访友，因而这里的道士们与文人学士过从甚密。关于崇真宫的道士和文人的交往，虞集曾在文中说："至元、大德之间，重熙累洽，大臣故老心腹之臣，莫不与开府有深契焉。至于学问典故，从容裨补，有人所不能知。而外庭之君子，巍冠褒衣以论唐虞之治，无南北皆主于公矣。若何公荣祖、张公思立、王公毅、高公昉、贾公钧、郝公景文、李公孟、赵公世延、曹公鼎新、敬公俨、王公约、王公士熙、韩公从益诸执政多所谘访。阎公复、姚公燧、卢公挚、王公构、陈公俨、刘公敏中、高公克恭、程公钜夫、赵公孟頫、张公伯淳、郭公贯、元公明善、袁公桷、邓公文原、张公养浩、李公道原、商公琦、曹公元彬、王公都中诸君子雅相友善，交游之贤，盖不得尽记也。荐引善良，惟恐不及，忧患零落，惟恐不尽。其推轂之力，至于死生患难，经理丧具，不以恩怨异心，则尤公之所长也。公博览群书，遍察群艺，而于道德性命之要，粹如也。尝作环枢之堂，画先天诸图于壁，以玩心神明。有诗曰：'要知颜子如愚处，正是羲皇未画前。'其所造盖如此。

---

① 虽然张留孙固辞未受，但天师的俗称却传开了。

② 《元史》卷二〇二《释老列传》，中华书局，1976 年第 1 版，1997 年 7 月第 6 次印刷，第 15 册，第 4527 页。

故其述作，光明痛快，足以见太平之盛，而深存忠厚于人伦。有所感发，自幼至老，尤好吟咏。皆出其天性之自然，而非有所勉强。尤识为政大体，是以开府每与廷臣议论，及奏对上前，及于儒者之事，必曰：'臣留孙之弟子吴全节，深知儒学，可备顾问。'是以武宗、仁宗之世，尝欲使返初服，而置诸辅弼焉。"①

赵世延、王约、王士熙、阎复、姚燧、卢挚、王构、刘敏中、高克恭、程钜夫、赵孟頫、元明善、袁桷、邓文原、张养浩等等，都是元代知名度很高的文人。他们与崇真宫的道士"雅相友善"，诗文酬答，成为元代文坛的一道独特景观。在崇真宫里，除了和道士相唱和，文人学士们彼此也相互赋诗作文，正如廼贤在诗中所言："琳宫多良彦，休驾得栖泊。清尊置美酒，展席共欢酌。弹琴发幽怀，击筑咏新作。"② 上都的道教胜地崇真宫，成为文人荟萃之地。他们置酒联欢，弹琴抒怀，击筑咏作，其乐融融。文坛出现这种盛治局面，廼贤认为是由于："生时属承平，幸此帝乡乐。"他进而道出了自己的希望："愿言崇令德，相期保天爵。"③

来到上都的文人雅士，常常把崇真宫作为住宿或游赏聚会之地，在此诗文雅会。在元人诗作中，描写崇真宫，描写文人寄赠道士以及与道士唱和的诗篇很多。在这些诗歌中，文人和道士的深厚感情透过字里行间跃然纸上。

长夏崇真馆，疏帘洒静便。支颐推万古，止息契重玄。月窟窗如雪，天瓢酒似泉。主人怜老客，下榻不曾悬。④

钧天乐彻洞庭波，野迥谁为击壤歌。笔砚烟云尘世隔，莺花风雨客愁多。传书稚子空遗简，伐木樵夫久烂柯。旧识浮丘华盖近，相思何处看云过。⑤

崇真宫道士中，玄教第二代掌教吴全节及其弟子薛玄曦都以文学知名。他们喜欢与当时的文人学士交游，尤其是吴全节，和元代许多文人都有密切的来往，培养了深厚的感情。

吴全节，字成季，号闲闲，饶州安仁人。据说其出生时，丹光满室，其父亲梦见神人告之说，高仙托体，尘中不能留也。吴全节四岁就能诵诗。十

① 虞集，《河图仙坛之碑》，《全元文》第27册，第200～201页。
② 廼贤，《次上都崇真宫呈同游诸君子》，《金台集》卷二，《诵芬室丛刊》本。
③ 廼贤，《次上都崇真宫呈同游诸君子》，《金台集》卷二，《诵芬室丛刊》本。
④ 袁桷，《上京杂咏》第十首，《清容居士集》卷十五，《四部丛刊初编》本。
⑤ 虞集，《寄和吴闲闲大宗师》，《道园学古录》卷二十九，《四部丛刊初编》本。

三岁到龙虎山学道。元世祖平定江南，他随师傅张留孙入见世祖。元贞初，制授冲素崇道法师南岳提点，不久加授玄德法师崇真万寿宫提点。大德末，授玄教嗣师。至治二年，制授特进上卿、玄教大宗师、崇文弘道玄德真人，总摄江淮荆襄等处道教，知集贤院道教事。卒年八十二。吴全节历事六朝，出入禁闼，眷渥如一。所著有《瓢稿》《代祠稿》，总名曰《看云集》，共二十六卷。吴澄称其诗如风雷振荡，如云霞绚缦，如精金良玉，如长江大河，字字鸣国家之盛，谐于英茎咸韶之乐，固非寒陋困悴拂郁愤闷者之所可同也。①

吴全节和元代上层馆阁文人过从甚密，他们互赠礼物，诗文往还，相互唱和寄赠。吴全节和虞集、袁桷为挚友。他和虞集、袁桷酬唱的诗作很多，也颇引人注目。虞集是大都文坛的泰斗级人物，自大德年间出任大都路儒学教授之后，他基本上每年都要扈从朝廷到上都。每次来上都，他都忘不了来崇真宫。他和吴全节情投意合，感情甚好。有一次，吴全节送牡丹花给虞集，虞集当即赋诗《谢吴宗师送牡丹并简伯庸尚书》，曰：

轻风紫陌少尘沙，忽见金盘送好花。云气自随仙掌动，天香不许世人夸。青春有态当窗近，白发多情插帽斜。最爱尚书才思别，解吟蝴蝶出东家。②

这首七言律诗饱含感情，洋溢着对吴全节宗师的谢意，对马祖常的敬意。对仗工稳，意境清深，颇见作者功力。

吴全节和虞集是老乡，又是挚友。他很关心虞集，有一天，他做梦梦见虞集到山里居住，非常奇特，梦醒后，梦中的情形依然清晰，他把这个梦讲给虞集听。虞集当即赋诗一首：

夜来梦我山居好，笑我平生岂有之。野服许辞金殿直，俸钱足办草堂赀。安知蓬岛非兜率，不是匡庐定武夷。还有胜缘同晚岁，至人无睡已多时。③

出于对吴全节宗师深厚的情谊，虞集常常为吴全节作诗，致使今天虞集的文集中保存了大量与吴全节有关的诗歌。

吴全节也常写诗给虞集，《送虞伯生使蜀》就是虞集到四川时，吴全节写

① 《元诗选》二集·壬集，中华书局，1987年第1版，2002年11月第3次印刷，第1344页。

② 《道园学古录》卷三，《四部丛刊初编》本。

③ 《吴宗师梦予得山居奇胜特甚梦觉历历分明忻然相告赋此》，《道园学古录》卷三，《四部丛刊初编》本。

给他的赠别诗。除了虞集，吴全节宗师与袁桷的关系也非常密切。袁桷也是元代文坛的大腕级人物，他的《开平四集》记载了延祐、至治年间他扈跸朝廷到上都的经历，当中有大量的诗歌记载了他在崇真宫所参加的文学活动，尤其是他和道教首领吴全节宗师酬唱赠诗的情况，袁桷有《端午谢吴闲闲惠酒》诗：

客里端阳景物殊，侍晨分酿出偏壶。松间尚积千年雪，涧底难寻九节蒲。霏玉论陈医国艾，研朱手写辟兵符。侍臣陟觉蓬莱近，簇簇宫花遍蕊珠。①

袁桷等朝廷官员扈从上都，端午节刚刚安顿住下，他的好友闲闲真人吴全节就送来了好酒给他接风洗尘。这使远离家乡的袁桷感觉非常温暖，于是作了上面的诗歌以示谢意。袁桷非常愿意和吴全节宗师在一起，当吴全节宗师来时，他就高兴地作《喜吴宗师至》以示欢迎：

飞鹤驭空来，春浓洞府开。灯光争夜月，磬韵起春雷。玉斗朝云礼，金门就日回。的知仙桂种，玉斧更深培。②

当吴全节宗师离开时，他也会依依不舍地作诗送行，如《送吴成季五绝》。

从这些诗里，可以看出袁、吴二人的感情是非常深厚的。除了虞集和袁桷，元代文坛的许多知名人物都和吴全节有诗文唱和。吴全节作诗，他们就和诗，如许有壬《和闲闲宗师至上京韵》，李存《和宗师滦京诗二首》，郑元祐《和吴宗师寄张贞居》等等。吴全节过寿，他们作诗贺寿，如胡助有《寿吴宗师七十》，贡师泰有《寿吴宗师》等等。吴全节在赤城阻雨，他们也要和诗，发表意见，表达关注之情，如陈旅《吴宗师赤城阻雨次甘泉韵》，虞集《次韵吴成季宗师赤城阻雨》等等。甚至在吴全节去世后，面对着宗师画像，他们都会赋诗寄托对宗师的无限思念，如许有壬的《力疾对吴闲闲大宗师像焚香危坐而成诗》。

除了吴全节，薛玄曦也是一个能文，而且和文人交往很密切的道士。薛玄曦，字玄卿，自号上清外史，河东人。十二岁时，离家到龙虎山入道，师事张留孙、吴全节。延祐年间，用荐者召见侍祠，制授大都崇真万寿宫提举，升提点上都崇真万寿宫。泰定元年，奉诏征嗣天师，未行，扈从滦阳。至正

① 《清容居士集》卷十五，《四部丛刊初编》本。
② 《清容居士集》卷十六，《四部丛刊初编》本。

五年卒，年五十七。所著有《上清集》《樵者问》，荟萃群贤诗文为《琼林集》。薛玄曦负才气，倜傥不羁，善为文，而尤长于诗。揭傒斯为其集作序，称其老劲深稳如霜松雪桧，百折莫能挠；清拔孤峻如豪鹰俊鹘，千呼不肯下；萧条闲院如空山流泉深林，孤芳自形自色，不与物竞。人以为知言。薛玄曦书札极丽逸，片楮出，人争欲得之，有闻风而未之见者，或使图其像以去。①

薛玄曦善于作诗，顾嗣立的《元诗选》中收其诗27首，大多数为与文人学士唱和之作，如他的《次韵王侍郎上都见寄》：

滦水东风净物华，石鳌峰下驻仙车。清明草检归黄阁，胜日开筵近紫霞。万户砧声闻别馆，九天秋色落谁家？仙郎赋罢长回首，南去还乘八月槎。②

元代文人与道士把崇真宫作为活动的场所，雅相友善，诗文唱和，使文人和道士的双向互动形成了潮流。纵观有元一代，文儒与道士交往是一种社会风气，文士和道士通过诗文互动，使儒学和道学在崇真宫里相互接受、相互融合，从而彼此认同和接受，这在元代构成了一道独具特色的“文化景观”。因为道士的参与，也因为文士对道士和道教的接受和认同，使元代文学特点鲜明，别具风格。

在上都，崇真宫是文人和道士诗文活动的重要文化场所。有了道士的崇真宫，有了文人雅集的崇真宫，充满了生机。但据袁桷说：“至治二年（1322）三月甲戌，……舍于崇真宫，有旨，道士免扈从，宫中阒无人声，车驾五月中旬始至，书诏简绝，仅为祝文十三道（已入内制），悲愉感发，一寓于诗，而同院亦寡倡和，率意为题，得一百篇。”③ 可见，英宗时期，曾经免除道士扈从，崇真宫没有了喜文的道士，冷清而孤寂。文人作诗也失去了以往的热情，诗作中透着冷寂，如袁桷的两首诗。

崇真宫阒无一人经宗师丹房惟蒲苗杨柳感旧有作

双斛青蒲苗，中庭绿杨枝。门锁碧窗寂，徘徊心不怡。辛勤四十载，逢辰构崇基。寒日淡无华，朔风助之悲。想此鸾鹤侣，长啸悟成亏。往昔玉局翁，言罢白云随。怀贤感夙昔，悼念成涕洟。夜梦忽邂逅，掀髯歌紫芝。④

---

① 见于《元诗选》二集·壬集，中华书局，1987年第1版，2002年11月第3次印刷，第1354页。

② 《元诗选》二集·壬集，中华书局，1987年第1版，2002年11月第3次印刷，第1359页。

③ 《开平第四集》，《清容居士集》卷十六，《四部丛刊初编》本。

④ 《清容居士集》卷十六，《四部丛刊初编》本。

闲闲真人未至

崇真观里独徘徊，门锁蛛丝燕子猜。玄度来迟愁欲绝，为凭白鹤寄书催。①

青蒲苗，绿杨枝，依然一年一度地发芽生长，但道观主人出入、迎客的门却上了锁，门锁蛛丝，四周一片寂静。自己独自徘徊在这孤寂的院子里，想到曾经住在这里的道士朋友们，“悼念成涕洟”，愁思欲绝。昔日的朋友，只有在梦中邂逅了。关于英宗免除道士扈从的原因，虞集的一篇文章可以提供一点线索。虞集在《河图仙坛之碑》中言：“道家醮设之事，是其职掌，故于科教之方，无所遗阙。香火之费，无所简吝。然而朝廷耗费过重，则每曰事天以实不以文，弭灾在于修德，而祷祈特其一事尔。”② 可能每年的道观斋醮活动，耗费很大，以致朝廷难以承受。为了减轻此项负担，曾一度免除道士扈从。当然，作为道士活动的场所，文人荟萃、热闹快乐的上都崇真宫，也就失去了生气。

到了元末，崇真宫更加呈现出衰败之相。据《析津志》载：“至顺二年（1331 年）七月十九日，奉旨以天师宫（即崇真宫）为翰林国史院，盖为三朝御容在内，岁时以家国礼致祭。而翰林院除修纂、应奉外，至于修理一事又付之有司。今公宇日废，孰肯为己任言于弼谐者乎？”③ 可见，崇真宫已经非道士专用了，它的日渐破败也在昭示着一个朝代的辉煌已经成为过去。

（二）上京纪行诗中的华严寺

蒙元统治者实行宗教信仰自由的政策，对各种宗教，在原则上都采取保护的态度，但又有厚薄之分。在各种宗教中，最受重视的是佛教，元代诗人萨都剌在诗歌中写道：“院院烧灯有咒僧，垂帘白日点酥灯。”④ 道出了当时上都佛事活动的兴盛，是上都僧侣生活的真实写照。佛教在元代备受重视的一个表现就是统治者大量地兴建豪华寺院。“自佛法入中国为世所重，而梵宇遍天下，至我朝尤加尊敬。室宫制度咸如帝王居，而侈丽过之。或赐以内帑，或给之官币，随所费不赀，而莫与之较，故其甍栋连接，檐宇翚飞，金碧炫

① 《清容居士集》卷十六，《四部丛刊初编》本。

② 虞集，《河图仙坛之碑》，《全元文》第 27 册，第 201 页。

③ 《析津志辑佚》，北京古籍出版社，1983 年第 1 版，2001 年 2 月第 2 次印刷，第 33 页。

④ 萨都剌，《上京杂咏五首》，《元诗选》初集 · 戊集，中华书局，1987 年第 1 版，2002 年 11 月第 3 次印刷，第 1229 页。

耀，亘古莫及。吁，亦盛矣哉！”① 作为元代政治中心之一的上都，自然是寺院林立。意大利著名旅行家马可·波罗曾在至元十二年（1275）来到上都，面对上都城内外众多的寺院和道观，他写道：“（上都）亦有广大寺院，其大如一小城。每寺之中有僧二千余人，衣服较常人为简，须发皆剃。其中有娶妻而有多子者。尚有别种教师名称先生，守其教戒，节食苦修，……不娶妻室。”②

大龙光华严寺和大乾元寺是上都地区最重要的两座佛寺。两寺之中，大龙光华严寺创建时间较早，“丙辰之岁，始城上都。又三年戊午之岁，作大龙光华严寺，寺于城东北隅，温公主之”③。“戊午之岁”即蒙哥汗八年（1258）。大龙光华严寺简称华严寺，位于上都皇城的东北角。华严寺的开山祖、首任住持是至温。至温，字其玉，号全无。他博记多闻，才气过人，论辩无碍，百家诸子之言，多所涉猎，又善草书，有颠素之遗法。至温曾师事万松，学道得法。刘秉忠认为他能大有所为，故曾举荐他。朝廷召见他，欲授官，他不接受。赐号曰佛国普安大禅师。

上都华严寺，是佛佑之地，也是政客和文人活动的场所。元代有很多集体歌咏华严寺，以及描写文人与华严寺僧人诗文往还的诗篇。在文人的诗篇中，华严寺的雄伟壮观是一个描写重点，多次扈从皇帝到上都的元代著名文人袁桷在《华严寺》诗中写道：

宝构荧煌接帝青，行营列峙火晶荧。运斤巧斗攒千柱，相杵歌长筑万钉。云拥殿心团宝盖，风翻檐角响金铃。阐知帝力超前古，侧布端能动地灵。④

华严寺中的宫殿林立，巍峨高耸；殿中灯火通明，金碧辉煌。微风吹来，屋檐上的金铃发出悦耳的响声，与殿中念经诵佛的声音相鸣相和，声声敲进了香客的心田。袁桷在《华严寺碑》中的铭文也说华严寺“巍煌华严，穷珍极瑰。龙伏藻井，云凝瑶台。积香浮浮，侧瓴枚枚”⑤。上都华严寺建筑宏伟壮观，据今人考察，上都华严寺的建筑布局是以中院为主体，东、中、西三跨院相连，四周围围以院墙。“在整体院落围墙正对中院的北端和围墙的东北

① 《经世大典·僧寺》，《国朝文类》卷四十二，《四部丛刊初编》本。
② 《马可·波罗行纪》上册，冯承钧译本，商务印书馆，1936年版，第280页。
③ 《佛国普安大禅师塔铭》，虞集，《道园学古录》卷四十八，《四部丛刊初编》本。
④ 《清容居士集》卷十六，《四部丛刊初编》本。
⑤ 袁桷，《清容居士集》卷二十五，《四部丛刊初编》本。

角，均有房址建筑遗迹。从整体平面布局分析，中院有前后大殿、回廊、碑亭，当是主殿；东院建筑主体虽小，但布局规整，应是偏殿，其中应有僧房；西院建筑房址较多，且绵延成片，当主要是僧人居住的僧房和仓储之地。”① 今人考察的结果，是元人诗文描写真实可靠的佐证。

在上都华严寺的历代住持僧中，第六代住持僧维寿（号�轩），能文善诗，和文人雅士诗文酬答比较多。维寿，号筠轩。维寿为华严寺住持僧时，与当时的文人袁桷、马祖常、程端学和柳贯等人，都有密切的交往，在诗文方面，他们互相唱和，留下了很多诗歌。诸如：马祖常的《题华严僧筠轩》，柳贯的《赠大华岩寺长老寿公司徒》，虞集的《次韵筠轩司徒足成旦公所藏英宗御题之句元题曰日光照吾民月色清我心又题琴曰至治之音》，程端学的《和筠轩司徒题英皇御书韵》和《和筠轩司徒韵》，等等。

“六传曰惟寿，今授司徒，际遇隆赫，于法祖有光。寿能文辞，守其道专固，则永以传。”② 维寿做华严寺住持时，曾经深受英宗皇帝的恩宠。今天的考古工作者在对华严寺遗址的实地考察中，发现了石制的龟趺和汉白玉的螭首，上面均篆书“皇元敕赐大司徒筠轩长老寿公之碑”③。这些考古发现，证明了华严寺的第六代住持僧和当时元代皇帝关系之密切。

华严寺古木参天，鲜花遍地。寺中僧侣众多，人丁兴旺，据虞集的《佛国普安大禅师塔铭》云：

维昔世皇，始理开平。作其潜藩，有宫有城。顾瞻东隅，泉甘土厚。蜿蜒来止，属垣负阜。命建仁祠，龙光是名。权舆来尸，僧有豪英。气如虹霓，辨若风雨。纵横凌厉，莫敢予侮。世皇有为，群策是稽。召见从容，出其端倪。善其利器，俾反初服。报德不回，屹若孤鹄。林林释徒，禀教以居。孰为纷更，入主出孥。天子有命，存完去驳。我驰我驱，立折其角。燕赵之间，至于陕关。我田我庐，来归匪艰。世皇御极，民用宁一。而释之门，既振既息。时龙光师，燕居弗驰。散其绪余，为书为诗。诗扬宗风，书纵逸趣。沛将有述，弃而遽去。维时名僧，至于公卿。有诔有辞，失之若惊。垂八十年，英标如在。谁知表之，嗣者七代。义举有闻，天子喜之。史臣属辞，以系

① 魏坚，《元上都》（上），中国大百科全书出版社，2008 年版，第 59 页。
② 袁桷，《华严寺碑》，《清容居士集》卷二十五，《四部丛刊初编》本。
③ 魏坚，《元上都》（上），中国大百科全书出版社，2008 年版，第 59 页。

遐思。[①]

由虞集的铭文可以了解到华严寺位于开平城东，寺中有很多僧人。由于朝廷的大力扶持，僧侣们“气如虹霓，辨若风雨。纵横凌厉，莫敢予侮”。对于僧人来说，华严寺真正成了“神佑的福地”。元代统治者对佛教的过度支持，给社会带来了不少负面影响。元成宗大德七年，郑介夫在上给朝廷的奏议中说：“今国家财赋，半入西番。红帽禅衣者，便公然出入宫禁。举朝相尚，莫不倾赀以奉之。此皆庸僧作此妖妄，非佛之真心本性也。”[②] 确实，过度地崇佛使得国家的财政显得捉襟见肘，而一些僧人则借朝廷的宠遇而作威作福，从而失去了佛之真心本性。崇佛所带来的后果，与元统治者最初敬佛保福的愿望已经大相径庭，这恐怕也是元统治者所始料未及的。

---

① 虞集，《道园学古录》卷四十八，《四部丛刊初编》本。

② 明代黄淮、杨士奇编，《历代名臣奏议》卷六十七，上海古籍出版社，1989 年版，第 939 页。

第四章　元代上京纪行诗规模论

元代后期，文人写作上京纪行诗蔚然成风，甚至有人把自己的上京纪行作品结成诗集，如柳贯和胡助的《上京纪行诗》诗集。作为完整独立的诗集，柳贯的集子流传至今。胡助的《上京纪行诗》集子虽然没有流传下来，但他的上京纪行诗散存在他的别集《纯白斋类稿》中。袁桷把自己的上京纪行诗也结成诗集，命名为《开平四集》，与他的《清容居士集》一起刊行。江西人周伯琦的《扈从集》作为上京纪行诗诗集，记录了他作为“南人”担任监察御史时，扈从皇室的上京之行。杨允孚的《滦京杂咏》也是一部上京纪行诗集，杨允孚除了这部《滦京杂咏》，再无作品传世，他以一部孤作《滦京杂咏》鹤立于元末上京纪行诗诗坛。

元人为自己的上京作品结集，加大了上京纪行诗的影响力度，也是上京纪行诗在当时富有广泛影响的见证。

第一节　袁桷及其纪行诗集《开平四集》考论

在元代的上京纪行诗作家中，四明袁桷是一位多产的作家，他的上京纪行诗命名为《开平四集》，共收诗228首，是目前所知写作上京纪行诗最多的作家。

袁桷（1266—1327），字伯长，号清容居士，谥号文清，庆元四明（今属浙江）人。袁氏在四明为望族，文化世家。袁桷的曾祖父袁韶曾为宋朝的少传、同知枢密院事、资政殿大学士，赠太师、越国公。祖父袁似道为中散大夫、知严州军州事，皇元赠嘉议大夫、礼部尚书、上轻车都尉、会稽郡侯。其父亲袁洪为朝列大夫、同知处州路总管府事，赠中奉大夫。袁洪具有很高的文化修养，结交了当时很多著名文人，据袁桷介绍，袁洪结交的师友主要有：王鑐、张即之、赵汝楳、刘震孙、刘黻、汪之、应文炜、王应麟、胡三省、吴浚、戴表元、黄震、陈蒙、程钜夫、谢昌元、留梦炎、盛夬、梅应发、舒岳祥、刘庄孙、陈定孙、余尚宾、谢翱、周密、葛庆龙。① 父辈的这些师友们深刻地影响了袁桷的思想和生活，尤其是王应麟、舒岳祥、戴表元和胡三省，对袁桷的影响更为深刻。王应麟专长典章制度之学，舒岳祥、戴表元专长诗赋之学，胡三省精通历史考据之学，袁桷各取所长，为己所用。袁桷虽然家境优越，但他学习非常刻苦认真，常常通宵达旦地读书。《四库全书》馆臣评价袁桷说："桷少从戴表元、王应麟、舒岳祥诸遗老游，学问渊源，具有所自……故其文章博硕伟丽，有盛世之音，尤练习掌故，长于考据。……其诗格俊迈高华，造语亦多工炼，卓然能自成一家。"② 清人顾嗣立也说："伯长初师事剡源戴帅初。稍长，在王深宁之门，复从舒岳祥游。家固多藏书，又亲见中原文献，其学最为有本。"③ 博览群书，博通历史考据，使袁桷成为文化底蕴很深厚的文士。袁桷对自己考据典故之功非常自信，据明彭大翼《山堂肆考》卷一百二十五《记宋都典故》载："袁伯长学士博闻洽识，江左绝伦，尝语张伯雨曰：'宋东都典故，能以岁记之。度江以后事，能以月记之。'"④

在老师眼中，袁桷是一个好学生，戴表元曾说："伯长持身有士行，居家有子道，天资高，文章妙，博闻广记，尤精于史学，近复贯穿经术。他如琴书医药诸艺，深得其理。娄多君子，至必皆愿从之游者。"⑤ 这就是戴表元眼中的袁桷。学问渊博、知识各有专长的老师使袁桷从小就受到了良好的文化教育和熏陶。除了师承有源，袁氏家族丰富的藏书对于袁桷学术的积累也有至关重要的作用。袁氏家族收藏相当丰富，不仅有图书，还包括很多珍贵文物，孔齐曾言及袁桷家族藏书："又见四明袁伯长学士，承祖、父之业，广蓄书卷，国朝以来，甲于浙东。"⑥ 家族丰富的藏书使袁桷视野开阔，眼光较为独到，精于鉴藏。

良好的教育，丰富的藏书，刻苦的钻研，使袁桷积累了丰厚的文化底蕴，也为他步入仕途、成为文化界名师硕儒做好了充分的准备。据苏天爵的《元

---

① 《清容居士集》卷三十三《先君子早承师友晚固艰贞习益之训传于过庭述师友渊源录》。

② 《四库全书总目》卷一六七《清容居士集提要》，中华书局，第1435～1436页。

③ 《元诗选》初集·丙集，中华书局，1987年第1版，2002年11月第3次印刷，第593页。

④ 明·彭大翼，《山堂肆考》卷一百二十五《记宋都典故》，《四库全书》本，第976册，第445页。

⑤ 《送袁伯长赴丽泽序》，戴表元著，李军等点校，《戴表元集》卷十三，吉林文史出版社，2008年版，第166页。

⑥ 孔齐，《至正直记》卷二《别业蓄书》，上海古籍出版社，1987年版，第39～40页。

故翰林侍讲学士知制诰同修国史赠江浙行中书省参知政事袁文清公墓志铭》记载："公在馆阁，一时耆旧若阎公复、程公钜夫、王公构雅爱敬公，故蒙荐擢。"① 元成宗大德元年（1297），时年三十二岁的袁桷由阎复、程钜夫、王构推荐任翰林国史院检阅官一职，从此开始了他在大都为官的生涯。来到大都之后，除了短期任职集贤院，袁桷一直在翰林国史院任职，时间近三十年之久。从小受南方名师大儒的熏陶和教导，北上大都后，又和北方上层文人相互共事，谈文论墨，故而袁桷融合了南北文风，开始形成自己独特的诗文观念和风格，同时，这也使他成为改变元代文坛风气的关键人物之一。"盖桷本旧家文献之遗，又当大德延祐间为元治极盛之际，故其著作宏富，气象光昌，蔚为承平雅颂之声，文采风流，遂为虞、杨、范、揭等先路之导。其承前启后，称一代文章之钜公，良无愧色矣。"② 《元诗选》作者顾嗣立的分析评价更为详细："元兴，承金宋之季，遗山元裕之以鸿朗高华之作振起于中州，而郝伯常、刘梦吉之徒继之。故北方之学，至中统、至元而大盛。赵子昂以宋王孙入仕，风流儒雅，冠绝一时。邓善之、袁伯长辈从而和之，而诗学又为之一变。于是虞、杨、范、揭，一时并起，至治、天历之盛，实开于大德、延祐之间。伯长没后二十余年，会修宋、辽、金三史。遣使者求郡国遗文故事，惟袁氏所传为最多。故家文物，萃于东南，百年以来，流风未坠，论者以伯长实有功焉，良不诬也。"③ 袁桷在改变元代诗风方面的贡献，此为确论。

袁桷的诗文著作为《清容居士集》，共五十卷，其中诗十六卷，散文及杂著三十四卷。诗歌部分有四言诗、五言古诗、七言古诗、五言律诗、七言律诗、歌行、绝句，此外尚有六言诗。袁桷的诗歌从体裁上来讲以古诗、歌行和律诗的成就最大。

袁桷的《开平四集》收在《清容居士集》第十五卷和第十六卷，包括《开平第一集》《开平第二集》《开平第三集》和《开平第四集》。这是袁桷后期的作品，其中《开平第一集》作于延祐元年（1314），《开平第三集》作于至治元年（1321），《开平第四集》作于至治二年（1322）。

---

① 《元故翰林侍讲学士知制诰同修国史赠江浙行中书省参知政事袁文清公墓志铭》，苏天爵著，陈高华、孟繁清校点，《滋溪文稿》，中华书局，1997 年版，第 134 页。

② 《四库全书总目》卷一六七《清容居士集提要》，中华书局，1965 年 6 月第 1 版，1987 年 7 月第 4 次印刷，第 1436 页。

③ 《元诗选》初集·丙集，中华书局，1987 年第 1 版，2002 年 11 月第 3 次印刷，第 593 页。

“公在词林几三十年，扈从于上京凡五”①，根据文献记载，袁桷曾五次作为文学侍从之臣北上开平。《开平四集》就是袁桷在翰林国史院供职时，扈从皇室北上开平时所作，内容主要包括写景、叙事和记人。

写景是元代上京纪行诗的一个共同特点。开平及沿途的景色风光是该集的内容之一，比较有代表性的是《上京杂咏》十首和《再次韵》十首，如《上京杂咏》十首为：

云护中街日，风开北户天。千沟凝白雪，万灶起青烟。午溽曾持扇，朝寒却衣绵。松林空有界，剪伐不知年。

土屋层层绿，沙坡簇簇黄。马鸣知雹急，雁过识天凉。墨菊清秋色，金莲细雨香。内园通阆苑，千树压群芳。

天阙虚无里，城低纳远山。白榆迷雁塞，青草补龙湾。市簇家家近，官清日日闲。重游深问俗，渐恨鬓毛斑。

旧岁寒冬恶，霏霏土雨迷。门荒悬马革，草净绝牛蹄。列帐烟光惨，空营月色低。县官捐粟帛，岁晚得扶携。

上国饶为客，天凉眼倍青。白鱼沙际网，黄鼠草间翎。芍药围红斗，摩姑缀玉钉。渐知尘骨换，振佩接青冥。

天锡清凉国，晴霞绽雪峰。月低疑堕兔，云近得攀龙。宝鉴颁冰撤，筠笼赐果封。白头貂帽客，为我话深冬。

驼鼓村村应，传更趣进程。草肥凉露白，树薄晓风清。帐殿横金屋，毡房簇锦城。属车流水度，细点侍臣名。

伏日琼林宴，名王总内朝。帽尖花压翠，衣角锦团貂。炙熟牛酥芼，醅深马乳浇。柘枝旋舞急，宛转称纤腰。

市狭难驰马，泥深易没车。冻蝇争日聚，新燕掠风斜。晚汲喧沙井，晨炊断木槎。闾阎通茗酪，俗简未全奢。

长夏崇真馆，疏帘洒静便。支颐推万古，止息契重玄。月窟窗如雪，天瓢酒似泉。主人怜老客，下榻不曾悬。②

此组五言律诗格律严密，对仗工整，运用了众多意象从各个方面描写上京，那凝挂着白雪的千沟，那冒着青烟的万灶；那墨菊，那青莲；那白榆，

① 《元故翰林侍讲学士知制诰同修国史赠江浙行中书省参知政事袁文清公墓志铭》，苏天爵著，陈高华、孟繁清点校，《滋溪文稿》，中华书局，1997年版，第135页。

② 《清容居士集》卷十五，《四部丛刊初编》本。

那青草；那白鱼，那黄鼠；那芍药，那麻姑；那冻蝇，那新燕，还有那狭窄的街道，拥挤的毡房……众多的意象组合在一起，构成了上京独特而富于情致的景象和市民生活。作者在描写景物时，非常注意颜色的搭配，通过颜色的对比来渲染上京的美。白雪和青烟，土屋的层层绿和沙坡的簇簇黄，墨菊和金莲，白鱼和黄鼠……众多颜色或对比，或搭配在一起，使得整个景物像一幅幅水墨山水画，极富颜色之美。无怪作者自豪地说："开平四集诗百首，不是故歌行路难。竹簟暑风茅屋下，它年拟作画图看。"① 《开平四集》中的景色，作者不是在写，而是在画。在这点上，袁桷确实也做到了"诗中有画"。除注意颜色的渲染之外，作者还特别注意声音的描写："马鸣知炮急，雁过识天凉。""驼鼓村村应，传更趋进程。"声音的渲染使景色有了生机，有了灵气。袁桷精通典故，善于考据，这在他的上京纪行诗中也有所体现："主人怜老客，下榻不曾悬。"这就是化用了"悬榻"的典故。据《后汉书》卷五十三《徐稺传》："蕃（陈蕃）在郡不接宾客，唯稺来特设一榻，去则县之。"② 后以"悬榻"喻礼待贤士。当然，用典是古诗中常见的手法，但袁桷在上京纪行诗中，用典更为普遍和自觉。

在上京写景诗中，下面的一组别有风味：

视草堂四咏

视草堂前月，凄清十倍秋。银河斜处响，玉斧暗中修。隐约娑罗见，微茫顾兔流。霓裳端可补，顾入广寒游。

视草堂前雪，飞花具四时。老疑潘鬓重，舞觉沈腰羸。妙合丝纶巧，功调鼎鼐奇。虚皇瞻咫尺，顾赋玉京诗。

视草堂前雨，飞空万象新。随龙下膏泽，涤颖布阳春。脉霂能生物，沾濡不受尘。巫山空有赋，难作楚王臣。

视草堂前日，传宣趣制词。稿裁初刻上，朝罢八砖移。乌御行黄道，龙光映玉墀。熏风生殿阁，小立独多时。③

这四首诗歌咏了上京的月、雪、雨和日，切入点是上京的视草堂。每年扈跸滦阳，作为翰林国史院的文臣，都要在视草堂办公。站在自己的工作场

---

① 袁桷，《戏题开平四集》，《清容居士集》卷十六，《四部丛刊初编》本。

② 《后汉书》卷五十三，中华书局，1965 年第 1 版，1973 年 8 月第 2 次印刷，第 6 册，第 1746 页。

③ 《清容居士集》卷十六，《四部丛刊初编》本。

所，遥望着日月，感受着大自然的雨雪，作者百感交集。

上京地区的景色独特，塞外的气候也比较独特，总的来说是寒冷、风大、雨猛。王恽《秋涧先生大全集》卷八十载："开平府盖圣上龙飞之地，岁丙辰始建都城。……然水泉浅，大冰负土，夏冷而冬冽，东北方极高寒处也。"① 《金史》卷九十六《梁襄传》也言："金莲川在重山之北，地积阴冷，五谷不殖，郡县难建，盖自古极遍荒弃之壤也。气候殊异，中夏降霜，一日之间寒暑交至。"②

《开平四集》中也注重描写塞外天气和节气，突出这里气候的独特，如《五月廿六日大寒二十二韵》诗，五月二十六日，中原地带正是春暖花开的时候，可上京地区却还是一片寒冷景象。即使是炎热的三伏天，上京及其周边地区也是清凉如秋，如《伏日抒怀》诗曰：

伏日急雨来，端坐披重裘。中天异寒暑，兹维帝王州。碧草记初夏，坚冰在余沟。野旷无留禽，积潦不复收。飞云屡晴阴，苍莽天宇秋。营营壁间蝇，就暖旬日谋。玄冥自成岁，高下各有求。怅彼南飞雁，素心愧难酬。③

伏日本来是一年当中最热的时候，但在上京这个草原城市，却需要"端坐披重裘"。

雨来得勤，来得猛，这是上京地区夏雨的特点：

五月八日雨霰

黑云转飞盖，晴空落珠丸。急响递疏密，跳踉杳无端。仰视乌轮光，粲粲不可干。阴晴界南北，咫尺分寒暄。鲛人有暗泪，乘阳涌冰澜。又疑天女下，百琲随轻纨。采之不满把，瞬息何弥漫。东墙古杨枝，含思碧云寒。留取宛转花，伏日为君看。④

通过上京纪行诗抒怀、赠贺友人是《开平四集》的又一个内容。自从北上大都，供职于翰林国史院，袁桷就和当时来自四面八方的一大批馆阁文臣开始了共同生活的经历。他们在一起宴飨、饮酒、作画、题诗、联诗、唱和，用他们的文化活动丰富了两都文坛。袁桷所生活的时代正是元代国力最为强

---

① 《秋涧先生大全集》卷八十，《元人文集珍本丛刊》本，第2册，第369页。
② 《金史》卷九十六，中华书局，1975年版，第2133页。
③ 《清容居士集》卷十五，《四部丛刊初编》本。
④ 《清容居士集》卷十六，《四部丛刊初编》本。

盛、稳定的时期，文治发达，而翰林国史院文士之间的交往也最为频繁，这促使了诗文的繁荣。

袁桷从入仕起就在翰林国史院任职，近三十年之久。而翰林国史院是文人密集的地方，文士之间相互聚会题诗唱和的风气较为盛行。与袁桷关系密切的有北方文人，也有南方文士。北方文人主要有阎复、王构、王士熙、元明善、马祖常等，而南士赵孟頫、邓文原、虞集、贡奎等人与袁桷的关系也很密切。袁桷扈跸开平，虞集曾有诗赠送，诗曰："日色苍凉映赭袍，时巡毋乃圣躬劳。天连阁道晨留辇，星散周庐夜属橐。白马锦鞲来窈窕，紫驼银瓮出蒲萄。从官车骑多如雨，祇有杨雄赋最高。"① 关于该诗中"天连阁道晨留辇，星散周庐夜属橐"两句，文坛上还有一段趣话，据王士禛《古夫于亭杂录》卷三记载："虞伯生《送袁伯长扈驾上都》诗中联云：'山连阁道晨留辇，野散周庐夜属橐。'以示赵承旨，子昂曰：'美则美矣，若改山为天，野为星，则尤美。'虞深服之。"② 袁桷的学生苏天爵在《元故翰林侍讲学士知制诰同修国史赠江浙行中书省参知政事袁文清公墓志铭》中说："公为文辞，奥雅奇严。日与虞公集、马公祖常、王公士熙作为古文，论议迭相师友，间为歌诗倡酬，遂以文章名海内。"③

在扈从上京的过程中，袁桷与王士熙多次同行，一路上他们联诗唱和，结下了深厚的友谊。王士熙（约1265—1342），字继学，东平人。翰林学士承旨王构长子，至治初为翰林待制。泰定四年（1327）累官中书参政，他博学工文，是至治、泰定间最为活跃的馆阁文臣之一。元英宗至治初王士熙任翰林待制，多次扈从上京。在扈跸上京的过程中，他和袁桷多次同行，袁桷的《开平四集》序言中有明确的记载："至治元年（按：1321年）二月庚戌至京城，壬子入礼闱，考进士。三月甲戌朔入集贤院供职。四月甲子扈跸开平，与东平王继学待制、陈景仁都事同行，……留开平一百有五日，继学同邸。"④ 一路上，他们翰墨往复，更相唱和，袁桷作了许多诗歌来记载。

王士熙善于写作竹枝词，他的上京纪行诗中有相当一部分是竹枝词体绝句，如《竹枝词》六首，袁桷也用竹枝词来相和，如《次韵继学途中竹枝词》：

---

① 《送袁伯长扈从上京》，《道园学古录》卷三，《四部丛刊初编》本。
② 清·王士禛，《古夫于亭杂录》卷三，《四库全书》本，第870册，第628页。
③ 苏天爵著，陈高华、孟繁清校点，《滋溪文稿》，中华书局，1997年版，第137页。
④ 袁桷，《开平第三集》序言，《清容居士集》卷十五，《四部丛刊初编》本。

居庸夹山僧屋多，凿石化作金弥陀。但看行车度流水，不见举拂谈悬河。
红袍旋风漾金泥，车前把酒长跪齐。忽听琶琶相思曲，迎郎北来背面啼。
毡房锦幄花簇匀，酥凝叠饼生玉尘。晚传宫壶檀板急，酒转一巡先吐茵。
土屋苫草成屠苏，前床翁媪后小姑。我郎南来得小妇，芦笛声声吹鹧鸪。
云州山如五朵云，老松积铁霾青春。遂令古雪不肯化，万杵千炉煎贡银。
山后天寒不识花，家家高晒芍药芽。南客初来未谙俗，下马入门犹索茶。
寒风卷蓬沙转黄，驻马问路路转长。红衣簇簇入新市，指点垆头称上方。
朔云荡荡愁烛龙，土房拥被睡高舂。披衣上马过前驿，清霜急雪时相逢。
瀛洲往岁侍宸居，一度还家一度疏。近行开平十二驿，眼望南雁传乡书。
阊阖云低接紫宫，水精凉殿起熏风。侍臣一曲无怀操，能使八方歌会同。①

竹枝词脱胎于巴渝民间山歌，它语言通俗，音调轻快，抒情性强。因为王士熙的写作，袁桷等大批馆阁文臣的相和以及仿效，在元代后期馆阁文臣的上京纪行诗中，采用竹枝词的形式成了一个很突出的特点。

元代两都巡幸为诗人们的游和聚从、联诗赋词提供了一个绝好机会。对于袁桷等馆阁文臣来说，在同往上都的过程中，他们结下了深厚的友谊。在《开平四集》中，有很多诗篇写同行的友谊，以及对朋友们的怀念。这方面比较集中地体现在《开平第四集》中，据作者在序言中说，英宗至治二年三月甲戌（1322），袁桷任翰林直学士前往上都，当年朝廷下旨免除道士扈从。来到上京后，袁桷等人住在上都崇真宫里，每年这里都有道士相陪，文人们和道士们联诗唱和，精神上互相砥砺，结下了深厚的友谊。但是今年崇真宫却是一片寂静，袁桷倍感孤独凄凉，于是借诗歌记叙了曾经热闹的崇真宫，在人去屋空后的孤寂，以及对好友们深切的怀念。

闲闲真人吴全节是崇真宫的主人，每年文臣来崇真宫，都由他热情地接待。吴全节喜欢赋诗作文，在诗文唱和中，文士和道士的感情不断加深。如今，没有了吴全节宗师的崇真宫，失去了往昔的热闹，也带走了袁桷的欢乐，令他感到愁肠百结。更令袁桷哀痛的是，好多一起共事的文友，现在已经是阴阳相隔，再也没有一起雅集的机会了。

元復初学士旧岁同官集贤会于上都改除翰林学士见其饮酒数十觥倍常时今年以疾卒不起睹行院题壁为四韵以挽

① 《清容居士集》卷十五，《四部丛刊初编》本。

慷慨论交二十年，深惭经术荷推先。龟趺林立毛锥秃，麟笔星垂汗简传。直以旷怀招侧目，肯於凡品说齐肩。旧闻苏李曾生别，行院重来倍泫然。①

潘景梁学士同在集贤朝夕与余论宏词源委后俱罢去新政肇更皆得复入旧岁同会上都景梁还都不一月下世仆忝入翰林过视草堂有感

銮坡清切平生志，粉省乌台谢不能。夜剔兰灯书叶乱，冻呵铁砚墨花凝。蚁穿九曲谁传授，蜩化枯枝果变腾。欲说玄机吾岂敢，碧天云黯唤难应。②

元復初即元明善。潘景梁即潘昂霄，《全元文》："潘昂霄，字景梁，号苍崖先生，谥文僖，济南人，……延祐间官至翰林侍讲学士。"③ 像元明善、潘昂霄这样的昔日好友，一个个都离自己远去了，袁桷倍感伤心，他把凄苦借上京纪行诗抒发了出来。读《开平第四集》中，会发现整个集子中都透着一股冷气，一种凄凉，一份伤感，最富代表性的是《客舍书事》八首：

客景真愁绝，凄凉倍旧年。草穿沙嵴缩，云住屋头偏。灶冷厨烟湿，窗低檐溜悬。畏寒难出户，尽日得高眠。

日永空庭净，清斋罢煮茶。无羊谁阅市，有客共思家。巷近逢归马，门闲数过车。衰年行六十，那得老风沙。

愁极吟肩耸，尘深望眼迷。屋随冰上下，山趁雪高低。干酪瓶争挈，生盐斗可提。日斜看不足，蹋舞共扶携。

蟾影穿窗矗，龙光拂席流。凄清三伏暑，淅沥九天秋。水恶停泥井，冰坚宿瓦沟。年年游上国，那识望乡愁。

问俗过闾里，凄凉说住冬。冻瓶粘在手，暖扇缚当胸。雪急鑳鎀响，风高榾柮松。寒更传警夜，飞骑急憧憧。

禁堞防危石，官衢漾浅沙。犬能搜兔窟，马解避驼车。童剪青蔬甲，僧分墨菊芽。飘零堪慰藉，小雨垫乌纱。

宿雾成疏雨，寒蓬卷细尘。云飞疑到地，草长不知春。香几蜂喧密，寒房燕语真。白头关塞外，犹作未归人。

灯影微微焰，钟声隐隐清。归鸿天际度，去骑月边行。久客心无着，微醺梦易成。揽衣中夜起，北斗正南横。④

---

① 《清容居士集》卷十六，《四部丛刊初编》本。
② 《清容居士集》卷十六，《四部丛刊初编》本。
③ 《全元文》，第28册，第293页。
④ 《清容居士集》卷十六，《四部丛刊初编》本。

愁绝、凄凉是《开平第四集》的主色调。就在这次扈跸的次年，即至治三年（1323），上都地区发生了震惊全国的“南坡事变”。以御史大夫铁失为首的一群贵族官僚，在至治三年八月四日（1323年9月4日），乘英宗皇帝由上都南返在南坡纳钵过夜时，以阿速卫军为外应，在行帐中刺杀了英宗及其近臣拜住，史称“南坡之变”。南坡之变后，也孙铁木儿登上帝位，是为泰定帝。这场政变虽是蒙古统治阶层内部的权力之争，但它波及了翰林国史院、集贤院的文士，“至治三年八月，铁失之变，贼党赤斤铁木儿遽至京师，收百司印，趣召两院学士北上”①。事变之后袁桷等翰林院官员都被迫至上京，等候发落。袁桷曾得到英宗和拜住的信任，故而恐惧异常，此时他大概已感到了自身的危险，于是在泰定帝元年（1324）三月，便辞官归隐了。从此袁桷远离了两都，远离了两都的文坛，并在三年之后去世。

袁桷是元代后期典型的馆阁文人，他所作的《开平四集》，是元代后期上京纪行诗的重要集子，后人给予了高度的评价：“伯长《上京杂咏》，叙次风土极工，不减唐人。”②《开平四集》使袁桷成为元代后期重要的上京纪行诗人。

第二节　柳贯、胡助及其《上京纪行诗》考论

一、柳贯及其《上京纪行诗》考论

柳贯（1270—1342），字道传，号乌蜀山人，又号静俭翁，婺州浦江（今属浙江）人，世称柳待制。祖籍河东解州（今属山西），南宋初迁至婺州浦江。柳贯受经于金履祥，学文于方凤、吴思齐、谢翱。大德四年（1300）用察举为江山县学教谕，至大元年（1308）迁昌国州学正，延祐六年（1319）除国子助教，升博士，泰定元年（1324）迁太常博士，三年（1326）出为江西儒学提举，秩满归。至正元年（1341）起为翰林待制，至正二年（1342）卒，年七十三，门人私谥曰文肃。著有《柳待制文集》二十卷。

---

① 《元史》卷一七二《曹元用传》，中华书局，1976年第1版，1997年7月第6次印刷，第13册，第4027页。

② 清·翁方纲，《石洲诗话》卷五（与《谈龙录》合刊），人民文学出版社，1981年版，第161页。

柳贯与虞集、揭傒斯、黄溍并称“儒林四杰”，颇受时人推崇。柳贯与黄溍同出于多才俊的婺州，二人并以文显，又同游方凤、吴思齐之门，为同乡同门挚友，所以有“黄柳”之称，时人也常常将其文章并称。柳贯上承南宋遗老之学说，下启明初文坛之学风，在学术传承中起着承前启后的作用。

柳贯为元代“儒林四杰”之一，学术渊源深厚，这与其师承名门有很大的关系。关于柳贯的从师情况，他的学生宋濂在《故翰林待制承务郎兼国史院编修官柳先生行状》中做了详细介绍：“甫及冠，遣受经于兰溪仁山金公履祥，仁山远宗徽国朱文公之学。先生刻意问辨，即能究其旨趣，而于微词奥义，多所发挥。既又从乡先生方公凤与粤谢公翱、栝吴公思齐游历，考先秦两汉以来诸文章家，大肆于文，开阖变化无不如意。先生曾不自以为足，复裹粮出，见紫阳方公回、淮阴龚公开、南阳仇公远、句章戴公表元、永康胡公纯长孺兄弟，益咨叩其所未至。诸公皆故宋遗老，往往嘉先生之才，无不为之倾。盖隆山牟公应龙得太史李心传史学端绪，且谙胜国文献渊源之懿，仪章官簿族系如指诸掌，先生又往悉受其说。自是先生之学绝出而名闻四海矣。”① 因为从师于这些名师大儒，再加上自己的努力钻研，用心体悟，所以柳贯经史百氏、兵刑律历、异教外书，靡所不通。所做文章，涵肆演迤，舂容纡余，人多传诵之。

延祐三年（1316），柳贯考满至京，从此开始了他客居京师的生活。京师人才济济，聚集了天下的英才，柳贯在大都宦游了十年，结识了文坛的许多重要人物，主要有：马祖常、袁桷、黄溍、虞集、杨载、范梈、揭傒斯、王士熙、胡助、余阙等等。其中马祖常对柳贯非常赏识，多次荐举他为官，但有些在朝官员忌嫉他，所以最终柳贯也没有被重用。据马祖常为《上京纪行诗》所作跋中说：“道传自越西入京，会祖常官御史府，先识之，即剡荐之。当时诸儒以北人为贵，未甚信服。后一二年，道传之学著于时，主教辟雍者久，众乃愈加敬焉。”② 可见，柳贯虽然在初来京师时未被以北人为贵的诸儒所接受，但他凭借自己的才学很快就闻名遐迩，成为众人敬重的学者。

延祐六年（1319），柳贯任国子助教，并于次年分教北都。此时，他已经年过半百，一路上，他出居庸，踰长城，来到北都滦阳。从夏到秋，在上都工作生活了半年左右。上都的工作经历在柳贯人生旅途中留下了深刻的印象。

---

① 宋濂，《宋文宪公全集》卷六十，1916 年四明孙氏刻本。

② 《上京纪行诗》马祖常跋，1930 年 4 月北平故宫博物院图书馆影印本。

想到“关途览历之雄，宫籞物仪之盛”，柳贯不禁心动神爽，于是把自己此次之行中眼之所见，情之所触，都记录了下来，总共有32首，合为一卷，题名为《上京纪行诗》。

柳贯的《上京纪行诗》收诗不多，但是，在元人单行本的上京纪行诗集子中，只有他和胡助的集子命名为《上京纪行诗》，胡助的《上京纪行诗》集子散佚，而柳贯的集子却完整地保存了下来。目前常见的有民国十九年（1930）四月北平故宫博物院图书馆影印本。卷前有至治三年十一月五日柳贯的自序，卷后有永嘉薛汉的跋、柳贯跋、马祖常跋以及柳贯门生宋濂的跋。

至于为何仅收诗三十二首，柳贯在跋中这样说：“唐元微之奉使东川，有诗三十二章，校书郎白行简为写东川卷，而微之又自为序，予之鄙诗何足以涴宗海笔札，盖予与宗海尝并客北都，姑欲藉是以为例耳。”① 看来是为了仿效唐代元稹，元稹奉使东川，曾作诗三十二首。当然，三十二首诗歌并不能涵盖此次上京之行的全部活动和情感，正像柳贯在前序中所言：“噫，置窭家之子于通都万货之区，珍怪溢目，收揽一二而遗其千百，虽欲多取悉致，力何可得哉?”② 看来作者也有挂一漏万之感，但毕竟这一卷《上京纪行诗》真实地记录了柳贯作为国子助教分教北都的经历。柳贯言：“贯越西之鄙人，少长累遭家难，学殖荒落，志念迂疏，顾父师之箴言在耳，尝恧焉，弗胜，乃兹幸以章句训故，间厕西廱之武，以窃陪从臣之末。”③

延祐七年（1320）的这次上京之行，深刻地影响了柳贯的后半生。多年之后，当他回忆起这次经历时，依然是感慨万分，“龙光炳焕，照耀后先，山川闳奇，振发左右，则夫纪载而铺张之。有不得，以其言语之芜拙而并废也。今朝夕俟汰，庶几退藏田里，以安迟暮。而诸诗在稿，惧久亡去。吾友薛君宗海雅善正书，探囊中得旧纸数枚。因请宗海为作小楷，联为卷。岂直归夸田夫野老，以侈幸遇之万一，而顾瞻鼎湖，薄天万里，遗弓之痛，有概于心，尚何时而可已耶?”④ 为了防止记录这次经历的诗稿随着岁月的流失而遗失，他请朋友薛汉作小楷，联为卷。薛汉，字宗海，永嘉人。仕为青田教谕，以荐累迁国子助教，诗律书楷严缜有法。薛汉也曾有上京之行，面对着柳贯的诗集，故而感慨颇多，“道传出上京纪行诗，属汉为书，会目眚，置几格间，

① 《上京纪行诗》柳贯跋，1930年4月北平故宫博物院图书馆影印本。
② 《上京纪行诗序》，柳贯，《柳待制文集》卷十六，《四部丛刊初编》本。
③ 《上京纪行诗序》，柳贯，《柳待制文集》卷十六，《四部丛刊初编》本。
④ 《上京纪行诗序》，柳贯，《柳待制文集》卷十六，《四部丛刊初编》本。

而道传方续旧游，乃得并其后作而书之，殊恨不佳也。旦夕南还，堕影万山，回视朝绅，浮沉异势，宁不重为耿耿？”①

柳贯的《上京纪行诗》诗集，包括8首五古，13首七律，11首七绝。主要记载了延祐七年他作为国子助教分教上都的过程，包括途中及上京所见，在北都的工作情况及其和友人的交往情况。居庸关、李老谷、龙门、李陵台、桓州、长城、独石、上都试院等都成为作者关注的对象。沿途中，居庸关在作者的记忆里印象最为深刻，该集第一首就歌咏居庸关这一古今要塞，诗曰：

居庸朔方塞，始入两崖张。行行转石角，细路萦涧冈。层壑倒天影，半林漏晨光。崎嶔里四十，所历万羊肠。千辕络前后，两轨通中央。谷开稍夷旷，在险获康庄。岂唯遂生聚，列廛参雁行。激流或机硙，架广亦僧坊。我来山水窟，爱此不能忘。是日新雨已，浮岚乱沾裳。水声与石斗，风飘韵清商。局蹐不知高，游云翼超骧。考牒曩有闻，经途今始详。缅惟古塞北，八州犹汉疆。控扼识形势，会同知乐康。属兹景运开，六服联绥荒。两京备巡幸，离宫岌相望。守岳将考制，如祠匪求祥。式瞻龙德中，足征皇业昌。请继王会篇，勿赓祈招章。②

居庸关是几乎所有北上滦阳的元代诗人都喜欢歌咏的一处古迹。柳贯的这首五古，对仗工整，格律严密，借对居庸关的风光描写怀古伤今。其中“层壑倒天影，半林漏晨光”，堪为写景名句。

《上京纪行诗》中关于滦阳景色风光的描写，最富代表性的是《滦水秋风词四首》和《后滦水秋风词四首》，这八首诗均为七言绝句，较为详细地记载了柳贯眼中的北都：

滦水秋风词四首

西麻林鞍如割铁，东凉亭酒似流酥。福威玉食有操柄，世祖建邦天造图。

朔方窦宪留屯处，上郡蒙恬统治年。今日随龙看云气，八方同宇正熙然。

朵楼清晓尝祠罢，吾殿新秋曲宴回。御帛功由寒女出，分颁恩自九天来。

西风初吹白海水，落日正见黑山云。旃庐小泊成部署，沙马野驼连数群。

后滦水秋风词四首

碛中十里号五里，道上千车联万车。东赆西琛通朔漠，九州四海会同初。

---

① 《上京纪行诗》薛汉跋，1930年4月北平故宫博物院图书馆影印本。

② 《度居庸关》，《柳待制文集》卷二，《四部丛刊初编》本。

界墙洼尾砂如雪，滦河觜头风卷空。泰和未必全盛日，几驿云州避暑宫。旋卷木皮斟醴酪，半笼羔帽敌风沙。丈夫射猎妇当御，水草肥甘行处家。山邮纳客供次舍，土屋迎寒催墐藏。沙头蘑菇一寸厚，雨过牛童提满筐。①

诗中选取了上京及其周边的众多意象：林鞍、美酒、玉食、朵楼、殿阁、西风、落日、沙马、野驼、界墙、积雪、山邮、土屋、蘑菇、牛童……通过这众多的意象，把上京及其周边地区的气候、物产、风俗，甚至城郭建造、历史沿革等都展现在了读者的眼前。无怪柳贯的门生宋濂称其"为文章有奇气，舂容纡徐，如老将统百万雄兵，旗帜鲜明，戈甲辉煌，不见有喑呜叱咤之严"②。虽然此语为评论柳贯的文章，但也同样适合柳贯的诗歌。

柳贯此次北行主要是工作需要，作为国子助教，他最主要的任务是做好上都国子监的教育工作。柳贯自而立之年出仕，一生基本上都在从事教育工作。无论是身在地方县学，还是职属国子学，柳贯均兢兢业业，恪尽职守，为国家培养了众多人才。黄溍和宋濂在叙述柳贯的事迹时都对其教育成就给予了很高的评价。宋濂在《故翰林待制承务郎兼国史院编修官柳先生行状》中说："生平以奖进人材为己任，谆谆劝诱，至老不倦。人有一善播之，惟恐不亟，士类咸乐归之。"③ 黄溍也说："前后在弟子列者千余人，业成而仕，后多知名。"④ 五月八日，柳贯来到了国子监，他要在这里工作半年左右。柳贯很热爱自己的这份教育工作，他洒水扫地，清理屋子。他很喜欢自己的学生，并满腔热情地希望通过自己的努力工作，让自己的学生都能够早成大器，"前修有轨辙，后生多俊英。抑将授何业，可使器早成"⑤。

在工作之余，柳贯还广交朋友，他和同事关系融洽，合作愉快，感情非常深厚。某日午后，天刚刚下了小雪，他行走在失八儿秃道中，想到了共事的朋友，不禁思绪万千，于是即兴赋《午日雪后行失八儿秃道中有怀同馆诸公》诗一首：

尖峰犹是漠南山，驼褐萧萧午日寒。艾叶谩将头上插，榴苍应许梦中看。

---

① 柳贯，《上京纪行诗》，1930 年 4 月北平故宫博物院图书馆影印本。

② 宋濂，《故翰林待制承务郎兼国史院编修官柳先生行状》，《宋文宪公全集》卷六十，1916 年四明孙氏刻本。

③ 宋濂，《宋文宪公全集》卷六十，1916 年四明孙氏刻本。

④ 黄溍，《元故翰林待制柳公墓表》，《柳待制文集》附录，《四部丛刊初编》本。

⑤ 柳贯，《五月八日至上都国子监作》，《上京纪行诗》，1930 年 4 月北平故宫博物院图书馆影印本。

马前砂雪行初隐，鹏背荒云落更盘。王事独贤吾敢惮，重烦同馆劝加餐。[①]

在上都的时间虽然不是很长，但柳贯却有很多朋友，和方外人士的交往也很密切，他和华严寺的第六代住持僧维寿关系至为密切，柳贯赠诗曰：

线蹊葴芜界三千，磨衲披来对御筵。台岭金篦谁刮膜，洞山宝镜独当铨。一杯姜杏何多味，四壁松篁不碍禅。今日丹霞同会客，渊明元有酒中缘。[②]

在上都，和方外人士交朋友、联诗唱和的文人很多，柳贯就是众多这样文人中的一个。作为"儒林四杰"之一，柳贯在元代文坛上以文著称，但是，柳贯的诗歌在诗歌史上也是不可忽视的一个部分，尤其是他的上京纪行诗。柳贯的《上京纪行诗》，虽然仅有32首诗，但它却是以"上京纪行诗"命名并流传下来的唯一一部单行本的元代诗人集子。在上京纪行诗的发展史上具有重要的地位。

二、胡助及其《上京纪行诗》考论

胡助（约1275—1346后），字履信，一字古愚，自号纯白道人，婺州东阳（今属浙江）人。生而状貌清古，幼颖悟，性纯朴，平生诚实无伪。自幼刻苦力学，探究经史诸子宏旨。性端方，好读书，蔚有文采。年逾三十，郡举茂才，授建康路儒学录，临川吴澄过金陵，见到胡助的诗文，大加称赏。谓其所作如"春兰茁芽，夏竹含箨，露滋雨洗之余，馥馥幽媚，娟娟净好。五七言、古近体皆然，令人爱玩之无斁。颂雅风骚而降，古祖汉，近宗唐，长句如太白、子美，绝句如梦得、牧之，此诗之上品也"[③]。胡助之作被列为上品，由是名震一时。复就行省，调美化书院山长。考满赴礼部选，元明善、王士熙诸公荐为翰林国史院编修官。至顺初，从虞集学士分院清暑上京。久之调任右都威行儒学教授，再任翰林编修。秩满授承事郎、太常博士。卒于乡。胡助生平主要见于《纯白先生自传》[④]《纯白道人赞》[⑤]，又见于《草堂雅集》卷十三，《金华贤达传》卷十，《金华先民传》卷七，《万历金华府志》

---

① 柳贯，《上京纪行诗》，1930年4月北平故宫博物院图书馆影印本。

② 柳贯，《赠大华岩寺长老寿公司徒》，《上京纪行诗》，1930年4月北平故宫博物院图书馆影印本。

③ 吴澄，《题古愚诗集》，《纯白斋类稿》附录，《丛书集成初编》本，第211页。

④ 《纯白斋类稿》卷十八。

⑤ 《纯白斋类稿》卷十九。

卷十六，《两浙名贤录》卷二，《元诗选》三集，等等。

关于胡助的生年，胡助在《纯白先生自传》中曾言："年几七十，竟告老于朝，致仕以归，实至正五年也。"① 由此语推测，至正五年（1345），胡助年近七十，那么他的生年约在世祖至元十二年，即1275年前言。至于胡助的卒年，胡助有《胡氏族谱序》一文，作者文末标注的写作日期为"至正六年龙集丙戌秋九月九日十一世孙承事郎太常博士致仕助序"②。《纯白先生自传》也说："今先生年七十三，康健如少壮，耳目聪明，能写细字，手不释卷，可谓老而好学者也。"③ 由此可知，胡助在至正六年（1346）九月九日依然在世，这也应了他的"康健如少壮，耳目聪明"的自我描述。从这些文献记载可以推断，胡助的卒年应该是在至正六年，即公元1346年以后。

关于胡助的著作，胡助在《纯白先生自传》中曾说："初在山中所作曰《巢云稿》，至建康曰《白下稿》，往来京师几三十年，有《京华杂兴》《上京纪》④《北游前后续稿》，命子编集，合三十卷，名之曰《纯白斋类稿》。"⑤ 可见其生前就已经命其子自订著述《纯白斋类稿》，共三十卷。该集子历年既久，残缺失次。明正德中，其六世孙胡淮掇舍散佚，重编为二十卷，附录二卷，仍命名为《纯白斋类稿》。此文集按体裁分类，包括赋一卷，诗歌十六卷，杂文三卷。

元仁宗时期，胡助由美化书院山长秩满赴京师，待选吏部。这是他第二次来皇城大都，这次在大都滞留的时间最长，几近三十年。初到京华，他的生活并不如意，据他在《京华杂兴诗二十首》"引言"中说："余待选吏部，贫不能归，尘衣垢面，憧憧往来，盖亦莫自知也。"⑥ 他在京城的生活窘迫、穷困潦倒可见一斑。在京城，同僚们都已经升官加禄，光耀显赫了，唯独自己，在仕途上一直举步维艰。

京城三十多年，唯一令胡助欣慰的是这里优越的文化环境，这里聚集了全国最优秀的文化人士、最一流的学者。和他们朝夕相处，极大地开阔了胡助的眼界，他在文学上有了极大的进步。在大都，胡助结识交往的文化界名

---

① 《纯白斋类稿》卷十八，《丛书集成初编》本，第164页。
② 《纯白斋类稿》卷二十，《丛书集成初编》本，第190页。
③ 《纯白斋类稿》卷十八，《丛书集成初编》本，第165页。
④ "纪"后疑为缺一"行"字。
⑤ 《纯白斋类稿》卷十八，《丛书集成初编》本，第164页。
⑥ 《纯白斋类稿》卷二，《丛书集成初编》本，第9页。

流主要有：虞集、马祖常、贡奎、王士熙、宋本、袁桷、黄溍、柳贯、苏天爵、周伯琦、危素等等。和他们在一起翰墨往复，更相唱和，给胡助孤寂苦闷的生活带来了一丝光彩。

胡助的许多文友都很赏识他的才识，后经元明善、王士熙诸公的推荐，胡助任为翰林国史院编修官。任职翰林期间，作为翰林馆阁之臣，胡助曾扈从上京。对胡助来说，这是一件非常有意义的事情。顺帝至顺元年（1330）夏五月，大驾清暑滦阳。根据规定，翰林各级官吏要陪同前往上都，胡助也在扈从之列。其时，他已经是年过花甲之人了。就在要出发时，他突然病倒，无法与同僚跟随皇帝一起出发。直到六月下旬，他才康复，随即与翰林检阅官吕思诚偕行。吕思诚和胡助是故交，在胡助任建康路儒学学录时，他们就已经相识。胡助在《纯白先生自传》中曾说："建康，六朝故都之地，今行台治为监察御史，日至泮宫，勉励诸生。先生之为学官也，实兼太学斋训导。凡御史台郎子弟悉从授书，去后登科入仕者众。其最显者，前中书左丞吕仲实、江西监宪刘伯温、辽省参政廉公亮、今礼部尚书赵伯器是也。"① 因为有这段交往，现在又同在翰林院共事，所以胡助很愿意和吕思诚同行。他们一路上观览山水之盛，日以吟诗为事。等到了上都官署，寓居在视草堂，文翰闲暇，吟哦亦不废。这时候，虞集正任翰林学士，他也来视草堂住了几十天。虞集患眼疾，无法读书，于是凡有所作，往往口占，胡助则在旁边用笔记录下来。胡助写成诗歌，也请虞集来指导。一来一往，二人的感情与日俱增。虞集是文坛泰斗，胡助从他身上得到了许多启迪，感觉很是幸运。等到从上都南返大都，胡助又得以和吕思诚同行，他们一行依然是日有所赋。到了京师，为了把此行的"羁旅之思、鞍马之劳、山川之胜、风土之异"② 记录并保留下来，胡助把所作诗歌录为一卷，共得诗五十首，命名为《上京纪行诗》。

胡助的《上京纪行诗》集作为完整独立的集子虽然没有保存下来，所幸的是，在现存的二十卷《纯白斋类稿》中，可以辑到胡助的五十首上京纪行诗，包括五古、五律、五绝、七律和七绝。

因为作诗的目的是记录扈跸上京的行程，所以胡助的《上京纪行诗》中，一方面着重描写沿途和上京地区的山川风土，另一方面突出记录作者和同行

---

① 胡助，《纯白先生自传》，《纯白斋类稿》卷十八，《丛书集成初编》本，第163页。

② 胡助，《上京纪行诗序》，《纯白斋类稿》卷二十，《丛书集成初编》本，第189页。

僚友的旅途及上京生活。健德门、昌平、居庸关、怀来、李老谷、赤城、李陵台、独石、龙门、榆林、枪杆岭、望都铺、桓州、龙虎台，以及滦阳和滦阳翰林院中的鳌峰，都成为诗人笔下歌咏的景观。胡助的写景诗有一个非常突出的特点，就是叙事性很强，在叙述中，他很注重细节的勾勒，如他的《怀来道中》：

百千僦一马，日行百余里。未明即戒途，将至辄中止。人困马思睡，马疲徒用箠。驱驰失情性，老病侵发齿。可怜翁[①]鞅掌，岂知固如是。径行古关塞，形胜那尽纪。荒落久宁静，富庶或成市。清晨过怀来，沙草风烟美。想当用武时，满野控弓矢。白塔远招人，挥鞭渡流水。[②]

作者叙述自己行走在怀来道中的情景，因为是刚刚大病之后，所以不胜旅途的跋涉，刚刚到怀来道中，就已经是人困马乏了。作者用“人困马思睡，马疲徒用棰”这个细节，突出了路途上人和马的极度疲惫，再如《宿牛群头》：

荞麦花开草木枯，沙头雨过茁蘑菇。牧童拾得满筐子，卖与行人供晚厨。[③]

牛群头的牧童，雨后拾得满筐的蘑菇，准备卖了供行人晚厨。可见牛群头是一个盛产蘑菇的地方，途经这里的旅客，都喜欢品尝这里的蘑菇。透过这些细节描写，我们可以真切地了解到牛群头的“山川之盛，风土之异”。

对于胡助来说，病后和同僚一起北上滦阳，虽然多了些辛苦，但是却很有意义。他在上京纪行诗中还着重记录旅途中的经历和感想，如《同吕仲实宿城外早行》：

我行得良友，夜宿建德门。晨征带残雨，华星缀云阴。局辔乘羸马，沿途共笑言。两京隔千里，气候殊寒暄。声利汩清思，山川发雄文。平生所未到，扈跸敢辞烦。愧予雁鹜姿，亦复陪鸾鹓。历历纪瑰伟，一见胜百闻。兹游偿夙愿，庶用归田园。[④]

一个刚刚下过雨的早晨，天上依然云雾濛濛，晨星时隐时现。作者和好

---

① 《金华丛书》本，“翁”作“翰”。

② 胡助，《怀来道中》，《纯白斋类稿》卷二，《丛书集成初编》本，第14页。

③ 《宿牛群头》，《纯白斋类稿》卷十四，《丛书集成初编》本，第127页。

④ 《同吕仲实宿城外早行》，《纯白斋类稿》卷二，《丛书集成初编》本，第13页。

友吕思诚早早地起床，踏上了北行的征程。两京虽然只隔千里，但气候却迥然不同，越往前走，天越凉。好在有好友相随，二人一路走，一路有说有笑，吟诗唱和。早就听说过塞外的风土之异，今日亲自经历，自然感觉更为直观真切，真可谓是“历历纪瑰伟，一见胜百闻”。作者在记载北行经历时，也极力地抒发了自己的感想，其中最突出的是思乡之情。其实，在京师三十年，胡助无时无刻不在思念着家乡，思念着亲人。而现在又从京师北上，距离家乡越来越远，他的思乡之情就越来越浓。前往上都时，刚走到李老谷，他就开始思乡了，“人言桑乾北，六月少炎热。我行李老谷，流汗还病暍。疲马鞭不进，况复碍车辙。翠岩石幽幽，久晴涧泉竭。牛羊放山椒，穹庐补林缺。投宿山店小，子规夜啼血。南归空有怀，闻之愧刚决。顾方上滦阳，玉堂看秋月。更阑不成寐，声声山竹裂。期是明年春，相闻在吴越”①。他多么渴望明年能回到家乡吴越之地啊！到了滦阳，他更是梦里梦外都是家乡了，“梦回酒醒衾絮薄，不知此身在滦阳。群雁飞鸣向南去，问君何时还故乡”②。终于完成了上都的工作，可以南返了，他欣喜若狂，“去时两马行迟迟，回时四骑如飞驰”③。

思乡，成为胡助上京纪行诗的一个感情主旋律。胡助是元代后期的一个文人，可以说生逢盛世，国家安定，百姓乐居。所以和大多数同时期的文人一样，他也喜欢歌咏太平盛世。苏天爵在《跋胡编修上京纪行诗后》中言：“予友胡君古愚生长东南，蔚以文采，身形瘦削，若不胜衣。及官词林，适有上京之役，雍容闲暇，作为歌诗。所以美混一之治功，宣承平之盛德，余于是知国家作兴士气之为大也。后之览其诗者，与太史公疑留侯为魁梧奇伟者何以异。”④ 看来，苏天爵已经通过诗篇看到了胡助“美混一之治功，宣承平之盛德”的情结。在胡助的上京纪行诗中，《滦阳杂咏》这十首组诗在这方面可为代表：

帝业龙兴复古初，穹窿帐幄倚空虚。年年清暑大安阁，巡笔山川太史书。
绿阑青草玉花骢，驯鹿游眠殿阁东。西梵祝厘环地坐，曈昽初日晓旗风。
西清学士草黄麻，阁老承恩扈翠华。昨夜司天台上望，文章光焰照龙沙。

---

① 《李老谷》，《纯白斋类稿》卷二，《丛书集成初编》本，第 14 页。
② 《秋夜长》，《纯白斋类稿》卷五，《丛书集成初编》本，第 42 页。
③ 《上都回》，《纯白斋类稿》卷六，《丛书集成初编》本，第 53 页。
④ 《跋胡编修上京纪行诗后》，苏天爵著，陈高华、孟繁清校点，《滋溪文稿》卷二十八，中华书局 1997 年版，第 470 页。

小西门外草漫漫，白露垂珠午未干。沙漠峥嵘车马道，半空秋影铁幡竿。板屋松烟染素衣，天街暑雨没青泥。夜来沙碛秋风起，鸣镝云间白雁低。御天门前闻诏书，驿马如飞到大都。九州四海服训诰，万年天子固皇图。斗北高寒无点暑，举头正见七星文。玉堂近与琳宫接，清夜步虚声最闻。朝来雨过黑山云，百眼泉生水草新。长夏蚊蝇俱扫迹，葡萄马湩醉南人。万迹橐鞬列旆旌，周庐严肃驾将兴。帐前月色如霜白，晓汲滦河窟里冰。玉堂视草屋三间，尽日鳌峰相对闲。身遇太平铃索尽，题名篆笔又南还。①

“九州四海服训诰，万年天子固皇图”，歌颂大一统，希望国家长治久安，这就是胡助上京纪行诗的中心主题。

胡助的一卷《上京纪行诗》，在元代后期诗坛上自成一格，它像草原上雨后的鲜花绿草，带着清新的露水，散发着沁人心脾的芳香，正如吴澄所言，如“春兰茁芽，夏竹含箨，露滋雨洗之余，馥馥幽媚，娟娟净好”②。

第三节　周伯琦及其纪行诗集《近光集》和《扈从集》考论

元代后期至正年间，以写作上京纪行诗而闻名的是周伯琦。

周伯琦（1298—1369），字伯温，号玉雪坡真逸，饶之鄱阳（今属江西）人。

周氏在鄱阳世代为宦族，入元后，周氏更加显赫。周伯琦的曾祖父周灼在宋代时为乡贡进士。祖父周垕是咸淳十年进士，为官，入元后累赠正议大夫、礼部尚书、护军，追封为鄱阳郡侯。周伯琦的父亲周应极在元代历任翰林集贤两院待制，累赠翰林侍读学士、中奉大夫、上护军。周应极有文学才能，与虞集的关系甚好。因为父亲在馆阁任职，周伯琦十一岁即开始游燕京，十五岁补国子生，师事当时的鸿儒名师吴澄、邓文原、虞集等。周伯琦曾作《野菊赋》给当时的礼部尚书元明善看，元明善给予了高度评价，自此，周伯琦在文坛开始小有名气。③

---

① 《滦阳杂咏》，《纯白斋类稿》卷十四，《丛书集成初编》本，第127页。

② 吴澄，《题古愚诗集》，《纯白斋类稿》附录二，《丛书集成初编》本，第211页。

③ 见于《元故资政大夫江南诸道行御史台侍御史周府君墓铭》，《宋文宪公全集》卷四十六，1916年四明孙氏刻本。

泰定二年（1325）十二月，周伯琦被任命为将仕郎、广州路南海县主簿。天历元年（1328），赴南海。后至元元年（1335）冬，因翰林学士张起岩、欧阳玄的举荐，迁征仕郎翰林国史院编修官，预修泰定帝、宁宗实录、后妃功臣列传。后至元六年（1340），升翰林修撰承务郎同知制诰兼国史编修，扈从滦阳。至正元年（1341）擢宣文阁授经郎，进鉴书博士，除崇文监丞。同年十月，奉敕开宫学于御德殿西室，授宿卫官及翰林学士承旨，时人荣之，十一月，在明仁殿讲《大雅》，从此，特命乘驿从驾。至正三年（1343）正月，升宣文阁鉴书博士兼经筵官，因为岭南一带有警，除佥广东道肃政廉访司事，进阶朝散大夫，赐四品服。至正八年（1348）三月，召为翰林待制兼国史院编修官。至正九年（1349）五月，进所修国史，擢崇文少监阶亚中大夫同检校书籍事兼经筵官，赐三品服。至正十一年（1351），考试天下士，拜翰林直学士太中大夫知制诰同修国史兼经筵官。至正十二年（1352）四月，改兵部侍郎，寻拜中台监察御史。元廷的监察御史一直是由北人供职，周伯琦和贡师泰是第一批被任用的南士，当时显赫之至。至正十三年（1353）改崇文大监，丁忧，起复为江东廉访使，改浙西。十七年（1357）授江浙参政，招谕张士诚，张士诚留之吴中。张士诚被灭，周伯琦得归鄱阳。明洪武二年（1369）六月卒，享年七十二。

周伯琦自诸生起家，禄食四十余年，他博学能文辞，工书法，尤以篆、隶、真、草擅名当时。其大、小篆尤闻名于世，其古篆得赵孟頫遗意，字颇肥而玉润可爱，宫额宝文多由其手书。周伯琦精通六书，尝奉敕临摹晋人法帖。所著有《说文字原》一卷，《六书正讹》五卷，《近光集》三卷，《扈从集》一卷。

周伯琦生平主要见于《元史》卷一百八十七，《宋文宪公全集》卷四十六《元故资政大夫江南诸道行御史台侍御史周府君墓铭》，《梧溪集》卷四《故南台侍御史周公挽辞》，《列朝诗集小传·甲前集》，《蒙兀儿史记》卷一二〇，《新元史》卷二一一，《元诗选》初集，等等。

周伯琦的诗集有《近光集》共三卷和《扈从集》一卷，常见版本为《四库全书》本。《近光集》三卷，卷前有已经归老临川的周伯琦父执虞集的序，还有周伯琦的自序。该集收录周伯琦在后至元六年庚辰（1340）、至正元年辛巳（1341）、至正二年壬午（1342）、至正四年甲申（1344）和至正五年乙酉（1345）共五年间所作之诗。至正年间，周伯琦以政绩卓著、工书善诗受顺帝知遇，顺帝经常用字来亲切地称呼他。周伯琦在馆阁供职十多年，至正初这几年仕途最顺，频繁擢升，“拜恩宠，陪典礼，奉制敕，承顾问，侍游从”①，真可谓宠遇隆渥，显赫之至。在得宠之际，他多次陪同皇室巡幸滦阳。为了“揄扬上德，抒达下情”②，也是为了记载“蒙被恩遇之盛”③，周伯琦作诗来记述歌咏，并“次其岁月，汇为一编，题之曰《近光集》”④。

《近光集》共三卷，有五律、七律，有五古、七古，还有七绝、歌行体等，以纪行、纪事、纪游为主，该集前两卷大多数诗歌写上京途中及上京扈从生活，均为上京纪行诗。

在《近光集》的上京纪行组诗中，有几组颇有特色，如《上京杂诗十首》：

皇图基正统，朔易建神京。地厚南坡暖，天低北斗明。禁垣金耸阁，朝市石为城。盛业超前古，侯王作干桢。

省方绳祖武，清暑顺天时。法从严番直，周庐肃羽仪。氍毹驼背展，匼匝马头垂。惟有都人士，长望雨露私。

西内西城外，周围十里中。草阴迷辇路，山色护离宫。翠殿光凝雾，璇题影曳虹。鸣銮时一幸，草木尽祥风。

百日开名宴，崇班列上公。马鸣金騕袅，冠耀玉玲珑。合乐咸韶奏，群羞水陆丰。林林应述职，能继古人风。

官曹多合署，贾肆不常居。事简惟供亿，秋归幸羡余。有人磨铁砚，何日佩金鱼。直欲排阊阖，犹疑畏简书。

水味分咸淡，岚氛集暮朝。烹炊心每厌，冲冒疾偏饶。斥卤元因海，涂泥半是潮。万形皆幻寓，随分得逍遥。

卑湿如吴楚，雄严轶汉唐。土床长伏火，板屋颇通凉。菌出沙中美，椒升地上香。忘归江汉客，直欲比家乡。

水草饶刍牧，生涯富远氓。旃帘连雪屋，马酒溢琼罂。烂醉无怀氏，狂歌太古声。后车倾国色，艳服更珠缨。

闻说开都日，双龙据海中。良何方献策，精卫竟成功。灵去为云雨，皇居焕电虹。黄图三辅右，载笔纪昭融。

---

① 《近光集》自序，《四库全书》本，第1214册，第507页。
② 《近光集》自序，《四库全书》本，第1214册，第507页。
③ 《近光集》虞集序，《四库全书》本，第1214册，第506页。
④ 《近光集》自序，《四库全书》本，第1214册，第508页。

扈从多余暇，优游视草堂。特书兼左右，染翰侍明光。简峻程休父，雄深马子长。微才无一技，素食愧鹓行。①

这是一组五言律诗，从元初建造上都城说起，谈到自己对两都巡幸的看法，还有自己作为扈从之臣的馆阁生活。“盛业超前古，侯王作干桢”，“省方绳祖武，清暑顺天时”，从这些诗句中，可以鲜明地看出作者对建造两都及实行两都巡幸制度由衷地赞美。其实，至正年间，农民起义已经呈燎原之势，元廷政权像一棵被蛀空了的大树，倾斜倒塌已经是指日可待了。但是，周伯琦作为一个受朝廷恩遇的大臣，他笔下的上京纪行诗依然是充满了歌功颂德。

下面十首组诗描写了从上京回来时沿途的景象：

九月一日还自上京途中纪事十首

九月滦阳道，寒烟暗远堎。有山皆积雪，无水不成冰。猎犬高于鹿，鸣雅大似鹰。欲为风土记，问俗果谁凭。

驿程无里数，洼阜峻还低。落日明驼背，晴沙响马蹄。草枯人少聚，地冻路无泥。近市闻喧笑，邮亭又旅栖。

行宫临白海，金碧出微茫。饲豹仍分署，鞲鹰亦有房。射熊名鄙汉，祝网德怀汤。干豆遵彝典，人瞻日月光。

牛羊群蚁聚，车帐乱星移。刍牧因浇沃，迁留顺岁时。宛驹驰不乏，芦酒醉难支。使客皆儒服，寒风莫向吹。

侵晨度偏岭，凛凛气何偏。独石出平地，青山半似燕。近郊初见树，夹道更流泉。向午衣频减，羁怀始豁然。

龙门天下壮，只尺异寒暄。云气东西接，泉声日夜喧。柳榆环岸堑，瓜瓞拥篱樊。颇似燕南道，农家各有村。

高岭号枪竿，危亭揭岭颠。四山皆培塿，万里尽平川。草树秋犹秀，冰霜石半坚。全燕归眼底，佳气郁中天。

洪赞地何高，居人汲井劳。二钱博斗水，百文曳修绹。石乱山余骨，沙深溪不毛。岂知江海上，终日厌波涛。

怀来虽小县，城郭颇周严。野寺严兵骑，溪桥扬酒帘。唐碑文未泯，汉候吏无觇。山色青堪掇，冈头为少淹。

北口七十二，居庸第一关。峭崖屏列翠，急涧玉鸣环。佛阁腾云雾，人

① 《上京杂诗十首》，《近光集》卷一，《四库全书》本，第1214册，第509～510页。

家结市阛。马前军吏候，使节几时还。①

这十首五律对仗工整，描写了金秋九月滦阳道中的景象：落日、寒烟、雪山、水谷、闹市、邮亭、车帐、猎犬、牛羊、宛驹、饲豹、韝鹰，还有那穿着儒服的使客，这就是从上京回来途中的景象，那山、那水、那人，构成了一幅秋阳归京图。在这幅图景中，作者着重描写了白海行宫、偏岭、龙门、枪杆岭、洪赞、怀来和居庸关这些沿途必经的驿站。

《近光集》中的上京纪行诗使周伯琦在至正年间的诗坛上占据了一席之地，然而，代表周伯琦上京纪行诗最高成就的是他的《扈从集》。

《扈从集》一卷全部是上京纪行诗，共存诗 34 首，其中从大都前往上都途中作诗 24 首，均为五言律诗；从上都回来途中作诗 10 首，均为五言古诗。卷中有作者所作的前、后序，卷末有翰林学士承旨、光禄大夫知制诰兼修国史冀郡欧阳玄的跋，及门生乡贡进士海昌贾祥麟的跋。

至正十二年壬辰（1352），周伯琦由翰林直学士兵部侍郎拜监察御史。这是一次非同寻常的升职，在整个元代，南人一直没有机会充任监察御史之职。而作为南人的周伯琦和贡师泰，今年终于破例被提拔为监察御史，并随从皇帝清暑滦阳，这是所有南方士人的骄傲。对于周伯琦来说，这不仅是他仕途上至为关键的一步，也是他在文学上破纪录的一步。元代两都巡幸中，作为各级各部门的官吏，要陪同皇室一行北上清暑上都。前往上都时，绝大部分文职官员只能走驿路，周伯琦至正初年陪同皇室扈跸上都时，走的即是驿路。而升职为监察御史，根据规定，就可以跟随皇室成员走黑谷辇路了。这是一条禁路，每年只供皇室和部分近臣行走，“予往年职馆阁，虽屡分署上京，但由驿路而已，黑谷辇路未之前行也。因忝法曹，肃清毂下，遂得乘驿，行所未行，见所未见。每岁扈从，皆国族、大臣及环卫有执事者。若文臣，仕至白首，或终身不能至其地也”②。

周伯琦并非第一次扈从上京，也并非第一次写上京纪行诗，但是，至正十二年的这次扈从，却使他终生难忘。他把这次行程全部通过诗歌的形式记载了下来，为了尽可能多地保存史料，他“所至赋诗，以纪风物”③，目的就

---

① 《九月一日还自上京途中纪事十首》，《近光集》卷一，《四库全书》本，第 1214 册，第 515 页。

② 《扈从集》前序，《四库全书》本，第 1214 册，第 543 页。

③ 《扈从集》前序，《四库全书》本，第 1214 册，第 543 页。

是通过考记风土，“一以赞规摹之大，一以彰声教之隆”①，“不惟使观者得以扩闻见，抑以志吾生之多幸也欤”②。

《扈从集》卷首是周伯琦的前序，详细介绍了扈从的时间，所经过的地方，该地的地况地貌、气候环境、特殊物产、居民群落、风俗习惯等等。更为难能可贵的是，关于两都间的道路，无论是正史还是野史笔记，甚或其他元人诗文集，都没有很详细的记载，而周伯琦的前序却非常详细地介绍了两京间道路的情况，“大抵两都相望，不满千里，往来者有四道焉：曰驿路，曰中路，二曰西路。东路二者，一由黑谷，一由古北口。古北口路，东道御史按行处也”③，四条道路的记载颇为清楚。因为此行走的是黑谷辇路，所以对该路段的记载更为翔实，何日到何地，所用时间，都有明确记录，“历巴纳，凡十有八，为里七百五十有奇，为日二十四”④。此行共经过十八个巴纳，行走里程为七百五十有余，历时二十四天。这是目前所发现的元人文献当中，关于两京间道路，尤其是皇帝亲自行经的黑谷辇路最翔实、最完整的记载，是最珍贵的原始史料，对于研究两京间的道路具有极其重要的文献史料价值。

与前序相互佐证的是诗歌，《扈从集》前 24 首均为五言律诗，详细地叙述了前往上都的行程，第一首诗为：

乘舆绳祖武，岁岁幸滦京。夏至今年早，山行久雨晴。日瞻黄道肃，夜拱北辰明。随步窥形胜，周咨记里程。⑤

首诗明确说明，此组诗为写扈从巡幸滦京之作，而且出发点是“随步窥形胜，周咨记里程”。接下来，组诗分别描写了昌平、居庸关、缙云山、十八盘岭、龙门、沙岭、牛群头、察罕诺尔、明安驿、李陵台、桓州、南坡等地。昌平、居庸关等一些驿路和辇路都必经的地方，虽然以前也经过，但现在作为皇帝的近侍，再途经这些地方，所享受的待遇却不是很一样。试比较下面两首写居庸关的诗：

① 《扈从集》贾祥麟跋，《四库全书》本，第 1214 册，第 550 页。
② 《扈从集》后序，《四库全书》本，第 1214 册，第 547 页。
③ 《扈从集》前序，《四库全书》本，第 1214 册，第 543 页。
④ 《扈从集》前序，《四库全书》本，第 1214 册，第 543 页。
⑤ 《纪行诗》之一，《扈从集》，《四库全书》本，第 1214 册，第 543 页。

过居庸关二首①

崇关天险控幽燕，万叠青山百道泉。绝壁云霞龛佛像，连廛鸡黍聚人烟。炎凉顷刻成殊候，华夏于今共一天。我欲登临穷胜概，西风五月倍凄然。

关南关北四十里，玉垒珠闳限两京。列队龙旗明辇路，重屯虎卫肃天兵。桑麻旆旆村无警，榆柳青青塞有程。却笑燕然空勒石，万方今日尽升平。②

纪行诗③

居庸东北路，草细一川平。夹岸山屏转，穿沙水带萦。六龙扶日御，万骑拥云旌。游豫诸侯度，欢歌兆姓迎。④

这些诗歌虽然都是写居庸关，但前两首七言律诗是至正初年作者作为馆阁文臣扈从时所写，和大多数扈从的文臣一样，必须走驿路。虽然也要途经居庸关，但作者侧重描写居庸关的地理位置、周围环境、独特气候，并怀古感今，歌颂今日“万方尽升平”。诗中有皇帝一行的描写，“列队龙旗明辇路，重屯虎卫肃天兵”。这是从外围观者的角度来写的。作为监察御史而跟随皇帝走辇路时所作的后一首五言律诗，却是从局内人的角度写的，“六龙扶日御，万骑拥云旌。游豫诸侯度，欢歌兆姓迎”。极写皇帝一行的仪仗威严以及所受到的热烈欢迎。整首诗节奏欢快明朗。而缙云山、十八盘岭、龙门⑤、沙岭等地点，是只有辇路所经之地，其他无缘经过的诗人诗集中很少描写，而《扈从集》中却描得很详细，如《十八盘岭》：

车坊尚平地，近岭昼生寒。拔地数千丈，凌空十八盘。飞泉鸣乱石，危磴护重关。俯视人寰隘，真疑长羽翰。⑥

这些描写都能抓住所写地点的特点，突出辇路上的奇特和壮观。在元人的上京纪行诗中，写驿路上的驿站及风物的较多，相比来说，辇路上很少。《扈从集》关于这些地方的描写，成为研究辇路不可多得的最重要的诗文资料。

元廷北巡上都，东出西还，秋天来临之际，皇室一行即从西道返回大都。

---

① 该诗为周伯琦走驿路时途经居庸关所作。

② 《近光集》卷一，《四库全书》本，第1214册，第508页。

③ 该诗为周伯琦走辇路时途经居庸关所作。

④ 《纪行诗》之一，《扈从集》，《四库全书》本，第1214册，第543页。

⑤ 此指辇路上的龙门。

⑥ 《十八盘岭》，《扈从集》，《四库全书》本，第1214册，第543页。

《扈从集》后序即详细地记载了周伯琦陪同皇室从上都出发，返回大都所经过西道的情况，何日出发，行程多长时间到何地，都记载得清清楚楚。西道一千零九十五里，途经二十四个巴纳。序的末尾，作者极力抒发自己“蒙被恩遇之盛”的幸运，说道：“国制：凡官署之幕职椽曹当扈从者，东西出还，甲乙番次，多不能兼。惟监察御史扈从，与国人、世臣、环卫者同，东西之行，得兼历而悉览焉。昔司马迁游齐、鲁、吴、越、梁、楚之间，周遍山川，遂奋发于文章，焜耀后世。今予所历，又在上谷、渔阳、重关大漠之北千余里，皆古时骑置之所不至，辙迹之罕及者。非我元统一之大，治平之久，则吾党逢掖章甫之流，安得传轺建节，拥侍乘舆，优游上下于其间哉！既赋五言古诗十首以纪其实，复为后序，以著其概，不惟使观者得以扩闻见，抑以志吾生之多幸也欤。”①

与后序相互补充的是十首组诗，这十首组诗均为五言古诗，描写之地主要有：辉图诺尔、鸳鸯泺、兴和郡、野狐岭、顺宁府、坳儿岭、浑河上源、鸡鸣山、雷家驿、怀来县、榆林驿、居庸关、龙虎台、大口……这些都是西路上途经的主要之地。作者在描写沿途景物的时候，也流露出对元代大一统的讴歌之情，如《野狐岭》云：

高岭出云表，白昼生虚寒。冰霜四时凛，星斗只尺攀。其阴控朔部，其阳接燕关。涧谷深叵测，梯磴纡百盘。坳垤草披拂，崎岖石巑岏。轮蹄纷杂沓，我马习以安。恍然九天上，熙熙俯人寰。连冈束重隘，拱揖犹城垣。停鞭履平地，回首势望尊。绵衣遂顿减，长途污流骭。亭柳荫古道，园果登御筵。境虽居庸北，物色幽蓟前。始悟一岭隔，气候殊寒暄。小邑名宣平，相距两舍间。牛羊岁蕃息，土沃农事专。野人敬上官，柴门暮款延。休养嘉承平，禹迹迈古先。汉唐所羁縻，今则同中原。大哉舆地图，垂创何其艰。张皇我六师，金汤永深坚。②

在详细描写野狐岭独特地况地貌的同时，作者也在反思：“大哉舆地图，垂创何其艰。”想当初，祖先创业是多么艰难，想到江山的不易，作者进而提出了自己美好的愿望：“张皇我六师，金汤永深坚。”但愿江山金汤永固。但是周伯琦的这一美好愿望并没有实现，至正十八年（1358）十二月癸酉，红

① 《扈从诗》后序，《四库全书》本，第1214册，第546~547页。

② 《野狐岭》，《扈从集》，《四库全书》本，第1214册，第547~548页。

巾军关先生、破头潘部由大同直趋上都，攻陷都城，焚烧宫阙，上都城顿时断垣残壁，变成了一片瓦砾场。

纵观元代诗坛，周伯琦算不上大家，但是，在研究元代的上京纪行诗时，周伯琦及其《近光集》和《扈从集》却是不能删节的一环。正像《四库全书总目》卷一六七《近光集提要》中所评论的那样："《近光集》中述朝廷典制为多，可以备掌故。《扈从诗》中记边塞闻见为详，可以考风土。而伯琦文章淹雅，亦足以摹写而叙述之。溯元季之遗闻者，此二集与杨允孚《滦京百咏》，亦略具其梗概矣。"①

《近光集》三卷和《扈从集》一卷，是元至正年间最完整、最详细、最集中的上京纪行诗诗集，在很大程度上裨补了史书记载的不足，做到了以诗存史，诗史互证，正因为如此，周伯琦在后期文坛上才占有了不可替代的一席之地。

第四节　杨允孚和《滦京杂咏》考论

元代上京纪行诗的谢幕之作是杨允孚的《滦京杂咏》。

杨允孚，字和吉，元末吉水人，其生平不详。今流传下来的杨允孚的作品只有诗，未见文。杨允孚的诗集名为《滦京杂咏》，今存有一卷本，有两卷本，两卷本为一卷本析分而成。共有诗 108 首，取其成数，也题名为百咏。这百首诗均为七言绝句。

从世祖时期程钜夫南下访贤开始，南方士人就开始北上，前期南方士子北上主要是受命于朝廷。到了后期，南方文士更是如雨后春笋般踏上了北上之路。他们或为学业，或为仕途，甚而到北方寻师问友。皇庆、延祐年间，在京城已经形成了一个非常有影响力的文化圈。虞集、袁桷、黄溍、胡助、柳贯等等，都是这个文化圈里活跃而且颇有影响力的人物。黄溍、虞集、揭傒斯、柳贯在当时就被号为"儒林四杰"；虞集、杨载、范梈、揭傒斯齐名为"元诗四大家"。元代后期，南方士子北上京师，前往上都，除供职于朝廷之外，好多人是怀着观光巡游目的而来的，如廼贤、杨允孚。在后期文人的诗作当中，写作上京纪行组诗的目的更为明确，杨允孚的《滦京杂咏》就是在

① 《四库全书总目》卷一六七《近光集提要》，中华书局，1965 年 6 月第 1 版，1987 年 7 月第 4 次印刷，第 1448 页。

这样的大背景之下而诞生的。

和周伯琦创作《扈从集》的目的一样，杨允孚创作《滦京杂咏》的原动力也是保存史料，以诗存史。

《滦京杂咏》成书于明初，但它所写的是元顺帝时期避暑行幸之典，多史所未详。《滦京杂咏》在元人的上京纪行诗中，是比较特殊的一种，含有纪行、考古和存史多重内容。全诗主要内容分为三个部分：记叙前往滦京途中之景；描述滦京之景以及圣驾往还之典故；叙写一年之景，并杂咏塞北之物。景物、人物、典故是《滦京杂咏》的三个要素。在前往滦京途中，作者选取了健德门、龙虎台、昌平、居庸关、南口、北口、居庸双塔、弹琴峡、枪杆岭、李老谷、尖帽山、龙门、偏岭、李陵台、鸳鸯坡等途中富有代表性的景物和驿站。沿途的驿站和景物，作者总是能抓住它们的独特性，如该集的第一首诗写健德门，诗曰："北顾宫庭暑气清，神尧圣禹继升平。今朝建德门前马，千里滦京第一程。"① 作者即抓住健德门为清暑滦京第一程的特点。而位于昌平的龙虎台纳钵，是大臣向皇帝奏明行程的地方，第二首诗曰："纳宝盘营象辇来，画帘毡暖九重开。大臣奏罢行程记，万岁声传龙虎台。"过了昌平，随即来到居庸关，巡幸队伍过居庸关时，最为壮观的景象就是"秉烛夜过"。在夜色中，浩浩荡荡的队伍都持着火把通行，随即形成一道火龙，蔚为壮观。第三首诗即抓住这一点，写道："宫车次第起昌平，烛炬千笼列火城。才入居庸三四里，珠帘高揭听啼莺。"塞外所特有的风物：坚冰、怪石、残月、疏星、朔风、芳草、黄云、白沙、毡房、边鸿、白翎、燕姬、番语……都成为诗料出现在了作者的笔下。塞外的风景独特，气候也与南方迥异。"李老谷前山石癯，何年此土遂民居。老龙若作三更雨，顷刻茅檐数尺余"。李老谷的雨说来就来，瞬间"茅檐数尺余"。塞外山多山险，山南山北气候变化也很大，"驱车偏岭客南还，始见胡姬笑整鬟。谁信片云三十里，寒暄只隔此重山"，作者随即自注说："过人到偏头之北，面不可洗，头不可梳，冷极故也。过此始有暖意，素非高岭，寒暄止隔于此，良可怪也欤。"偏岭不是很高大的山，可是南北气候差异却是如此之大，以致作者也奇怪地说："良可怪也。"塞外之景，令人奇怪的又岂止是偏岭的气候？

风景中如果没有人，风景就只是风景而已，如果有了人，有了人的活动，那么风景便活了起来，有了灵气。《滦京杂咏》在写景时，从头至尾、自始至

---

① 本节引用的资料如果没有标注出处，均为出自《滦京杂咏》，《丛书集成初编》本。

终都融入了人的活动，出现在画面当中的有男人，有女人；有儿童，有老人；有皇帝，有大臣，也有农夫；有宫妃，有农家女，也有舞女。诗曰：

营盘风软净无沙，乳饼羊酥当啜茶。底事燕支山下女，生平马上惯琵琶。
羽猎山阴射白狼，太平天子狩封疆。峰峦频转丹楼稳，辇辂初停白昼长。
先帝妃嫔火失房，前期承旨达滦阳。车如流水毛牛捷，鞲缕黄金白马良。
又是宫车入御天，丽姝歌舞太平年。侍臣称贺天颜喜，寿酒诸王次第传。
怪得家童笑语回，门前惊见事奇哉。老翁携鼠街头卖，碧眼黄髯骑象来。

这些由人作为主角的一个个画面，共同组成了一卷独具塞外风情的元末世俗风情画。在这众多的各色人中，最吸引人眼球的、最鲜亮的是女人。塞外的妇女，都要走出户外，参加生产劳动，下面几首可见一斑：

翎赤王侯部落多，香风簇簇锦盘陀。燕姬翠袖颜如玉，自按辕条驾骆驼。

作者自注曰："辕条，车前横木，按之则轻重前后适均。"

元夕华灯带雪看，佳人翠袖自禁寒。生平不作蚕桑计，只解青骢鞴绣鞍。
汲井佳人意若何，辘轳浑似挽天河。我来濯足分余滴，不及新丰酒较多。

作者自注："此地悭水故也。"

紫菊花开香满衣，地椒生处乳羊肥。毡房纳石茶添火，有女褰裳拾粪归。

这些妇女像男人一样，除了做女工活，还要按辕驾车，汲井打水，拾粪烧茶。甚至还要做生意来维持生计，"狼山山下晓风酸，掩面佳人半怯寒。倚户殷勤唤尝粥，正宜倦客宿征鞍"。作者自注："俗卖豆粥。""卖酒人家隔巷深，红桥正在绿杨阴。佳人停绣凭阑立，公子簪花倚马吟"。当然，元代的两都巡幸，庞大的旅客群体也给她们的生意带来了兴隆。这不，行了一路，正感觉疲惫的旅客看到她们殷勤召唤，已经打算在这里住脚歇息，品尝她们所做的豆粥、美酒了。勤劳朴实、爽快泼辣的塞北妇女，是《滦京杂咏》中的主角。这在元代文学史上，也是非常独特的，把塞外劳动妇女作为主角来歌颂，《滦京杂咏》是独家独版。

在元代，生活在宫中的妃嫔、宫娥，因为受到的传统束缚较少，所以相比其他朝代，在文学作品中表现得更为活跃。《滦京杂咏》中有许多诗篇描写宫中女子的生活和情感，"铁番竿下草如茵，淡淡东风六月春。高柳岂堪供过客，好花留待踏青人"。自注："即斡耳朵，踏青人，指宫人也。"鲜花盛开，绿草如茵，皇宫里的宫人兴致勃勃地来到户外踏青，微风习习，欢声笑语。

《滦京杂咏》除了杂咏风物，描写人物，通篇还用诗加小注的方式，介绍了塞外滦京的节日风俗、民众心理以及元廷避暑行幸的典故史实。通过该诗集，留存了元代时期滦京及其周围地区的山川风物、典故风俗的大量史料。在北方地区，民间有“数九寒天”的说法。从冬至开始数九，每九有九天，等到过了九九八十一天，冬天也就基本结束了。滦京地区，冬至后，女孩子们总要在窗户上贴上一枝梅花。每当早晨梳妆，她们就用胭脂在梅花上涂一圈，直到涂够八十一圈，正好度过了数九寒天，梅花变作了杏花，一年当中最冷的季节也就过去了。滦京地区的女孩子们用这种独特的记时方式，恐怕和这里的气候寒冷不无关系。“上都五月雪花飞，顷刻银装十万家。说与江南人不信，只穿皮袄不穿纱。”① “玉阶天近露华流，夜久凉风入凤楼。曾把翠云裘进否，上京六月冷于秋。”② 试想，在炎热的夏季，上京地区都如秋冬般寒冷，那么，在寒冷的冬季，上京地区更是苦寒难耐。而对于爱美，喜欢户外活动的女孩子们来说，裹在身上厚厚的皮衣，多少影响了行动的自由。数九寒天，她们一天一天在计算着，一天一天在盼望着寒冷的日子赶快结束。等到春暖花开，她们就可以脱去厚厚的冬衣，打扮得花枝招展，到田野中，到大自然中去尽情展示自己的美丽。杨允孚在诗中记载的正是北方这一民间习俗点梅花：“试数窗间九九图，余寒消尽暖回初。梅花点遍无余白，看到今朝是杏株。”点过梅花，终于望见了春天的影子，于是女人们便迫不及待地开始了“脱圈”的习俗：“脱圈窈窕意如何，罗绮香风漾绿波。信是唐宫行乐处，水边三月丽人多。”杨允孚在注中说：“上巳日，滦京士女，竞作绣圈，临水弃之，即修禊之义也。”“修禊”就是要抛弃严寒，就是要修饰自己，让自己更美丽，更动人。上京地区，端午节家家要做凉糕，吃凉糕。“蒲萄万斛压香醪，华屋神仙意气豪。酬节凉糕犹未品，内家先散小绒条（重午节也）。”

因为气候寒冷，在日常生活中，百姓们也发现了许多对付寒冷的绝招，如梨子冻了，他们会用井水浸之解冻，“买得香梨铁不如，玻璃碗里冻潜苏。书生半醉思南土，一曲镫前唱鹧鸪”。注为：“梨子受冻，其坚如铁，以井水浸之，则味回可食。”耳朵、鼻子冻了，就用雪来回揉搓，慢慢地复暖。如果

---

① 范玉壶，《上都诗》，陈衍辑撰，李梦生校点，《元诗纪事》，上海古籍出版社，1987 年版，第 243 页。

② 叶衡，《上京杂咏》第七首，清人钱熙彦编次，《元诗选补遗》，中华书局，2002 年版，第 38 页。

不这样，而是马上用火来取暖，以后就会得上“冻鼻子”“冻耳朵”的毛病，严重的还会脱皮。关于这一民间偏方，杨允孚作诗说：“出塞书生瘦马骑，野云片片故相随。冻生耳鼻雪堪理，冷入肝肠酒强支。”注为：“凡冻耳鼻，即以雪揉之方回，近火则脱。”还有一些小典故，更是《滦京杂咏》的“独家报道”，如每年皇室从上京起驾返京，奇怪的是，当晚都会降霜。作者作诗曰：“鸾舆八月政高翔，玉勒雕鞍万骑忙。天上龙归才带雨，城头夜午又经霜。”

滦京地区的社会生活和风俗习惯，格外丰富多彩，杨允孚的《滦京杂咏》中，有大量关于这里独特风俗习惯的记载，这些是研究我国古代北方少数民族风俗史的稀有而珍贵的史料。此外，该集子还记载了许多元廷巡幸清暑的典故。元廷重要的宫廷活动，如朝会、祭祀、寻猎、放走、游皇城、马奶子宴、诈马宴等等，在诗集中都有生动的描写。

放走是蒙古族一项古老的体育竞赛项目，每年都要举行，极富观赏性，“九奏钧天乐渐收，五云楼阁翠如流。宫中又放滦河走，相国家奴第一筹”。自注为：“滦河至上京二百里，走者名贵赤，黎明放自滦河，至御前，巳初中刻者上赏。”

在元代，征伐、搜狩、宴飨都是朝廷的大事情，国家对朝会宴飨非常重视。诈马宴是元宫廷最盛大的宴会，在杨允孚在诗中这样描写：

千官万骑到山椒，个个金鞍雉尾高。下马一齐催入宴，玉阑干外换宫袍。

狩猎也是元廷的“大事”，元室在上都清暑时，一路走，一路玩，狩猎是重要的娱乐项目之一。元廷在上都周围以及从大都到上都的沿途，都专门设有打猎游乐的场所。“榆林御苑柳丝丝，昨夜宫车又黑围。宿卫一时金帐卷，枪竿珍重白云飞。”①

关于塞外民族的语言，《滦京杂咏》中也有涉猎，“窝名檐子果何如，野草黄云入画图。弧矢纵悬仍觅侣，塞前番语笑人迂”。“不须白粲备晨炊，乳酪羊酥塞北奇。泥土炕床银瓮酒，佳人椎髻语侏离。”

景致，风物，人物，甚或人物的语言，风俗习惯，巡幸的典故等等，使《滦京杂咏》具备了丰富的史料价值。早在元明之际，人们就注意到了这一点。罗大巳在为该集作的跋中说：“杨君以布衣从当世贤士大夫游，襆被出

---

① 自注为：此处有御苑。黑围，地名，大驾经由之所。俗云“龙上枪竿”，是以御驾不由此处。

门，岁走万里，耳目所及，穷西北之胜。具江山人物之形状，殊产异俗之瑰怪，朝廷礼乐之伟丽，与凡奇节诡行之可警世厉俗者，尤喜以咏歌记之，使人诵之，虽不出井里，恍然不自知。其道齐鲁、历燕赵，以出于阴山之阴，蹛林之北，身履而目击，真予所谓能言者乎？予索居闲乡，闻见甚狭，间独窃爱中台马公祖常、奎章虞公集、翰林柳公贯，时能以雄辞妙笔，写其一二。今得杨君是集，又为增益所未见，俯仰今昔，又一时矣，君其尚有可言者乎？而君固已杜门裹足，归老故山，方日与田夫野叟相尔汝，求以自狎，兵燹所过，莽为丘墟，回视曩游，跬步千里，吾知君颓檐败壁之下，涤瓦榼，倒邻酿，取旧编与知己者，时一讽咏，未必不为之慨然以永叹，悠然而遐思。”杨允孚的好友郭钰在《哀杨和吉》中说：“重到西亭泪自垂，更从何处共襟期。看花马上春云散，种柳门前秋雨悲。仙客已闻遗橘井，故侯犹待馆罗池。茫茫天壤名长在，赖有滦京百咏诗。”[①] 郭钰还作数首诗歌来歌咏杨允孚及其上京诗作，如“钰也不识滦京路，送君几向滦京去。滦京才俊纷往来，好景惟君独能赋。太平自是多佳句，况逢虞揭论心素。金鱼换酒谪仙狂，彩舟弹瑟湘灵助。岂知归去烟尘惊，山中闭门华发生。云气蓬莱心未已，梦中犹在东华行。贞元朝士几人在，少年诗思千载名。西云亭上何日到，为君舞剑歌滦京”[②]。

《四库全书》馆臣在为《滦京杂咏》作提要时，也没有忽略这一点，“杨君以布衣襆被，岁走万里，穷西北之胜，凡山川物产、典章风俗，无不以咏歌记之，……诗中所记元一代避暑行幸之典，多史所未详。其诗下自注，亦皆赅悉。盖其体本王建宫词，而故宫禾黍之感，则与孟元老之《东京梦华录》、吴自牧之《梦粱录》、周密之《武林旧事》同一用意矣”[③]。

《滦京杂咏》因其专题性，更因为它极其丰富的文献史料价值，使它在历史、文学史、风俗史等各个方面都具有重要的地位。

---

① 郭钰，《静思集》卷九，《四库全书》本，第1219册，第237页。

② 《杨和吉滦京诗集》，郭钰，《静思集》卷三，《四库全书》本，第1219册，第184~185页。

③ 《四库全书总目》卷一六八《滦京杂咏提要》，中华书局，1965年6月第1版，1987年7月第4次印刷，第1458页。

结　论

元代是少数民族蒙古族建立的封建统一王朝。少数民族执政给这个王朝带来了许多异质特征，其中比较突出的一个特点就是两都制。两都制，并非元代所特有，但元代的两都制却最富特点。

首先，在中国历史的各个朝代当中，元代两都制实行的时间最长。早在宪宗蒙哥汗时期，忽必烈就在驻扎地金莲川选址建城，历时三年，到1259年，城市建成，命名为“开平府”。开平府地处蒙古与漠南交接处，是统领蒙古与汉地民户最适宜的都城。在忽必烈登上帝位之后，为了更好地管理范围广大的汉地，也为了进一步消灭南宋、完成统一全国的大业，忽必烈又建造了一座新城，命名为大都。如果从中统元年（1260）开始计算的话，一直到顺帝至正十八年（1358）上都被毁，元代两都制共实行了98年，时间之长是其他任何王朝所无法比肩的。

其次，元代两都制所涉及的人数非常庞大。元代两都制的具体表现就是每年一次的朝廷两都巡幸，春季朝廷从大都迁往上都清暑，秋季从上都返回大都越冬。这是朝廷的定制，年年如此，从来没有中断过。在两都巡幸中，上至皇室成员、文武大臣，下到护卫侍婢，甚或平民百姓，都要参与这项轰轰烈烈的重大活动。当然，有些人是直接参与，如皇帝、后妃、皇族、朝廷官员等，按照规定，他们都要亲自巡幸两都。两都制规定，除皇室成员外，朝廷各个部门的主要官吏，都要随行扈跸，甚至教员、学生，也要跟从。巡幸队伍，少的时候几千人，多的时候几万人，浩浩荡荡，前呼后拥，规模极为庞大。也有些人间接参与了两都巡幸，如两都巡幸期间，在大都或上都留守的官员。皇帝一行离开时，他们要送行；皇室巡幸队伍返回时，他们要准备好瓜果美酒为皇室接风洗尘。还有一些人，如上都的一些商人，每年巡幸队伍来临时，都是他们生意最好的时期。在秋季，他们还要准备各种富有地方特色的物产，以出售给那些即将离开上都的人士。这些人虽然没有亲身跟随皇室来往于两都，但是他们与两都巡幸息息相关，是两都巡幸的间接参与者。

最后，元代两都制和文学的关系颇为密切。在这方面最突出的表现就是上京纪行诗的大量产生和发展繁荣。上京纪行诗伴随着两都巡幸制而产生，并不断发展繁荣，成为文坛上的一枝奇葩。在元代，几乎每一位扈跸的文人，都有上京纪行之作。两都、两都巡幸制是上京纪行诗产生和繁荣的土壤，它深刻地影响了元代的文坛。

在中国古代诗歌发展史上，上京纪行诗是元代诗歌特有的现象，具有很强的民族特色和时代意义，这方面突出地表现在它的异质特征上。

元代上京纪行诗的异质特征，集中地表现在它的内容方面。上京纪行诗以居庸关之外的塞外为主要描写对象。居庸关是一道门，在地理位置上，它是从中原通往大漠草原最重要的大门。从石敬瑭割让幽云十六州，一直到大元一统天下，居庸关及关外之地，在中原和江南汉人的眼里和心里，一直是秘域绝境。居庸关外的山川、风物、居民及其生活，都与中原及江南地区有着很大的差异，这些在关内之人的心目中，都已经染上了神秘的异域色彩。元世祖统一天下之后，久居中原的文人终于可以走出居庸关，亲历塞外草原之地了。于是，塞外富有异质特征的一切，就都成了上京纪行诗的描写对象。

首先，塞外的山川、风光和气候都极具异质特征。

从大都前往上都，出居庸关后，就进入了山区，大小山脉连绵不断。这里的山，和中原之山不一样，连绵起伏，山高峰峻，奇险怪异，山间之路也是九曲回肠。扈从上都的中原和江南之人，总是被路途的山势所吸引，他们的上京纪行诗中，喜欢描写北方的大山，如浙江人陈孚在《桑乾岭》诗里写道："昔闻桑乾名，今日登桑乾。桑乾是否不必问，但觉两耳天风寒。大峰小峰屹相向，空际谽谺一千丈。"① 同为江南人的袁桷，也在《桑乾岭》中曰："兹山西北来，旋转十二雷。昔人望乡处，生别何崔嵬。我来坐绝顶，云汉森昭回。出日腾金钲，积露流银台。长空不受暑，雪花散皑皑。毡车引绳过，屈曲肠九回。"② 江南的山秀，塞北的山壮，江南的山俊，塞外的山险。塞外山川的异质特征是上京纪行诗描写的重要内容。上都是一座草原城市，在上京诗里，有大量篇幅是对上京及其周围地区风光的描写，极具民族风情。如涂颖的《上京次贡待制韵》："海风吹雨度龙沙，满眼金莲紫菊花。日暮笙歌何处起，高低穹帐五侯家。"③ 伍良臣的《上京》："平沙远塞旷万里，毡车毳

① 陈孚，《桑乾岭》，《陈刚中诗集》卷三，《四库全书》本，第1202册，第657页。

② 袁桷，《桑乾岭》，《清容居士集》卷十五，《四部丛刊初编》本。

③ 涂颖，《上京次贡待制韵》，顾瑛辑，杨镰等整理《草堂雅集》中册，中华书局，2008年第1版，第658页。

幕罗群星。时巡王会骋雄俊，控抚荒朔绥邦宁。锦鞍合沓千万骑，宝镫铿戛声锵鸣。驼峰马湩美奇绝，金兰紫菊香轻盈。”① 这些诗歌所呈现的，不啻是一幅十四世纪漠南草原的风光画：黄云、白沙、塞风、金莲、紫菊，还有那一望无际的草原和草原上悠闲的牛羊，以及刚刚打猎归来的王孙贵族。塞外之地，更具特质的是气候环境，寒冷，风大，暴雨无常，是这里最常见的气候特点，元人下面诗句中所展现的，就是这样的异域特征：“幽都风土异，六月亦冰霜。草地宽于海，土山低似墙。茹毛民简古，啮雪客荒凉。自愧成何事，孑然天一方。”② “地椒真小草，芭榄有奇花。塞月宵沉海，边风昼起沙。”③ “老夫辞家今一月，马上行行过各节。山空野旷风栗烈，木皮三尺吹欲裂。貂帽狐裘冷如铁，痴云作雪还未雪。”④ “野旷山寒露易霜，短榆疏柳路茫茫。雨来黄潦聚成海，风过白沙堆作冈。”⑤ “六月忽风雨，凄凉如早冬。”⑥ 塞外的气候与中原相差很大，诗人们就是通过对塞外独特气候的描写，突出了大漠之地的独特性。

其次，上京纪行诗的异质特征还表现在它对塞外特有风物的描写上。

塞外的动植物种类繁多，物产丰富，其中许多动植物只生长在居庸关以北地区，如金莲、紫菊、地椒、白翎雀等。上都及沿途丰富而奇特的物产，为诗人的上京纪行诗提供了绝好的素材。在扈从元廷两都巡幸的文人中，有不少来自中原地区，还有很多文人来自江南地区。只有在元代，他们的足迹才能踏上这片神秘的异域，才能欣赏到这些极具北方特色的动植物，因而他们的诗歌喜欢集体歌咏这些神奇的物产，正如诗人危素所言：“当封疆阻越，非将与使弗至其地，至亦不暇求其物产而玩之矣。我国家受命自天，乃即龙冈之阳、滦水之澨以建都邑，且将百年，车驾岁一巡幸，于是四方万国，罔不奔走听命，虽曲艺之长，亦求自见于世，而咸集辇下，……谓九州所产者，昔之人择其可观，莫不托诸豪素，而是名家矣，顾幸生于混一之时，而获见走飞草木之异品，遂写而传之。”⑦ 描写塞外物产的上京纪行诗，以许有壬的《上京十咏》为代表。

① 伍良臣，《上京》，《永乐大典》卷七七〇二，中华书局精装本，第4册，第3579页。
② 张养浩，《上都道中》，《张文忠公文集》卷六，元至正十四年刻本。
③ 释梵琦，《赠江南故人》，《明诗综》卷八十九，《四库全书》本，第1460册，第813页。
④ 贡师泰，《次赤城驿》，《贡礼部玩斋集》卷二，明天顺七年沈性刻嘉靖十四年徐万璧重修本。
⑤ 贡师泰，《过柳河》，《贡礼部玩斋集》卷四，明天顺七年沈性刻嘉靖十四年徐万璧重修本。
⑥ 胡助，《和仲实韵》，《纯白斋类稿》卷七，《丛书集成初编》本，第64页。
⑦ 《赠潘子华序》，《危太朴集》卷八，《元人文集珍本丛刊》本，第7册，第451页。

诗人集体性描写上京及沿途特有的风物，是元代上京纪行诗的一个重要特点，也体现了上京纪行诗特有的异质特征。

最后，在上京纪行诗中，还有相当的篇幅描写了宫廷的各种活动，这些诗篇也颇具异质特征。

在上都的宫廷活动中，诈马宴给亲历上都的文人留下了非常深刻的印象。诈马宴在六月举行，连续三天，地点设在失剌斡耳朵。元代的诈马宴有固定的时间、地点和程序，预宴官吏的着装也有严格要求。上都诈马宴给诗人廼贤留下了深刻的印象，他作了五首组诗来记录这一盛大的宫廷活动：

失剌斡耳朵观诈马宴奉次贡泰甫授经先生韵

诏下天门御墨题，龙冈开宴百官齐。路通禁籞联文石，幔隔香尘镇水犀。象辇时从黄道出，龙驹牵向赤墀嘶。绣衣珠帽佳公子，千骑扬镳过柳堤。

珊瑚小带佩豪曹，压辔铃铛雉尾高。宫女侍筵歌芍药，内官当殿出蒲萄。柏梁竞喜诗先捷，羽猎争传赋最豪。一曲霓裳才舞罢，天香浮动翠云袍。

绣绮新裁云气帐，玉钩齐上水精帘。凤笙屡听伶官奏，马湩频烦太仆添。风动香烟飘阖殿，日扶花影上雕檐。金盘禁脔才供膳，阶下传呼索井盐。

上林宫阙净朝晖，宿雨清尘暑气微。玉斧照廊红日近，霓旌夹仗彩霞飞。锦翎山雉攒游骑，金翅云鹏织赐衣。宴罢天阶呼秉烛，千官争送翠华归。

滦河凉似九龙池，清暑年年六月时。孔雀御屏金纂纂，棕榈别殿日熙熙。青藜独喜颁刘向，黄阁重闻拜子仪。千载风云新际会，愿将金石播声诗。①

这五首诗均采用七言律诗的形式，把宴会前、宴会中、宴会后的整个过程记载得清清楚楚，官吏的着装、所乘坐的交通工具，在宴会上的饮食、礼仪等等，都颇富蒙古族风情。从廼贤的诗中可以看出，诈马宴是极具民族特点的宫廷宴会。除了诈马宴，游皇城、祭天、祭祖、举办各种竞技娱乐活动等，也是每年宫廷活动的重要内容。其中游皇城是由宫廷举办的盛大宗教活动，每年六月在上都举行，仪式颇为隆重。每年在上都，皇帝或宗王还要组织一些游牧民族爱好的娱乐活动，如围猎、打球、摔跤和竞走等。这些娱乐活动，大多在蒙古人所经营的狩猎、游牧等生活中产生，富有浓郁的民族特色。

塞外特有的大漠旷野、山川河流、生活习俗以及宫廷活动等，游牧民

① 廼贤，《金台集》卷二，《诵芬室丛刊》本。

族的尚武精神、豪放性格，都在上京纪行诗中有真切自然的描写，这些诗歌，地方特色鲜明、民族气息浓郁，具有浓厚的异域风情，读来令人耳目一新。

总而言之，上京纪行诗是元代诗歌中最具异质特征的一个部分，它极大地丰富了元代的诗坛，使元诗更加富有民族特点和时代意义。

参考文献

说明：

1. 本参考文献分为原始文献、研究著作、工具书及史料、研究论文四个部分。

2. 原始文献按经、史、子、集的顺序排列，每部当中大致按编著者所处的朝代先后排序，集部先列别集，后列总集，再列诗文评。

3. 研究著作、工具书及史料、研究论文按出版或发表的时间先后顺序排列。

4. 研究论文分为期刊论文和论文集论文两类，先列期刊论文，后列论文集论文。

一、原始文献

史部

［1］（元）脱脱等．金史［M］．北京：中华书局，1975.

［2］（元）苏天爵撰，姚景安校点．元朝名臣事略［M］．北京：中华书局，1996.

［3］（元）熊梦祥纂，北京图书馆善本组辑．析津志辑佚［M］．北京：北京古籍出版社，1983. ①

［4］（元）孛兰肹等撰，赵万里校辑．元一统志［M］．北京：中华书局，1966.

［5］（元）佚名撰，王颋校点．庙学典礼［M］．杭州：浙江古籍出版社，1992.

［6］（元）佚名撰．大元圣政国朝典章［M］．北京：中国广播电视出版社，1998.

［7］（元）佚名撰，方龄贵校注．通制条格校注［M］．北京：中华书

① 《析津志辑佚》，北京古籍出版社，1983 年 9 月第 1 版，2001 年 2 月第 2 次印刷。

局，2001.
[8]（明）宋濂等撰．元史［M］．北京：中华书局，1976.①
[9]（明）杨士奇撰．文渊阁书目［M］．《丛书集成初编》本，1985.
[10]（明）黄淮，杨士奇编．历代名臣奏议［M］．上海：上海古籍出版社，1989.
[11]（明）徐象梅撰．两浙名贤录［M］．《北京图书馆古籍珍本丛刊》本，1987.
[12]（清）钱谦益撰．列朝诗集小传［M］．上海：古典文学出版社，1957.
[13]（清）于敏中等编纂．钦定日下旧闻考［M］．北京：北京古籍出版社，1981.
[14]（清）永瑢等撰．四库全书总目［M］．北京：中华书局，1965.②

子部

[1]（元）杨瑀．山居新语［M］．北京：中华书局，2006.③
[2]（元）陶宗仪．南村辍耕录［M］．北京：中华书局，1959.④
[3]（元）孔齐著，庄敏、顾新校点．至正直记［M］．上海：上海古籍出版社，1987.
[4]（明）叶子奇．草木子［M］．北京：中华书局，1959.
[5]（明）郎瑛．七修类稿［M］．北京：中华书局，1959.
[6]（明）赵琦美撰．赵氏铁网珊瑚［M］．影印文渊阁《四库全书》本．
[7]（明）汪砢玉编撰．珊瑚网［M］．影印文渊阁《四库全书》本．

集部

[1]（元）耶律楚材著，谢方校点．湛然居士文集［M］．北京：中华书局，1986.
[2]（元）刘秉忠．藏春集［M］．文渊阁《四库全书》本．
[3]（元）刘秉忠．刘太傅藏春集［M］．《元人文集珍本丛刊》本．

---

① 《元史》，中华书局，1976 年 4 月第 1 版，1997 年 7 月第 6 次印刷。
② 《四库全书总目》，中华书局，1965 年 6 月第 1 版，1987 年 7 月第 4 次印刷。
③ 元明史料笔记丛刊之一，与《玉堂嘉话》合刊。
④ 《南村辍耕录》，中华书局，1959 年 2 月第 1 版，1980 年 3 月第 2 次印刷。

［4］（元）耶律铸．双溪醉隐集［M］．文渊阁《四库全书》本．
［5］（元）郝经．陵川集［M］．文渊阁《四库全书》本．
［6］（元）郝经．郝文忠公陵川文集［M］．《北京图书馆古籍珍本丛刊》本．
［7］（元）王恽．秋涧先生大全集［M］．《四部丛刊初编》本．
［8］（元）王恽．秋涧先生大全集［M］．《元人文集珍本丛刊》本．
［9］（元）胡祗遹．紫山大全集［M］．文渊阁《四库全书》本．
［10］（元）姚燧．姚文公牧庵集［M］．《北京图书馆古籍珍本丛刊》本．
［11］（元）汪元量．湖山类稿［M］．文渊阁《四库全书》本．
［12］（元）汪元量著，孔凡礼辑校．增订湖山类稿［M］．北京：中华书局，1984.
［13］（元）刘敏中．中庵先生刘文简公文集［M］．《北京图书馆古籍珍本丛刊》本．
［14］（元）戴表元．剡源戴先生文集［M］．《四部丛刊初编》本．
［15］（元）戴表元著，李军等校点．戴表元集［M］．长春：吉林文史出版社，2008.
［16］（元）白珽．湛渊集［M］．文渊阁《四库全书》本．
［17］（元）赵孟頫．松雪斋文集［M］．《四部丛刊初编》本．
［18］（元）马臻．霞外诗集［M］．文渊阁《四库全书》本．
［19］（元）陈孚．陈刚中诗集［M］．文渊阁《四库全书》本．
［20］（元）袁桷．清容居士集［M］．《四部丛刊初编》本．
［21］（元）张养浩．张文忠公文集［M］．元至正十四年刻本．
［22］（元）张养浩．归田类稿［M］．乾隆五十五年周氏刊本．
［23］（元）柳贯．柳待制文集［M］．《四部丛刊初编》本．
［24］（元）柳贯．上京纪行诗［M］．1930 年 4 月北平故宫博物院图书馆影印本．
［25］（元）杨载．杨仲弘集［M］．文渊阁《四库全书》本．
［26］（元）杨载．翰林杨仲弘诗［M］．《四部丛刊初编》本．
［27］（元）虞集．道园学古录［M］．《四部丛刊初编》本．
［28］（元）虞集．道园类稿［M］．《元人文集珍本丛刊》本．
［29］（元）虞集．道园遗稿［M］．《北京图书馆古籍珍本丛刊》本．
［30］（元）揭傒斯．文安集［M］．文渊阁《四库全书》本．
［31］（元）揭傒斯著，李梦生标校．揭傒斯全集［M］．上海：上海古籍

出版社，1985.

[32]（元）胡助．纯白斋类稿［M］.《金华丛书》本．

[33]（元）胡助．纯白斋类稿［M］.《丛书集成初编》本．

[34]（元）黄溍．文献集［M］．文渊阁《四库全书》本．

[35]（元）黄溍．金华黄先生文集［M］.《四部丛刊初编》本．

[36]（元）程端学．积斋集［M］．文渊阁《四库全书》本．

[37]（元）马祖常．石田先生文集［M］.《元人文集珍本丛刊》本．

[38]（元）许有壬．至正集［M］.《元人文集珍本丛刊》本．

[39]（元）陈旅．安雅堂集［M］．北京图书馆藏抄本．

[40]（元）张翥．蜕庵集［M］．文渊阁《四库全书》本．

[41]（元）李存．鄱阳仲公李先生文集［M］.《北京图书馆古籍珍本丛刊》本．

[42]（元）欧阳玄．圭斋文集［M］.《四部丛刊初编》本．

[43]（元）张雨．句曲外史集［M］．文渊阁《四库全书》本．

[44]（元）张雨．句曲外史贞居先生诗集［M］.《四部丛刊初编》本．

[45]（元）吴师道．吴礼部文集［M］.《续金华丛书》本．

[46]（元）吴师道．礼部集［M］．文渊阁《四库全书》本．

[47]（元）苏天爵著，陈高华等校点．滋溪文稿［M］．北京：中华书局，1997.

[48]（元）宋褧．燕石集［M］.《北京图书馆古籍珍本丛刊》本．

[49]（元）萨都剌．萨天锡诗集［M］.《四部丛刊初编》本．

[50]（元）萨都剌著，殷孟伦等校点．雁门集［M］．上海：上海古籍出版社．1982.

[51]（元）吴当．学言稿［M］．文渊阁《四库全书》本．

[52]（元）周伯琦．近光集［M］．文渊阁《四库全书》本．

[53]（元）贡师泰．贡礼部玩斋集［M］．明天顺七年沈性刻嘉靖十四年徐万璧重修本．

[54]（元）危素．危太朴集［M］.《元人文集珍本丛刊》本．

[55]（元）迺贤．金台集［M］.《诵芬室丛刊》本．

[56]（元）杨允孚．滦京杂咏［M］.《丛书集成初编》本．

[57]（元）张昱．可闲老人集［M］．文渊阁《四库全书》本．

[58]（元）张昱．张光弼诗集［M］.《四部丛刊续编》本．

[59]（元）王沂．伊滨集［M］．文渊阁《四库全书》本．

[60]（元）郑潜．樗庵类稿［M］．文渊阁《四库全书》本．

[61]（明）宋濂．宋文宪公全集［M］．1916年四明孙氏刻本．

[62]（明）王祎．王忠文公文集［M］．《北京图书馆古籍珍本丛刊》本．

[63]（明）金幼孜．金文靖集［M］．文渊阁《四库全书》本．

[64]（元）苏天爵．国朝文类［M］．《四部丛刊初编》本．

[65]（元）顾瑛辑，杨镰等整理．草堂雅集［M］．北京：中华书局，2008.

[66]（元）傅习，孙存吾辑．皇元风雅［M］．《四部丛刊初编》本．

[67]（元）蒋易编．元风雅［M］．杭州：江苏古籍出版社，1988.

[68]（明）姚广孝，解缙等编．永乐大典（第4册，第8册）［M］．北京：中华书局，2008.

[69]（明）朱有燉撰，傅乐淑笺注．元宫词百章笺注［M］．北京：书目文献出版社，1995.

[70]（明）佚名编．诗渊［M］．北京：书目文献出版社，1984.

[71]（清）张豫章等编．御选元诗［M］．文渊阁《四库全书》本．

[72]（清）顾嗣立．元诗选［M］．北京：中华书局，1987.①

[73]（清）顾嗣立，席世臣．元诗选癸集［M］．北京：中华书局，2001.

[74]（清）钱熙彦．元诗选补遗［M］．北京：中华书局，2002.

[75]唐圭璋．全金元词［M］．北京：中华书局，1994.

[76]隋树森．全元散曲［M］．北京：中华书局，1964.

[77]李修生主编．全元文（1～60册）［M］．南京：凤凰出版社，1997—2004.

[78]（清）厉鹗辑撰．宋诗纪事［M］．上海：上海古籍出版社，1983.

[79]陈衍辑撰，李梦生校点．元诗纪事［M］．上海：上海古籍出版社，1987.

二、研究著作

[1]孙克宽．元代汉文化之活动［M］．台北：中华书局，1962.

① 《元诗选》，中华书局，1987年第1版，2002年11月第3次印刷。

[2] 包根弟．元诗研究［M］．台北：幼狮文化事业公司，1978.

[3] 孙楷第．元曲家考略［M］．上海：上海古籍出版社，1981.

[4] 姜一涵．元代奎章阁及奎章人物［M］．台北：台湾联经事业出版公司，1981.

[5] 朱东润．杜甫叙论［M］．北京：人民文学出版社，1981.

[6] 陈垣．励耘书屋丛刻（上册）［M］．北京：北京师范大学出版社，1982.

[7] 陈高华．元大都［M］．北京：北京出版社，1982.

[8] 萧启庆．元代史新探［M］．台北：新文丰出版社，1983.

[9] 韩儒林主编，陈得芝等著．元朝史（上下册）［M］．北京：人民出版社，1986.

[10] 陈高华，史卫民．元上都［M］．长春：吉林教育出版社，1988.

[11] 李治安等编著．元史学概说［M］．天津：天津教育出版社，1989.

[12] 邓绍基主编．元代文学史［M］．北京：人民文学出版社，1991.

[13] 周良霄，顾菊英．元代史［M］．上海：上海人民出版社，1993.

[14] 萧启庆．蒙元史新研［M］．台北：允晨文化实业股份有限公司，1994.

[15] 史卫民．大一统［M］．北京：生活、读书、新知三联书店，1994.

[16] 史卫民．元代社会生活史［M］．北京：中国社会科学出版社，1996.

[17] 白寿彝总主编，陈得芝主编．中国通史・中古时代・元时期［M］．上海：上海人民出版社，1997.

[18] 杨镰．元西域诗人群体研究［M］．乌鲁木齐：新疆人民出版社，1998.

[19] 叶新民．元上都研究［M］．呼和浩特：内蒙古大学出版社，1998.

[20] 萧启庆．元朝史新论［M］．台北：允晨文化实业股份有限公司，1999.

[21] 韩儒林．穹庐集［M］．石家庄：河北教育出版社，2000.

[22] 李修生等主编．辽金元文学研究［M］．北京：北京出版社，2001. ①

---

① 张燕瑾等主编的20世纪中国文学研究系列丛书之一。

［23］周清澍．蒙元史札［M］．呼和浩特：内蒙古大学出版社，2001.

［24］任继愈．中国道教史［M］．北京：中国社会科学出版社，2001.

［25］查洪德，李军．元代文学文献学［M］．北京：中国社会科学出版社，2002.

［26］杨镰．元诗史［M］．北京：人民文学出版社，2003.

［27］李治安．元代政治制度研究［M］．北京：人民出版社，2003.

［28］贾敬颜．五代宋金元人边疆行记十三种疏证稿［M］．北京：中华书局，2004.

［29］黄仁生．日本现藏稀见元明文集考证与提要［M］．长沙：岳麓书社，2004.

［30］杨镰．元代文学编年史［M］．太原：山西教育出版社，2005.

［31］任宜敏．中国佛教史（元代卷）［M］．北京：人民出版社，2005.

［32］史卫民．都市中的游牧民——元代都市生活长卷［M］．长沙：湖南人民出版社，2006.

［33］申万里．元代教育研究［M］．武汉：武汉大学出版社，2007.

［34］魏坚．元上都［M］．北京：中国大百科全书出版社，2008.

三、工具书及史料

［1］陆峻岭编．元人文集篇目分类索引［M］．北京：中华书局，1979.

［2］谭其骧主编．中国历史地图集（元明时期）［M］．北京：地图出版社，1982.

［3］周清澍著．元人文集版本目录［M］．南京：南京大学学报丛刊，1983.

［4］韩儒林主编．中国大百科全书·中国历史·元史分册［M］．北京：中国大百科全书出版社，1985.

［5］王德毅，李荣村，潘柏澄．元人传记资料索引［M］．北京：中华书局影印台北新文丰出版公司，1987.

［6］刘卓英主编．诗渊索引［M］．北京：书目文献出版社，1993.

［7］栾贵明编．永乐大典索引［M］．北京：作家出版社，1997.

［8］中国古籍善本书目编辑委员会编．中国古籍善本书目（集部）［M］．上海：上海古籍出版社，1998.

［9］邓绍基，杨镰主编．中国文学家大辞典（辽金元卷）［M］．北京：

中华书局，2006.

［10］叶新民，齐木德道尔吉．元上都研究资料选编［M］．北京：中央民族大学出版社，2003.

［11］陈高华．元代画家史料汇编［M］．杭州：杭州出版社，2004.

四、研究论文

（一）期刊论文

［1］韩儒林．元代诈马宴新探［J］．历史研究，1981（1）.

［2］叶新民．元上都的官署［J］．内蒙古大学学报，1983（1）.

［3］叶新民．从元人咏上都诗看滦阳风情［J］．内蒙古大学学报，1984（1）.

［4］杨树增．字字丹心沥青血——水云诗词评［J］．齐鲁学刊，1984（6）.

［5］叶新民．元上都的宗教［J］．内蒙古大学学报，1985（2）.

［6］叶新民．元上都宫殿楼阁考［J］．内蒙古大学学报，1987（3）.

［7］张帆．元代翰林国史院与汉族儒士［J］．北京大学学报，1988（5）.

［8］纳古单夫．蒙古诈马宴之新释［J］．内蒙古社会科学，1989（4）.

［9］吴观文．论元代监察制度与官僚政治［J］．西北民族学院学报 1990（3）.

［10］王一鹏．翰林院演变初探［J］．内蒙古社会科学，1993（6）.

［11］邢洁晨．古代蒙古族诈马宴研究［J］．内蒙古师范大学学报，1994（1）.

［12］叶新民．元上都的凉亭［J］．内蒙古大学学报，1995（2）.

［13］李云泉．略论元代驿站的职能［J］．山西师范大学学报，1996（2）.

［14］王灿炽．北京地区现存最大的古驿站遗址——榆林驿初探［J］．北京社会科学，1998（1）.

［15］史卫民．元代都城制度的研究与中都地区的历史地位［J］．文物春秋，1998（3）.

［16］李修生．元代文学的再认识［J］．文史知识，1998（9）.

[17] 李修生．元代文化刍议［J］．殷都学刊，1999（1）．

[18] 萨兆沩．元翰林国史院述要［J］．北京行政学院学报，1999（1）．

[19] 特木尔．金代旧桓州城址考［J］．内蒙古文物考古，1999（2）．

[20] 内蒙古草原地带文物干部考古培训班．正蓝旗四郎城调查简报［J］．内蒙古文物考古，1999（2）．

[21] 方勇．走笔成诗聊纪实——简论南宋遗民汪元量诗歌的特征［J］．天中学刊，1999（4）．

[22] 陈高华．黑城元代站赤登记簿初探［J］．中国社会科学院研究生院学报，2002（5）．

[23] 杨镰，张颐青．元僧诗与僧诗文献研究［J］．北京工业大学学报，2003（1）．

[24] 默书民．大蒙古国驿传探源［J］．内蒙古社会科学，2003（1）．

[25] 杨镰．元代蒙古色目双语诗人新探［J］．民族文学研究，2004（2）．

[26] 佟洵．道教在北京地区的传播［J］．中国道教，2004（5）．

[27] 杨镰．元代文学的终结——最后的大都文坛［J］．文学遗产，2004（6）．

[28] 李军．论元代的上京纪行诗［J］．民族文学研究，2005（2）．

[29] 李军．“诈马”考［J］．历史研究，2005（5）．

[30] 陈高华．元朝宫廷乐舞简论［J］．学术探索，2005（6）．

[31] 杨亮．袁桷生平、学术渊源及心路［J］．殷都学刊，2006（2）．

[32] 杨镰．元诗文献新证［J］．山西大学学报，2007（3）．

[33] 杨镰．寻找马祖常与雍古人进出历史的遗迹［J］．文史知识，2007（11）．

[34] 宋晓云．论葛逻禄诗人迺贤的丝绸之路诗歌［J］．新疆师范大学学报，2008（2）．

[35] 杜改俊．论元初金莲川文人集团的文学创作［J］．文学遗产，2008（4）．

[36] 叶爱欣．葛逻禄人迺贤与其寻根之旅［J］．文史知识，2008（12）．

（二）论文集论文

[1] 袁冀．元史研究论集［C］．台北：台湾商务印书馆，1974．

［2］南京大学历史系元史研究室编．元史论集［C］．北京：人民文学出版社，1984.

［3］叶新民，齐木德道尔吉．元上都研究文集［C］．北京：中央民族大学出版社，2003.

［4］陈高华．陈高华文集［C］．上海：上海辞书出版社，2005.

附　录

附录一　元代诗人上京纪行诗组诗表

诗人	组诗名称	存诗数目	文献来源
白珽	续演雅十诗	10	《湛渊集》
陈孚	明安驿道中	4	《陈刚中诗集》卷三
贡师泰	上都诈马大燕	5	《贡礼部玩斋集》卷四
	和胡士恭滦阳纳钵即事韵	5	《贡礼部玩斋集》卷五
胡奎	次韵王继学滦河竹枝词	10	《斗南老人集》卷二
胡助	滦阳杂咏十首	10	《纯白斋类稿》卷十四
黄溍	上京道中杂诗	12	《文献集》卷一
刘敏中	上都凉甚喜书四绝	4	《中庵先生刘文简公文集》卷十七
	上都长春观和安御使于都事陈秋岩唱和之什	10	《中庵先生刘文简公文集》卷二十
	次韵郑潜庵应奉鳌峰石往还十首	10	《中庵先生刘文简公文集》卷二十三
柳贯	同杨仲礼和袁集贤上都诗	10	《柳待制文集》卷四
	滦水秋风词	4	《柳待制文集》卷六
	后滦水秋风词	4	
马祖常	丁卯上京	4	《石田先生文集》卷四
	和王左司竹枝词	10	《石田先生文集》卷五
廼贤	失剌斡耳朵观诈马宴奉次贡泰甫授经先生韵	5	《金台集》卷二
欧阳玄	试院偶题赠巽斋	6	《圭斋文集》卷三
萨都剌	上京即事	10	《雁门集》卷三
宋本	上京杂诗	17	《永乐大典》册四，卷7702，第3578～3579页
释梵琦	上都	4	《明诗综》卷八十九
	开平书事	6	

续表

诗人	组诗名称	存诗数目	文献来源
王逢	塞上曲五首	5	《梧溪集》卷二
	宫中行乐词六首	6	《梧溪集》卷二
	无题、后无题	10	《梧溪集》卷四
王士熙	竹枝词	10	《御选元诗》卷五
	上都柳枝词	7	
王沂	上京	10	《伊滨集》卷十二
王恽	夏日玉堂即事	5	《秋涧先生大全集》卷二十七
吴当	竹枝词和歌韵自扈跸上都自沙岭至滦京所作	9	《学言稿》卷六
	王继学赋柳枝词十首书于省壁至正十有三年扈跸滦阳左司诸公同追次其韵	10	
吴师道	留昌平四诗	4	《吴礼部文集》卷三
许有壬	上京十咏	10	《至正集》卷十三
	鹏窝驿次伯庸壁间韵四首	4	《至正集》卷二十三
	竹枝十首和继学韵	10	《至正集》卷二十七
	柳枝十首	10	
杨允孚	滦京杂咏	108	《滦京杂咏》
叶衡	上京杂咏	10	《元诗选补遗》第38页
虞集	戏作试问堂前石五首，代石答五首	10	《道园学古录》卷二
袁桷	上京杂咏	10	《清容居士集》卷十五
	次韵继学途中竹枝词	10	
	客舍书事八首	8	《清容居士集》卷十六
郑潜	上京行幸词	6	《樗庵类稿》卷二
周伯琦	纪行诗	34	《扈从集》
合计27		466	

附录二　元代上京纪行诗诗人及诗作表

诗人	上京纪行诗数目	文献来源	诗名①	备注
白珽	10	《湛渊集》		
曹元用	3	《皇元风雅》后集卷一，《御选元诗》卷六十一	《京都次马伯庸尚书》（2首）、《上京次王继学韵》	
陈孚	27	《陈刚中诗集》卷三		
陈高	2	《不系舟渔集》卷三、卷九	《过俞岭》、《赤城春晓图》	
陈旅	2	《安雅堂集》卷二，《元诗选》初集，第1327页	《六月度居庸关喜雨》、《吴宗师赤城阻雨次甘泉韵》	
陈秀民	2	《御选元诗》卷二十二、卷五十五	《滦阳道中杂兴》、《潮州望古北居庸诸山》	
陈义高	3	《秋岩诗集》卷上、卷下	《李陵台》、《庚辰春再随驾北行》（2首）	
陈益稷	1	《元诗选》初集，第2534页	《上都回宿赤城站》	
段福	1	《御选元诗》卷六十	《翠华台扈从诗》	
范玉壶	1	《元诗纪事》卷十一，第243页	《上都诗》	
冯子振	3	《御选元诗》卷六十九，《元诗选》三集，第134页	《桑乾河》、《缙山道中》、《金莲川》	
傅若金	1	《傅与砺诗文集》卷五	《咏怀》	
贡奎	10	《云林集》卷一、卷三、卷四、卷六		
贡师泰	28	《贡礼部玩斋集》卷一至卷五		
贡性之	1	《南湖集》卷下	《较猎图》	
郭翼	1	《元诗选》二集，第1017页	《拟杜陵秋兴八首》（之一）	
郝经	6	《陵川集》卷十、卷十四		
胡奎	26	《斗南老人集》卷二、卷三、卷五		

① 只列无别集或虽有别集但是诗歌数目较少的诗人的上京纪行诗诗名。

续表

诗人	上京纪行诗数目	文献来源	诗名①	备注
胡祗遹	7	《紫山大全集》卷五、卷七		
胡助	50	《纯白斋类稿》卷二，卷五至卷七、卷十三、卷十四		
黄溍	18	《文献集》卷一、卷二		
揭傒斯	3	《文安集》卷二、卷三、卷五	《题邢先辈西壁山水图》、《题上都崇真宫陈宫人屋壁李学士所画墨竹走笔作》、《题李安中白翎雀》	
柯九思	26	《元诗选》三集，第183~186页	《宫词》（25首）、《题光孝寺讷无言长老所藏宇南画龙》	
李裕	1	《元诗选》三集，第251页	《云州行》	
梁宜	1	《皇元风雅》后集卷一	《龙门》	
刘秉忠	8	《藏春集》卷二、卷三、卷四		
刘鹗	5	《惟实集》卷四、卷五		
刘敏中	41	《中庵先生刘文简公文集》卷十七至卷二十、卷二十二、卷二十三		另有5首词
刘有庆	1	《御选元诗》卷五十一	《龙虎台即事》	
柳贯	42	《上京纪行诗》，《柳待制文集》卷二、卷五、卷六		包括10首《同杨仲礼和袁集贤上都诗》
马臻	15	《霞外诗集》卷三、卷四、卷七、卷八		
马祖常	55	《石田先生文集》卷一至卷五		《开平事》和《驾发》不载《石田集》，见《元风雅》卷十三，《元音》卷二
廼贤	31	《金台集》卷二		
欧阳玄	6	《圭斋文集》卷三		另有4首词

① 只列无别集或虽有别集但是诗歌数目较少的诗人的上京纪行诗诗名。

续表

诗人	上京纪行诗数目	文献来源	诗名①	备注
潘廸	1	《居易录》卷三十一	《题赵松雪墨菊》	辑自清人王士祯的《居易录》
萨都剌	13	《雁门集》卷一、卷三、卷四		
宋本	18	《永乐大典》、《元诗选》二集	《上京杂诗》（17 首）、《滦河吟》	其中 17 首辑自《永乐大典》册四卷七七〇二，第 3578～3579 页，1 首辑自《元诗选》二集，第 500 页
宋褧	11	《燕石集》卷五、卷六、卷七、卷九		
宋讷	1	《西隐集》卷三	《秋闱再和叶叔则照磨中秋诗韵》	
宋无	1	《翠寒集》	《李陵台》	
沈梦麟	3	《花溪集》卷三	《滦河记梦》、《鸡鸣山晓》、《墨菊》	
释梵琦	15	《古今禅藻集》卷二十，《明诗综》卷八十九	《赠江南故人》、《上都》（4 首）、《开平书事》（6 首）、《乌桓》、《黑谷》、《海东青行》	
唐元	4	《筠轩集》卷六	《过昌平》、《洪赞道中》、《察罕诺尔》、《李陵台怀古》	
涂颖	7	《草堂雅集》卷七	《牛群头怀乡》、《上京次贡待制韵》（4 首）、《钦察海子上》、《郑节妇诗》	
王逢	22	《梧溪集》卷二至卷四		
王懋德	1	《御选元诗》卷七十二	《上都寄许参政》	
王清惠	3	《宋诗纪事》卷八十四	《李陵台和汪水云韵》、《捣衣诗呈水云》、《秋夜寄水月水云二昆玉》	

① 只列无别集或虽有别集但是诗歌数目较少的诗人的上京纪行诗诗名。

续表

诗人	上京纪行诗数目	文献来源	诗名①	备注
王士熙	24	《御选元诗》卷五，《元诗选》二集，第546、549、554、555页	《上京次伯庸学士韵二首》（2首）、《竹枝词》（10首）、《上都柳枝词》（7首）、《上京次李学士韵四首》（4首）、《省中书事》	
王沂	19	《伊滨集》卷二、卷五、卷八至卷十二		
王恽	22	《秋涧先生大全集》卷十五、卷二十四、卷二十七、卷三十、卷三十二		另有1首词
汪元量	8	《增订湖山类稿》卷三		
魏初	1	《青崖集》卷二	《独石》	
吴当	35	《学言稿》卷三、卷五、卷六		
吴景奎	1	《药房樵唱》卷一	《风雨赤城旅夜书怀》	
吴师道	15	《礼部集》卷三、卷六、卷八		
伍良臣	1	《永乐大典》	《上京》	辑自《永乐大典》四册卷七七〇二，第3579页
许有壬	133	《至正集》卷三、卷四、卷十一至卷十九、卷二十一、卷二十三至卷二十七，《圭塘小稿》别集卷下		
薛玄曦	2	《御选元诗》卷五十九，《元诗选》二集，第1358页	《大驾度居庸关》、《次韵王侍郎上都见寄》	
杨允孚	108	《滦京杂咏》		
耶律铸	11	《双溪醉隐集》卷二、卷三、卷五		
叶衡	10	《元诗选补遗》，第38页	《上京杂咏》（10首）	
于仲元	1	《皇元风雅》后集卷三	《度居庸关思亲》	

① 只列无别集或虽有别集但是诗歌数目较少的诗人的上京纪行诗诗名。

续表

诗人	上京纪行诗数目	文献来源	诗名①	备注
虞集	45	《道园学古录》卷一至卷四、卷三十，《道园遗稿》卷一至卷五		其中《京行纪录过昔宝赤站寒甚》辑自《永乐大典·驿站二》卷一九四二六，第7295页
袁桷	228	《清容居士集》卷十五、卷十六		
张弘范	1	《淮阳集》	《宿龙门》	
张鸣善	1	《皇元风雅》后集卷五	《李陵台晚眺》	
张嗣德	8	《皇元风雅》后集卷三	《滦京八景》	
张养浩	9	《张文忠公文集》卷四、卷六、卷七、卷十		
张昱	110	《可闲老人集》卷一、卷二		其中《辇下曲》有100首，但当中有一小部分写大都的活动
张雨	1	《句曲外史集》卷中	《上京赐宴王眉叟有诗次韵》	
张翥	12	《蜕庵集》卷二至卷五		
郑潜	10	《樗庵类稿》卷一、卷二		
郑守仁	4	《草堂雅集》卷八	《上京怀张外史》、《和贡泰父待制上京即事》（2首）、《登桑乾岭迎达礼部》	
周伯琦	169	《近光集》卷一至卷三，《扈从集》		
周应极	1	《国朝文类》卷七	《宿李陵台》	
合计75	1528			

① 只列无别集或虽有别集但是诗歌数目较少的诗人的上京纪行诗诗名。

附录三　已发表的相关论文

1.《元代上都崇真宫的文学活动考论》（发表于《中国道教》2009 年第 2 期）

摘要：元代有两个首都，一个是大都，一个上都。元世祖在两个都城分别建立崇真宫作为道士活动的场所。上都的崇真宫，不仅是道士斋醮活动的场所，而且是文人雅集的文学活动场所。每年的巡幸时期，崇真宫都会迎来朝廷大量的馆阁文人。吴全节宗师主事崇真宫时，崇真宫的文学活动进入繁盛时期。文人和道士的文学交流，使儒学和道学在崇真宫里相互接受，相互融合，从而彼此认同和接受。这在元代构成了一道独具特色的“文化景观”。

关键词：元代　上都崇真宫　文学活动

崇真宫即崇真万寿宫，是元世祖敕建的。据《元史·释老》载，元世祖时期，昭睿顺圣皇后大病甚危，正一教第三十六代天师张宗演的徒弟张留孙祈祷为皇后治病。不久皇后梦见有朱衣长髯者，由引导着朱犛白兽的甲士随从，行在草间。皇后醒来后觉得很怪异，问张留孙，留孙说，甲士导犛兽，是他所佩法箓中的将吏；朱衣长髯之人，是汉代的天一教祖师张天师；行在草间，预示着皇后之病将在春天康复。后拿来张天师画像给皇后看，果真是梦中所见之人。皇后病好之后，非常高兴，即命张留孙为天师①，加号上卿，命尚方铸宝剑以赐。并且在大都和上都这两个都城分别建崇真宫，作为道士活动的场所。有元一代，由朝廷主办的大型斋醮活动，不是在长春宫举行，就是在崇真宫举行，或同时在两座宫观中举行。可见，崇真宫是元代道士活动的重要场所。

上都崇真宫是上都地区最重要的一座道观，这里有长年常住的道士。元代实行两都巡幸制，每年大量的文人要扈跸皇室到上都。扈从到上都的文人，经常来崇真宫居住或访友，因而这里的道士们与文人学士过从甚密。关于崇真宫的道士和文人的交往，虞集曾在《河图仙坛之碑》一文中说：“至元、大德之间，重熙累洽，大臣故老心腹之臣，莫不与开府有深契焉。”关于道士和文士交往的内容，虞集说：“至于学问典故，从容裨补，有人所不能知。而外

---

① 虽然张留孙固辞未受，但天师的俗称却传开了。

庭之君子，巍冠褒衣以论唐虞之治，无南北皆主于公（公指道教领袖吴全节）矣。”曾在崇真宫参加文学活动的达官文豪，虞集也一一列出：“若何公荣祖、张公思立、王公毅、高公昉、贾公钧、郝公景文、李公孟、赵公世延、曹公鼎新、敬公俨、王公约、王公士熙、韩公从益诸执政多所谘访，阎公复、姚公燧、卢公挚、王公构、陈公俨、刘公敏中、高公克恭、程公钜夫、赵公孟頫、张公伯纯、郭公贯、元公明善、袁公桷、邓公文原、张公养浩、李公道源、商公奇、曹公元彬、王公都中诸君子雅相友善，交游之贤，盖不得尽纪也。”

赵世延、王约、王士熙、阎复、姚燧、卢挚、王构、刘敏中、高克恭、程钜夫、赵孟頫、元明善、袁桷、邓文原、张养浩等等，都是元代最高一级文人的代表，他们与崇真宫的道士“雅相友善”，诗文酬答，成为元代文坛的一道独特景观。

来到上都的文人雅士，常常把崇真宫作为住宿或游赏聚会之地，在此诗文雅会。所以在元人的诗作中，描写崇真窈听宫，描写文人寄赠道士以及与道士唱和的诗篇很多，如揭傒斯的《题上都崇真宫陈宫人屋壁李学士所画墨竹走笔作》，马祖常的《崇真宫西梨花》，廼贤的《次上都崇真宫呈同游诸君子》《崇真宫夜望司天台》，许有壬的《力疾对吴闲闲大宗师象焚香危坐而成诗》，袁桷的《崇真宫阒无一人经宗师丹房惟蒲苗杨柳感旧有作》，虞集的《题上都崇真宫壁继复初参政韵》，李存的《次吴宗师见寄韵》，杨载的《送吴真人二首》，张翥的《中秋玩月崇真万寿宫》，贡师泰的《寿吴宗师》，邓文原的《送吴宗师南祀归》，郑元佑的《次韵薛真人贺吴宗师寿辰》，胡助的《寿吴宗师》《寿吴宗师七十》……

在元人的这些诗歌中，文人和道士的深厚感情透过字里行间跃然纸上。

长夏崇真馆，疏帘洒静便。支颐推万古，心息契重玄。月窟窗如雪，天瓢酒似泉。主人怜老客，下榻不曾悬。①

钧天乐彻洞庭波，野迥谁为击壤歌。笔砚烟云尘世隔，莺花风雨客愁多。传书稚子空遗简，伐木樵夫久烂柯。旧识浮丘华盖近，相思何处看云过。②

崇真宫道士中，玄教第二代掌教吴全节及其弟子薛玄曦都以文学知名。

① 袁桷，《上京杂咏・十》。

② 虞集，《寄和吴闲闲大宗师》。

他们喜欢与当时的文人学士交游，尤其是吴全节，和元代许多文人都有密切的来往，培养了深厚的感情。

吴全节，字成季，号闲闲，饶州安仁人。据说其出生时，丹光满室。七月即能言。其父亲梦见神人告之说，高仙托体，尘中不能留也。吴全节四岁就能诵诗。他十三岁到龙虎山学道。元世祖平定江南，他随师父张留孙入见世祖。元贞初，制授冲素崇道法师南岳提点。不久加授玄德法师崇真万寿宫提点。大德末，授玄教嗣师。至治二年，制授特进上卿、玄教大宗师、崇文弘道玄德真人，总摄江淮荆襄等处道教，知集贤院道教事。卒年八十二。吴全节历事六朝，出入禁闼，眷渥如一。所著有《瓢稿》《代祠稿》，总名曰《看云集》，共二十六卷。吴伯清称其诗如风雷振荡，如云霞绚缦，如精金良玉，如长江大河，字字鸣国家之盛，谐于英茎咸韶之乐，固非寒陋困悴拂郁愤懑者之所可同也。

吴全节在元代是一个活跃的道教领袖，能诗善文。他主事崇真宫时，是崇真宫里文学活动最繁盛的时期。作为崇真宫的主人，吴全节“荐引善良，唯恐不及；忧患零落，唯恐不尽。其推毂之力，至于死生患难，经理丧具，不以恩怨异心，则尤公之所长也。”更为可贵的是，他“博览群书，偏察群艺，而于道德性命之要，粹如也。尝作环枢之堂，画先天诸图于壁，以玩心神明。有诗曰：‘要知颜子如愚处，正是羲皇未画前。’其所造盖如此。故其述作，光明痛快，足以见太平之盛，而深存忠厚于人伦。有所感发，自幼至老，尤好吟咏。皆出其天性之自然，而非有所勉强。尤识为政大体。”正因为这样“是以开府每与廷臣议论，及奏对上前，及于儒者之事，必曰：‘臣留孙之弟子吴全节，深知儒学，可备顾问。’是以武宗、仁宗之世，尝欲使返初服，而置诸辅弼焉。”①

因为道观主人良好高雅的人品，博学灵异的才学，扈从朝廷到上都的上层馆阁文人们，非常喜欢到崇真宫参加那里的文学活动。吴全节和他们过从甚密，他们互赠礼物，诗文往还，相互唱和寄赠。吴全节和虞集、袁桷为挚友。他和虞集、袁桷酬唱的诗作最多，也最引人注目。虞集是大都文坛的泰斗级人物，自大德年间出任大都路儒学教授之后，他基本上每年都要扈从朝廷到上都。而每次来上都，他都忘不了来崇真宫。他和吴全节志趣相投，感情甚好。吴全节有一种用芍药花自酿的好酒，送给虞集品尝，虞集于是作

① 虞集，《河图仙坛之碑》。

《谢吴宗师送芍药名酒》诗表示感谢，诗曰：

讲臣不常参，寂寞奉朝请。故人得好花，持赠乃兼并。金盘日中出，品目标禁省。一萼重数铢，大与牡丹并。酿香实尊贵，深婉更和静。居然荷慰藉，相对空昼永。起求神农经，录在海涯境。夭夭羡厥草，曾不耀朱景。上京素高寒，夏至冰在井。沙草不满寸，苞叶成枯梗。同生非异土，荣悴何不等。此岂夫容丹，逡巡太阳鼎。灼灼天女嫔，巍巍步摇整。盈盈绡卷肤，况彼南国迥。移置谅不可，孤赏且深领。虽与名酒俱，绝饮畏停冷。颇闻好事者，采撷置充茗。刀圭果三咽，五脏化俄顷。文章丽出日，仪凤同焕炳。言夸众应疑，所贵仙者肯。

吴宗师送来的芍药酒，“刀圭果三咽，五脏化俄顷。”虞集很喜欢。又一次，吴全节又送牡丹花给虞集，虞集当即赋诗《谢吴宗师送牡丹并简伯庸尚书》，曰：

轻风紫陌少尘沙，忽见金盘送好花。云气自随仙掌动，天香不许世人夸。青春有态当窗近，白发多情插帽斜。最爱尚书才思别，解吟蝴蝶出东家。

这首七言律诗包含感情，洋溢着对吴宗师的谢意，对马伯庸（马祖常）的敬意。对仗工稳，意境精深，颇见作者功力。

吴全节和虞集是同乡，又是挚友。他很关心虞集，有一天，他做梦梦见虞集到山里居住，非常奇特，梦醒后，梦中的情形依然清晰，他便把这个梦讲给虞集听。虞集当即赋诗一首：

吴宗师梦予得山居，奇胜特甚，梦觉历历分明，忻然相告赋此

夜来梦我山居好，笑我平生岂有之。野服许辞金殿直，俸钱足办草堂资。安知蓬岛非兜率，不是匡庐定武夷。还有胜缘同晚岁，至人无睡已多时。

出于对吴宗师深厚的情谊，虞集常常为吴宗师作诗，致使今天《道园集》中保存了大量与吴全节有关的诗歌。

吴全节也常写诗给虞集。《送虞伯生使蜀》就是虞集到四川时，吴全节写给他的赠别诗：

送别应思旧所经，秦川花柳短长亭。三峰高拊仙人掌，万里先占使者星。锦水东流江月白，潼关西去蜀山青。当年不尽登临意，待尔（一作汝）重镌（一作镵）剑阁铭。

除了虞集，吴全节宗师与袁桷的关系也非常密切。袁桷也是元代文坛的大腕级人物，他的《开平四集》记载了延祐、至治年间他扈跸朝廷到上都的经历，当中有大量的诗歌记载了他在崇真宫所参加的文学活动，尤其是他和道教首领吴全节宗师酬唱赠诗的情况。袁桷有《端午谢吴闲闲惠酒》诗：

客里端阳景物殊，待晨分酿出偏壶。松间尚积千年雪，涧底难寻九节蒲。霏玉论陈医国艾，研朱手写辟兵符。侍臣陡觉蓬莱近，簇簇宫花遍蕊珠。

袁桷等朝廷官员扈从上都，端午节刚刚安顿住下，他的好友闲闲真人吴全节就送来了好酒给他接风洗尘。这使远离家乡的袁桷感觉非常温暖，于是作了上面的诗歌以示谢意。袁桷非常愿意和吴宗师在一起，当宗师来时，他就高兴地作《喜吴宗师至》以示欢迎：

飞鹤驭空来，春浓洞府开。灯光争夜月，磬韵起春雷。玉斗朝云礼，金门就日回。的知仙桂种，玉斧更深培。

当宗师离开时，他也会依依不舍地作诗送行，如《送吴成季五绝》：

墙东杏树花千片，片片随风到马头。只恐花飞不解走，度关时节暮云羞。
北雪初消未见山，驮铃声杂佩珊珊。廉家池馆春风好，独看牡丹惟我闲。
上京新酒玉津津，薄醉深春恼杀人。截取当年钓竿竹，卷筒相寄不嫌频。
诗瓢淅沥风前树，雪在深村月在梅。从此不须生感慨，晚寒更上望乡台。
鳌峰路与仙峰近，取次诗筒日往来。惭愧阿戎松下坐，洞门深锁碧桃开。

从这些诗里，可以看出袁、吴二人的感情是非常深厚的。除了虞集和袁桷，元代文坛的许多知名人物都和吴全节宗师有诗文唱和。吴全节作诗，他们就和诗，如许有壬《和闲闲宗师至上京韵》，李存《和宗师滦京诗二首》，郑元佑《和吴宗师寄张贞居》等等。吴宗师过寿，他们作诗贺寿，如胡助有《寿吴宗师》《寿吴宗师二首》《寿吴宗师七十》，贡师泰有《寿吴宗师》等等。宗师在赤城阻雨，他们也要和诗，发表意见，表达关注之情，如陈旅《吴宗师赤城阻雨次甘泉韵》，虞集《次韵吴成季宗师赤城阻雨》等等。甚至在吴宗师去世后，面对着宗师画像，他们都会赋诗寄托对宗师的无限思念，如许有壬的《力疾对吴闲闲大宗师像焚香危坐而成诗》：

宵人本是山泽臞，涉世政坐饥寒驱。五年黄合事何补，锺作老病丛孱躯。滦京归来十浃日，药裹不可离须臾。平生结客半寰宇，未免操瑟从齐竽。可人底事期不来，承庆堂深谁可呼。迩来亦复诗作祟，清减益见风标孤。杜门却扫难折简，岂意惠然来画图，相看一笑但臆对。妙契未许卮言聚，清冰寒玉照林表。和气春风生坐隅，斋居顿觉俗气远。高致已逼沉痾苏，我方归思剧迅矢。公自有分居方壶，过从此去计必少。梦中道路多萦纡，便当卷奉江湖去，愿得始终如蟨驉。

除了吴全节，薛玄曦也是一个能文，而且和文人交往很密切的道士。薛玄曦，字玄卿，自号上清外史。河东人。十二岁时，离家到龙虎山入道，师事张留孙、吴全节。延佑年间，用荐者召见侍祠，制授大都崇真万寿宫提举，升提点上都崇真万寿宫。泰定元年，奉诏征嗣天师，未行，扈从滦阳。至正五年卒，年五十七。所著有《上清集》《樵者问》，荟萃群贤诗文为《琼林集》。玄卿负才气，倜傥不羁，善为文，而尤长于诗。揭傒斯为其集作序，称其老劲深稳如霜松雪桧，百折莫能挠；清拔孤峻如豪鹰俊鹘，千呼不肯下；萧条闲院如空山流泉深林，孤芳自形自色，不与物竞。人以为知言。玄卿书札极丽逸，片楮出，人争欲得之。有闻风而未之见者，或使图其像以去。

薛玄曦善于作诗，顾嗣立的《元诗选》收其诗27首，大多数为与文人学士唱和之作，如他的《次韵王侍郎上都见寄》：

滦水东风净物华，石鳌峰下驻仙车。清明草检归黄阁，胜日开筵近紫霞。万户砧声闻别馆，九天秋色落谁家。仙郎赋罢长回首，南去还乘八月查。

其诗老劲深稳，清拔孤峻，别有特点。元代文人学士也喜欢和玄曦交往，愿意与他诗文酬答。馆阁之臣马祖常《再答薛玄卿并谢墨二首》：

京尘冉冉朝天马，辟谷仙人竹满斋。自写乌丝吟白纻，好风吹我到无怀。

崇真宫里秋风起，海上人来见隐君。留得麝煤三百剂，天边呼伴散玄云。

袁桷《尚尊赐张上卿薛玄卿赋诗次韵》：

龟眸鹤骨炼纯阳，言合灵蓍行有常。黼坐近瞻尧日月，属车远度汉封疆。英云玉佩开仙府，湛露琼卮出尚方。可怪相如多病渴，愿分金掌接恩光。

《再次韵》：

居庸晓次日初阳，肃肃龙旗出奉常。兽殿频趋恩有秩，鹊炉深祝寿无疆。冰壶酒滑通真一，云阁香清接上方。静夜屡陪谈麈乐，灯摇寒烬目摇光。

在这些诗歌里，透露出元代文人与道士交往的密切。他们把崇真宫作为活动的场所，雅相友善，诗文唱和，使文人和道士的双向互动形成了潮流。

纵观有元一代，文儒与道教交往是一种社会风气，文士和道士通过诗文互动，使儒学和道学在崇真宫里相互接受，相互融合，从而彼此认同和接受。这在元代构成了一道独具特色的“文化景观”。因为道士的参与，也因为文士对道士和道教的接受和认同，使元代文学特点鲜明，别具风格。

在崇真宫里，除了和道士相唱和，文人学士们彼此也相互赋诗作文，正如廼贤在诗中所言：“琳宫多良彦，休驾得栖泊。清尊置美酒，展席共欢酌。弹琴发幽怀，击筑咏新作。”上都的道教胜地崇真宫，成为文人荟萃之地。他们置酒联欢，弹琴抒怀，击筑咏作，其乐融融。文坛出现这种盛治局面，廼贤认为是由于：“生时属承平，幸此帝乡乐。”他进而道出了自己的希望：“愿言崇令德，相期保天爵。”①

在上都，崇真宫是文人和道士诗文活动的重要文化场所。有了道士的崇真宫，有了文人雅集的崇真宫，充满了生机。但据袁桷说：“至治二年（1322）三月甲戌，……舍于崇真宫，有旨，道士免扈从，宫中阒无人声，车驾五月中旬始至，书诏简绝，仅为祝文十三道（已入内制），悲愉感发一寓于诗，而同院亦寡倡和，率意为题，得一百篇。”可见，英宗时期，曾经免除道士扈从，崇真宫没有了喜文的道士，冷清而孤寂。文人作诗也失去了以前的热情，诗作中透着冷寂，如袁桷的两首诗作。

崇真官阒无一人经宗师丹房惟蒲苗杨柳感旧有作

双斛青蒲苗，中庭绿杨枝。门锁碧窗寂，徘徊心不怡。辛勤四十载，逢辰构崇基。寒日淡无华，朔风助之悲。想此鸾鹤侣，长啸悟成亏。往昔玉局翁，言罢白云随。怀贤感夙昔，悼念成涕洟。夜梦忽邂逅，掀髯歌紫芝。

闲闲真人未至

崇真观里独徘徊，门锁蛛丝燕子猜。玄度来迟愁欲绝，为凭白鹤寄书催。

青蒲苗，绿杨枝，依然一年一度地发芽生长，但道观主人出入、迎客的门却上了锁，门锁蛛丝，四周一片寂静。自己独自徘徊在这孤寂的院子里，想到曾经住在这里的道士朋友们，“悼念成涕洟。”愁思欲绝。昔日的朋友，只有在梦中邂逅了。关于英宗免除道士扈从的原因，虞集的一篇文章可以提供一点线索。虞集在《河图仙坛之碑》中言：“道家醮设之事，是其职掌，故于科教之方，无所遗阙。香火之费，无所简吝，然而朝廷耗费过重，则每曰

① 廼贤，《次上都崇真宫呈同游诸君子》。

事天以实不以文，弭灾在于修德，而祷祈特其一事尔。”可能每年的道观斋醮活动，耗费很大，以致朝廷难以承受。为了减轻此项负担，曾一度免除道士扈从。当然，作为道士活动场所，文人荟萃，热闹快乐的上都崇真宫，也就失去了生气。

到了元末，崇真宫更加呈现出衰败之相。据《析津志》载“至顺二年（1331）七月十九日，奉旨以天师宫（即崇真观）为翰林国史院，盖为三朝御容在内，岁时以家国礼致祭。而翰林院除修纂、应奉外，至于修理一事又付之有司。今公宇日废，孰肯为己任言于弼谐者乎？”① 可见，崇真宫已经非道士专用了，它的日渐破败也在昭示着一个朝代的辉煌已经成为过去。

参考文献：

[1]（明）宋濂．元史（第 15 册）[M]．北京：中华书局，1976.
[2] 李修生．全元文（第 27 册）[M]．南京：凤凰出版社，2005.
[3]（元）袁桷．清容居士集 [M].《四部丛刊》本．
[4]（元）虞集．道园学古录 [M].《四部丛刊》本．
[5]（清）顾嗣立．元诗选 [M]．北京：中华书局，2002.
[6]（元）许有壬．至正集 [M]．文渊阁《四库全书》本．
[7]（元）迺贤．金台集 [M].《诵芬室丛书》本．
[8]（元）熊梦祥．析津志辑佚 [M]．北京古籍出版社，1983.

2.《元代诗文中的诈马宴刍议》（发表于《兰台世界》2014 年第 6 期）

摘要：诈马宴是元代最为隆重的皇家宴享盛会，是融宴饮、歌舞、游戏和竞技于一体的娱乐活动。元代许多高级官吏都参加过诈马宴，他们亲眼看见了宴会的盛大，于是用诗文的形式记载了这些历史的场面。通过他们的诗文，再佐以史书和笔记，元代诈马宴的过程就非常清晰地展现在了后人的眼前。

关键词：元代　诈马宴　集咏

诈马宴亦称质孙宴，是元代最为隆重的皇家宴享盛会，是融宴饮、歌舞、游戏和竞技于一体的娱乐活动。据元末明初文人王祎在《上京大宴诗序》中说：“至正九年夏五月，天子时巡上京。乃六月二十有八日，大宴失剌斡尔朵

① 迺贤，《次上都崇真宫呈同游诸君子》。

(按：即失剌斡耳朵)，越三日而竣事，遵彝典也。”这说明，在上京举行的诈马宴，不是临时的，而是“彝典”，是国家的一种定制。

作为国家定制的宫廷大宴诈马宴，是按照严格的程序进行的。其举办时间、地点、场所、服饰、过程等均有具体规定和一定程序。元代许多高级官吏都参加过诈马宴，他们亲眼看见了宴会的盛大，于是用诗文的形式记载了这些历史的场面。通过他们的诗文，再佐以史书和笔记，元代诈马宴的过程就非常清晰地展现在了后人的眼前。

诈马宴并非从元代开始，但在元代达到了鼎盛，那么，元代为什么要举行诈马宴呢？王祎的《上京大宴诗序》说：“所以昭等威、均福庆，合君臣之欢，通上下之情者也。”又说“足以验今日太平极治之象，而人才之众，悉能鸣国家之盛，以协治世之音。祖宗作人之效，亦于斯见矣。”贡师泰在《上都诈马大燕》中言：“清凉上国胜瑶池，四海梯航燕一时。岂谓朝廷夸盛大，要同民物乐雍熙。当筵受几存周礼，拔剑论功识汉仪。此日从官多献赋，何人为诵武公诗。”可见，皇室举行这样大规模的皇家宴会，主要是要“君民同乐”，从官们写诗献赋，主要是要通过诗文传达一种治世之音。

诈马宴举办的时间、地点绝大多数较为固定。时间主要集中在公历七月末八月初（阴历六月），正值漠南水草丰美、羊马肥壮、气候宜人的黄金季节举行。具体时间要选择一个良辰吉日，“国家之制，乘舆北幸上京，岁以六月吉日，命宿卫大臣及近侍，服所赐济逊、珠翠、金宝、衣冠、腰带，盛饰名马，清晨自城外，各持彩仗，列队驰入禁中。”上都诈马宴多在失剌斡耳朵举行。失剌斡耳朵设在上都南坡或西郊，又有棕毛殿、水晶殿之称。这在元人的诗文中都有记载，如贡师泰有诗句为“棕闾别殿拥仙曹，宝盖沉沉御座高。”“平沙班诈马，别殿燕棕毛。”廼贤有诗句为“孔雀御屏金纂纂，棕榈别殿日熙熙。”《失剌斡耳朵观诈马宴奉次贡泰甫授经先生韵》第五首为了保证宴会期间天气风和日丽，元廷还要命僧人坐坛作法，宋褧有诗为证：“宝马珠衣乐事深，只宜晴景不宜阴。西僧解禁连朝雨，清晓传宣趣赐金。”

诈马宴是盛装的宴会，对预宴者服饰有严格要求，参加宴会的除皇室成员外，百官必须是五品以上的高级官吏。入宴之前，他们必须要认真地装饰自己，还要装饰自己的马。“故凡预宴者必同冠服，异鞍马，穷极华丽，振耀仪采而后就列，世因称曰奓马宴，又曰只孙宴。奓马者，俗言其马饰之矜衒也。只孙者，译言其服色之齐一也。於戏，盛哉！”元人郑泳在《诈马赋》中也说：“百官五品之上，赐只孙之衣，皆乘诈马入宴。富盛之极，为数万亿，林林戢戢，若山拥而云集。”从元人的记载中可知，预宴的大臣必须要穿皇帝所赐给的质孙衣。质孙，又写作“只孙”“济逊”。《元史》中记：“质孙，汉言一色服也，内庭大宴则服之。冬夏之服不同，然无定制。凡勋戚大臣近侍，赐则服之。下至于乐工卫士，皆有其服。精粗之制，上下之别，虽不同，总谓之质孙云。”《经世大典序录·燕飨》也说：“与燕之服，衣冠同制，谓之质孙，必上赐而后服焉。”皇帝、贵族、大臣的质孙服都有很多套，宴会期间，质孙服每日都要更换一种颜色。预宴者除了要盛装自己，还要盛装自己的马。参加宴会的马都是选出来的好马、名马，这些马被打扮得异常华丽漂亮，“矧诈马之聚此兮，易葱芊之绮丽。额镜贴而曜明兮，尾银铺而插雉；雉丛身而騕袅兮，铃和鸾而合清徽。镫钻铁而金嵌兮，鞍砌玉而珠比……”它们的额头贴着金光闪闪的东西，脖子上挂着叮咚作响的鸾铃，尾巴上插着野鸡的雉羽，犹如孔雀开屏般绚烂。此外，马镫被嵌上金片，马鞍也用珠玉装饰，而缰绳、革套也缀上宝物。这真是些从头武装到脚的漂亮的马。盛装的官员和马匹，有声且有色，在视觉和听觉上都给文人留下了极为深刻的印象。亲历过诈马宴的文人杨允孚在他的《滦京杂咏》中作诗曰：

千官万骑到山椒，个个金鞍雉尾高，下马一齐催入宴，玉阑干外换宫袍。

他又用注补充解释说：“每年六月三日，诈马筵席，所以喻其盛事也。千官以雉尾饰马入宴。”廼贤在诗歌里也描绘到：“珊瑚小带佩豪曹，压辔铃铛雉尾高。”《失剌斡耳朵观诈马宴奉次贡泰甫授经先生韵》第二首多次经历诈马宴的官吏袁桷描绘更为详细：“彩丝络头百宝装，猩血入缨火齐光。钖铃交驱八风转，东西夹翼双龙冈。伏日翠裘不知重，珠帽齐肩颤金凤。”另外周伯琦的诗歌也对入宴的官吏和马有细致的描写：“华鞍缕玉连钱骢，彩晕簇辔朱英重。钩膺障颅鞶镜丛，星铃彩校声珑珑。高官艳服皆王公，良辰盛会如云从。明珠络翠光茏葱，文缯缕金纡晴虹。犀毗万宝腰鞓红，扬镳迅策无留踪。”《诈马行》这些官吏都是亲自经历过诈马之宴的，他们的描绘，为我们生动地展示了宴会之前官员盛装的场面。

盛装的赴宴队伍按照先后顺序依次入宫。据贡师泰《上都诈马大燕》说：“行迎御辇争先避，立近天墀不敢嘶。十二街头人聚看，传言丞相过沙堤。”此诗句说明：首先入宴的是皇帝的御辇，百官让道，然后是丞相一行。接下来才是其他官员，看来入宴的前后顺序是按照官级的高低。廼贤的《失剌斡耳朵观诈马宴奉次贡泰甫授经先生韵》第一首也云："诏下天门御墨题，龙冈开宴百官齐。路通禁籞联文石，幔隔香尘镇水犀。象辇时从黄道出，龙驹牵向赤墀嘶。绣衣珠帽佳公子，千骑扬镳过柳堤。"

入宫时，必须按照规定的颜色穿上质孙服、把坐骑打扮得漂漂亮亮，此外，还要手持节仗，高喊口号，张昱有诗为证：

只孙官样青红锦，裹肚圆文宝相珠。羽仗持金班控鹤，千人鱼贯振嵩呼。

入宫后，大家按规定就座。所有的人都按照各自的品级，坐在自己应该坐的制定席位上。宴会开始的第一项是宣读祖训。当一切就绪，有大臣传下皇帝旨意，开始宣读祖训，杨允孚在《滦京杂咏》中有诗言：

锦衣行处狻猊习，诈马筵开虎豹良，特敕云和罢弦管，君王有意听尧纲。

他同时自注云："诈马筵开，盛陈奇兽，宴享既具，必一二大臣称青吉斯，皇帝礼撒，于是而后礼，有文饮，有节矣，云和署隶仪凤司，掌天下乐工。"这里是说，大汗下达圣旨，鼓乐暂停，君臣聆听"尧纲"。"尧纲"即为大札撒，意为"大法令"，是成吉思汗时依照蒙古习惯法颁布的法律和成吉思汗的"训言"，后来被蒙古人奉为祖宗大法。凡是举行大宴，掌管金匮之书的世臣就当众宣读成吉思汗法典，主要内容是：宗藩、勋贵要同心同德拥戴大汗，发扬列祖列宗的功德，永保祖宗基业；格守君臣，尊卑、长幼之序；举止言谈，礼貌文雅，宴饮娱乐要适度有节，不可放纵沉溺。届时，"须臾玉卮黄帕覆，宝训传宣争俯首。"全场肃然起敬，争相俯首聆听训诲。大宴前朗诵大札撒，是要告诫人们不要忘了祖先创业的艰难，正如元人张昱所言：

至元典礼当朝会，宗戚前将祖训开。圣子神孙千万世，俾知大业此中来。

宣读完祖训，大宴正式开始。诈马宴上的食物颇具草原民族风味。羊肉是诈马宴上的主要食品，"大官用羊二千噭。"一次宴会竟可用羊几千只。真可谓是"大宴三日酣群悰，万羊脔炙万瓮醲。"宴会上要大吃，也要大喝，宴会上的主要饮料有马潼、法酒和葡萄酒三种。马潼，又称马奶，是蒙古人传统的、也是诈马宴中需要量最大的饮料。另外，宴会上还有驼乳等其他辅助饮料。元人在集体歌咏诈马宴时，往往会给这些酒水一些"特写镜头"。"马湩浮犀碗，驼峰落宝刀。暖茵攒芍药，凉瓮酌葡萄。""宫女侍筵歌芍药，内官当殿出蒲萄。""酮官庭前列千斛，万瓮蒲萄凝紫玉。驼峰熊掌翠釜珍，碧实冰盘行陆续。”

诈马宴，是草原上欢乐的盛会。“每宴，教坊美女必花冠锦绣，以备供奉。”为了给宴会助兴，要进行歌舞百戏表演。“急管催瑶席，繁弦压紫槽。”歌舞表演要欢快，同时还要带有吉祥祝愿的含义，杨允孚在《滦京杂咏》诗中曰：

仪凤伶官乐既成，仙风吹送下蓬瀛。花冠簇簇停歌舞，独喜箫韶奏太平。

宴会上的音乐舞蹈表演把整个宴会推向了高潮。“一曲霓裳才舞罢，天香浮动翠云袍。”“九州水陆千官供，曼延角抵呈巧雄。紫衣妙舞腰细蜂，钧天合奏春融融。狮狞虎啸跳豹熊，山呼鳌抃万姓同。曲阑红药翻帘栊，柳枝飞荡摇苍松。”整个皇宫变成了沸腾的海洋，热闹而快乐。

俗话说：“天下没有不散的宴席”。袁桷在《装马曲》中言：“龙媒嘶风日将暮，宛转琵琶前起舞。鸣鞭静跸宫门闭，长跪齐声呼万岁。”日暮时分，宴会接近尾声。众官要长跪齐声高呼“万岁”，欢送皇帝一行首先离席。“宴罢天阶呼秉烛，千官争送翠华归。”皇帝一行离开后，大家再依次退席，“马蹄哄散万花中”。诈马宴在一片狼藉中结束了。留下的是“向晚大安高阁上，红竿雉帚扫珍珠。”

参考文献：

[1]（元）王祎．王忠文公文集［M］．《北京图书馆古籍珍本丛刊》本．

[2]（元）贡师泰．贡礼部玩斋集［M］．北京图书馆藏明刻嘉靖十四年徐万壁重修本．

[3]（元）周伯琦．近光集［M］．文渊阁《四库全书》本．

[4]（元）迺贤．金台集［M］．《诵芬室丛刊》本．

[5]（元）宋褧．燕石集［M］．《北京图书馆古籍珍本丛刊》本．

[6] 李修生．全元文（第57册）［M］．南京：凤凰出版社，2005.

[7]（明）宋濂等．元史（第7册）［M］．北京：中华书局，1976年4月第1版，1997年7月第6次印刷．

[8]（元）杨允孚．滦京杂咏［M］．《丛书集成初编》本．

[9]（元）袁桷．清容居士集［M］．《四部丛刊初编》本．

[10]（元）张昱．可闲老人集［M］．文渊阁《四库全书》本．

3.《元代上京纪行诗的研究状况及意义》（发表于《河北北方学院学报》（社会科学版）2008 年第 4 期）

摘要：元朝建立以后，实行两都制度。定立两都之后，忽必烈开始正式实行两都巡幸制。元代很多文人都参与了两都巡幸活动，并留下了大量的诗篇，诗人们一方面借诗保存了大量的文献史料，另一方面也抒发了巡幸中独特的情致，这些上京纪行诗具有重要的文献学价值；同时也是元诗研究的重要内容；具有较强的人文应用前景。

关键词：元代　两都巡幸　上京纪行诗

蒙古统治者建立的元朝定都大都（今北京）。中统四年五月九日（1263 年 6 月 16 日），忽必烈下令将他的藩府开平府升为都城，定名为上都（地点在今内蒙古自治区正蓝旗旗政府所在地黄旗大营子东北约 20 公里处），成为元朝的陪都、夏都。定立两都之后，忽必烈开始正式实行两都巡幸制。

两都巡行中，每年阴历二月（有时推迟到三月或四月，甚至五月），皇帝都要带领诸王、妃嫔、公主、驸马和文武百官，到上都住上半年光景，照常处理政事，叫作“清暑”，到八、九月间（元顺帝时多为十月）再回到大都。两都巡幸的道路，据元人周伯琦说有四条路：“大抵两都相望，不满千里，往来者有四道焉，曰驿路，曰东路二，曰西路。东路二者，一由黑谷，一由古北口。”其中驿路是一般官员和商人等来往两都间的主要通道。全长约 800 里。（《经世大典·站赤》“天历元年（1328 年）四月十五日”条，《永乐大典》卷一九四二一）设有 11 处驿站，依次为：昌平、榆林、洪赞、鵰窝、龙门、赤城、独石口、牛群头、明安、李陵台、桓州。东路有两条道，一条经古北口赴上都，全长 870 余里，专供监察御史和军队使用，是一条“禁路”。由黑谷上行者为皇帝赴上都所走的专线，是一条“辇路”，全长 750 余里，设有 18 处“纳钵”（作者注：意为皇帝出行时居住的帐幕）：大口、黄堠店、皂角、龙虎台、棒槌店、官山、车坊、黑谷、色泽岭、程子头、颉家营、沙岭、失八儿秃、郑谷店、泥河儿、双庙儿、六十里店、南坡店。西路全长 1095 里，蒙古国时期，西路为驿路正路，设有多处驿站。中统三年驿路改线，这条道就变成了一条运输道路，驿站大量减少。但皇帝从上都回大都要经过此道，途中主要经过以下地点：南坡店、六十里店、双庙儿、泥河儿、郑谷店、盖里泊、遮里哈剌、苦水河儿、回回柴、忽察秃、兴和路、野狐岭、得胜口、沙岭、宣德府、鸡鸣山、丰乐、阻车、统墓店、怀来县、妫河、龙虎台、皂角、黄堠店、大口。

两都巡幸是元代政治生活中的大事，给当时的文坛也带来了重大的影响，尤其是对诗文领域的影响。两都巡幸中，皇帝在上都待半年左右，路途单程所用时间在20～25天，也就是说，皇帝的整个巡幸时间一般都在七八个月，时间相当长。而巡幸的随同人员，除了后妃、太子和蒙古诸王外，“则宰执大臣下至百司庶府，各以其职分官扈从。”在各级官吏，尤其是文职官吏中，相当一部分都是诗文家，他们扈从皇帝北行，在亲身经历巡幸的整个过程中，目睹了巡幸规模之宏大，仪式之隆重，上都及沿途的山川风物之奇特迥异，所见所闻的一切，使敏感的诗人们情思涌发，他们挥翰染墨，倾注自己独特的感受，而这成为上京纪行诗写作的一个重要动因。

参加两都巡幸、写作上京纪行诗是元代诗人政治和文化生活的重要内容。《元诗选》《元诗选癸集》《元诗选补遗》中共收上京纪行诗497首，涉及50位诗人。但无论是诗人还是诗作，都有很大的增补余地。通过对部分诗人别集的梳理，以下诗人的诗作还有较大的增补余地。《元诗选》只选了袁桷的73首上京纪行诗，但《清容居士集》中《开平四集》收上京纪行诗共227首（第一集26首；第二集41首；第三集62首；第四集98首[①]）；柳贯有“上京纪行诗”集，共收诗32首[②]，《元诗选》只选了12首；胡助：《元诗选》收11首[③]，他的别集《纯白斋类稿》收45首（卷二7首，卷五5首，卷六1首，卷七4首，卷八8首，卷十四20首）[④]；迺贤：《元诗选》收27首，别集《金台集》卷二收32首；周伯琦：《元诗选》收47首，别集《近光集》收81首（卷一60首，卷二21首），另外他的《扈从集》中还收34首上京纪行诗，共计115首；杨允孚：《元诗选》选了100首，《滦京杂咏》共有108首诗；张昱：《元诗选》共选46首，《辇下曲一百二首》（录四十首）102首[⑤]；《塞上谣八首》（录六）8首，共计110首。

还有些诗人也有上京纪行诗，但《元诗选》未收录，主要有：黄溍［《文献集》卷一收18首（上京道中杂诗12首，另散落的6首）］；白珽（《湛渊集》收10首，名为《续演雅十诗》）；陈旅［《安雅堂集》收7首（卷

① 据第四集袁桷自叙，第四集应该有100首上京纪行诗，但目前在他的文集中只发现了98首。

② 不包括10首《同杨仲礼和袁集贤上都诗》。

③ 《滦阳十咏》10首，《龙门行》1首。

④ 据胡助的《上京纪行诗序》称，他曾有《上京纪行诗》一卷，共50首诗，但目前在他的文集中只发现了45首。

⑤ 当中有一小部分诗是写大都生活的。

一1首，卷二5首，卷三1首)]；刘敏中（《中庵先生刘文简公文集》收16首)；王沂（《伊滨集》收19首，其中有10首组诗，名为《上京》)；郑潜（《樗庵类稿》收7首，其中6首为组诗，名为《上京行幸词》)；欧阳玄（《圭斋文集》收10首)；吴当（《学言稿》收36首)。

以上数字相加，上京纪行诗共973首，近千首，涉及诗人58位，当然，无论是诗人，还是诗作，仍然还有增补的空间。

写作上京纪行诗，是元代文人的“时髦”，他们写作上京纪行诗的本意，主要有两个方面，一是立意要保存一代文献史料，元代的两都巡幸，历时之长，规模之大，是其他朝代所无法比拟的，跟随着两都巡幸，亲眼所看，亲耳所闻，亲身所历的一切的一切，诗人都想把它们保存下来，“鄙近虽不足以上继风雅，然一代之典礼存焉。”“若覩夫巨丽，虽不能形容其万一，而羈旅之思，鞍马之劳，山川之胜，风土之异，亦略见焉。”二是除了“以诗存史”的意图，元人还试图通过上京纪行诗来抒写自己的情致，“诗言志”，上京纪行诗同样也有它“言志”的功能，全国各地来自四面八方的文人都加入了写作上京纪行诗的行列，他们抒发着各自不同的感受，发表着自己独特的看法，“窃为诗一二，以赋物写景，然抒吾怀之耿耿，而闵吾生之孑孑，情在其中矣，”“其关途览历之雄，宫籞物仪之盛，凡接之于前者，皆足以使人心动神竦，而吾情之所触，或亦肆口成咏，第而录之，总三十二首，噫，置窭家之子于通都，万货之区珍怪溢目，收揽一二而遗其千百，虽欲多取。悉致力何可得哉。”

元代文人也注意到了上京纪行诗的价值，他们也从“存史”和“言志”这两个方面对上京纪行诗进行评价，对杨允孚的《滦京百咏》，元代郭钰曾有”茫茫天壤名长在，赖有滦京百咏诗。”充分肯定了它的文献史料价值。揭傒斯对许有壬的《上京十咏》，曾这样认为“……而扈从上京，凡志有所不得施，言有所不得行，忧愁感愤，一寓之于酬倡。”。“旦夕南还，堕影万山，回视朝绅，浮沉异势，宁不重为耿耿。”

明清时期，学者们虽然不大看好上京纪行诗，认为它的艺术价值不高，陶翰、陶玉禾说：“袁伯长《开平三集》，杨允孚《滦京百咏》，及周伯温《扈从诗》，如欲征风景、考土物，记载颇详。然论诗法，则工拙互见。”① 但却众口一词地肯定了它的史料价值。“其江山人物之形状，殊产异俗之瑰怪，

---

① 清·顾奎光，《元诗选》卷首语。

朝廷礼乐之伟丽，与凡奇节诡行之可警世厉俗者，尤喜以咏歌记之，使人诵之，虽不出井里，恍然不自知其道，齐鲁历燕赵以出于阴山之阴，踹之北，身履而目击，真予所谓能言者乎。”又言：“滦京杂咏百首，元杨允孚所赋，读之当时事宛然如见，亦可谓善赋者矣。”“凡山川道路之险，夷风云气候之变化，銮舆早晚之次舍，车服仪卫之严整，甲兵旗旄之雄壮，军旅号令之宣布，禡师振武之仪容，破敌纳降之威烈，随其所见，輙记而录之，且又时时作为歌诗，以述其所怀，虽音韵鄙陋，不足以拟诸古作，然因其言以即其事，亦足以见当时儒臣遭遇之盛者矣。”“海内分裂而滦京不守，遂为煨烬，数十年来，元之故老殆尽，无有能道其事者，独予幸得亲至滦河之上，窃从畸人迁客谘访当日之遗事，犹获闻其一二，登高怀古，览故宫之消歇，睇河山之悠邈，以追忆一代之兴废，因以着之篇什，固有不胜其感叹者矣，因观先生所著而征以予之所见，敢畧述其槩以冠诸篇端然，则后之君子欲求有元两京之故实，与夫一代兴亡盛衰之故，尚于先生之言有征乎。”

明代杨士奇《东里续集》卷十九“杨和吉诗集附萧德舆故宫遗录”里提到杨允孚的《滦京百咏》，也说：“皆胜国遗事，可以资览阅备鉴戒。”《四库全书》在为陈孚的《陈刚中诗集》作提要时，提到他的上京纪行诗，也要读者注意它的史料价值：“其上都纪行之作，与前二稿工力相敌，盖摹绘土风，最所留意矣。”同样，在为《可闲老人集》作提要时，说“辇下曲、宫中词诸作，不独咏古之工，且足备史乘所未载。”指出上京纪行诗可以裨补史书记载的不足。吴师道《礼部集》卷七甚至把上京纪行诗的这种“纪实性”和《史记》相提并论，“居庸北上一千里，供奉南归十二诗，纪实全依太史法，怀亲仍写使臣悲。”

20 世纪 80 年代以前，元诗研究不受重视，在中国诗歌史上，人们认为元诗不仅无法与唐诗相比较，甚至不如宋诗和明清诗，而在元代文学中，元曲的光环也掩盖了元诗。在这种心理背景下，元诗研究一直很“萧条”，基本上没有元诗研究的专门著作。直到 20 世纪 70 年代末，在台湾才出现了包根弟的《元诗研究》，在这部元诗研究的专门著作中，第二章为“元诗之特色”，其中第四个特色为“多塞外景色及风物之描写”，书中写道：“每当元帝北巡上都之时，大批文人学士皆扈从而往，是以沿途的塞外风光，上都的风土人情，遂尽入吟咏。如袁桷《清容居士集》中开平一至四集之诗、黄溍《金华黄先生集》‘上京道中杂诗’、柳贯《柳待制文集》‘上京纪行诗’、胡助《纯白斋类稿》‘上京纪行’、周伯琦《扈从诗》、杨允孚《滦京杂咏》皆属于此类诗篇。此外，如柯九思、马祖常、虞集、迺贤、张养浩、张昱、杨瑀、陈刚中等人皆有上京纪行之作。诸诗描写塞外风土景物，或自然真切，或气势雄伟，不但在诗坛上特立一格，更兼有文献史料上的价值。”

20 世纪末到 21 世纪初，元诗研究逐渐引起学者们的关注，越来越多的学人开始改变对元诗的看法。在这样的大环境下，上京纪行诗作为元诗中一个重要的部分，也开始受到前所未有的关注。叶新民的《元上都研究》“元人咏上都诗概述”认为：“在元诗中，咏上都诗占有一定的比例。近年来，研究上都历史的论著大量引用咏上都诗作，它的史料价值越来越受到重视。但如何全面评价元人咏上都诗作，这些诗作的概貌，它的史料价值和艺术价值等问题，还没有专文进行讨论。笔者认为，咏上都诗独具特色，它不仅是研究上都历史的珍贵资料，同时对研究我国古代北方民族的历史、地理、政治、经济、文化、宗教、风俗等，也有重要的参考价值。”这部书还分前、后两期，对重要的上京纪行诗人及其纪行诗进行了简单的介绍。21 世纪初，杨镰出版了两部和元诗研究有关的专著，一部是《元诗史》，一部是《元代文学编年史》，在《元诗史》中，杨老师把上京纪行诗作为元诗“同题集咏”的一个部分，认为它之所以在元代备受关注，是因为“它的不同于唐宋等朝的异族文化因素”。并进而指出：“在元代，前往上京观礼、巡游，是‘北方士人’也是全国人士的一大兴奋点，因为可以前往上京时，南北诗人对于大都以北的蒙古草原感到神秘陌生已经有三四个世纪之久。从五代时期契丹兴起，那就是中原人士的秘境绝域。元代开国，前往上京的古道就往返着一批又一批的官员，一帮又一帮的商队，一群又一群的游客，人们兴奋、疲倦、好奇，他们一次次、一轮轮，将感受写在诗册上。根据元诗文献，当年到上都观礼，也是江南士人的心向往之的一件大事。”《元代文学编年史》则介绍、论述了一些有上京纪行诗集子的重要诗人及其上京纪行诗的集子，包括柳贯和他的《上京纪行》，胡助和他的《上京纪行诗》，黄溍和他的《上京道中杂诗十二首》，迺贤和他的《上京纪行》，杨允孚和他的《滦京百咏》及许有壬的《上京十咏》等。作者从整个元诗发展的高度，对这些上京诗人及上京纪行诗作进行了评述，其中许多论点都属首次，例如“胡助《上京纪行诗》50 首与黄溍《上京道中杂诗》12 首是中期上京纪行的典范之作。当时名流为胡助上京纪行之作题跋尽卷，使‘上京纪行诗’这一题目，重新成为翰苑文人的关注点。《纯白斋类稿》（卷二十）有《上京纪行诗序》。这是上京纪行之作成熟定型、并对社会产生比较广泛影响的标志。”21 世纪初，出现了专门论述上京纪行诗的单篇论文，《民族文学研究》2005 年第 2 期发表了李军老师的《论元代的上京纪行诗》，该文从上京纪行诗的产生、上京纪行诗的内容及文献价值、上京纪行诗的审美特征三个方面展开论述，充分肯定了上京纪行诗的独特价值，“这些作品不仅因其可裨补史实而具有重要的文献价值，而且在艺术上风格鲜明，气象雄浑，充分显示出元诗特有的异质因素，是元诗研究中一个尚待开发的领域。”这是到目前为止，笔者所看到的唯一一篇上京纪行诗的单篇专论文章。

研究上京纪行诗的意义主要有：

（一）具有重要的文献学价值

元代上京纪行诗的描写内容非常丰富，首先涉及两都巡幸的各个方面，如行期、路程、随行人员、巡幸仪式等等，这些内容可以丰富、弥补史书中关于两都巡幸的记载，真正起到“以诗证史”的作用。

其次，上京纪行诗中有大量诗篇描写上都及沿途山川风物、习俗人情，本书前面介绍的两都巡幸四条道路中的各个驿站和纳钵，在上京纪行诗中基本上都有描写，这些对研究我国古代北方民族的历史、地理、政治、经济、文化、宗教、风俗等，也具有重要的参考价值。

上京纪行诗还可以裨补我国的动植物学史，对上京及沿途动物、植物的描写，是上京纪行诗的又一重要内容，如杨允孚的《滦京杂咏》，用诗加注的方式，介绍大量的北方物产，“紫菊花开香满衣，地椒生处乳羊肥，毡房纳实茶添火，有女褰裳拾粪归。（按，下面为注）紫菊花，惟滦京有之，名公多见题品，地椒草，牛羊食之，其肉香肥，纳实蒙古茶”“海红不似花红好，杏子何如巴榄良，更说高丽生菜美，总输山后蘑菰香。（按，下面为注）海红、花红、巴榄，皆果名，高丽人以生菜裹饭食之，尖山产蘑菇。”其中许多动植物，只生长在北方草原地带，极为珍贵。“开平昔在绝塞之外，其动植物，如金莲、紫菊、地椒、白翎鸟、阿兰之属，皆居庸关以南所未有。”“金兰花叶绿如黛，紫菊花大如盂，色深叶娇润可爱，俱产上都。”[①] 还有一些动物，也是草原所特产的珍贵品种，如黄羊、白翎雀等，“北陲异品是黄羊”（注：黄羊，北方所产，御膳用），黄羊肉味精美，特产于朔方山野中；陶宗仪《南村辍耕录》卷二十说：“白翎雀生于乌桓朔漠之地，雌雄相和，自

---

① 伍良臣，《上京》诗注，《永乐大典》卷七七零二。

得其乐，世皇因命伶人硕德闾制曲以名之。”

此外，芍药虽然产自南方，但移植到上都成活后，也因为特殊的气候和地理位置，变得有了药用价值，杨允孚在《滦京杂咏》里说上京草地上初生的芍药又甜又脆，吃了可以消食解酒，所以居住在上京的人都采着吃。“时雨初肥芍药苗，脆甘味压酒肠消。注：草地芍药，初生软美，居人多采食之。”另据黄溍《文献集》卷二记载：“滦阳邢君隐于药市，制芍药芽代茗饮，号曰芽，先朝尝以进御云。”可见移植到塞北的芍药，其芽被制成茶供朝廷御用，以至黄溍在诗中感慨地说“千载茶经有遗恨，吴侬元不过滦河。”

上京纪行诗中关于古代北方草原地带所特有的动植物的记载，可以充实、弥补动植物学的记载，在动植物学领域同样具有重要的借鉴参考价值。

（二）在我国古代诗歌发展史上，上京纪行诗是元诗特有的现象，也是元诗研究的重要内容

元代的两都制在我国历史上并非特有，我国还有不少皇朝都实行过两都制或多都制，但元代的两都巡幸时间在我国历史上却是最长的，规模是最大的，所涉及的人数也是最多的，在文坛上，突出特点是大量的诗文作家参与巡幸，流传下来的这些诗人们的大量的上京纪行诗，成为元诗中特有的“景观”。笔者对《元诗选》《元诗选癸集》《元诗选补遗》进行了文献普查，共发现有上京纪行诗的诗人50人，诗作497首，其中《元诗选》初集上共7人116首诗；《元诗选》初集中8人78首诗；《元诗选》初集下5人198首诗；《元诗选》二集上4人38首诗；《元诗选》二集下3人4首；《元诗选》三集7人20首；《元诗选癸集》共12人19首；《元诗选补遗》4人24首。当然，《元诗选》只是元诗的一个选本，并不是元诗的全部，也就是说，我们从当中普查出来的上京纪行诗，并非全部上京纪行诗，还有相当部分上京纪行诗存在，如杨允孚《滦京杂咏》共有108首诗，而《元诗选》选了100首；袁桷《开平四集》共有诗227首，但《元诗选》只选了73首；柳贯上京纪行诗32首，《元诗选》选12首，等等，但《元诗选》却给出了一个上京纪行诗的底线数字，即元代上京纪行诗流传下来的至少有近500首。诗人也有很大的扩充余地，除了《元诗选》统计的50位诗人，以下这些诗人也写过上京纪行诗：刘敏中、白珽、黄溍、陈旅、王沂、郑潜、伍良臣、李孝光、李存等。写作群体和作品数量的众多，使上京纪行诗成为元诗坛显赫的一部分。

除数目之多外，元代上京纪行诗人的面也非常广。元代把人分为四个等

级：蒙古、色目、汉人和南人。在元朝写作上京纪行诗的，除汉人之外，还有相当数量的蒙古、色目和南人，涉及四个等级的人群。迺贤、萨都剌、马祖常、耶律铸等知名少数民族作家的加盟，使上京纪行诗显得丰富而多彩，另外还有许多作家世代居住在南方，他们的足迹第一次踏上山高峰峻的北方，北方山川之胜，风土之异，使他们心中充满了新奇和诧异，在他们的笔下，上都纪行之作多了几分神秘和诡异。从宗教来看，写过上京纪行诗的，有佛教人士，也有道教人士，如刘秉忠、马臻、薛玄曦等。更为独特的是，一些外国人士，当时因各种原因参加了两都巡幸，他们也用自己的笔记录下了这一历史的镜头，以及自己作为一个外国人独特的观感，如安南（今越南，当时为元代的附属国）国王陈益稷，安南国王的侄儿陈秀峻，都写过上都纪行诗。写作群体的广泛是元代上京纪行诗的特点，也使上京纪行诗别具风味。

（三）具有较强的人文应用前景

上都纪行诗主要描写了上都及沿途的山川风物，人情风俗等，涉及现在的北京市（主要是昌平和延庆县）、河北的张家口和内蒙古的锡林郭勒盟地区，而这些地区现在都在大力宣传自己，宣传自己的特色产品，同时也在积极发展旅游业，元代的上都纪行诗无疑是好的宣传品。所以本书的研究成果既具有重要的理论意义，同时也可以为当地的地方经济打造文化背景，具有很强的人文应用前景。

总之，上京纪行诗在整个中国诗歌史上都具有重要的地位，在元代诗歌中也具有独一无二的特色。关注并研究元代的上京纪行诗，具有重要的理论和实践意义。

主要参考文献：

[1] 周伯琦．扈从集［M］．文渊阁《四库全书》本．
[2] 黄溍．文献集［M］．《四部丛刊》本．
[3] 张昱．张光弼诗集［M］．《四部丛刊续编》本．
[4] 胡助．纯白斋类稿［M］．《金华丛书》本．
[5] 柳贯．待制集［M］．文渊阁《四库全书》本．
[6] 郭钰．静思集［M］．文渊阁《四库全书》本．
[7] 顾嗣立．元诗选［M］．北京：中华书局，1987.
[8] 柳贯．上京纪行诗［M］．1930 年北平故宫博物院图书馆影印本．

[9] 杨允孚．滦京杂咏［M］．《知不足斋丛书》本．

[10] 金幼孜．金文靖集［M］．文渊阁《四库全书》本．

[11] 吴师道．礼部集［M］．文渊阁《四库全书》本．

[12] 包根弟．元诗研究［M］．（台湾）幼狮文化事业公司，1978 年 1 月版．

[13] 叶新民．元上都研究［M］．呼和浩特：内蒙古大学出版社，1998.

[14] 杨镰．元诗史［M］．北京：人民文学出版社，2003.

[15] 杨镰．元代文学编年史［M］．太原：山西教育出版社，2005.

[16] 李军．论元代的上京纪行诗［J］．民族文学研究，2005（2）：97.

[17] 危素．说学斋稿［M］．文渊阁《四库全书》本．

[18] 顾嗣立，席世臣．诗选癸集［M］．北京：中华书局，2001.

[19] 钱熙彦．元诗选补遗［M］．北京：中华书局，2002.

[20] 陈高华，史卫民．元上都［M］．长春：吉林教育出版社，1988.

4.《元代翰林国史院中的诗文考论》（发表于《河北北方学院学报》（社会科学版）2009 年第 5 期）

摘要：元代翰林国史院是上层文人雅士聚集之地，在这里，集中了全元几乎所有的诗文大家。众多诗词魁首在翰苑供职期间，留下了大量华采篇章，其中有大量诗篇描写了翰林国史院及他们供职翰林国史院的情思意兴。在翰林国史院里，馆阁文臣们翰墨往复，更相酬唱，成为元代文坛的佳话。

关键词：元代　翰林国史院

翰林国史院，在元代文人笔下也称为玉堂、玉署。翰林院在唐代形成，在宋代定型。到了元代，元世祖忽必烈于中统二年辛酉（1261 年 5 月），立翰林院。至元元年（1264 年 9 月 1 日），又设立翰林国史院，将前代属于翰林院系统内的国史院正式与翰林院合并，称翰林兼国史院。元朝翰林国史院设承旨、学士、侍读学士、侍讲学士、直学士等官员，还设待制、修撰、应奉、翰林文字、编修、检阅、典籍、经历、都事等中级官员，设椽史、译史、通事、知印、蒙古书写、书写、接手书写、典吏、典书等办事员。院官中，地位最高者为翰林学士承旨，以下依次为翰林学士、翰林侍读学士、翰林侍讲学士和翰林直学士。属官包括翰林待制、翰林修撰、应奉翰林文字、翰林国史院编修官，等等。最初，几乎所有的国家文化事业都由翰林国史院主管："蒙古新字及亦思替非（按：指波斯文字）并教习于本院，翰林国史、集贤两院合为一，仍兼起居注、领会同馆、知秘书监，而国子学以待制兼司业，兴文署以待制兼令，编修官兼丞，俱来隶焉。”不久，从中独立出去了蒙古翰林院、集贤院等一批机构，翰林国史院的主要职掌只剩下“纂修国史、典制浩、备顾问”三项，终元之世不改。①

元代翰林国史院是上层文人雅士聚集之地。在这里，集中了全元几乎所有的诗文大家：赵孟頫、程钜夫、虞集、欧阳玄、马祖常、黄溍、揭傒斯、吴澄、袁桷、邓文原、范梈、柳贯、陈旅、贡师泰、张起岩、李好文、王沂、虞集、宋褧、余阙、张翥、危素等等。众多诗词魁首在翰苑供职期间，留下了大量华采篇章，其中有大量诗篇描写了翰林国史院及他们供职翰林国史院的情思意兴，在翰林国史院里，馆阁文臣们翰墨往复，更相酬唱，成为元代文坛的佳话。

在翰林国史院中，一幅画，一首诗，甚至花开花谢，官员来来往往，都会成为翰苑文人的赋咏内容。官吏程端甫在迎娶元好问长女时，元好问把一诗遗墨赠送给他。程端甫的父亲程御使（应为金遗老程震，字威卿，东胜人）在临终时，把家藏的一诗遗墨也留给了程端甫。元好问和程震均为金末有名望的遗老，尤其是元好问，即使在元代，也是地位显赫的文坛巨擘。后来，这两幅诗的遗墨就保存在程端甫之子程子充少监家里，成为家藏珍品。这两首诗，在翰苑，是文人们题咏的对象，几乎所有的翰院馆臣都曾作过题咏，元人陆文圭的题诗为：

教子惟欲谄，嫁女惟欲官。床屏触头乃翁怒，文书衔袖媒姥谩。痴人一笑可绝倒，古训相传良独难。大夫有愧程监察，上谷敢望元遗山。易箦微言尚典刑，出门别语重丁宁。子无橐装与宝剑，女无绣褥与金屏。各赠骊珠五十六，藏在肺腑为深铭。梓乔俯仰俱莫及，冰玉清润尤相形。水衡使者直而温，遗山宅相监察孙。禔身务学承先志，范世传家示格言。正大去今八十年，流风遗俗犹有存。谁能题诗墓柏下，使两仙翁起九原。

元代因为实行两都巡幸制，故而除了在大都设立翰林国史院，在上都也设立了分院。每年两都巡幸期间，翰林诸僚佐除了少数留守大都，其余人员全部陪同皇帝到上都供职。除工作外，翰林馆臣们也喜欢集体鉴画题诗，挥

① 关于元代翰林国史院的演变，张帆的《元代翰林国史院与汉族儒士》、王一鹏的《翰林院演变初探》、萨兆沩的《元翰林国史院述要》有详细介绍。

翰品文。在上都翰林院里，有两幅非常有名的壁图，一副为《寒江钓雪》，另一幅为《秋谷耕云》。这两幅图画均为著名画家赵孟頫所绘，两副图随即成为翰苑馆臣题咏的对象，他们为画题诗，作序，咏赞。袁桷、马祖常、萨都剌等都曾为此画题诗。袁桷《次韵玉堂画壁》为《秋谷耕云》题诗曰：

至人悟穷达，敛迹寓垄亩。良苗贵深扶，撅土戒蒿莠。霭霭新阳浮，高下接紫宙。跨犊东南行，问事一俯首。新雨泻沟塍，交流媚川后。辍耕非素心，帝命资左右。相彼前山云，倏迷复还岫。卷舒乐盘涧，署壁写其旧。清秋映空谷，风雨百神守。夙昔经济姿，志不在杯酒。要使风俗淳，斯民乐仁寿。

再次韵：

粤商有阿衡，肥遁乐畎亩。深耕力其勤，嘉谷宁有莠。时来起丘园，勋业冠宇宙。持此金石心，黾勉佐元首。维敬在一德，维训守先后。高风邈难追，白云在前岫。堂堂匡济功，匪以夙昔旧。譬彼执御人，先道谨为右。精忠百壬避，正色九关守。我昔梦见之，再拜酬卮酒。容谷秋思深，图之奉千寿。

为《寒江钓雪》题诗曰：

明月入水底，摩荡空江雪。昂昂垂纶翁，在雪不在月。悟彼玄化理，不寐坐明发。我舟非无桨，我车讵无軏。迂儒守绳枢，世胄贯华阀。愿以千尺竿，裁为济川筏。

再次韵：

维昔师尚父，垂老须眉雪。突兀江海姿，韬精忘岁月。坐石投其竿，秘钥时一发。载车与之归，在德不在軏。念昔经济人，事定始功阀。寒江眇风涛，乘桴可知筏。

马祖常也作《上都翰林院两壁图（寒江钓雪秋谷耕云）》，曰：

欲卖韩家旧石淙，钓鱼竿底是寒江。淮南十月蒹葭岸，曾见冰花到小窗。
突兀秋云不可耕，槎牙老树半枯荣。上京玉署清凉镜，闲伴鳌峰作弟兄。

这些朝廷重臣对两幅画题诗作序，其实质是表达一种儒家的至忠至孝。“秋谷耕云者，相国李韩公也；寒江钓月者，处士黄清夫也。韩公为天子之宰，有大勋劳忠于君者也；清夫山林之士，以耕钓养母为悦孝于亲者也。昔者见知于相国，长揖而去，不以功名富贵介心。相国既赠以诗，且欲友之，而不可得，其志节之高，可见矣。然则相国之于处士，其贵贱虽不同，而忠孝之道一也。”翰林僚佐把这种表达忠孝的画作为“院画”绘在翰林院，并品评题诗来大肆地宣扬，这正是文化界为配合元廷所歌颂的大元太平盛世所鸣奏的赞歌。

“趋跄旅群彦，官烛分余光。琴册森在侧，谈笑来清觞。列坐无所为，陈诗咏黄唐”。在上都翰林分院，儒士们在一起谈笑清觞，赋诗作画，填词唱曲，团聚，送别，都要作诗抒情，甚至花开花谢，也要集体赋咏。金莲、紫菊、合欢花开，都有诗赋和。玉堂的合欢花初开，郑潜昭率领同院的大臣来赏花、集体赋诗，其中袁桷的《玉堂合欢花初开郑潜昭率同院赋诗次韵》曰：

一树高花冠玉堂，知时舒卷欲云翔。马嘶不动游缨耸，雉尾初开翠扇张。旧渴未须餐玉屑，嘉名端合纪青裳。云窗雾冷文书静，留取余清散远香。（崔豹，古今注青裳，一名合欢，今但名合欢，而青裳之名不着）

在上都翰林国史院里，馆臣题咏最多的是鳌峰和视草堂。视草堂是翰林国史院中文人办公的地方。“玉堂视草屋三间，尽日鳌峰相对闲。”“比至上都，官署寓于视草堂之西偏，文翰闲暇，吟哦亦不废。”在视草堂，翰苑文臣们奉命撰修辽、金、宋史和元典章实录，选拔推荐人才，兴国学，开科考取士。“扈从多余暇，优游视草堂。特书兼左右，染翰侍明光。”“上京两月得从容，视草堂前华影重。黄阁宣麻书数纸，大官尚酝日千锺。题名已愧联群玉，善颂惟知儗华封。王事期程行有日，从今夜夜梦鳌峰”。视草堂是翰苑文人的主要办公地点，整日在这里活动，群臣们对视草堂有了深厚的感情。在上京纪行诗中，集体赋咏视草堂的诗篇也很多，袁桷的《视草堂四咏》可为代表，诗如下：

视草堂前月，凄清十倍秋。银河斜处响，玉斧暗中修。隐约娑罗见，微茫顾兔流。霓裳端可补，顾入广寒游。

视草堂前雪，飞花具四时。老疑潘鬓重，舞觉沈腰羸。妙合丝纶巧，功调鼎鼐奇。虚皇瞻咫尺，顾赋玉京诗。

视草堂前雨，飞空万象新。随龙下膏泽，涤颖布阳春。霡霂能生物，沾濡不受尘。巫山空有赋，难作楚王臣。

视草堂前日，传宣趣制词。藁裁初刻上，朝罢八砖移。乌御行黄道，龙光映玉墀。熏风生殿阁，小立独多时。

视草堂连同堂前之月、之雪、之雨、之日，在诗人的笔下，都变得那么亲切而富有诗意。

在上京翰苑一起共事的有汉人儒士，也有蒙古族儒士，还有其他少数民族儒士，他们经常在一起赋诗作画，填词唱曲，敞襟怀，诉衷情，缔结了超越民族界限的友谊。“想见玉堂多盛集，宿醒睡起日三竿。”从诗中可以看出，每年上都清暑时，玉署想必是非常热闹的。但是，当官员们从上京返回大都后，或者逢遇同事朋友们生老病死，视草堂就会变得特别孤独凄凉。袁桷曾与潘昂霄学士同在翰林集贤供职，朝夕相处，论宏词源委，后俱罢去。新政肇更，两人皆得以复入翰林。后来袁桷复到上都供职，而潘昂霄返回大都，不到一月潘昂霄下世，袁桷再过视草堂，想到自己和潘昂霄一同在这里共事，谈文论道，后来二人又都经历了罢职、复职，现在和潘昂霄却阴阳相隔，睹物思人，袁桷颇有感触，作《潘景梁学士同在集贤朝夕与余论宏词源委后俱罢去新政肇更皆得复入旧岁同会上都景梁还都不一月下世仆忝入翰林过视草堂有感》诗如下：

銮坡清切平生志，粉省乌台谢不能。夜剔兰灯书叶乱，冻呵铁砚墨花凝。蚁穿九曲谁传授，蜩化枯枝果变腾。欲说玄机吾岂敢，碧天云黯唤难应。

平素热闹而人气很旺的翰林院视草堂，一旦人去屋空而恢复平静，更容易使人感觉孤寂。

虞集的《八月八日有感题视草堂壁》云：

载笔趋芸阁，探囊索缊袍。坐销秋日净，心折夜风高。识字头先白，谋生计转劳。文园多病渴，常想赐蒲萄。

虞集在大德年间北上，由汉族士侯董氏家族推举步入朝廷，逐步成为文坛的魁首。作为皇帝身边的近臣，多年来，他来往于两都之间，给皇帝讲解经文，出谋划策，在文学方面，他荐举人才，擢拔新秀，作为馆阁文臣，他和同事诗歌唱和，和睦相处，关系融洽。在朝廷蹀躞了大半生，人生百年，弹指一挥间。如今，两鬓斑白，在冷清的视草堂，面壁回顾自己的人生，心中无限沧桑。

到了元后期，视草堂年久失修，逐渐倒塌毁坏。再加上许多重臣已经人老多病，故而玉堂的人气明显不如以前。袁桷的《视草堂岁久倾圮述怀二首》：

视草堂前草木青，微臣三入鬓星星。坏墙雨透蜗生角，旧灶泥深菌露钉。深恐雨钟催晓箭，独听寒殿响风铃。堂堂诸老冰澌尽，病叟应归种茯苓。

昔时寿俊佩蹁跹，人物于今似眇然。倚马谁怜才独步，屠龙端信技无全。颁冰伏日金奁重，赐果熏风绮席鲜。可是虚皇疏顾问，玉堂旧事少人传。

昔日"寿俊佩蹁跹"的视草堂，"人物于今似眇然"。如今雨透墙坏，蜗生墙角，旧灶泥深，菌露钉生，就像一个历经沧桑的老游宦，俨然一副晚暮景象。玉堂，这个元代最高一级文人办公生活的场所，也许在预示着元朝的末日已经为时不远了。

视草堂前的石阶旁有石峰，名曰鳌峰。"翰苑视草堂前阶有石，号鳌峰，郑潜庵应奉有诗次其韵。""鳌峰者，国史院庭中石名也。伯宁御史为仆言，自其先公时，与诸老名胜赋诗者，盖数百篇……"鳌峰石位于上都翰林国史庭院中，其独特的形状及在翰苑中特殊的地理位置，吸引了翰苑馆臣的目光，成为大家闲暇之余集体赋咏的对象。元代的诗文中，有大量鳌峰石的记载和赞咏。描写鳌峰石的诗篇主要有：胡助《鳌峰》，马祖常《鳌峰歌》，虞集《视草堂前石一拳》，虞集《别鳌峰》，虞集《别国史院鳌峰石》，袁桷《鳌峰石》，袁桷《玉署鳌峰歌（答伯庸）》，刘敏中《次韵郑潜庵应奉龟峰石往还十首》，吴当《鳌峰石》。下面是几首比较有代表性的诗篇：

乾坤气磅礴，山石锺奇形。鳌峰才数尺，濯秀何亭亭。势欲负厚地，岌若霄汉凌。一峰更旁耸，玲珑穴虚明。青肤萦白障，微扣宣金声。中涵太湖润，瑰伟专上京。想当初凿时，山鬼泣以惊。置之玉堂前，几阅瀛洲登。年来对阁老，岷峨眼中青。雨渍生古色，月寒见霜棱。摩挲助文思，一挥九制成。谅勿忧豪夺，长兹诧佳名。

视草堂前石一拳，何人移置自何年。久怜翠色连重地，故拔孤根近九天。俯仰百年承雨露，等闲千尺接云烟。故家御史遗书在，为录鳌峰旧赋篇。

后一首诗的序云："鳌峰者，国史院庭中石名也。伯宁御史为仆言，自其先公时，与诸老名胜赋诗者，盖数百篇，今玉堂无本，而御史家具有之，且曰峰，所托差低，盖稍崇其址，乃八月五日既克如命，因赋此以报且请录示旧诗，补故事以传云。"

劫风吹沫孕玲珑，度海鞭霆驾六龙。声合八音惊俗耳，重均九鼎动天容。空庭露冷珠玑绽，阿阁云开锦绣封。匝匝金莲随地拥，似催夜直佩璁琮。（石

下皆金莲花）

关于鳌峰，郑潜庵应奉曾经用鳌峰为韵赋诗，和者云集。刘敏中的和诗为《次韵郑潜庵应奉鳌峰石往还》，为：

兹峰亦何为，独立才一擘。昂藏华岳顶，硉矹太行脊。辨理天垂文，拊润地通脉。我醉依汝吟，如得万丈壁。缅怀荆山璞，终作瓦砾掷。玉堂岂不佳，一粲为汝泽。

龙门控独石，隐若臂连擘。群山绕长蛇，欲动胁与脊。奇特兹龟冠，艮骨擢坤脉。追琢璆琳姿，照耀科斗壁。君词高可愕，我笔惭屡掷。文采正似君，相对资丽泽。

馆阁文臣们以鳌峰为韵，互相唱和，活跃了翰林院的文化氛围。在上京翰苑的文臣们，背井离乡孤身一人独居上京，生活清闲孤独，每天出入院庭，举头俯视，最常看到的就是这块鳌峰石。鳌峰石寄托了久经宦海浮沉的文职官吏们太多的感情。虞集曾以鳌峰石为题，自问自答，描写了自己作为一个“南人”，为仕途北上大都、上都，在元廷官场上坎坎坷坷的经历。诗如下：

戏作试问堂前石五首

试问堂前石，来今几十年。衰颜空雨雪，幽致自风烟。微醉寒堪倚，孤吟静更眠。旧湖春水长，谁系钓鱼船。

为问堂前石，何年别大湖。春风神不王，夜月影长孤。不中明堂柱，空遗艮岳图。颇思嘉种木，岁挽与相扶。

为问堂前石，何无藤蔓缠。金莲疑可致，紫菊若为妍。旧梦遗波浪，闲情阅岁年。只缘相识久，亲为濯清泉。

碣石久沦海，女娲曾补天。乾坤遗蕞尔，雾雨护苍然。淬剑龙随化，弯弓虎自全。昔贤多赋此，谁赋最流传。

为问堂前石，屡逢堂上人。远来嗟最久，独立与谁邻。运载劳车马，摩挲识凤麟。銮车书吉日，追琢到嶙峋。

代石答五首

幸自邻顽鄙，毋烦问岁年。当寒金作砺，向暖玉生烟。眉黛无归意，毛群有叱眠。凉州三百斛，亦未酹觥船。

昔观一柱观，还度几重湖。雪尽身还瘦，云生势不孤。研穿邺台瓦，赋就草堂图。芝阁玄云在，危踪敢藉扶。

牛角何堪砺，蜗涎谩自缠。沈冥辟邪古，羞涩望夫妍。神物须清鉴，灵根属小年。金舆曾共侍，千载忆甘泉。

转徙宁论地，存留亦信天。露盘危欲折，劫火不同然。雒下残经断，岐阳数鼓全。向无文字托，寂寞竟谁传。

去岁留诗别，嗟哉白发人。冠依子夏制，居切左丘邻。执钥充振鹭，修辞缀获麟。终须愁坎壈，勿用诮嶙峋。

本组诗以石喻人，寄托了一个南人远离故土坎坷的仕途人生。

总之，在翰林国史院里，汉人儒士、蒙古族儒士和其他少数民族儒士相互往来，经常在一起作画鉴画，题诗和诗，填词唱曲，交流感情，敞诉情怀。这些馆阁文臣的文化活动，在促进各民族文士之间的团结和友谊方面，发挥着重要的作用。

参考文献

[1]（元）黄溍．金华黄先生文集［M］．《四部丛刊初编》本．

[2]（明）宋濂等．元史［M］．北京：中华书局，1976 年 4 月第 1 版，1997 年 7 月第 6 次印刷．

[3]（元）陆文圭．墙东类稿［M］．《四库全书》本．

[4]（元）袁桷．清容居士集［M］．《四部丛刊初编》本．

[5]（元）马祖常．石田先生文集［M］．《元人文集珍本丛刊》本．

[6]（元）胡助．纯白斋类稿［M］．《丛书集成初编》本．

[7]（元）黄溍．文献集［M］．《四库全书》本．

[8]（元）周伯琦．近光集［M］．《四库全书》本．

[9]（元）虞集．道园学古录［M］．《四部丛刊初编》本．

[10]（元）刘敏中．中庵先生刘文简公文集［M］．《北京图书馆古籍珍本丛刊》本．

后记

本书是我在北京师范大学攻读博士期间的博士论文，是在导师杨镰先生的指导下完成的。

“文章千古事，得失寸心知”，杨镰先生经常这样教导我们。杨先生为人正直豁达，学风谨严求实，学术功底深厚，眼界开阔。我的论文从选题、写作到定稿，先生一直悉心指导，尤其是当我遇到困难时，先生都会及时地为我指点迷津，帮助我开拓研究思路。我的博士论文能够顺利完成，先生付出了大量的心血。先生对我的指导和帮助，将使我受益终生！

博士毕业后，我继续以元代上京纪行诗为研究重点，不断拓宽研究领域，挖掘研究的深度，相继完成了河北省社科规划办课题“元代两都巡幸与冀西北文化产业研究”（课题编号：HB09BLS009）、河北省社会科学发展研究课题“元代上京纪行诗与冀西北文化产业研究”（课题编号：201303083）等相关课题。其间，发表了《元代上都崇真宫的文学活动考论》[《中国道教》2009 年第 2 期（核心）]、《元代诗文中的诈马宴刍议》[《兰台世界》2014 年第 6 期（核心）] 等 10 多篇相关的论文。在这个过程中，形成了以元代上京纪行诗为核心的稳定的研究方向和系统的研究成果。

本书的出版工作是在河北北方学院科研处的支持下完成的。在此，谨表示诚挚的感谢！

刘宏英

2015 年 10 月 28 日